本书系教育部人文社会科学研究青年基金项目
"格奥尔格·毕希纳文学的身体论研究"（21YJC752020）成果

分解与完整

——毕希纳作品中人的形象研究

谢 敏 ————著

厦门大学出版社
XIAMEN UNIVERSITY PRESS
国家一级出版社
全国百佳图书出版单位

图书在版编目（CIP）数据

分解与完整 ：毕希纳作品中人的形象研究 / 谢敏著.
厦门 ：厦门大学出版社，2024. 12. -- ISBN 978-7-5615-
9518-3

Ⅰ. I516.06

中国国家版本馆 CIP 数据核字第 2024HM2355 号

责任编辑　王扬帆
美术编辑　李夏凌
技术编辑　许克华

出版发行　厦门大学出版社

社　　址　厦门市软件园二期望海路 39 号
邮政编码　361008
总　　机　0592-2181111　　0592-2181406(传真)
营销中心　0592-2184458　　0592-2181365
网　　址　http://www.xmupress.com
邮　　箱　xmup@xmupress.com
印　　刷　厦门市金凯龙包装科技有限公司

开本　　720 mm×1 020 mm　1/16
印张　　14.5
字数　　256 千字
版次　　2024 年 12 月第 1 版
印次　　2024 年 12 月第 1 次印刷
定价　　69.00 元

厦门大学出版社
微信二维码

厦门大学出版社
微博二维码

本书系教育部人文社会科学研究青年基金项目"格奥尔格·毕希纳文学的身体论研究"（21YJC752020）成果。

前　言

　　尽管 19 世纪德国作家格奥尔格·毕希纳（Georg Büchner，1813—1837）英年早逝，仅留下《丹东之死》（*Dantons Tod*，1835）、《沃伊采克》（*Woyzeck*，1836）、《雷昂斯与蕾娜》（*Leonce und Lena*，1836）和《棱茨》（*Lenz*，1836）四部文学作品，但每一部作品风格独特，堪称典范，并在德语文学中享有经久不衰的影响力。以他名字命名的"毕希纳文学奖"是德国文学最高奖，足见其重要性。

　　在毕希纳所处的时代，他一度被视为"另类"，不仅呈现出与时代格格不入的美学风格和艺术思想，而且其自身就是一个矛盾体：一方面，医学研究赋予他实证唯物主义的思维方式，对底层人民的同情促使他以贵族为敌投身革命运动，展现出早期共产主义意识；另一方面，他的文学作品对命运的揭示又充满了叔本华式的悲观色彩。由此，人们不禁发问：毕希纳是如何将这多重且看似对立的姿态统一于一身的？人们又该如何解锁串联其中的关联？

　　若将毕希纳的多重活动置于文学人类学的语境中，问题则不攻自破，其核心是对人（和人性）以及人存在问题的关注。1800 年前后，德国对"人"的讨论达到高潮，主流的德国理想主义美学依然延续着启蒙的轨迹，高扬人的理性与高贵，强调道德与修养，旨在用理性压制肉身性的感性冲动，追求人的完整与至善。然而，在毕希纳的作品中，人类中心主义的乐观基调已然消失，取而代之的是清醒的、不带任何修饰的残酷现实。作为极具批判现实主义意识的作家，他看到了工具理性秩序下，感性与理性的割裂，社会矛盾的日益加剧，现实中人的存在面临重重危机，呈"病态"趋势，所谓"完整的人"的人类学理想在现实的视域下土崩瓦解。

　　"身体"为同时为医者和文学者的毕希纳搭建了从科学过渡到文学的桥梁。以身体为媒介，毕希纳试图在文学中发动一场自然科学式的诗学革命，以审美的方式对患了病的时代的人（和人性）进行科学诊断，还原真实的人之形象。反理想主义美学意识促使他背离了传统德国主观向内的传统，采取以感觉为基础的生理感知道路，在分解"完整的人"的理想的同时，客观而又切身地关切与反思个体被压抑的、不为人知的却又充满危机的自我和心灵的矛盾、痛苦与孤独，直面人的动物化、堕落、分裂、病态和机械化的真实面貌，并不加掩饰地展现出来。对这些以往或被边缘化，或被压抑的人性侧面的关注正是他作品的前瞻性之所在，这源自他对人生命存在意义的不断追寻和反思。这一态度体现了他对人和人性持有比同时代作家更大的包容度，看似是对传统的背离，实则为一种批判式的继承与发展。以此方式，毕希纳的作品对于人的理解和形象塑造打开了一个新的维度，从另一个向度丰富了对人的理解和认识，使文学中的人的形象得以更加多面而立体，人的真实存在状态则更为完整地被呈现。

缩略语说明

DKV　Georg Büchner: *Sämtliche Werke，Briefe und Dokumente*. Hg. von Henri Poschmann und Rosemarie Poschmann. Frankfurt a. Main: Deutscher Klassiker Verlag 1992，1999，2 Bände.

MBA　Georg Büchner: *Sämtliche Werke und Schriften. Historisch-kritische Ausgabe mit Quellendokumentation und Kommentar*. Hg. von Burghard Dedner，mitbegründet von Michael Mayer. Darmstadt: Wissenschaftliche Buchgesellschaft 2000-2013，10 Bände in 18 Teilbänden.

　　已出版的毕希纳全集版本较多,本书选取了在学界通用度广、认可度高的两个版本(见上文)。上文左列字母组合为所引用的德语图书的出版社的缩写,在本书中出现时置于括号内。括号中,罗马数字为引文所在图书的卷数,阿拉伯数字为引文在该卷书中的页码。

目　录

第1章　导　言 ┄┄┄┄┄┄┄┄┄┄┄┄┄┄┄┄┄┄┄┄┄┄┄┄┄┄┄ 001

　1.1　如何认识毕希纳 ┄┄┄┄┄┄┄┄┄┄┄┄┄┄┄┄┄┄┄ 001

　1.2　毕希纳形象的历史嬗变 ┄┄┄┄┄┄┄┄┄┄┄┄┄ 008

第2章　历史语境中的人 ┄┄┄┄┄┄┄┄┄┄┄┄┄┄┄┄┄┄┄ 025

　2.1　1800 年前后关于人的认识之争 ┄┄┄┄┄┄┄ 027

　2.2　毕希纳同 1800 年前后关于人的话语的互动 ┄┄┄┄ 041

第3章　动物化的人

　　　——《丹东之死》《沃伊采克》中人性与动物性的张力问题 ┄┄┄ 050

　3.1　历史语境中人与动物的划界问题 ┄┄┄┄┄┄ 051

　3.2　动物面相学的嘲讽 ┄┄┄┄┄┄┄┄┄┄┄┄┄┄┄ 055

　3.3　动物实验对人的降格 ┄┄┄┄┄┄┄┄┄┄┄┄┄ 068

　3.4　小结 ┄┄┄┄┄┄┄┄┄┄┄┄┄┄┄┄┄┄┄┄┄┄┄┄ 076

第4章　分裂的人

　　　——《丹东之死》对"完整的人"的解构 ┄┄┄┄┄┄┄┄┄ 078

　4.1　感性与理性的张力问题 ┄┄┄┄┄┄┄┄┄┄┄┄ 078

　4.2　身心的二分 ┄┄┄┄┄┄┄┄┄┄┄┄┄┄┄┄┄┄┄┄ 081

　4.3　死亡思考下理想方案的瓦解 ┄┄┄┄┄┄┄┄ 101

　4.4　小结 ┄┄┄┄┄┄┄┄┄┄┄┄┄┄┄┄┄┄┄┄┄┄┄┄ 109

第5章　患病的人

——《棱茨》《沃伊采克》中对边缘人的关注 ⋯⋯⋯⋯ 111

5.1　不同理解下的疯人形象 ⋯⋯⋯⋯⋯⋯ 112

5.2　人的异常性病症 ⋯⋯⋯⋯⋯⋯⋯⋯⋯ 119

5.3　病痛的不同意义 ⋯⋯⋯⋯⋯⋯⋯⋯⋯ 129

5.4　小结 ⋯⋯⋯⋯⋯⋯⋯⋯⋯⋯⋯⋯⋯ 156

第6章　人成了无聊的自动机器人?

——《雷昂斯与蕾娜》中人的存在危机问题 ⋯⋯⋯⋯ 158

6.1　机械化的无聊作为主题 ⋯⋯⋯⋯⋯⋯ 158

6.2　逃离机械无聊的尝试 ⋯⋯⋯⋯⋯⋯⋯ 163

6.3　自动机器人的宫廷闹剧 ⋯⋯⋯⋯⋯⋯ 181

6.4　小结 ⋯⋯⋯⋯⋯⋯⋯⋯⋯⋯⋯⋯⋯ 193

结　语 ⋯⋯⋯⋯⋯⋯⋯⋯⋯⋯⋯⋯⋯⋯⋯⋯⋯ 195

参考文献 ⋯⋯⋯⋯⋯⋯⋯⋯⋯⋯⋯⋯⋯⋯⋯⋯ 199

第1章 导 言

1.1 如何认识毕希纳

"人的形象（Menschenbild）伴随人而存在，这是人的一种特质。"[1]1835 年夏末，当标记着格奥尔格·毕希纳（Georg Büchner）名字的戏剧《丹东之死》（*Dantons Tod*）初印版出现在《德累斯顿晚报》（*Dresdner Abend-Zeitung*）编辑桌上时，他立刻激动地问道："这个毕希纳是谁？"[2]是出版商毕希纳，医生毕希纳，还是物理学家毕希纳？[3] 显然，这首先是个认识论的问题，也是毕希纳留给我们的一个历史难题。因为，未待"作家毕希纳"的形象为公众所熟知，这位被后世盛赞的 19 世纪青年天才便因病匆匆地离开了人世。要构建这样一位"隐匿天才"（DKV Ⅱ，395）的完整形象（Menschenbild），仅倚赖挖掘保留下来的零散作品手稿、书信、画像以及亲朋好友的描述，难度之大不言而喻，加之其中不乏刻意的焚毁、隐瞒之举。[4] 由此生成的形象充满了真实性与颠覆

---

[1]　P. Volger：„Disziplinärer Methodenkontext und Menschenbild". In：Hans-Georg Gada-mer（Hg.）：*Neue Anthropologie*，Bd.1. *Biologische Anthropologie*. München：Taschenbuch-Verlag，1975，S. 3-21，hier：16.

[2]　Jan-Christoph Hauschild：*Georg Büchner*. Reinbek：Rowohlt，2013，S. 7.

[3]　与格奥尔格·毕希纳同时代有许多名人都姓毕希纳：柏林出版商卡尔·毕希纳（Karl Büchner），毕希纳的爸爸恩斯特·卡尔·毕希纳（Ernst Karl Büchner）在当时也是一位享有声誉的医生，弟弟威廉·毕希纳（Wilhelm Büchner）之后则成了知名的物理学家。

[4]　1877 年卡尔·埃米尔·弗兰佐斯（Karl Emil Franzos）试图出版毕希纳作品全集，向毕希纳昔日的爱人赫尔赫明娜·耶格勒（Wilhelmine Jaeglé）请求给予资料上的支持，但遭到了拒绝。耶格勒的理由是这些资料一方面涉及隐私，另一方面不完整，有悖严谨。之后她甚至将手上的这些遗稿焚毁。参见 Jan-Christoph Hauschild：*Georg Büchner*：*Studien und neue Quelle zu Leben*，*Werk und Wirkung*. Königstein：Athenäum，1985，S. 292.

性的张力。

"Menschenbild"一词，从德语构词法看，是由名词"人"（Mensch）和"图像"（Bild）所组合而成的复合词，其中"图像"（Bild）是基本词，承担着核心语义。齐格里德·魏格尔（Sigrid Weigel）曾指出："作为一种天生具有情绪与情感的生物的外表，脸在欧洲文化史中成为'人'最凝练的图像。"[①]因为，"'自我'具有表达意图，它期望通过脸部来传达信息"[②]。换言之，脸是展示自我，即表达自身情感意愿的媒介。而肖像作为脸的替代品在 16 世纪至 19 世纪早期欧洲近代情感的社会发展史中扮演着重要的角色。它以绘画的形式将面部表情从身体剥离开来，进行一种物质性的转化，从而弥合时间与空间上的分离状态，保证了"自我"的永恒存在，实现身体在场的效果，完成"凝视互动"[③]的交流。

除了书信往来，肖像画也是毕希纳与恋人耶格勒之间进行亲密互动的重要"爱情编码"[④]。在 1834 年 3 月的信中，毕希纳就曾借画表相思，实现对话的特质："我拿着你的画像一整个半天坐在房间里，与你说话。"（DKV Ⅱ，382）据考证，毕希纳在写这封信之前，的确委托了画家奥古斯特·霍夫曼（August Hoffmann，1807—1883）为自己绘制肖像画（图 1-1）。但吊诡的是，这幅肖像画的存在除了画家与毕希纳本人，竟无人知晓，直至 2013 年被研究者发现藏于基森（Gießen）[⑤]他的住所的阁楼之中。这一"世纪发现"在学界引起了轩然大波，被视为是"德国文化史上的一个轰动性事件"[⑥]：因为长久以来，公认最符合毕希纳形象的肖像画（图 1-2）收录于 1930 年《亲爱的儿子——

---

① Sigrid Weigel（Hg.）：*Gesichter：kulturgeschichtliche Szenen aus der Arbeit am Bildnis des Menschen*. München：Wilhelm Fink，2013，S. 9.

② 汉斯·贝尔廷. 脸的历史[M]. 史竞舟，译. 北京：北京大学出版社，2017：130.

③ "脸"的存在意义是以看与被看的视觉过程为前提。参见 Sigrid Weigel（Hg.）：*Gesichter：kulturgeschichtliche Szenen aus der Arbeit am Bildnis des Menschen*，a.a.O.，S. 8.

④ 德国社会学者卢曼（Niklas Luhmann，1927—1998）在研究爱情的历史语义演化过程中指出，爱情为一种亲密性的编码。参见尼克拉斯·卢曼. 作为激情的爱情[M]. 范劲，译. 上海：华东师范大学出版社，2019：3-5.

⑤ 毕希纳曾于 1834 年在基森大学读书。

⑥ Günter Oesterle, Roland Borgards, Burghard Dedner, Ralf Beil：„Presseinformation：Georg Büchner-Porträt auf Gießener Dachboden entdeckt". Instituts Mathildenhöhe Darmstadt，27. Mai 2013，S. 1-11. Quelle：https：//geschwisterbuechner.de/wp-content/uploads/2013/05/Presseinformation _ Porträt-von-Georg-Büchner-entdeckt _ Mathildenhöhe-Darmstadt. pdf（Letzter Zugriff am 10.11.2018）.

致著名德国人的家书》(*Geliebter Sohn. Elternbriefe an berühmte Deutsche*)
一书,被广泛沿用了近一个世纪,[①]虽同样出自霍夫曼之手,却晚于前者绘制,
并在毕希纳的授意下分装处理。前者留于画家之手,作为隐私之物待恋人亲自
取,后者则寄往父母家中,成为公共形象。但显然,两幅画所展现的形象截然不
同,甚至对立。

图 1-1　毕希纳肖像　　　　　　　　图 1-2　毕希纳肖像

（1833 年,奥古斯特·霍夫曼创作）　　（1834 年,奥古斯特·霍夫曼创作）

由此,毕希纳对"自我形象"的不同处理给后世留下了巨大的困惑,似乎第
一幅所展示的"开朗而感性"的一面更贴近作家真实的形象[②]。这促使我们不
禁追问,毕希纳为何"制造"了不同的"自我形象"? 这一刻意之举的动机在于何
处? 德国研究者托马斯·米歇尔·迈尔(Thomas Michael Mayer)研究表示,毕
希纳的这一行为实质上是一种迫不得已,第二幅图的产生完全是为了满足父母
从肖像画中看到自己孩子"平整和有教养(Zähmung)"的期望[③]。事实上,如德
国学者汉斯·贝尔廷(Hans Belting)所考:"在 19 世纪的欧洲,伴随着市民文

---

① 中译版《毕希纳全集》也以此图为封面展现毕希纳的形象。格奥尔格·毕希纳. 毕希
　纳全集[M]. 李士勋,傅惟慈,译. 北京:人民出版社,2008:封面.

② 毕希纳研究专家罗兰·波尔盖茨是如此描述自己对这幅画的发现的激动之情:"在此,
　毕希纳再次出现,然而这个毕希纳是我以前从未见过的,现在直到它(这幅画)出现的
　这一时刻,我才清楚这是那个曾经一直存在的、只是被隐藏了……这是另一个开朗的、
　好玩的毕希纳,一个特有活力的表现者。"参见 Günter Oesterle, Roland Borgards,
　Burghard Dedner, Ralf Beil:„Presseinformation:Georg Büchner-Porträt auf Gießener
　Dachboden entdeckt", a.a.O., S. 4.

③ Thomas Michael Mayer:*Georg Büchner*. Frankfurt a. Main:Insel-Verlag, 1987, S. 9.

化的发展，肖像画这一不依赖身体在场再现人的形象的方式更多地脱离了个体主体的意愿，受到了社会的约束，成了身份的载体，展现了集体的愿望。"①在毕希纳的表述中，"教养"一词源自动词"驯化"（zähmen）的名词化，有去除动物性之意，与其所处时代通过教育克服动物性使人达到完善的修养话语紧密关联。

19世纪初的德国正处于启蒙的末期，启蒙的余温未消。启蒙进步论建立在对人的"可臻完善性"（Perfektibilität）②的信念基础之上，并力图诉诸教育来实现。受教育的修养市民（gebildete Bürger）成了德国古典主义理想的人之形象。"思想学识、道德修养和精神成就构成了这一阶级的集体认同。"③因此，这一时期"教育"和"修养"尽管在词义上的侧重有所不同，但常常作为同义词被混用，强调的是通过外部指导与内在修养之间的互动，人性或人格逐步取得和谐完整与至善状态的理想。在此过程中，人与身体、人与动物、人与机器的关系得以重构，倾向于人同动物的差异论，从而导致了人与动物之间的划界进一步锐化。"两足"被视为是"人区别于其他动物的文明化特征"，同时这也意味着人从自然中分离出来"成为造物的高贵核心"④。在启蒙理想主义者眼中（如康德的《教育学》），要完成这一目标唯有通过教育与规训。对此，毕希纳结合自身的存在体验却持不同的看法。

> 一旦我作为升格为贵族的两足动物而死去，也就是作为灵长类动物（longimanus）和杂食类动物（omnivore）（的混合体），那么我也许会将我其中的一个心室连同余下至高无上的尸身一同劈碎，同时把另一个心室留在我的祖宅，但也仅能是在祖宅，哎！（DKV Ⅱ，359）⑤

这段话出自1832年8月20日毕希纳在达姆斯塔特（Darmstadt）写给身在斯特拉斯堡的叔伯的书信。在这封信的开篇，曾攻读医学专业的毕希纳就

---

① 汉斯·贝尔廷.脸的历史[M].史竟舟，译.北京：北京大学出版社，2017：140.

② 贾涵斐.文学与知识：1800年前后德语小说中人的构想[M].北京：北京师范大学出版社，2019：62.

③ 谷裕.德语修养小说研究[M].北京：北京大学出版社，2013：189.

④ 参见 Kurt Bayertz：„Der aufrechte Gang：Ursprung der Kultur und des Denkens？". In：Jörn Garber/Heinz Thoma（Hg.）：*Zwischen Empirisierung und Konstruktionsleistung：Anthropologie im 18. Jahrhundert*. Tübingen：Max Niemeyer，2004，S. 59-76，hier：60，62.

⑤ 括号里的中文内容是根据语境所添加的补充翻译，下文类似情况不再赘述。

以一种近似生理解剖学的话语暗示，向"两足动物"晋升意味着要"劈碎"（vermachen）（DKV Ⅱ，359）自己的身心。这样一来，"我"的完整性存在并非仅由"精神"决定，而是成了关涉"身体"的事件。尤其，在文中他称"尸身"为"至高无上之物"（durchlauchtigste Cadaver）（DKV Ⅱ，359），倒置了传统形而上所设定的身卑灵魂尊的地位，使身体成为自己理解人和建构人的形象的基础，凸显着自己的唯物态度。瓦尔特·本雅明（Walter Benjamin，1892—1940）就曾指出："毕希纳的辩证唯物主义含有人类学唯物主义。"[①]

借此切割式的感知，毕希纳展现的是自我与世界的陌生化，暴露了启蒙进步观念与自我存在之间的潜在矛盾，并于信的后文结合实例进一步地阐述。

> 你可以想象一下我的感受，我是如何屈从这里的环境，成为那样一个体面的、那样一个正派的、那样一个文明有教养的青年，以至于我可以在一位部长身边喝茶，同他的太太一起坐在长沙发上，并同他的女儿跳一曲法国舞；我们身处 19 世纪，想一想这意味着什么！（DKV Ⅱ，359）

可见，通过"屈从"一词结合"那样"（so）的排比句式，毕希纳表达了一种不情愿的被动状态：自己所塑造的"有教养的文明形象"，只是为了迎合社会的修养要求以及获得身份认同，所不得不扮演的角色而并非真正的自己。这个"我"并不是"真我"的暗示，指向了思与行的主体矛盾，展现了人的主体同一性和完整性在个体与集体的博弈中面临崩塌的危机。更具讽刺性的是：在这段话中，所谓的文明教养不仅并未实现人的内外统一和人格的完整，反而成为提升社会地位的手段。也就是说，在毕希纳看来，所谓"修养完善"的理想在现实之中早已被虚空，走向了其反面。

无怪乎，在 1834 年完成第二幅肖像画后的书信中，毕希纳便时常流露出自己因"主体身份同一性丧失"而陷入忧郁："我好似在坟墓之中一样的孤独……亲爱的灵魂，请别离我而去。忧伤正同我争夺你，我成天地被忧伤所包围。"（DKV Ⅰ，380）可见，分裂的痛苦以一种病态的情绪使诗人体验到了现实中现代人孤独的精神危机，体现了一种身心的关联影响。亦如他在此后说的："但愿我能为我的内心寻找到一条出路，可是我已不再有疼痛的呐喊、快乐

---

① Walter Benjamin: *Gesammelte Schriften*, *Band V. I*. Hg. v. Rolf Tiedemann. Frankfurt a. Main: Suhrkamp, 1982, S. 731.

的欢呼和幸福的和谐感。这样的沉默是我的诅咒。"(DKV Ⅱ，381)这句沉默的宣言涉及的是感知和语言的危机，具有自白和控诉的双重性质。在此，人因意识与身体的无法统一，无法成为"完整的人"深感压抑异化，陷入无法表达自我内心真实感觉的痛苦和无力状态之中。这正是现代人的不幸与宿命，就像阿多诺(Theodor W. Adorno，1903—1969)和霍克海默(M. Max Horkheimer，1895—1973)所指出的，"文明的历史就是牺牲内在性的历史"[1]。所谓的修养完善的理想，在现实中却建立在个体主体意识的压抑与丧失的基础之上。在此意义上，通过制造两个矛盾的"自我形象"，毕希纳无疑以实际行动表达抗争，在完成社会教育理想期望的同时，保留了自己内心展现真实形象的权利。

可以说，毕希纳将"西方启蒙文明的悖论体验为人存在经验的悖论"[2]。其中，身心的关联是他理解"人"的基础，但并非仅限于表面，而是深入了内在的心理层面。就像他在作品《沃伊采克》(Woyzeck，1836)中对"人"这个概念所做的定义："每个人都是一个深渊，当人们向下朝里望时，就会感到眩晕。"(DKV Ⅰ，200)在此，作家用"深渊"一词类比"人类灵魂深处模糊的或无意识的想法"[3](die dunklen oder bewusstlosen Vorstellungen)，指向了人和人性本身所蕴含的阴暗不明、未知不可测的深度。而由此产生的"眩晕"的深渊经验应该更多的是一种认知的震颤感。这一领域在19世纪初逐渐受到人们的关注，它的发现极大地冲击着理性的地位和"完整的人"的理想，从而影响了"人的形象"(Menschenbild)概念内涵的演变与发展——延拓至四层含义：第一层面是人的物质表现，第二层面是人的形体，第三层面是具体的人，第四层面则是人的精神表象。[4] 由此出发，认识作家的前提，就是先了解他对人的观念，正如歌德在《诗与真》(Dichtung und Wahrheit)的序言中所说的：

> 传记的主要任务似乎就是，在人与其时代关系中，说明整个环境在多

---

[1] Max Horkheimer/Theodor W. Adorno：*Dialektik der Aufklärung*. Frankfurter a. Main：Fischer，1987，S. 97.

[2] Hoffmann Michael/Julian Kanning：*Georg Büchner. Epoche-Werk-Wirkung*. München：C.H. Beck，2013，S. 28.

[3] Vgl. Wolfgang Riedel：„Erster Psychologismus. Umbau des Seelenbegriffs in der deutschen Spätaufklärung". In：Jörn Garber/Heinz Thoma (Hg.)：*Zwischen Empirisierung und Konstruktionsleistung：Anthropologie im* 18. *Jahrhundert*，a.a.O.，S. 1-18，hier：10-11.

[4] Michael Zichy：*Menschenbilder*. Freiburg/München：Verlag Karl Alber，2017，S. 48.

大的程度上阻碍他，又在多大的程度上有利于他，他是如何从中形成自己对世界与人的观念，以及当他成为艺术家、诗人或作家时，又是如何再将这些观念向外部世界反映出来。①

　　虽然，毕希纳并未留下自我书写的传记，但留给了我们作品。因此，要认识毕希纳就必须从他的作品入手，因为他视"深入人的本质"为作家的任务（DKV Ⅰ，235），而每一个作品的主人公又是"作家自我肖像的一个切面"②。这样一来，或许我们就能够通过提取毕希纳作品的人物形象来拼贴出一幅较为完整的毕希纳形象图。

　　面对自我危机，在 1834 年 3 月 30 日的家书中，他表示要离开腐败的斯特拉斯堡宫廷，"去往吉森最卑贱的环境里去"（DKV Ⅱ，386），因为只有那里才能够找到自己内心的出路。对于他而言，那些被理想主义者所美化的现实是一种中空的虚无表象，"令人无法忍受"（DKV Ⅰ，233）。从高贵到卑贱，这一行动无疑昭示了考察视角的转换。也正是在这封信后，毕希纳开始起草《黑森快报》（Der Hessische Landbote，1834），次年创作并出版了第一部戏剧《丹东之死》（Dantons Tod，1835），开启了自己的文学作家生涯。立足于现实的土壤，通过对非道德者、疯人、罪犯甚至是最底层的、未受教育的卑贱之人的形象浓墨重彩的描写，毕希纳公然地站在了古典理想主义美学的对立面。因此，在同时代人眼中，这位诗人一度被视为是"不符合时代的"③。然而，也正因此，他的作品对人和人性的审美认识才具有了更广的维度。菲托尔（Viëtor）说："毕希纳怀有对真实的强烈渴望"④，"就算在他面前是最黑暗的事物，他也要尽可能地深入其最内在的核心去查看"（DKV Ⅱ，1103）。德国学者沃尔夫冈·里德尔（Wolfgang Riedel）甚至认为："毕希纳的作品创作代表了文学人

---

① Johan Wolfgang von Goethe：*Aus meinem Leben. Dichtung und Wahrheit*. Berliner Ausgabe. Hg. von Michael Holzinger. Berlin, 2014, S.4.

② Burghard Dedner（Hg.）：*Der widerständige Klassiker. Einleitung zu Büchner vom Nachmärz bis zur Weimarer Republik*. Frankfurt a. M.：Athenäum, 1990, S. 132f.

③ Henri Poschmann：„Problem einer literarisch-historischen Ortsbestimmung Georg Büchners". In：Hubert Gersch/Thomas Michael Mayer/Günter Oesterle（Hg.）：*Georg Büchner-Jahrbuch*, *Band* 2. Frankfurt a. Main：Europäische Verlagsanstalt, 1982, S. 133-142, hier：133.

④ Karl Viëtor：*Georg Büchner：Politik*, *Dichtung*, *Wissenschaft*. Bern：Francke, 1949, S. 216.

类学的最高峰。"①

1.2 毕希纳形象的历史嬗变

1.2.1 国外研究

在德国，毕希纳形象的研究由来已久。从历史线性的视角，纵观学界对毕希纳的界定和接受，并非一直保持着统一的、积极的态度，而是呈马鞍型的波动状态。首先是因为除了《黑森快报》和《丹东之死》两部作品，毕希纳的大部分作品是在其逝世后才逐渐进入公众视野的，而他的戏剧也因种种原因直至20世纪才得以在舞台上呈现，②之后仍有不同手稿陆续被发现、增补，但许多地方在编辑上仍存在争议。故而，在毕希纳的研究和接受中，从一开始就潜藏着矛盾与统一相交替的阐释性悖论，即既不能割裂地从单独的一面来评判毕希纳，又无法直接地从完整性出发勾勒一个真正整体的毕希纳形象。其次，不同时代研究观点与其所处时代思想特征和政治社会形势考量相关，这一点也符合"人的形象"概念的发展趋势。时间上，毕希纳形象的德国研究可分为以下几个时期。

1.青年德意志与三月革命前时期

三月革命前是毕希纳接受史的第一阶段。作为他作品的第一位出版者和接受者，青年德意志流派的代表人物卡尔·古茨科（Karl Gutzkow，1811—1878）视毕希纳为"一位隐匿的天才"（DKV Ⅱ，395），并不余遗力地推动这一时期毕希纳研究与形象的建立："毕希纳很快就停止了对暴力变革的梦想……我们回想起了我们时代的孩子，并保持着毕希纳的表白，这位德国的流亡者……与莱布尼茨、沃尔夫和康德为伍，并为现代文化史做出了贡献。"③显然，出于对政治审

---

① Vgl. Wolfgang Riedel：„Anthropologie und Literatur in der deutschen Spätaufklärung". In：ISAI，Sonderheft 6. Tübingen 1994，S.93-158，hier：S. 144.

② 毕希纳的三部戏剧首演时间分别为：1902年《丹东之死》、1913年《沃伊采克》、1985年《雷昂斯与蕾娜》。

③ Georg Büchner：*Gesammelte Werke*：*Erstdrucke und Erstausgaben in Faksimiles*，Bd. 9：*Nachrufe auf Georg Büchner*. Hg. von Thomas Michael Mayer. Frankfurt a. M.：Athenäum，1987，S. 399

查的顾虑,古茨科在编辑出版《黑森快报》和《丹东之死》的过程中,剔除或调整了许多具有挑衅意味的语言表达,减弱了毕希纳的革命叛逆性,并从中提炼出从革命政治向哲学式思考过渡和转变的范式,借以从统一性的视角概括出毕希纳所具有的"时代代表性",从而设定了这一时期对于毕希纳接受的方针。

然而,在阅读毕希纳的《雷昂斯与蕾娜》和《棱茨》时,他意识到自己的观点带有片面性,并于之后谨慎地用"新时代的孩子"替代了"我们时代的孩子"[①]。可见,他也意识到了毕希纳之于时代的与众不同。但通过这一措辞的修正,古茨科并未实质性地改变坚持避开浪漫元素、向哲学靠拢的倾向:他既不认可《棱茨》的结构特性,"也未认识到《雷昂斯与蕾娜》的美学层次"[②]。这一观点影响了之后对毕希纳的接受研究。直至 19 世纪后半叶,人们才逐渐改变这一观点,开始重视这部戏剧的讽刺意义。受古茨科影响,具有"铁云雀"之称的德国革命诗人格奥尔格·赫尔韦格(Georg Herwegh,1817—1875)更是给毕希纳冠以"世纪的孩子"这一当时最高的赞誉,认为他"像一块闪着永恒光芒的宝石"(MBV V,334)。

除了古茨科和赫尔韦格,威廉·舒尔茨(Wilhelm Schulz,1797—1860)亦可以说是这一时期研究毕希纳最深入的人。他高扬赫尔韦格对于毕希纳的赞美诗,并评价《丹东之死》是"一部被广泛阅读、重视、赞美,但同时也被以理解的方式遭受抨击的作品"[③]。舒尔茨以此方式站在了古茨科的对立面上:一方面,他不认为毕希纳在这部革命戏剧中离开了自己的理念;另一方面,尽管《雷昂斯与蕾娜》具有浪漫派的特色,但在舒尔茨眼里却是"一部不可多得的贵族宫廷讽刺剧"[④]。而对于《棱茨》,舒尔茨的态度则是不确定的。这部描写内心

[①] Dieter Sevin (Hg.): *Georg Büchner: Neue Perspektiven zur internationalen Rezeption*. Berlin: Erich Schmidt Verlag,2007,S. 23.

[②] 古茨科这样评价《雷昂斯与蕾娜》:"这部戏剧展现出了同样的反舞台的特征,并且在情节中体现了同样过剩的散文性词语。"他认为这部戏剧是脱离舞台的:"整体就是一口气息,一个声音;它发出声响、散发味道,但是'舞台演出'(Mise en Scence)就不可能实现了。"(MBA V,96)

[③] Walter Grab/Thomas Michael: *Georg Büchner und die Revolution von 1848. Der Büchner-Essay von Wilhelm Schulz aus dem Jahr 1851. Text und Kommentar*. Königstein: Athenäum,1985,S. 62.

[④] Walter Grab/Thomas Michael: *Georg Büchner und die Revolution von 1848. Der Büchner-Essay von Wilhelm Schulz aus dem Jahr 1851. Text und Kommentar*,a. a.O.,S. 61f.

悲剧的小说对于这位作家而言是一幅"最昏暗的夜晚油画"①。

在批评的声音中，《丹东之死》特有的艺术语言最受指摘。譬如，毕希纳的德语老师卡尔·鲍尔（Karl Baur，1788—1877）就公开地批判毕希纳"用肮脏冒充美，用卑劣充当高雅"（MBA Ⅲ.Ⅱ，316）。而赫尔曼·马格拉夫（Hermann Marggraff，1809—1864）甚至认为，"毕希纳败坏了 1830 年的革命进步"，其作品"并未带来艺术的享受，至多只是眩晕感"②。尽管马格拉夫对毕希纳的评价不是积极的，但不妨碍他对这位青年作家的重视，这体现在他对《雷昂斯与蕾娜》和《棱茨》两部作品的青睐："毕希纳的两个遗作（《雷昂斯与蕾娜》与《棱茨》）令人极其感兴趣……这两个遗作非常的突出"，"他们是浪漫派之间的派别，在此读者能够从被古茨科的理性幽默所造成的刺痛中恢复过来"③。在三月革命前的毕希纳作品接受中，同舒尔茨和马格拉夫类似的矛盾情况并不少见，但无论如何都可说明，毕希纳在创作上的突出性于此时已受到广泛的关注与热议。

2.三月革命后至 1933 年期间

伴随着毕希纳弟弟路德维希·毕希纳（Ludwig Büchner，1824—1899）以及作家卡尔·埃米尔·弗兰佐斯（Karl Emil Franzos，1848—1904）相继整理出版了毕希纳全集④，人们开始将考察的重心从《丹东之死》向其他作品转移，更加全面地走进作家的精神世界。其中，在路德维希的眼中，小说《棱茨》的主

---

① Walter Grab/Thomas Michael：*Georg Büchner und die Revolution von* 1848. *Der Büchner-Essay von Wilhelm Schulz aus dem Jahr* 1851. *Text und Kommentar*，a. a.O.，S. 61.

② Dieter Sevin：*Georg Büchner：Neue Perspektiven zur internationalen Rezeption*，a.a.O.，S. 27，28.

③ Dieter Sevin：*Georg Büchner：Neue Perspektiven zur internationalen Rezeption*，a.a.O.，S. 29.

④ 尽管，古茨科是出版编辑毕希纳作品的第一人，但是他的第一个版本内未收录《雷昂斯与蕾娜》、《棱茨》以及毕希纳的书简，故被视为是不完整的。而路德维希·毕希纳出版的 1850 年版的《毕希纳遗作》（*Nachgelassene Schriften von Georg Büchner*）才是真正意义上的第一部相对完整的全集。30 年后，弗兰佐斯出版了《毕希纳全集、手稿遗稿和第一版评论集》（*Georg Büchner's Sämtliche Werke und handschriftlicher Nachlass. Erste kritische Gesammt-Ausgabe*）。这一版是对第一版全集的补充和更新。由于手稿字迹难以解读，路德维希的第一版实质上并未收录《沃伊采克》手稿，而弗兰佐斯克服了这一难题，并对第一版进行了评论。

人公棱茨就是哥哥以文字的形式所进行的自我形象的延展:"在棱茨的人生和存在中,他感受到了相似的精神境界,这部残卷可以说是作家一半的自我肖像。"①他的说法得到了许多学者的支持。19 世纪病理学的兴起,使人们在毕希纳的"宿命论"②、描述自我病况的书信以及作品《沃伊采克》和《棱茨》的疯癫中捕捉到了"诗人的不快情绪"③。

海因里希・朱利安・施密特(Heinrich Julian Schmidt,1818—1886)作为这一时期毕希纳研究的代表人物,将此不快的情绪比喻为一种"在整个德国扩散的传染性疾病"④。这个评价多少含有贬义的成分,因为施密特本人倾向于理想主义的美化艺术。在他看来,"诗人是高雅的、震撼的、愉悦的",并"通过理想实现这一切",可毕希纳却"以历史为导向,真实地表现自己"的"丑陋一面"。⑤ 尽管施密特与毕希纳的现实主义美学观不尽相同,但不可否认,他对"疾病"的察觉却为人们提供了理解毕希纳的重要视角,而这一视角时至今日仍在研究中占据重要地位。

3.1933 年以降的接受

进入 20 世纪,毕希纳跨时代的影响力和代表性成了历史接受的范式。人们在思考毕希纳的同时,也反思着自己。可以说,对毕希纳的接受在一定程度上起到了"反射镜"的效果,反映了德国文学和政治历史的发展。二战前,纳粹的迫害导致大批德国知识分子流亡外国,而留在德国的学者也因不认同纳粹的行为而遁入了内心的流亡。故而,在同样拥有政治迫害、流亡经历的毕希纳身上,他们找到了自己状况的抒发通道。亦如影响这一时期毕希纳研究的作家格奥尔格・卢卡奇(Georg Lukács,1885—1971)所提出的疑问:"毕希纳究

---

① Burghard Dedner (Hg.):*Der widerständige Klassiker. Einleitung zu Büchner vom Nachmärz bis zur Weimarer Republik*,a.a.O.,S. 132f.

② 毕希纳在1834 年 1 月中旬写给未婚妻的书信中,表达了对政治理性统治暴力的不满和历史宿命论的失望。这封信因此"宿命论"观点而闻名,是毕希纳"宿命论观"研究被引用最多的书信之一。

③ Dieter Sevin (Hg.):*Georg Büchner:Neue Perspektiven zur internationalen Rezeption*,a.a.O.,S. 35f.

④ Dieter Sevin (Hg.):*Georg Büchner:Neue Perspektiven zur internationalen Rezeption*,a.a.O.,S. 35f.

⑤ Jan-Christoph Hauschild:*Georg Büchner. Studien und neue Quellen zu Leben*,*Werk und Wirkung*,a.a.O.,S. 218,219.

竟属于哪个国家，是民主社会主义德意志帝国或是'另一个德国'，也就是流亡？"①这折射出当时德语流亡作家内在迷茫又挣扎的真实心境，既是他问也是自问。"流亡"是其核心的主题，每个人都试图通过毕希纳流亡时期的创作理念来表达自己当下的流亡体验。

这一时期，对于毕希纳的"流亡"研究主要朝两个方向发展。分歧的焦点之一是"毕希纳是否是个革命诗人？"②，鉴于当时纳粹统治下严格的审查环境，部分保守派的学者力图远离政治，故而将毕希纳的革命者和诗人的身份进行区分，把毕希纳的流亡作品归为"非政治的"③。这样的划分从某种程度上含有对毕希纳的消极评判。其中，以埃米尔·施泰格（Emil Staiger，1908—1987）为代表的学者认为，毕希纳的流亡行为结合他的作品所流露出的"虚无情绪"是令人不安的，"因为这意味着世界失去了寻找意义的可能"④。而另一批学者却不认同这样的区分与观点。在作家安娜·西格斯（Anna Seghers，1900—1983）眼中，毕希纳是一位"为了德意志困境而殚精竭虑、孤单奋斗的诗人"，他的诗学"不仅具政治性，而且还具有明显的跨时代性"⑤。格哈特·波尔（Gerhart Pohl，1902—1966）则视毕希纳是"自然主义作家豪普特曼（Gerhart Hauptmann，1862—1946）的先驱者"，并认为"他的一切都是伟大的"⑥。

受二战的影响，这两个不同方向的观点在德国分裂时期促成了东西德研究的对立与笔战。卡尔·菲托尔（Karl Viëtor，1892—1951）代表西德的学术观点。他于 1934 年发表了《英雄的消极主义悲剧：论毕希纳的〈丹东之死〉》（*Die Tragödie des heldischen Pessimismus. Über Büchners Drama Dantons Tod*），宣称毕希纳的"反英雄"（Gegenheld）是一种"超越时代的永久有效性"典范，且包含了"一种反唯心主义的哲学"："这一无望的消极主义观是世纪之

---

① Dieter Sevin（Hg.）：*Georg Büchner：Neue Perspektiven zur internationalen Rezeption*，a.a.O.，S. 39.

② Dietmar Goltschnigg（Hg.）：*Büchner im „Drittes Reich": Mystifikation，Gleichschaltung，Exil：eine Dokumentation*. Bielefeld：Aisthesis Verlag，1990，S. 175.

③ Dieter Sevin（Hg.）：*Georg Büchner：Neue Perspektiven zur internationalen Rezeption*，a.a.O.，S. 42.

④ Dietmar Goltschnigg（Hg.）：*Büchner im „Drittes Reich": Mystifikation，Gleichschaltung，Exil：eine Dokumentation*，a.a.O.，S. 143-144.

⑤ Dieter Sevin（Hg.）：*Georg Büchner：Neue Perspektiven zur internationalen Rezeption*，a.a.O.，S. 43.

⑥ Dietmar Goltschnigg（Hg.）：*Büchner im „Drittes Reich"*，a.a.O.，S. 136.

交唯心主义崩塌和新唯物主义世界观产生的混乱时期的产物。"①菲托尔一方面更新了第三帝国时期对毕希纳的认识，肯定他是"最具有政治思考的人"，另一方面在结论中以消极的词语判定《丹东之死》是一个无望的悲剧，从而将这位年轻诗人归入了"叔本华和克尔凯郭尔的悲观主义者行列"②。他甚至认为"毕希纳的诗是同他的时代不相宜的"③。

　　而民主德国评论家卢卡奇显然无法认同菲托尔的消极观点，他甚至责其将"毕希纳法西斯化了"④。他从阶级仇恨出发，将毕希纳定义为"贫民的革命者"⑤。在他看来，尽管毕希纳的"革命视角包含了许多不明的内容"，却是"唯一一个站在历史高度上"，考察一场"世界观危机的彻底的、坚定的革命者和现实主义者"⑥。而相较于卢卡奇，同在东德的文论家汉斯·迈尔（Hans Mayer，1907—2001）的评论显得要温和得多。首先，他不认为菲托尔的观点"法西斯化"；紧接着，他将其对毕希纳观点的偏颇归结为两个方面："一是同历史因素的关联不够；二是没有用整体性的视角来考察毕希纳的形象。"⑦从"整体性"视角出发把握毕希纳一直是汉斯·迈尔的努力目标。他认为菲托尔的倾向性划分是不全面的。同时，他不仅拒绝了所有对毕希纳的非政治阐释，也拒绝将毕希纳仅视为革命诗人。

　　在《毕希纳和他的时代》（*Georg Büchner und seine Zeit*，1946）一书中，他另辟蹊径地采取了社会唯物主义的观察方式，立足于政治、自然科学、哲学和诗学的跨学科交叉的"融合观点"⑧，将研究重心转向了对毕希纳的宿命论和理想的人类图景的研究。根据这一思路，汉斯·迈尔将《丹东之死》阐释为"宿命论的悲剧"，认为这场革命"因人性而失败"是必然的，但是"很具有意义"⑨。在他看来，毕希纳是在卡尔·马克思（Karl Marx，1818—1883）之前敏锐认识

①　Dietmar Goltschnigg（Hg.）：*Büchner im „Drittes Reich"*，a.a.O.，S. 97，91，96，98.

②　Dietmar Goltschnigg（Hg.）：*Büchner im „Drittes Reich"*，a.a.O.，S. 113，185.

③　Dieter Sevin（Hg.）：*Georg Büchner：Neue Perspektiven zur internationalen Rezeption*，a.a.O.，S. 42.

④　Dietmar Goltschnigg（Hg.）：*Büchner im „Drittes Reich"*，a.a.O.，S. 185.

⑤　Dietmar Goltschnigg（Hg.）：*Büchner im „Drittes Reich"*，a.a.O.，S. 189.

⑥　Dietmar Goltschnigg（Hg.）：*Büchner im „Drittes Reich"*，a.a.O.，S. 188-198.

⑦　Dietmar Goltschnigg（Hg.）：*Büchner im „Drittes Reich"*，a.a.O.，S. 448-449.

⑧　Hans Mayer：*Georg Büchner und seine Zeit*. Frankfurt a. Main：Suhrkamp，1972，S. 19.

⑨　Hans Mayer：*Georg Büchner und seine Zeit*，a.a.O.，S. 193，204.

到政治阶级局限性的少数代表，他在《雷昂斯与蕾娜》中提到的"无聊"表明了"无望、僵死的社会的无意义存在"；而棱茨的"精神混乱和无联系状态"打开了"致死疾病"①的视野。可以说，汉斯·迈尔的《毕希纳和他的时代》是毕希纳研究史上的重要突破，它不仅促使毕希纳这个名字以及其作品得以被全世界所熟知，而且为 20 世纪的毕希纳研究开辟了许多新的视角。

总体而言，虽然菲托尔和汉斯·迈尔的观点看似对立，但实质上也有相似之处，即他们的最终立足点都落在了对未来问题的讨论上，正是这一问题导致了他们的分道扬镳，而"流亡"是解答这一分歧的隐匿钥匙。1937 年流亡美国的消极经历使菲托尔在《丹东之死》中仅看到了一个无望的结局——"这是这个时代的信号；因敌对的倾向而分裂"②。在他看来，"回家"（回归祖国德国）已不再可能。相反地，如前文所述，一度流亡但最终回到德国的迈尔则认为，毕希纳对革命失败的处理受限于社会现状。迈尔的表述夹杂着矛盾的情绪，但未完全否定希望。

毕希纳就像是一个巨大的磁力场，吸引了具有不同政治和诗学构想的人们在此畅所欲言，回忆过去，畅想未来。他们在毕希纳身上找到了自己，同时也在自己身上看到了毕希纳。他们以毕希纳的名字进行自我独白。诺贝尔文学奖得主、德国流亡作家艾利阿斯·卡内蒂（Elias Canetti，1905—1994）就曾对毕希纳如此推崇："毕希纳所带来的风对于每个人而言就是自由。"③在这期间，1951 年重新设立毕希纳文学奖（仅颁给在文学上有巨大贡献者）给予了作家们更多的表达契机，推动着毕希纳接受与研究走向新的高峰，形成了历史的毕希纳与当下的互动。

1960 年，诗人策兰（Paul Celan，1920—1970）在其获奖词"子午线"（Der Meridian）中多次引用毕希纳的作品，在回顾毕希纳反理想主义表述的同时，也阐述了诗人对自我诗学的构想。④ 尤其在"美杜莎头颅"的问题上，策兰区分了毕希纳对于"我"（ich）和"人们"（man）的不同人称的运用，强调了诗的自主性，并认为

---

① Hans Mayer：*Georg Büchner und seine Zeit*，a.a.O.，S. 314，207.

② Dieter Sevin（Hg.）：*Georg Büchner：Neue Perspektiven zur internationalen Rezeption*，a.a.O.，S. 50.

③ Elias Canetti：*Die Fliegenpein. Aufzeichnungen*. München：Hanser，1992，S. 132.

④ Paul Celan：„Der Meridian（1960）". In：Dietmar Goltschnigg（Hg.）：*Georg Büchner und die Moderne. Texte，Analyse，Kommentar. Band 2，1945-1980*. Berlin：Erich Schmidt Verlag，2002，S. 300-308.

这也是"对一战、二战时法西斯化的文化政治的讽刺性影射"①,借此切断通过美学的媒介延续社会不公的行为。4 年后,英格博格·巴赫曼(Ingeborg Bachmann,1926—1973)手握毕希纳文学奖,直白地将棱茨的自我和世界关系的裂痕比作分割东西德的柏林墙,并指出从此"我们的统一性断裂了"②。这一分裂的记忆对于所有战后作家而言,是时代的创伤性遗产,无法抹去。

即便是 1989 年柏林墙被推倒,1990 年德国重新统一后,这一记忆的创伤仍然无法愈合。正如 1985 年的毕希纳文学奖得主海纳·米勒(Heiner Müller,1929—1995)的获奖词"沃伊采克,一个伤口"③所暗喻的那样:创伤无法愈合,那么只有通过反思来克服。这是当代毕希纳奖获奖者的共同坚持,在这个道路上不仅有杜尔斯·格仁拜因(Durs Grünbein,1962—)、沃尔克·布劳恩(Volker Braun,1939—),还有沃尔夫冈·希尔比西(Wolfgang Hilbig,1941—2007)等人努力的踪迹。④ 在他们的诗学政治构想中,毕希纳以同代人的姿态出现,成为他们诗学的证人。

在毕希纳 200 周年诞辰之时,赫尔曼·库尔茨(Hermann Kurzke)在其《格奥尔格·毕希纳:天才的故事》(*Georg Büchner. Geschichte eines Genies*,2013)一书中重新对毕希纳的形象进行了总结和增补:毕希纳不仅是宗教的、社会的、民主的浪漫者……同时他是孤独的,绝不是幸福的人。⑤ 同时,库尔茨指出,这位

---

① Marlies Janz: *Vom Engagement absoluter Poesie. Zur Lyrik und Ästhetik Paul Celans*. Frankfurt a. Main: Syndikat,1976,S. 105.

② Ingeborg Bachmann:„Ein Ort für Zufälle (1964)". In: Dietmar Goltschnigg (Hg.): *Georg Büchner und die Moderne*,Bd. 2,a.a.O.,S. 346-347,hier: 346.

③ Heiner Müller:„Die Wunde Woyzeck (1985)". In: Dietmar Goltschnigg (Hg.): *Georg Büchner und die Moderne. Texte,Analyse,Kommentar. Band 3,1980-2002*. Berlin: Erich Schmidt Verlag,2004,S. 314-315,hier: 315.

④ 杜尔斯·格仁拜因在 1995 年的毕希纳奖颁奖台上以"打碎身体"(*Den Körper zerbrechen*)为题,借助毕希纳诗学中生理学问题对抗现实社会的伦理剥削关系。5 年后,沃尔克·布劳恩模仿格仁拜因,将标题改为"打破现状"(Die Verhältnisse zerbrechen),表达了对社会和政治的控诉。沃尔夫冈·希尔比西则是在 2002 年的获奖致辞中清算了分裂给人们带来的心理创伤,如幽闭恐惧症。毕希纳笔下的许多主人公都表现出这一心理症状。因此,他强调了"文学是独白"。参见 Wolfgang Hilbig:„Literatur ist Monolog". In: Dietmar Goltschnigg: *Georg Büchner und die Moderne*,Bd. 3,a.a.O.,S. 600-601.

⑤ Hermann Kurzke: *Georg Büchner. Geschichte eines Genies*. München: Beck,2013,S. 20,47,120,152,260,472,494.

诗人体内潜藏了一种非凡的"神秘力量"①。然而，这一"神秘力量"是什么？库尔茨莫衷一是。就像汉斯·迈尔所判言的那样，"毕希纳是解释不清的"②。尽管如此，他的作品依然让人无法轻视每一个细节和词语，并饶有兴致地不断重读，因为"重读毕希纳的作品意味着更敏锐地观察自己的现状"③。

自 20 世纪 70 年代以来，毕希纳研究呈现多元化的跨学科倾向。尤其，伴随着西方学界的"文学人类学"转向，研究者也开始从不同的视角对文本中的"人的形象"问题进行阐释，从而丰富了毕希纳文本阐释的可能性，相关研究主要有以下几种视角：

（1）身体。首先，从毕希纳在身心问题上表现出明显的身体意识来看，身体被视为是打开进入毕希纳作品及其思想的钥匙。《毕希纳的文学与自然科学：科学中的一场革命》(Es gibt eine Revolution in der Wissenschaft. Natur-wissenschaft und Dichtung bei Georg Büchner, 1998)和《解读神经》(Die Nerven lesen, 2001)两篇论文对于身体的关注，集中在对毕希纳作品诗学语言和作品形式的科学化特征的讨论上，未对毕希纳作品中人的形象问题进行专门论述。④ 立足于身体的书写，帕特里克·福特曼(Patrick Fortmann)则将毕希纳的作品分别归入政治和爱情两个主题，剖析个体集体关系与人际交往关系之间的矛盾。⑤ 尽管他对主要人物进行了详尽的独立分析，但未对"人的形象"之间的内在关联进行建构，无法凸显出毕希纳笔下人的形象的整体轮廓。基特施泰纳(Heinz-Dieter Kittsteiner)和阿尔方斯·格吕克(Alfons Glück)关注到了医学工具理性迫害人的身心健康而致病的现象，但可惜的是他们都仅局限于分析《沃伊采克》一部作品，不足以囊括毕希纳所塑造的人的

---

① Hermann Kurzke: *Georg Büchner. Geschichte eines Genies*, a.a.O., S. 30.

② Hans Mayer:„Der unerklärbare Büchner (1987)". In: Dietmar Goltschnigg (Hg.): *Georg Büchner und die Moderne*, Bd. 3, a.a.O., S. 331-335, hier: S. 331.

③ Christa Wolf:„Von Büchner spreche (1980)". In: Dietmar Goltschnigg (Hg.): *Georg Büchner und die Moderne*, Bd.2. Berlin: Erich Schmidt Verlag, 2002, S. 506-512, hier: S. 507.

④ Peter Ludwig: *Es gibt eine Revolution in der Wissenschaft. Naturwissenschaft und Dichtung bei Georg Büchner*. Röhrig: St. Ingbert, 1998; Daniel Müller Nielaba: *Die Nerven lesen: Zur Leit-Funktion von Georg Büchners Schreiben*. Würzburg: Kögnigshausen & Neumann, 2001.

⑤ Patrick Fortmann: *Autopsie: Die Physiologie der Liebe und die Anatomie der Politik im Werk Georg Büchners*. Harvard University, Cambridge, Massachussets, 2005.

形象的丰富性。[①] 同时,在整个研究身体的过程中,不可避免地要涉及自动机、木偶、动物、疯癫、忧郁等主题,从而促进了新的研究切入点的形成。

(2)自动机、木偶、傀儡。在毕希纳的作品中,这三个概念作为平行的概念反复出现,交织了多个学科的话语。从自然的视角出发,鲁道夫·德鲁科斯(Rudolf Drux)在《傀儡人》(*Marionette Mensch*)中借助傀儡的隐喻,以《雷昂斯与蕾娜》为例,分析了毕希纳笔下人的形象因无法摆脱目的论所决定的、没有变化的无聊生活而变得机械化。[②] 从心理学视角来看,《无我,去市民化和时间体验》(*Ich-Losigkeit, Entbürgerlichung und Zeiterfahrung*)一文意识到,营养实验通过破坏身心的健康,使人丧失了自我意识,从而成为可被他人操控的机器人。[③] 学者赫尔曼(Britta Herrmann)研究的是语言的自动化作为《雷昂斯与蕾娜》戏剧中人的机械化的标志。[④] 在此基础之上,德鲁科斯和于尔根·泽林(Jürgen Söring)从自动机的视角关注到了"毕希纳与浪漫派之间的美学关联"[⑤],探讨了毕希纳诗学的复杂性与多样性。但这些关于人的机械形象的分析也都立足于单独的文本,只能构成人的形象研究的一个切面。

(3)动物。动物在毕希纳的作品中作为类人之物,与木偶、自动机起到了异曲同工的作用。它作为隐喻符号被直接地纠缠在文化、社会、政治、医学的力量角力关系中。出版于 2009 年的《毕希纳作品中的动物图像》(*Tierbilder*

① Heinz-Dieter Kittsteiner/Helmut Lethen: „Ich-Losigkeit, Entbürgerlichung und Zeiter-fahrung. Über die Gleichgültigkeit zur Geschichte in Büchners Woyzeck". In: Hubert Gersch /Thomas Michael Mayer/Günter Oesterle (Hg.): *Georg Büchner-Jahrbuch*, *Bd*. 3. Frankfurt a. Main: Europäische Verlagsanstalt, 1983, S. 240-269; Alfons Glück: „Der Menschenversuch. Die Rolle der Wissenschaft in Georg Büchners Woyzeck". In: Hubert Gersch /Thomas Michael Mayer/Günter Oesterle (Hg.): *Georg Büchner-Jahrbuch*, *Bd*.5. Frankfurt a. Main: Europäische Verlagsanstalt, 1985, 139-182.

② Rudolf Drux: *Marionette Mensch. Ein Metaphernkomplex und sein Kontext von E.T.A. Hoffmann bis Georg Büchner*. München: Wilhelm Fink Verlag, 1986.

③ Heinz-Dieter Kittsteiner/Helmut Lethen: „Ich-Losigkeit, Entbürgerlichung und Zeiter-fahrung", a.a.O., S. 240-269.

④ Roland Borgards/Harald Neumeyer (Hg.): *Büchner-Handbuch*. Stuttgart: Metzler, 2009, S. 256.

⑤ Jürgen Söring: „Naturwerk-Kunstwerk-Machwerk: Maschinengang und Automatismus als poetologisches Prinzip". In: Ders. (Hg.): *Androiden. Zur Poetologie der Auto-maten*. 6 Internationales Nürnberger Kolloquium 1994. Frankfurt a. Main: Lang, 1997, S. 9-51, hier: 36.

im Werk Georg Büchners）一书分析了毕希纳作品中人物符号的动物化隐喻运用，每个人所具有的动物标签不仅呈现了人物的性格，还暴露了他们之间的地位关系。[①] 而其他研究者则仅立足于单个文本的研究，其中以《沃伊采克》为主要对象。如尼可拉斯·佩特斯（Nicolas Pethes）、罗兰·博尔加茨（Roland Borgards）、阿尔方斯·格吕克等学者都着重研究沃伊采克如何在实验中遭遇动物化降格，从而指向底层人被剥削的痛苦存在。[②] 但对于系统性地研究毕希纳所塑造的人的形象而言，局限于单个文本的研究不足以支撑起整体形象的构建。

（4）忧郁、疯癫、无聊。"无聊"和"疯癫"在毕希纳的作品中是忧郁的两种形式。关于《棱茨》病理问题的争论从未停止。在瓦尔特·辛德勒（Walter Hinderer）和哈拉尔德·施密特（Harald Schmidt）从心理学的视角判定棱茨是一个精神分裂者，"其诱因是失恋和与父亲的冲突"[③]的同时，泽林·蒂茨（Carolin Seling-Dietz）则坚守自己的判断逻辑，即"因现实与宗教信仰的断裂所导致的忧郁"[④]。库比克（Sabine Kubik）的《毕希纳文学作品中的疾病和医学》（*Krankheit und Medizin im literarischen Werk Georg Büchners*）以及珍蒂利尼（Olivetta Gentilin）的最新研究《毕希纳的〈棱茨〉与〈沃伊采克〉中疾病形象的修辞性》（*Krankheitsbild als rhetorisches Element in Georg Büchners Lenz und Woyzeck*）虽都较为详尽地评述了毕希纳笔下的病者形象，同时纳

---

① Martin Nikolaus Wagner：*Tierbilder im Werk Georg Büchners*. MA. Universität Wien，2009，S. 51.

② Nicolas Pethes：„Viehdummes Individuum，unsterblichste Experimente. Elements of a Cultural History of Human Experimentation in Georg Büchner's Dramatic Case Study *Woyzeck*". In：*Monatshefte*. 2006，Vol. 98(No.1)，S. 68-82；Roland Borgards/Harald Neumeyer（Hg.）：*Büchner-Handbuch*，a.a.O.，S. 218-224；Alfons Glück：„Der Menschversuch. Die Rolle der Wissenschaft in Georg Büchners Woyzeck"，a.a.O.，S. 139-182.

③ Walter Hinderer：„Lenz. Sein Dasein war ihm eine notwendige Last". In：Ders.（Hg.）：*Interpretationen：Georg Büchner：Dantons Tod，Lenz，Leonce und Lena，Woyzeck*. Stuttgart：Reclam，1990，S. 63-117，hier：110-111；Harald Schmidt：„Schizophrenie oder Melancholie? Zur problematischen Differentialdiagnostik in Georg Büchners Lenz". In：*ZdfPh* 117 (1998)，S. 516-542，hier：516-521.

④ Carolin Seling-Dietz：„Büchners Lenz als Rekonstruktion eines Falls religöser Melancholie". In：Burgard Dedner und Thomas Michael Mayer（Hg.）：*Georg Büchner-Jahrbuch*，Bd. 9（1995-1999）. Tübingen：Max Niemeyer Verlag，2000，S. 188-236，hier：225.

入了许多历史背景话语作为依据,强调了"毕希纳诗学的科学性"①,但疾病形象只是人的形象的一个切面,无法以一概全。

根据 1770 年起人类学与文学之间的互动,德国学者沃尔夫冈·里德尔(Wolfgang Riedel)判言:"文学就是人类学。"②据此,"人的形象"属于文学创作和诗学呈现的最基础对象。以上研究成果仅涉及人的形象的某个侧面,迄今为止,以"人的形象"为主题命名的德语研究专著仅有《毕希纳的人的形象》(*Büchners Bild vom Menschen*,1967)③。然而,此书并未涉及上述关于人的考察视角,仅是对毕希纳每部作品的主人公形象进行了概述性的阐释,未通过深入的文本分析来构建各人物形象之间的关联,无法较为立体地呈现毕希纳所理解的"人的形象"。

纵观毕希纳在德语国家的接受史,毕希纳对于"人"的理解和形象塑造并非单一的,而是呈现多面性的。对"人的形象"问题的关注已成为近代毕希纳研究的新趋势,众多学者从不同视角入手对此问题进行了解读,为本书的研究提供了许多启示。只是多数已有的成果局限于某个特定的人的侧面,或某个单篇的作品,较少地将"人的形象"问题置于其时代各学科交织的"共同话语"中进行关联性、系统性的探讨,以突出其审美特性。实质上,上述身体、动物、疾病、自动机(木偶)四大主题之间存在许多共通点,串联起来可构成毕希纳笔下"人的形象"的方方面面。因此,本书力图基于已有的研究成果,继续深入而多面地探讨毕希纳"人的形象"的多面性,以期更深入地理解作家思想以及他在人和人性问题上所体现的前瞻性。

1.2.2 国内研究

毕希纳在中国的接受史可以追溯到民国时期。1943 年,中德学会出版了杨丙辰的译著《诗人伦慈》(*Lenz*)(中德对照版),并列入"中德对照丛刊第一卷"④。

---

① Sabine Kubik:*Krankheit und Medizin im literarischen Werk Georg Büchners*. Stuttgart:Springer,1991.
② Wolfgang Riedel:„Anthropologie und Literatur in der deutschen Spätaufklärung ",a.a.O.,S. 101.
③ Ludwig Büttner:*Büchners Bild vom Menschen*. Nürnberg:Verlag Hans Carl,1967.
④ 马汉茂,等.德国汉学:历史、发展、人物与视角[M].李雪涛,等译.郑州:大象出版社,2005:192.

20世纪50年代，冯至在其所著《德国文学简史》中写道，在同一时期的作家中，仅有"革命主义诗人的海涅才能与毕希纳相提并论"①。1986年，傅惟慈翻译了《毕希纳全集》，促使其真正意义上进入了中国读者的视野。2008年，李士勋和傅惟慈根据1999年德国经典作家出版社出版的《毕希纳全集》（DKV版本）②，对本书进行了再次校订和增补，但是尚缺毕希纳哲学、医学和少年时期的作品。

1987年，为了纪念毕希纳逝世150周年，中德在北京联合举办了毕希纳学术讨论会。会上，冯至再次肯定了毕希纳对革命的成熟的思考，指出毕希纳立足于人民的现实利益，在他身上体现了其进步的唯物主义历史观的高度，并称他为"纪实戏剧的先驱"③。这次活动正式开启了当代毕希纳在中国的接受，这之后关于毕希纳的研究逐渐增多。但总体而言，研究成果并不如德国研究的丰硕，且研究重点较为零散，多以单篇的期刊论文形式出现，尚未有相关的系统性研究专著。具体呈现以下特点：

国内研究成果主要是针对毕希纳的某部作品的独立研究。其中，戏剧《丹东之死》受关注度较高。刘小枫的《沉重的肉身》和王维燊的《丹东形象的历史嬗变——从毕希纳、罗曼·罗兰、阿·托尔斯泰到巴金》分别从伦理道德和形象塑造的视角出发，探讨了丹东之死的历史必然性问题。④ 部分接受者尽管肯定毕希纳是"文献戏剧"创作的先驱者，但对于《丹东之死》始终持有些许批判的态度。例如，廖可兑在回顾西欧戏剧史时，认为毕希纳的身份背景与人民群众存在距离，导致其对于他们的描写有所偏颇。⑤ 而倪胜则指出，《丹东之死》"写的不是真实丹东的思想，而是毕希纳自己的感受"⑥，其为女性的发声是不符合时代精神的，故而，倪胜认为毕希纳并未彻底坚持自己所提出的还原现实的精神，两者内在存在矛盾，这是作家自身意识到却无法克服的。

《沃伊采克》在中国所受到的关注度仅次于《丹东之死》，被归入"现代表现

① 冯至.冯至全集：第七卷[M].韩耀成,等编.石家庄：河北教育出版社,1999:377.
② 格奥尔格·毕希纳.毕希纳全集[M].李士勋,傅惟慈,译.北京：人民出版社,2008.
③ 冯至.冯至全集：第八卷[M].韩耀成,等编.石家庄：河北教育出版社,1999:418-427.
④ 刘小枫.沉重的肉身：现代性伦理的叙事纬语[M].北京：华夏出版社,2004；王维燊.丹东形象的历史嬗变：从毕希纳、罗曼·罗兰、阿·托尔斯泰到巴金[J].福建师范大学学报（哲学社会科学版）,1995(1):48-50.
⑤ 廖可兑.西欧戏剧史：上册[M].北京：中国戏剧出版社,2007:287.
⑥ 倪胜.早期德语文献戏剧的阐释和研究[M].上海：上海远东出版社,2015:1-8.

主义先锋剧"①的范畴。刘明厚的《沃伊采克:一个小人物的悲剧》和李琦的
《浅析毕希纳的宿命论观——以〈沃伊采克〉为例》两篇文章,分别从社会剧的
意义和荒诞性来论证,主人公沃伊采克身上存在的荒诞性和虚无性。② 此外,
对其他作品的研究尚未形成统一的切入点,单篇作品研究的成果之间缺乏关
联性建构。库慧君以戏剧《雷昂斯与蕾娜》为研究对象所撰写的《毕希纳在中
国的"神性叙事"》,可说是至今为止正式出版的唯一一部研究毕希纳作品的专
著。该书是库慧君在 2009 年 5 月 21 日戏剧《雷昂斯与蕾娜》于中国的首次公
演的背景下撰写的。她通过对文本的理解,将毕希纳在这部戏剧中想要表达
的"身为玩偶"和"互为玩偶"的宗旨,融入现代戏剧舞台表演,展现了人无自我
的困境。本书认同库慧君援引王延松导演的观点"我们不可能完全进入毕希
纳……我们只能走近"③。

　　余匡复所著《德国文学史》赋予了《棱茨》"内心独白的先驱范例地位"④。
但到目前为止,这部作品在国内的关注度较低。其中,《论毕希纳中篇小说〈棱
茨〉的现代性》一文从《棱茨》叙述"内心独白"的句式结构里辨识到了具有现代
性特征的"意识流"叙事方式,强调了作家毕希纳创作手法的现代性。⑤ 刘冬
瑶的博士论文《疾病的诗学化和文学的"病态化":以本恩、卡天卡、迪伦马特和
贝恩哈德为例》中提及毕希纳在《棱茨》中所呈现的疾病文学化处理的现代性,
但研究仅限论文的引言部分,并未在正文进一步展开。⑥

　　近几年来,受西方文学人类学研究的影响,国内毕希纳研究也呈现出这一
方向的倾向,主要以身体、动物、疾病为研究主题,如《毕希纳的"身体观"与"现
代性主体"思考》《毕希纳戏剧作品〈沃伊采克〉中人的动物化与降格》。⑦ 前者
考察了毕希纳如何在作品中实现对笛卡尔式的"尊心背身"倾向的批判;后者

_____

① 吴卫民.戏剧撷英录[M].昆明:云南大学出版社,2012:23-24.

② 刘明厚.沃伊采克:一个小人物的悲剧[J].戏剧学,2011(2):16-22;李琦.浅析毕希纳
的宿命论观:以《沃伊采克》为例[D].上海:上海外国语大学,2012.

③ 库慧君.毕希纳在中国的"神性叙事"[M].北京:中国社会科学出版社,2016:7.

④ 余匡复.德国文学史:上卷[M].上海:上海外语教育出版社,2013:397.

⑤ 王希.论毕希纳中篇小说《棱茨》的现代性[J].名作欣赏(下旬刊),2013(6):90-92.

⑥ 刘冬瑶.疾病的诗学化和文学的"病态化":以本恩、卡夫卡、迪伦马特和贝恩哈德为例
[D].北京:北京外国语大学,2016:引言 1-2.

⑦ 谢敏.毕希纳的"身体观"和"现代性主体"思考[J].德语人文研究,2017(1):7-14;张
舒.毕希纳戏剧作品《沃伊采克》中人的动物化与降格[J].德语人文研究,2016,4(2):
38-43.

则从动物的隐喻出发,研究《沃伊采克》中底层之人在社会规训和剥削下遭遇降格的问题。但这些论文都是初步的尝试,提供的是局部的视角,立足于单个文本,系统性的关照不足。2021 年学者常波的博士论文[①]虽已触及毕希纳的人性论问题,但更多的是从思想史的视角出发探讨美学问题,且并未覆盖毕希纳的所有作品,文本分析力度有所欠缺。

综上所述,从已有研究可得出许多关于毕希纳文学人类学的视角和观点,这些视角和观点都具有启发性,但它们之间也存在共性问题,即以往的研究方法较为单一,大多数局限于单个文本,较少地运用跨学科的方法,突出的是人的形象的某个侧面。据此,本书试图基于已有的研究成果,从跨学科的视角出发,将毕希纳作品作为一个完整的系统,继续深入地阐发,分析其作品中所蕴含的诸种因素对于人的形象构建的作用。

此外,本书在多角度剖析毕希纳笔下"人的形象"的同时,不仅能深化对作品内涵的认识,而且能够观照诗人对于其时代人和人性的独特考察,为其具有现实主义特色的"生理美学"(Physio-Ästhetik)[②]找到一个关键性的注脚。同时,因为毕希纳作品中人的形象构建涉及多学科的知识互动,故而,本书在采用近文本分析方法的同时,从跨学科的视角出发,结合作家的关注点,分"动物""身体与灵魂""疾病""机器"四个关联性主题,系统性地探索毕希纳对人和人性的反思与形象塑造。同时,这四个主题研究关涉以下四个方面的问题:

(1)作为人的参照物,"动物"在毕希纳所理解的人和人性以及形象塑造的过程中起到了何种作用? 体现了怎样的审美认知转变?

(2)毕希纳是如何借助身体考察人的完整性在现代社会中的破碎? 暴露了关于人的存在的什么问题?

(3)当"完整的人"的构想已不可能实现,毕希纳在追问"非完整"的人是"常态的"还是"病态的"的同时,探测到了怎样的人性深度和复杂性? 为人们该如何把握自我提供了怎样的思考和审美意识?

(4)若人连自我都无法把控,那么人是否真的成了一部可操控、复制的自动机甚至只是其中运转的一个齿轮呢?

本书正是在解答这四个方面的关系所引发的问题的基础上,力图构建出

---

① 常波.背离与继承:思想史视域下的毕希纳美学研究[D].北京:中国社会科学院大学,2021.

② Roland Borgards: *Poetik des Schmerzes. Physiologie und Literatur von Barockes bis Büchner*. München: Wilhelm Fink Verlag, 2007, S. 448.

毕希纳心中的"人的形象",从而推导出其人性观和审美特性,并实现跨学科的话语互动。本书研究的对象是毕希纳的所有作品,包括文学作品《黑森快报》(*Die Hessische Landbote*,1834)、《丹东之死》(*Dantons Tod*,1835)、《沃伊采克》(*Woyzeck*,1836)、《雷昂斯与蕾娜》(*Leonce und Lena*,1836)和《棱茨》(*Lenz*,1835),解剖医学论文《论头盖骨神经》(*Über Schädelnerven*,1836)与《鲃鱼的神经系统》(*Mémoire sur le système nerveux du barbeau*,1835),哲学笔记《笛卡尔》(*Cartesius*,1836)与《斯宾诺莎》(*Spinoza*,1836),以及其学生时期的作品和书信。

本书还需对版本的选择进行一个说明。尽管毕希纳是一位英年早逝的作家,其创作生涯并不长,作品数量不多,但每个深入研究毕希纳的学者都会陷入版本选择的困境。因为,自 1835 年卡尔·古茨科编辑出版的第一版毕希纳文集起至今,各种全集版本或单部作品出版层出不穷,却尚未有一个版本得到学界的全面认可。造成这一困境的主要原因在于:

首先,毕希纳一大部分手稿原稿在其去世后,被其未婚妻赫尔赫明娜烧毁,剩余部分则在历史的流传中有所缺失,导致了毕希纳作品的残缺不全。其次,很多得以保留的原稿却难以辨认。这一方面与毕希纳的书写习惯有关;另一方面,有观点认为,由于其文学作品大多在流亡时期写成,时间的压力导致其书写字迹潦草。[①] 再次,毕希纳在作品中,尤其在《丹东之死》《沃伊采克》中使用了大量的方言性口语以及词尾省略,如《沃伊采克》里的"用他的目光"("mit sei Auge")(DKV Ⅰ:199),其定冠词"他的"(seinem)词尾被省去了。对此,日耳曼学者艾斯克·波克尔曼(Eske Bockelmann)就曾在《法兰克福汇报》(*Frankfurter Allgemeine Zeitung*)刊文指出:"多年来,毕希纳作品出版者从毕希纳的方言性和去词尾的书写习惯中形成了一种可怕而不幸的黑森方言的艺术。"[②]据此,毕希纳作品原稿的残篇性、模糊性,语言的方言性和省略性,不仅给编辑还原的工作造成了困难,也引起了许多误读、误改。最后,陆续被发现的新手稿或手抄稿也为作品文本结构的重构提出了挑战。

纵观较新的研究成果,毕希纳研究学界较为认可德国经典作家出版社

---

① Roland Borgards/Harald Neumeyer(Hg.):*Büchner-Handbuch*,a.a.O.,S. 307.

② Eske Bockelmann:„Wo ist die Moral,wo sind die Manschetten? Genie auf Kunsthessisch:Georg Büchners Schriften und Briefe". In:*Frankfurter Allgemeine Zeitung* vom 2. 11. 1999. Quelle:http://www. georg-buechner-online. de/FAZ99Bockelmann. pdf(Letzter Zugriff am 16.11.2018).

1999 年出版的版本（DKV），以及马尔堡毕希纳研究所于 2000 年起陆续出版的版本（MBA）。在 MBA 版本全集出版前，由毕希纳专家亨利·波施曼（Henri Poschmann）和罗斯玛丽·波施曼（Rosemarie Poschmann）共同完成的 DKV 版本，被认为是资料最完整、评注最详尽的，时至今日仍是毕希纳研究的首要参考文献。而 MBA 版本是马尔堡毕希纳研究所（Marburger Büchner-Forschungsstelle）投入了大量人力和时间的成果，其特点是：对作品产生的历史背景介绍丰富，且别出心裁地以大量篇幅展现从原稿、抄本至矫正本的整个文本编辑过程，提供了不同的阅读方式，让读者能够直接接触原稿。但与此同时，过于繁复的资料，某种程度上影响了论证，且实用性不强。尽管如此，它对 DKV 资料与评论的补充和更新是毋庸置疑的。

据此，本书主要以 DKV 版本为主，以 MBA 版本为辅，对毕希纳文本进行阐释。

第 2 章　历史语境中的人

人生最困难的事情是认识自己。

——泰勒斯

在德语中，"Menschenbild"是一个集人文、科学、宗教、社会和政治等不同领域人类学观于一体的综合概念，很难在其他的语言中找到完全对等的翻译。在不同的语境中，"Menschenbild"的意思也会相对应地发生变化，有所侧重。汉语中，常见的译法有"人的形象""人的构想""人的图像""人性观"等①。这些翻译从不同的面指出"Menschenbild"一词所包含的认识、想象、塑造和呈现的基本含义。

从构词来看，它是一个由名词"Mensch"（人）和"Bild"（图像）所构成的复合词，其中"Bild"（图像）是基本词，承担着核心语义。这一含义与"Menschenbild"一词的词源相符。据格林兄弟的《德语字典》（*Deutsches Wörterbuch von Jacob und Wilhelm Grimm*）和格哈德·克伯勒（Gerhard Köbler）的《古高地德语字典》（*Althochdeutsches Wörterbuch*）所示，"Menschenbild"（人的形象）一词可追溯到一组 8 世纪古高地德语词族群"manalīcha/manalīcho/manalih/manalīhha/ manalihho"，这组词共同地指向了"Bild"（图像），"一种对人的呈

---

① 德国学者米夏埃尔·辛丁（Michael Zichy）指出，在英法文献中，最接近德语"Menschenbild"一词的表达是"关于人的构想"、"人性观"（例如，"conception of human nature""idea of human nature""idee de l'homme"）或"人的形象"（"image of man""image de l'homme"）。参见 Michael Zichy：„Menschenbild：Begriffsgeschichtliche Anmerkungen". In: *Archiv für Begriffsgeschichte*，Vol. 56（2014），S. 7-30，hier：8.

现（Menschendarstellung）"，尤指"对人的面部或身体的呈现"。① 可见，身体在此扮演着媒介的作用。然而，人在通过身体获得某种构型的同时，也面临"图像形象作为摹本（Abbild）与原图像（Urbild）之间常常不对等的关系"②。因为，"每个时期都存在受时代精神制约的人的形象"③。也就是说，人的形象建构是建立在身体与观念的动态张力关系上的认知过程。

本书之所以将之拟译为"人的形象"，是因为"形象"一词在汉语中兼具着物质性、视觉图像性以及象征性的意义指向，更能够涵纳人的问题所牵涉的具体与抽象、现实与理想、外在与内在、身体与精神、个体与集体等多元的张力关系。正如德国学者福格勒（P. Volger）指出的："人的形象是伴随着人而存在着，这是人的一种特质。"④但不同时代，"人的形象"的建构条件、目标以及所面临的问题各异，导致其所呈现的形式也不同。

在古希腊，人们将"人的形象"之构建难题称为"斯芬克斯之谜"（Das Rätsel der Sphinx）："是什么动物拥有声音，并且早晨有四条腿，中午两条腿，晚上三条腿走路，而腿越多越无能？这个谜语的答案就是人。"⑤可见，在人的形象动态建构过程中，基于身体，"动物"是人自识的最早参照物。但此时，人的观念已开始从寻找与动物的共性向差异性转变，就像阿那克里翁（Anacreon，前 582—前 485 年）在诗句中写道："自然赋予牛以犄角，赋予马以四蹄，赋予野兔以速度，却赋予人以思想。"⑥思维、理性、精神成了人同动物划

---

① Bild. In：*Deutsches Wörterbuch von Jacob und Wilhelm Grimm*. *Bd*. 2，*Sp*. 10. Quelle：http://woerterbuchnetz.de/cgi-bin/WBNetz/wbgui_py? sigle＝DWB&mode ＝Vernetzung&lemid＝GB07111♯XGB07111（Letzter Zugriff am 10.11.2018）；Bild. In：Gerhard Köbler：Althochdeutsches Wörterbuch. Quelle：http://www.koeblergerhard.de/ahd/ahd_m.html（o.O. 2018）.

② Dietmar Kamper：„Bild". In：Christoph Wulf（Hg.）：*Vom Menschen*：*Handbuch historische Anthropologie*. Weinheim und Basel：Beltz Verlag，1997，S. 589-595，hier：589.

③ Heinrich Roth：*Pädagogische Anthropologie*，*Bd*. II，*Entwicklung und Erziehung*. *Grundlagen einer Entwicklungspädagogik*. Berlin：Schroedel，1971，S. 38.

④ P. Volger：„Disziplinärer Methodenkontext und Menschenbild"，a.a.O.，S. 16.

⑤ 这一谜语出自古希腊戏剧《俄狄浦斯王》（*König Ödipus*，前 435—前 425 年）。参见 Theodor Pelster：*Sophokles*：*König Ödipus*. Stuttgart：Philipp Reclam，2008，S. 8.

⑥ 米夏埃尔·兰德曼. 哲学人类学[M]. 阎嘉，译. 冯川，校. 贵阳：贵州人民出版社，1988：115.

界的标记。因为,人不再满足于作为自然的一部分,而是力图成为"万物的尺度"①,自然的主宰。

伴随着 16 世纪自然科学的进步,在经历中世纪宗教神学贬抑后,人的这一崇高愿景得以强化,至启蒙运动时期发展为对科学和理性的崇拜。启蒙哲学家笛卡尔甚至认为:"灵魂可以没有肉体而存在。"②他不仅将身体排除于人的主体之外,更以机械运动原理来解释身体,视其为"钟表"③。这样一来,身体与所谓"无灵魂"的动物一同被划入了机器的范畴。④ 笛卡尔对身心的割裂使人与身体、人与动物、人与机器的张力关系问题化,促使人们对人的认识与形象塑造走上了理性与经验两条路径。这两种观点在 1800 年前后的人类学话语中形成了两股对抗而又交织的力量。

本书的研究对象作家格奥尔格·毕希纳的文学人类学观正是在此大背景下形成的,并与 1800 年前后的人类学话语形成互动。因此,本章拟考察 1800 年前后关于人的讨论,同时,主要分析毕希纳在试讲稿《论头盖骨神经》中,如何从自然科学的视角,基于对神经的研究,反思同时代关于人的认识,从而形成指导诗学创作的人类学观。

2.1　1800 年前后关于人的认识之争

1800 年前后,启蒙运动方兴未艾,科学的发展促使学科划分的趋势日益显著,政治局势动荡不定,各个方面都预示着这是个思想、局势大变革的时代。这一时期的人类学研究的标题常常是"关于人的本性的学说"(Lehre von der menschlichen Natur)⑤,这实际是一种较为中立的表述,避免了关于人的双重

---

① "人是万物的尺度"是古希腊哲人普罗泰戈拉(Protagoras,公元前 485 年至前 420 年或前 410 年)所提出的:"人是存在物存在的尺度,也是不存在物不存在的尺度。"参见 Reimar Müller: *Menschenbild und Humanismus der Antike*. Leipzig: Verlag Phillip Reclam, 1980, S. 79.

② 笛卡尔. 第一哲学沉思集[M]. 庞景仁,译. 北京:商务印书馆,1986:82.

③ 笛卡尔. 第一哲学沉思集[M]. 庞景仁,译. 北京:商务印书馆,1986:88.

④ 笛卡尔. 第一哲学沉思集[M]. 庞景仁,译. 北京:商务印书馆,1986:88.

⑤ Joachim Ritter (Hg.): *Historisches Wörterbuch der Philosophie*. Bd. 1. Basel: 1971, S. 363.

自然，即生理（动物性）自然和道德（精神）自然的争端。如前文所言，自笛卡尔给身体与灵魂制造了一道不可逾越的鸿沟，人的感性在形而上的理性权威前陷入随时被抛弃的状态，这引起了经验主义者的不满与抵抗。故而，感性的复位成了 18 世纪人学的重要主题。可以说，1800 年前后的德国人类学整体呈现"经验化"[①]的倾向，但并非一帆风顺，也遭遇到形而上学的反潮流的阻击，并由此构成了分别以感性和理性为基础的两种人类学的对峙。接下来本书将简要回溯两种人类学观念的产生、发展、对立与融合的过程，以及由此带来的影响和后果。

第一种人类学的发展路线源自对英国感觉主义的接受，从人的生理自然出发来考察人。1750 年，德国哲学家、美学家亚历山大·戈特利布·鲍姆加登（Alexander Gottlieb Baumgarten，1714—1762）于其《美学》（Aesthetica，1750/1758）中，强调"美的思维是一种与理性类似的、关于感性认知的思维艺术"[②]，不仅促进美学成为一门独立科学，还赋予感性以一个可同理性相比较的地位。几乎同一时期，法国医生、哲学家拉美特利（Julien Offray de La Mettrie）根据一元机械唯物论指出，亦如动物，"人是机器"（L'homme Machine，1748），将灵魂降低为身体组织的一种"运动原则"[③]，彻底颠覆了灵魂对身体的统治。

自 1750 年起，《经验心理学》（Psychologia empirica，1732，1738）真正地从《理性心理学》（Psychologia rationalis，1734，1740）的统治中解放出来，实现了心理学上的"哥白尼转向"，即"心理学的经验化"。[④] 尽管，不可否认鲍姆加登和拉美特利为感性的重新复位做出了贡献，但前者基于哲学层面强调

---

① Wolfgang Riedel：„Erster Psychologismus. Umbau des Seelenbegriffs in der deutschen Spätaufklärung", a.a.O., S. 3.

② Alexander Gottlieb Baumgarten：*Theoretische Ästhetik. Die grundlegenden Abschnitte aus der Aesthetica* (1750-1758). Übers. u. hg. v. Hans Rudolf Schweizer. Hamburg：Meiner，1993, S. 2.

③ Julien Offray de La Mettrie：*L'homme machine. Die Maschine Mensch*. Übers. u. hg. v. Claudia Becker. Französisch-Deutsch. Hamburg：Felix Meiner Verlag，1990, S. 111.

④ 德国启蒙哲学家克里斯蒂安·沃尔夫（Christian Wolff，1679—1754）认为应该有专门的科学对灵魂的形而上学的本质负责，"理性心理学"正是这样一门科学。但同时，他又不否定以科学为手段、经验事实为基础的"经验心理学"的辅助作用，从而将心理学带上了理性与经验的两条道路。参见 Wolfgang Riedel：„Erster Psychologismus. Umbau des Seelenbegriffs in der deutschen Spätaufklärung", a.a.O., S. 5, 11.

"美是感性认识本身的完善"①,后者从医学的视角出发认为人作为"完美机器"的"首要美德是健全的机体组织"②。这两种观点都未摆脱沃尔夫-莱布尼茨(Wolff-Leibnizische Schule)学派的"预定和谐"观点的影响,沾染着神学的色彩,链接着一个"和谐的整体"③,即世间一切和谐完善皆出自上帝的完满和完善的安排,呈现目的论、宿命论的倾向。人们认为,鲍姆加登和拉美特利之所以又回到了形而上学的道路,是因为他们未将哲学和医学进行统合。诚如当时德国心理学家米夏埃尔·希斯曼(Michael Hissmann, 1752—1784)所呼吁的:"哲学家必须是医生,医生必须是哲学家,由此必定产生一种新的生物。"④

故而,至 18 世纪下半叶,基于经验主义的路线,德国诞生了大批"哲学医生"⑤。他们打破学科的界限,立足于生理学、病理学同心理学、哲学和美学相融合的层面上,用"完整的人"的理念强调了"身体与灵魂之间的关联、限制和结合的关系"⑥。哲学医生的代表恩斯特·普拉特纳(Ernst Platner, 1744—1818)提倡从"生理影响"(influxus physicus)——灵魂与身体借助物质性的体液相互产生影响——出发来探究"身体与灵魂互动关联"(commercium corporis et animae),其理由在于"生理影响的体系仅立足于经验之上"⑦。由此,形而上学的障碍被肃清,经验研究的道路彻底敞开了。正如这一时期的德国哲学家威廉·特劳戈特·克鲁格(Wilhelm Traugott Krug)在 1832 年出版的《简明哲学词典》(*Allgemeines Handwörterbuch der philosophischen Wissenschaften*)里写道:

---

① Alexander Gottlieb Baumgarten: *Theoretische Ästhetik*, a.a.O., S. 11.

② Julien Offray de La Mettrie: *L'homme machine. Die Maschine Mensch*, a.a.O., S. 63, 75.

③ 戈特弗里德·威廉·莱布尼茨(Gottfried Wilhelm Leipniz, 1646—1716)认为,我们所生活的世界是上帝作为一切的安排者从一切可能的世界里挑选出来的最好的世界,是一个和谐的整体。莱布尼茨. 新系统及其说明[M]. 陈秀斋,译. 北京:商务印书馆,1999:10-11.

④ Hans-Jürgen Schings: *Melancholie und Aufklärung*. Stuttgart: Metzler, 1977, S. 21.

⑤ "哲学医生"这一概念首次出现在梅尔希奥·亚当·魏卡特(Melchior Adam Weikard, 1742—1803)出版的四册道德周刊《哲学医生》(*Der philosophische Arzt*, 1773—1775)的标题中,首次明确地统一了哲学和医学。参见 Hans-Jürgen Schings: *Melancholie und Aufklärung*. Stuttgart: Metzler, 1977, S. 21.

⑥ Alexander Kosenina: *Literarische Anthropologie*, a.a.O., S. 13f.

⑦ Hans-Jürgen Schings: *Melancholie und Aufklärung*, a.a.O., S. 25f.

　　人类学<…>是一种关于人作为经验对象的科学，因此它也叫作经验人类学<…>这门科学的主要部分是躯体学和精神学，前者关涉人的身体，后者关涉人的灵魂。故而，人类学在狭义上是根据经验的特性来考察完整的人。[①]

　　可见，哲学医生的人类学实质上是一种身体人类学，其重点在于人的生理学，力图将精神的话语过渡到身体之上。由此，心理研究在经验化的同时完成了生理学化。故而，1800年前后谈及灵魂，就必须谈及身体。尤其，伴随着医学、解剖学等自然科学的发展，对人的身体研究趋于精细化，灵魂愈发具有物质性，并结合着"共同的感官"（sensorium commune）经"灵魂的器官"（Organ der Seele）向"与精神疾病相关联的大脑结构的研究"等主题发展。[②] 这些主题的共同尝试在于，从对身体结构的描述推演至对功能和起源的解释。这一方面受到了各领域的关注，另一方面却导致好似人们本应"知道灵魂原本在哪，却又难以言明它是什么"[③]的悖论。尽管如此，对于大脑的关注结合着比较解剖学，通过人与动物（尤其是猴子）在生理形态上的对比，哲学医生实现了对于人的"自然化"[④]，人进入了动物的领域。

　　其实，早在1758年，瑞典生物学家卡尔·冯·林奈（Carl von Linné，

---

① Wilhelm Traugott Krug: *Allgemeines Handwörterbuch der philosophischen Wissenschaften*, nebst ihrer Literatur und Geschichte, Bd. I, 2. Aufl. Leipzig, 1832, S. 166f.

② "共同的感官"是笛卡尔所提出的理念，尽管他的松果体理论很快被置于一旁，但在"完整的人"的构想中被视为同"灵魂的器官"相近的概念，是身体中实现"身体与灵魂产生关联互动"的物质性场所。普拉特纳、席勒、卡尔·韦策尔（Karl Wezel）等哲学医生都致力于在大脑中寻找和定位灵魂的器官。18世纪末，解剖学家萨穆埃尔·托马斯·泽莫林（Samuel Thomas Soemmerring）在《论灵魂的器官》（*Über das Organ der Seele*，1796）中的表述引发了学科之争，以康德为首的形而上学者批判医生们混淆了"灵魂的器官"和"灵魂的处所"（Sitz der Seele）的理念。自此，"灵魂的器官"逐渐消失在人类学的话语里。实质上，泽莫林探索大脑的动机最初并不在于寻找"灵魂的器官"，而是研究"大脑形态同人的禀赋的关系，如爱好、精神疾病、道德等方面"，从而导致了之后大脑研究朝着形态学的方向发展。参见 Michael Hagner: *Homo cerebralis. Der Wandel vom Seelenorgan zum Gehirn*. Frankfurt a. M.: Suhrkamp, 2008, S. 70-88.

③ Wolfgang Riedel: „Erster Psychologismus. Umbau des Seelenbegriffs in der deutschen Spätaufklärung", a.a.O., S. 108.

④ Wolfgang Riedel: „Erster Psychologismus. Umbau des Seelenbegriffs in der deutschen Spätaufklärung", a.a.O., S. 108.

1707—1778)于其著作《自然系统》(*Systema naturae*)的第 10 版中,基于英国诗人亚历山大·蒲伯(Alexander Pope,1688—1744)所提出的"巨大的存在链"(vast chain of being)而将人归入了灵长类动物的范畴。[①] 虽然,他根据人具有理性认知而称人为"智人"(Homo sapiens),并将其置于自然界的最高位,但却因将人的身体划入了动物帝国的举动,而引起了启蒙人类中心主义者的强烈不满,他们甚至称此是"对于人类的一种耻辱"[②]。尽管 19 世纪初德国解剖学家约翰·弗里德里希·布鲁门巴赫(Johann Friedrich Blumenbach,1752—1840)和乔治·居维叶(Georges Cuvier,1769—1832)先后将人视为唯一的两手动物(Bimana),并同四只手的猴子(灵长类动物)相分离,但之后关于人与动物的关系的争议仍未停歇,人与猴子存在于"自然阶梯"中生物学上的亲缘性,使人的尊严和高级理性经历着考验。[③]

鉴于此,康德曾在 1773 年冬致好友马库斯·赫兹(Marcus Herz)的信中指出,生理人类学的弊端在于"徒劳地投入针对身体器官与灵魂互动关联的精细研究中",并由此提出了另一条人类学的道路,认为这才是"开启一切科学的源泉的学科"[④],即实用人类学。与哲学医生专注于"自然使人成为什么"不同,康德的《实用人类学》(*Anthropologie in pragmatischer Hinsicht*,1798)关涉的是,"人作为自由行动的存在者使自己,成为或者能够并且应当使自己成为什么"[⑤]。这条人类学的道路在道德、教育体系上具有极大的传统延续性,即人如何借助理性在道德上把握自己,调控自己的发展方向,塑造自己。在他看来,只有人是唯一拥有理性的,并必须借助教育的手段(包括训诫或管

---

① Hans-Jürgen Schings(Hg.):*Der ganze Mensch*:*Anthropologie und Literatur im 18. Jahrhundert*,DFG-Symposion 1992. Stuttgart/Weimar:J. B. Metzler,1994,S. 54f.

② Hans-Jürgen Schings(Hg.):*Der ganze Mensch*:*Anthropologie und Literatur im 18. Jahrhundert*,DFG-Symposion 1992,a.a.O.,S. 54f.

③ Hans-Jürgen Schings(Hg.):*Der ganze Mensch*:*Anthropologie und Literatur im 18. Jahrhundert*,DFG-Symposion 1992,a.a.O.,S. 55.

④ 康德的人类学所要开启的是"道德的源泉、技艺的源泉、交往的源泉、教育众人治理众人方法的源泉",并力图将此变成"世界知识"。可见,道德、理性、教育在其思想体系中的重要性。参见康德. 彼岸星空:康德书信选[M]. 李秋零,译. 北京:经济日报出版社,2001:58-59.

⑤ 康德. 康德著作全集:第 7 卷:科学之争 实用人类学[M]. 李秋零,主编. 北京:北京大学出版社,2008:114.

教）"把动物性变成人性"①的造物。因为，只有这样，他才能摆脱狂暴、野蛮、感官偏好等"不成熟的状态"②。可见，康德虽不否认人的动物性，但却视动物性会导致人的偏离，无法文明化，因此应该加以"限制、规训甚至去除"③，以培养有教养的、道德完善之人为目标。"文明"成了康德划分人与动物的关键词。

哲学医生的"完整的人"的构想与康德的实用人类学虽然走的路线不同，但两者最终于教育的问题上殊途同归。在此问题上推动"完整的人"的构建的代表人物之一是约翰·戈特弗里德·赫尔德（Johann Gottfried Herder，1744—1803）。他一方面视人是自然的一部分，是"动物的老伙伴兄弟"④；另一方面他又确定人虽为动物，但却独自成一"类"，因为其自然身体条件天生不如动物，因此是"自然的最寂寞的孤儿"⑤。而人的完满性正是源自其本身作为"缺陷造物"的禀赋。因为，只有认识到这些缺陷，人才会迫使自己发展，从而借助理性使用工具、进行教育，克服与生俱来的无助性，实现完善，形成具有人性特征的文明团体。基于此，赫尔德在写于 1784—1791 年的《人类历史哲学观》（*Ideen zur Philosophie der Geschichte der Menschheit*）中称"直立行走解放双手"是人区别于其他动物的"道德特征的来源"。⑥ 他的观点在当时并非特立独行，而是具有一定代表性的。对此，19 世纪德国自然学家、生物学家恩斯特·黑克尔（Ernst Haeckel，1834—1919）评论道，在人被定义为两手动物之后，"研究者们特别强调高级灵魂活动的巨大区别，力图借此不断地拓宽

---

① 康德. 康德著作全集：第 9 卷：逻辑学 自然地理学 教育学［M］. 李秋零，主编. 北京：北京大学出版社，2010：441.

② 启蒙运动就是人类脱离自己所加之于自己的不成熟状态，仅运用自己的理智而无须依赖他人的引导。康德. 康德著作全集：第 8 卷：1781 年之后的论文［M］. 李秋零，主编. 北京：北京大学出版社，2008：40.

③ 康德. 康德著作全集：第 9 卷：逻辑学 自然地理学 教育学［M］. 李秋零，主编. 北京：北京大学出版社，2010：442.

④ Johann Gottfried Herder：*Werke in 10 Bänden. Bd. 6：Ideen zur Philosophie der Geschichte der Menschheit*. Hg. v. Martin Bollacher. Frankfurt a. Main：Deutscher Klassiker-Verlag，1989，S.67.

⑤ Johann Gottfried Herder：*Abhandlung über den Ursprung der Sprache*. Stuttgart：Reclam，1993，S. 29.

⑥ Johann Gottfried Herder：*Werke in 10 Bänden. Bd. 6：Ideen zur Philosophie der Geschichte der Menschheit*，a.a.O.，S.111，136-141.

人与哺乳动物之间的鸿沟"①,从而稳定与强调人类中心的地位。

可见,在构建培养"完整的人"的教育话语过程中,赫尔德显然"受到康德的影响"②,暗含了等级秩序的划分问题。因为,在 1769 年致摩西·门德尔松(Moses Mendelssohn,1729—1786)的信中,赫尔德仍坚持"我成为我是的样子"③。但在其晚期作品《促进人道的书简》(*Briefe zur Beförderung der Humanität*,1793—1797)中,他却写道:

> 人性是我们这个种群的特质;只不过它是生于禀赋之中,故而必须被逐渐培养起来……如果一个人无法做到使自己成为能够并且应当成为的那个样子,那么他便不可能为整个人类的完善做出贡献……我们自己的人性与其他人的人性必定是统一的,我们的全部生活就是一所学校,是人性的训练场。④

"应当"(Sollen)一词表明,在赫尔德、康德等人的话语中,"成长、塑造"不仅是一种主动的行为,还包含着被动的元素。故而,在 1800 年前后的教育学话语中,"修养"(Bildung)与"教育"(Erziehung)尽管侧重不同,却紧密结合着泛化为具有普遍性的人性概念,构成了启蒙文化的要素。在此意义上,康德所追求的自由意志享有的绝非完全的自由,而是体现在道德与教育调控下的自由与限制之间的协调关系。他说:"在人(作为尘世间惟一有理性的造物)身上,那些旨在运用其理性的自然禀赋,只应当在类中,但不是在个体中完全得

① Hans-Jürgen Schings (Hg.): *Der ganze Mensch*: *Anthropologie und Literatur im 18. Jahrhundert*, DFG-Symposion 1992, a.a.O., S. 55.

② 尽管赫尔德自诩是一个经验主义者,立足于感性思考人性,但是他不可否认地受到了康德的实用人类学的影响。德国学者弗里德里希·威廉·卡岑巴赫(Friedirch Wilhelm Kantzenbach)在《赫尔德传》(*Johann Gottfried Herder*)中基于对赫尔德和康德的历史关系的考察而指出:"赫尔德一生都始终是一个'前批判时期'的康德主义者。"参见卡岑巴赫. 赫尔德传[M]. 任立,译. 北京:商务印书馆,1993:13.

③ Hans-Jürgen Schings (Hg.): *Der ganze Mensch*: *Anthropologie und Literatur im 18. Jahrhundert*, DFG-Symposion 1992, a.a.O., S. 110.

④ Johann Gottfried Herder: *Werke in 10 Bänden. Bd. 7*: *Briefe zur Beförderung der Humanität*. Hg. v. Martin Bollacher. Frankfurt. a. Main: Deutscher Klassiker-Verlag, 1991, S. 164.

到发展。"①可以看出，此时的教育话语不仅指涉个体，更多地立足于自我与他人、个人与社会之间的统一之上。

在康德看来，作为生活在"一个共同体的公民"②是人的必然的社会属性。"公共性"是保障启蒙成功实施的方法，立法依靠"源自理性的民众的公共意志"③，而理性实践的原则是道德，因为道德不是别的，"是人的全部规定"④。由此，18世纪的政治哲学变成了道德哲学，与"自然""理性"紧密相连的"道德"深入到正在形成当中的"社会领域"⑤。人的存在依赖于同他人的关系，人的行为需与公共的法律和道德保持高度一致。这也是人超脱于动物的所在——动物听任本能的摆布，而人则由道德律令统领，实现对本能欲望的克服。所谓的道德律令实则为一种他律，这样一来，法律成了道德的主体，而非个人。在此，个体与（国家）集体之间的关系纠缠于个体自由与法则的强制、倾向与义务之间的张力之中。亦如康德在《道德形而上学》（*Die Metaphysik der Sitten*，1797）中关于"自杀"的论述：

> 自杀就是一种罪行，因为这是一种可以被视为是违背了自己对其他人的义务（夫妻的义务、父母对孩子的义务、臣民对其政府或其同国公民的义务，最后还有对上帝的义务，人没有被召回就放弃上帝托付给我们在尘世的职位）。⑥

此外，康德的道德体系不仅渗透到了"完整的人"的教育话语中，还入侵了生理学的话语。维也纳医生和解剖学家弗朗茨·约瑟夫·盖尔（Franz

---

① 康德. 康德著作全集：第8卷：1781年之后的论文[M]. 李秋零，主编. 北京：北京大学出版社，2008：25.

② 康德. 康德著作全集：第8卷：1781年之后的论文[M]. 李秋零，主编. 北京：北京大学出版社，2008：293.

③ 康德. 康德著作全集：第8卷：1781年之后的论文[M]. 李秋零，主编. 北京：北京大学出版社，2008：298.

④ 康德. 康德著作全集：第5卷：实践理性批判 判断力批判[M]. 李秋零，主编. 北京：北京大学出版社，2007：99-100.

⑤ Jürgen Habermas: *Strukturwandel der Öffentlichkeit*. Frankfurt a. Main：Suhrkamp Verlag，2001，S. 179.

⑥ 康德. 康德著作全集：第6卷：纯理性界限内的宗教 道德形而上学[M]. 李秋零，主编. 北京：北京大学出版社，2007：431.

Joseph Gall，1758—1828)在其 1819 年出版的著作中,将大脑器官描述为人的完整的生物体的特殊器官,并认为这里是"人的思考和行为方式的纯粹来源",人们可以从因刺激而在大脑皮层上所形成的感官印象中解读出"人的智力和道德品性"[①],从而建立大脑形态(即颅相)与犯罪之间关系的犯罪生物学理论。 盖尔立足于经验的物质证据,旨在用唯物主义的方式阐释康德所提出的,大脑中的"表象的处所"(Sitz der Erscheinung)[②]的超验说法,力图协调形而上学和经验的分裂,故而被视为"大脑研究中的第一位康德主义者"[③]。

在方法上,盖尔借用了约翰・卡斯帕尔・拉法特尔(Johann Caspar Lavater，1741—1801)的面相学,但并非如拉法特尔那样仅停留于身体的外在语言,而是从表面观察转向内在的呈现。[④] 拉法特尔最初也是从"完整的人"的视角出发,相信"在人的灵魂和身体,内在和外在之间存在着一个精确的和谐"[⑤]。基于此,他在《面相学残篇》(*Physiognomische Fragmente*，1775—1778)中断定"所有外表都是内在的状态","道德越好,那么人就越美;道德越差,那么就越丑"。[⑥] 拉法特尔的面相学在 18 世纪下半叶一度受热捧,当时许多著名的文人都曾是其追捧者,例如,歌德(Johann Wolfgang von Goethe，1749—1832)、席勒(Joahnn Christioph Friedrich von Schiller,1759—1805)、棱茨(Jakob Michael Reinhold Lenz,1751—1792;本书研究对象毕希纳的小说《棱茨》的主人公原型)、康德以及赫尔德等。

---

① Hans-Jürgen Schings (Hg.)：*Der ganze Mensch*：*Anthropologie und Literatur im 18. Jahrhundert*，*DFG-Symposion* 1992，a.a.O.，S. 173f，174f.

② 康德在《科学之争》一文中尽管否定了大脑是"灵魂的处所"的说法,但在谈及梦的问题时用大脑中的"表象的处所"替换了"灵魂的处所"的表述,在这一问题上表现出某种程度的妥协性。参见康德. 康德著作全集:第 7 卷:科学之争 实用人类学[M]. 李秋零,主编. 北京:北京大学出版社,2008:102.

③ Michael Hagner：*Homo cerebralis. Der Wandel vom Seelenorgan zum Gehirn*，a.a.O.，S. 103.

④ 事实上,盖尔是反对拉法特尔的,因为拉法特尔的研究依据不是从大脑的解剖学和生理学出发,而是仅依靠一种神学的信仰——"人是上帝的摹本"。但由于拉法特尔的面相学方法在当时广为流传,盖尔不得不借用这一方法来研究人的大脑和道德之间的关系,从而确保论证的可接受性。参见 Michael Hagner：*Homo cerebralis. Der Wandel vom Seelenorgan zum Gehirn*，a.a.O.，S. 103.

⑤ Alexander Kosenina：*Literarische Anthropologie. Die Neuentdeckung des Menschen*，a.a.O.，S. 135f.

⑥ Alexander Kosenina：*Literarische Anthropologie. Die Neuentdeckung des Menschen*，a.a.O.，S. 135f.

　　但很快面相学的不可靠性导致其热度快速冷却，其中最突出的是格奥尔格·克里斯托夫·利希滕贝格（Georg Christoph Lichtenberg，1742—1799）针对拉法特尔所发起的笔战。在 1778 年第二版的《反面相学者的日记》（*Über Physiognomik，wider die Physiognomen war im Göttinger Taschen Calender vom Jahr* 1778：*Zu Beförderung der Menschenliebe und Menschenkenntnis*，1778)中，利希滕贝格批判面相学的欺骗性，并以表情学（Pathologie）的"表情波动的短暂性符号"瓦解了拉法特尔所提出的"固定的外表形式"[①]的完美性。1806 年，黑格尔（Georg Wilhelm Friedrich Hegel，1770—1831）也加入这场笔战，对利希滕贝格的疑问表示了支持。其依据是，所谓的个体性面貌可能是"个体故意而为之的显现"，与真实的内在不同，具有欺骗性，甚至是"可以剥掉的面具"[②]。

　　尽管如此，利希滕贝格同时也相信，表情符号尽管是短暂性的，"但常会反复出现，并留下面相学的印象"[③]。可见，人们并未完全放弃面相学，而是视其有存在的理由，依然试图借此建立某种身心的关联。对于 18 世纪末的人类学来说，精神病院成了一个观察人类内心的核心之地。[④] 为此，利希滕贝格说，"要如盖尔那样看穿监狱和精神病院"[⑤]，将人的完整性同真实的数据相关联，以保准确性。18 世纪末的解剖学家萨穆埃尔·托马斯·泽莫林（Samuel Thomas Soemmerring，1755—1830）也在其《论人的身体构造》（*Vom Baue des menschlichen Körpers*，1791)中指出，"对于精神疾病的仔细观察必须同对大脑的精确研究相结合"[⑥]，借此将人们对于"灵魂的器官"的兴趣向大脑形态和疾病研究转移。

---

① Georg Christoph Lichtenberg：*Schriften und Briefe. Band 3.1：Aufsätze，Entwürfe，Gedichte. Erklärung der Hogarthischen Kupferstiche*. Hg. von Wolfgang Promies. München：Hanser，1972，S. 267.

② 黑格尔. 精神现象学：上卷［M］. 贺麟，王玖兴，译. 北京：商务印书馆，1983：206，210.

③ Georg Christoph Lichtenberg：*Schriften und Briefe. Band 3.1：Aufsätze，Entwürfe，Gedichte. Erklärung der Hogarthischen Kupferstiche*，a.a.O.，S. 281.

④ Alexander Kosenina：*Literarische Anthropologie. Die Neuentdeckung des Menschen*，a.a.O.，S.40.

⑤ Georg Christoph Lichtenberg：*Schriften und Briefe. Bd*. I/ 1.3. Hg. von Wolfgang Promies. München：Hanser，1980，A4，S. 9.

⑥ Michael Hagner：*Homo cerebralis. Der Wandel vom Seelenorgan zum Gehirn*，a.a.O.，S. 70f.

　　然而,因为疾病的诊断常常依赖医者的观察与判断,所以医者掌握绝对的话语权。同时,数学计算(如统计学)被运用到人身上,个体的自由呈现变成了概率数学的分配事件,并被纳入国家调控的范畴,不再单纯地旨在描述个体,而是隐喻着"社会的身体"①。医学作为传统的上层学科总是指向国家的需求,其公共性结合着国家的利益,而"医者的目视"(Blick des Arztes)成了米歇尔·福柯(Michel Foucault,1926—1984)所言的"计算的目视"②。这一系列相关的措施都归属于 18 世纪末"古典时期知识型"中出现的一种新的人口生命政治学,它建立调整机制干预群体生命。可见,"人的形象"的构建始终受困于各种国家权力机制和算计之中,只是这种算计的形式不断地变化,且越发的隐秘。正如歌德所指出的,"盖尔的智力和道德品性的分类学是以社会设置为前提并走向了特殊"③,即隐含着一种政治性、社会性等级的划分秩序,具有目的论的色彩,因此受到质疑。

　　此外,在黑格尔看来,盖尔试图借助头盖骨的形式固化理性的图像,仿佛是说"精神是一块骨头",这实质上是"对理性的否定"④。但实质上,黑格尔批判盖尔的颅相学的最终目的,是引出自己"理性意识的自我意识通过自身而实现"⑤的理念。而拉法特尔建立面相学的初衷也不是为了研究人,而是出于传播神学道义的目的。因为,他坚信"人是上帝的摹本",通过研究人的面相,搜集各种人的剪影,最终能够获得上帝的原图像。据此,以狄德罗(Denis Diderot,1713—1784)为代表的法国百科全书派斥责拉法特尔为"幻想者",其所谓的科

---

①　19 世纪比利时统计学家兰勃特·阿道夫·雅克·奎特莱(Lambert Adolphe Jacques Quételet,1796—1874)从统计学的视角盛赞,"盖尔的颅相学具有永恒的价值,因为大量的数据支持了'道德和个体特征同特定器官处于直接关联'的假设",从而将对道德之人的统计学呈现引入了社会体系中。参见 Hans-Jürgen Schings (Hg.)：*Der ganze Mensch*：*Anthropologie und Literatur im 18. Jahrhundert*,*DFG-Symposion* 1992,a.a.O.,S.185.

②　Michel Foucault：*Die Geburt der Klinik. Eine Archäologie des ärztlichen Blicks*. *Hg. von Wolf Lepenies und Henning Ritter*. Frankfurt a. Main, Berlin, Wien：Ullstein,1976, S. 103.

③　Hans-Jürgen Schings (Hg.)：*Der ganze Mensch*：*Anthropologie und Literatur im 18. Jahrhundert*,*DFG-Symposion* 1992,a.a.O.,S. 176f.

④　黑格尔. 精神现象学：上卷[M]. 贺麟,王玖兴,译. 北京：商务印书馆,1983：229,226.

⑤　邓晓芒."面相学"和"头盖骨相学"在黑格尔《精神现象学》中的意义[J]. 现代哲学,2014(1)：69.

学是"可笑的伪科学"①。最终，盖尔的颅相学与拉法特尔的面相学一样在质疑中失败。但同时，精神疾病的科学研究正是得益于众人对于"身心关联的互动影响"的兴趣，从人的外在一面转向内在一面，并"于18世纪末开启了精神疾病的现代史"②。

此时，人们开始关注灵魂不可知之域，进一步促进这一时期人类学的心理学化。在此背景下，卡尔·菲利普·莫里茨（Karl Philipp Moritz，1756—1793）出版了德国首个心理学刊物《经验心理学杂志》（*Magazin zur Erfahrungsseelenkunde als ein Lesebuch für Gelehrte und Ungelehrte*，1783—1793）。这本读物最大的特色在于它的研究对象不再是与理性相关的现象，而是人的非理性成了研究核心，包括梦游、妄想症、死亡恐惧、不祥预感、自杀、谋杀、心理治疗等。③ 通过研究这些现象，人们开始意识到"从思维之物本质上是无法推导出灵魂的所有特征"④，从而更加地强调经验。在《经验心理学杂志》第一期的序言中，莫里茨就表示自己"要事实不要道德空话"⑤的诉求，并指出心理研究的前提条件就是源自真实生活的个体经验。这句话不仅针对医者、哲学家，同时也针对文人。因为，在莫里茨看来，心理研究对于"进行心灵书写的作家"而言是很有裨益的。⑥

早于莫里茨，赫尔德在1774年《论人的灵魂的认识与感受》（Vom Erkennen und Empfinden der menschlichen Seele）一文中就有类似的表达。他认为，走进人类学有三种方法：第一种是"叙述生平"，即作家自传或传记；第二种为"医生和朋友的评论"，也就是观察和病历记录；第三种则是"诗人的预言"，

---

① Johannes Saltzwedel：*Das Gesicht der Welt physiognomisches Denken in der Goethezeit*. München：Wilhelm Fink Verlag，1993，S. 9f.

② Hans-Jürgen Schings：*Melancholie und Aufklärung*，a.a.O.，S. 26.

③ Hans Joachim Schrimpf（Hg.）：*Karl Philipp Moritz*. Stuttgart：J. B. Metzler，1980，S. 44-45.

④ Wolfgang Riedel：„Erster Psychologismus. Umbau des Seelenbegriffs in der deutschen Spätaufklärung"，a.a.O.，S. 7.

⑤ Alexander Kosenina：*Literarische Anthropologie. Die Neuentdeckung des Menschen*，a.a.O.，S. 15.

⑥ Karl Philipp Moritz：*Werke. Bd. 3：Erfahrung，Sprache，Denken*. Hg. v. Horst Günther. Frankfurt a. Main，1981，S. 91.

例如在类似莎士比亚的作家所塑造出来的人物身上往往蕴含着"人的整个生活"①。这三种方法的共同特点在于,重视源自现实的真实体验,而文学正是这种体验的最佳呈现方式。这一点也得到了康德的认同。他在《实用人类学》中就将"戏剧和小说"这两种"真正说来不是经验和真实而仅仅是虚构的作品",连同历史作品和生平传记一起纳入"人类学的辅助工具",理由是"其基本特点在于必须取材于对人的现实活动的观察"②。可见,不论是生理学人类学还是道德人类学都少不了文学的参与,因为就算在不了解的情况下,作家会"优先表达多数人所想和所感"③。

由此,18 世纪末的文学在个体领域与公共性的交织中扮演着重要的交流媒介的作用,从而促成一个由学者群以及城市居民和市民阶级(主要是中产阶级)构成的"具有(文学)批判功能的公共领域"④。而后,在法国大革命的冲击下,这一公共的文学与艺术交往领域渐趋政治化。18 世纪的德国知识界曾一度为莱茵河彼岸以自由、平等、博爱为目标的法国大革命欢呼,但很快革命的热情被血腥暴力的现实所浇灭。对此,人们(包括康德、歌德、席勒、赫尔德等大文人在内)纷纷在文本中进行反思并发表见解。

在此值得一提的是德国古典理想主义作家席勒。他于 1780 年的博士论文《试论人类的动物本能和其精神本能的关联》(*Versuch über den Zusammenhang der tierischen Natur des Menschen mit seiner geistigen*)中论述了自己关于"完整的人"的设想:"人是身体和灵魂最亲密的混合物",他的完美性在于"在天使之后成为人"⑤。其中体现出来的对人性的美与完善的思考与骄傲,亦如赫尔德在《人类历史哲学观》中的表述一样:"我们知道,没有比人身上的人性更崇高的东西了。因为,即使我们设想天使或神灵,也只不过是将其想

---

① Alexander Kosenina：*Literarische Anthropologie*. *Die Neuentdeckung des Menschen*, a.a.O., S. 20.

② 康德.康德著作全集:第 7 卷:科学之争 实用人类学[M].李秋零,主编.北京:北京大学出版社,2008:116.

③ Hans-Jürgen Schings（Hg.）：*Der ganze Mensch*：*Anthropologie und Literatur im 18. Jahrhundert*,*DFG-Symposion* 1992,a.a.O., S. 179f.

④ Jürgen Habermas：*Strukturwandel der Öffentlichkeit*,a.a.O., S. 13f. 引文中括号的内容为本书作者加注。

⑤ Wolfgang Riedel：*Die Anthropologie des jungen Schiller*. Würzburg：Königshausen und Neumann，1985，S. 112.

象为更为接近理想的、更崇高的人罢了。"①也就是说，人们在神性中获得自我意识，又借助这种意识来阐释人的神性。歌德的诗《普罗米修斯》（*Prometheus*，1772—1774），莫里茨写于1790年的《古人的神论或神话诗作》（*Götterlehre oder mythologische Dichtung der Alten*）中都有类似的表达。因此，"将神描绘成为更为高贵的人，进而使人近乎神，使神与人源自同一家庭"②的古希腊人成了1800年前后文人争相膜拜的对象。因此，"完整的人"也可视为是基于古希腊人的蓝本所构想出来的。

然而，法国大革命的失败、科学研究精细化和工具理性的统治对人的割裂，让人意识到"完整的人"更多的是一种理想状态。面对现实之人与古希腊文化理想的人之间形成的强烈对照，席勒不禁感到震惊与失望。他判定这是"文化本身给新时代的人所造成的伤口"③。席勒对于文化与城市阶级的批判态度，一定程度上受到了进步的怀疑主义者让-雅克·卢梭（Jean-Jacques Rousseau，1712—1778）的影响。在《爱弥儿》（*Emil oder über die Erziehung*，1762）中，卢梭控诉道："出自造物主之手的东西都是好的，然而它一到人的手里就全败坏了。"④据此，他提倡让人顺应自然天性来发展自己，因为自然才是人类最好的老师。但与卢梭的消极教育不同，席勒仍乐观地认为理性教育能够带来出路，并在《美育书简》（*Briefe über die ästhetische Erziehung des Menschen*，1975）中，提出了结合并超越道德教育的美学教育理念。在席勒看来，只有对人进行"美学教育"，使人具有"审美的心境"，才能借助"游戏冲动平衡感性冲动与形式冲动"，从而消除重负，治愈创伤，获得"活的形象"，重塑"完整的人"。⑤

然而，席勒判言，这种审美状态是无法在现实的土壤中实现的。因为，它是纯观念的，"过分追求真实只会陷入失去所有诗学原本所具有的更深刻的真

---

① Johann Gottfried Herder：*Werke in 10 Bänden. Bd. 6：Ideen zur Philosophie der Geschichte der Menschheit*，a.a.O.，S. 631.

② Friedrich Schiller：*Sämtliche Werke in 5 Bänden. Bd. V：Erzählungen und theoretische Schriften*. München：Hanser，2004，S. 883f.

③ 席勒. 美育书简（中德双语）[M]. 徐恒醇，译. 北京：社会科学文献出版社，2016：232.

④ 卢梭. 爱弥儿[M]. 李平沤，译. 北京：商务印书馆，1996：5.

⑤ 席勒. 美育书简（中德双语）[M]. 徐恒醇，译. 北京：社会科学文献出版社，2016：273-276.

理的危险",只有"对现实进行理想化的操作"才能造就诗人。[①] 因此,这一理想仅能在"少数出类拔萃的社会圈子里"[②]完成。在此意义上,席勒指向的是受教育的有识之士。根据他的美学观,表现有地位之人的鄙陋之事只会引起反感。[③] 可见,席勒的美学仍含有一定的阶级意识,底层阶级的野蛮和未开化是他所不能容忍的,他始终是康德的学生。他的戏剧维护的是资产阶级和受教育阶级,旨在通过美学教育克服其软弱性。这也是席勒借助《美育书简》对法国大革命的失败所做出的修正。故而,1800 年前后以席勒为代表的古典主义文学作品中,虽也有大量描写现实中的人的分裂,但最终都借助美学同教育挂钩,粉饰文明所造成的创伤,修补人性的不足,力求取得和谐。

综上,在 1800 年前后具有启蒙色彩的关于"人"的讨论,使得人已然成为各学科的核心。经验科学和形而上哲学富有成果而深入的交流吸引了不同的身心构想模式在此聚集。这一方面体现了人们通过对人的多方面、多层次的深入性思考,力图规避人的分裂和机械化危机;另一方面人们在塑造理想的人的同时,又不可避免地被卷入潜在的等级关系、权力统治和暴力强制等张力问题,从而导致人类学"或多或少地成了极端的启蒙科学"[④],陷入道德理性至上、功利主义和理想主义的危险。面对这些危机,毕希纳做出了有别于其所属时代的反应,这是下一节探讨的核心。

2.2 毕希纳同 1800 年前后关于人的话语的互动

除了身为"作家"的明确定位,对于毕希纳作为"自然研究者",或更确切地说是"自然哲学研究者"身份的界定,一度成了棘手的问题。在有些学者看来,毕希纳留下的有限的自然科学研究文本,包括医学博士论文《论鲃鱼的神经系统》、试讲稿《论头盖骨神经》、哲学笔记《笛卡尔》和《斯宾诺莎》,并不足以支持

---

① 这是席勒在 1797 年 4 月 4 日和 1798 年 1 月 5 日致歌德的书信中所表述的诗学观点。(MBA X. Ⅱ, 267)
② 席勒. 美育书简(中德双语)[M]. 徐恒醇,译. 北京:社会科学文献出版社,2016:341.
③ 席勒. 席勒美学文集[M]. 张玉能,编译. 北京:人民出版社,2011:199.
④ Hans-Jürgen Schings: *Melancholie und Aufklärung*, a.a.O., S. 13f.

毕希纳的这一身份，最多只是为其获得苏黎世大学讲师资格提供了学术背景。[1] 就连毕希纳研究专家汉斯·迈尔也曾判言，"毕希纳的自然观对于其国家观和社会观不具有影响"[2]，直接否定了自然哲学观对于诗人整体思想的建构性作用。

但只要进一步从其书信和文学作品中寻找线索，那么关于毕希纳的哲学、自然科学研究意义的困惑就迎刃而解了。毕希纳就曾在书信中如此自白："我白天手里拿着手术刀，夜晚拿着书本。"（DKV Ⅱ，460）从时间上看，毕希纳的医学、哲学研究与文学创作毋庸置疑是并行的。不仅如此，他本人也是自发地对关于"人"的医学哲学领域产生兴趣，并紧密地追随着时代的步伐。例如，在1835年3月9日的家书中，毕希纳就因成功摆脱政治追捕而重获自由与希望，欣喜地表达了进行这一领域研究的决心：

> 如今，我的双手和脑袋都自由了＜…＞一切已尽在我的掌控之中。我将穷尽最大的努力从事医学哲学科学的研究，且在这片领域上仍有足够空间让我去做些有实用性的事，而我们的时代正好认可此等事。（DKV Ⅱ，397）

从书信中强调个体对于"双手和脑袋"的自由掌控，已可看出毕希纳所重视的是建立在个体主体性上的身心协调互动。而这一动机切实地同以普拉特

---

[1] Sabine Kubik：*Krankheit und Medizin im literarischen Werk Georg Büchners*，a.a.O.，S. 6；Otto Döhner：„Neuere Erkenntnisse zu Georg Büchners Naturauffassung und Naturforschung". In：Hubert Gersch/Thomas Michael Mayer/Günter Oesterle（Hg.）：*Georg Büchner-Jahrbuch*，Bd. 2，a.a.O.，S. 126-132，hier：126. 除相关文献数量不足的理由之外，有些学者还以毕希纳在1836年6月致卡尔·古茨科之书中的自白为据，认为毕希纳的兴趣更多地在于文学而非自然哲学，取得讲师职位仅是为了糊口，因为此时的毕希纳正处于政治流亡状态，经济极为拮据："我怀有一个执念，下学期前往苏黎世讲授一门关于'笛卡尔以降德国哲学发展'的课程；为此，我必须有学位文凭，但人们好像一点都不偏向于给我亲爱的儿子丹东戴上博士帽。"（DKV Ⅱ，439）

[2] Hans Mayer：*Georg Büchner und seine Zeit*，a.a.O.，S. 372. 实质上，汉斯·迈尔对于毕希纳的自然研究的态度是矛盾的。同样是在《毕希纳和他的时代》一书中的另一处，他却确切地表示，"毕希纳的生平和所有（包括科学、哲学研究）作品中存在着内在的统一"，也就是说，"毫无疑问，自然科学家、哲学家毕希纳存在着同艺术家、思想家、政治家、社会学家毕希纳一样的元素"。参见 Hans Mayer：*Georg Büchner und seine Zeit*，a.a.O.，S. 359.

纳为代表的哲学医生的"完整的人"的理念相契合。与毕希纳亦师亦友的卡尔·古茨科亦在 1836 年 6 月的回信中鼓励毕希纳将这一兴趣付诸实践,并肯定他将医学的研究方法运用于研究德国哲学"必定大有作为"(DKV Ⅱ,441)。据此,要勾勒出毕希纳对于"人"的形象塑造的完整思想,就无法绕开毕希纳在医学自然哲学方面的研究实践。

其中,《论头盖骨神经》这篇试讲稿可谓是对其全部思想精髓的提炼。在此,毕希纳立足于欧洲语境,以"神经"(nerven)为媒介,同 1800 年前后关于人的医学(主要是解剖学和生理学)、哲学、诗学话语进行了互动。他重新考察了"目的与存在""抽象与生命""人与动物""感觉与认知"之间的关系,表达了自身同机械目的论和抽象理性哲学的不同认知。在复位感性的同时,他将感性生理认知模式过渡到了审美之上,实现了其科学观与创作观的连贯性。

在文章的开篇,他便对启蒙时期关于"人"的学科之争进行了纲领性的总结:"在生理学和解剖学的科学领域中,存在着两类对立的基本观点,这些观点带有民族的印记,可分为英国式的、法国式的和德国式的。"(DKV Ⅱ,157)显然,因为曾在德法边境之城斯特拉斯堡学习,毕希纳非常清楚英法启蒙经验唯物主义和德国唯心主义两个自然哲学流派之间的张力关系。在文中,从生理学和解剖学的视角,他首先指出了英法经验唯物主义的目的论倾向以及其内含的机械结构:

> 第一种(英国式的、法国式的)观点是从目的论出发考察有机生命体的所有现象,并在效用的目的和对器官功能的利用中解开其中的奥秘。这一观点将个体仅视为达到自身之外的目的,面对外部世界部分地作为个体,部分地作为类的存在。每个生物体仅是一个最人工的、装备复杂的机器,这一观点是类似机器的定理,探究隐藏在具有完美性的最高贵器官这一轻薄面纱背后的心理活动<…>拉法特尔或许会为能够谈论如此神性的事物感到欣喜不已<…>(DKV Ⅱ,157)

尽管在认识论上,毕希纳延续的是经验主义路线,不绝对依赖思考,而是从"直接的、实证的观察"(DKV Ⅱ,177)出发来认识生命,但他不认同约翰·洛克(John Locke,1632—1704)等人过分追求效用的功利主义和目的论倾向。洛克曾如此评价德性:"人们之所以普遍地赞同德性,不是因为它是天赋,而是因为它是有利的。"①这一思想一度导致"效用是真理"成了流行的格言，影响波及整个欧洲，包括拉美特利、狄德罗在内的法国唯物主义学派也受此影响。狄德罗甚至断言："自然是不容忍任何无效用之物的。"②

对此，毕希纳并不以为然，甚至模仿伏尔泰（Voltaire，1694—1778）③的口吻，挪揄目的论对自然的倒置，将原本是原因的事物视为效果：这就好似"泪水仅是保持眼睛湿润的水滴，为此泪腺是必须的"（DKV Ⅱ，158）。在毕希纳眼中，目的论在法国唯物主义者手中发展到最后，推导出了一个必要性的自然规律，具有了决定论的色彩。而"机器"一词促使人自动地联想到法国思想家拉美特利。正如本章第一节所言，拉美特利早已离开了经验的轨道，走上了神学的道路。④ 在他的手中，人的本质被降格为一部合神意的机器，天真地试图通过科学的手段把身体打造成一台永动机。可以说，法国机械唯物主义对"人"的构想发展到最后走向了它的反面，造成了对"人性自然"的仇视。毕希纳在评论中所使用的"效用的目的""自身之外的目的""类"等关键词都指向了这一观点所体现的去个体性、去人性的色彩，并结合着"拉法特尔"⑤的名字进行暗讽。

在他看来，这一方法的逻辑问题就在于它"永远地在转圈"（DKV Ⅱ，158）。这意味着，人被缩减至目的链上的一环，人的生活成了机械性的重复，

---

① 洛克. 人类理智论：上卷［M］. 关文运，译. 北京：商务印书馆，1983：29.

② Udo Roth：*Georg Büchners naturwissenschaftliche Schriften*. Tübingen：Max Niemeyer Verlag，2004，S. 194f.

③ 《老实人》是法国启蒙导师伏尔泰所著的一部讽刺小说。在书中，他对当时风靡社会、极具教条性的盲目乐观主义目的论提出了反讽批判。剧中人物庞格罗斯（Pangloss）正是代表着目的论流派，他有这样一段话："任何事物之存在都有其目的，那么它们就必然是为其最完美的目的而存在……例如，鼻子长成这样就是为了戴眼镜，大腿显然是为了裤子而设计。"参见伏尔泰. 老实人（英汉对照版）［M］. 徐向英，译. 北京：中国书籍出版社，2009：5. 这位小说人物一直活在完美梦想之中，这是作者伏尔泰要批判的，他用现实粉碎了庞格罗斯的美梦，迫使其面对现实的残酷性，学习用劳动来获得幸福。显然，毕希纳的现实主义思想和劳动观一定程度受到了伏尔泰思想的影响。

④ 毕希纳所熟读的出版于 1834 年的《普遍哲学科学词典手册》（*Allgemeine Handwörterbuch der philosophischen Wissenschaften*）对于"目的论"的解释为："使用目的论是为了获得关于上帝的知识或神学知识。"参见 Udo Roth：*Georg Büchners naturwissenschaftliche Schriften*，a.a.O.，S. 178f.

⑤ 前文有提及，以狄德罗为代表的百科全书派将拉法特尔的面相学视为一门可笑的伪科学。毕希纳在此刻意地借"拉法特尔"的名字回击狄德罗等人的观点，认为在目的论的观点上两者无实质区别。

生命在这永恒的循环中被消耗了。这种感觉就如毕希纳同时代的医学家、神学家戈特希尔夫·海因里希·冯·舒伯特(Gotthilf Heinrich von Schubert，1780—1860)所描述的那样，好似"在人的五脏六腑内有一个怪物(ein Unge-heuer)在不停地翻腾；犹如一个旋转木马，围绕着它，猫和鼠，或者也可以说是，鼠和猫，在永远地相互追逐着"①。由此，产生了这样的问题：这一外在于自身的目的究竟用来做什么？其答案是，生命在目的论所形成的这一"无限过程"(DKV Ⅱ,158)中，指向了一种虚无，甚至是死亡抑或一种尚未死去的死亡存在状态。在毕希纳思考人的过程中，"活"与"死"作为构成人的生命始终的两点，一直是重要的主题元素。

1818 年，英国浪漫派小说家、诗人玛丽·雪莱(Mary Shelly，1797—1851)所著的世界首部科幻小说《弗兰肯斯坦》(Frankenstein)，讲述的就是一个名叫弗兰肯斯坦的科学家所造的机器人的故事。虽然这个机器人完美如一个真正的英国绅士，但不具有自己的灵魂，久而久之他对这种机械式的生活感到厌倦，渴求交往、友情、爱情、关怀乃至独立的灵魂，却最终失败并自杀。作者雪莱像卢梭一样借此警告科学进步对人所造成的异化，因此小说一经出版便给世人带来精神的冲击，使人们对现实的机械存在感到了恐慌。"自动机""木偶"成了浪漫派作家所喜欢使用的意象，德国浪漫派作家 E.T.A.霍夫曼(E.T.A. Hoffmann，1776—1822)也是其中一员。而身处古典主义与浪漫派的过渡时期的毕希纳不可避免地受到影响。已有研究显示，毕希纳对浪漫派的作品烂熟于心。②

在 1834 年 1 月中旬的致爱人薇尔赫明娜的"宿命论之书"中③，毕希纳本人也表达了近似弗兰肯斯坦所造的机器人一样的亲身体验——"我是一部自动机器人，我的灵魂被取走了"(DKV Ⅱ，378)，并将这一主题和感受植入了自己的文学作品中。借此，他力图论证自己在《论头盖骨神经》中所提出的反目的论观点："所有的事物根据自己意志而存在。"(DKV Ⅱ，158)其实，毕希纳的这一思想早在文理中学时期就已形成。在 1830 年，17 岁的毕希纳撰写了一篇关于自杀的文艺评论《论自杀》(Über den Selbstmord)。其中，就有一

---

① Udo Roth: *Georg Büchners naturwissenschaftliche Schriften*，a.a.O.，S. 188f. 舒伯特是谢林的追随者，故而其思想极具谢林神学的色彩。此处，类似舒伯特关于人们在"五脏六腑"里探寻理念之物的描述也出现在《丹东之死》中。

② Roland Borgards/Harald Neumeyer (Hg.): *Büchner-Handbuch*，a.a.O.，S. 77.

③ 这封信由于是毕希纳集中表达宿命论观点的书信，故也被学界统称为"宿命论之书"。

段近似于《论头盖骨神经》里反目的论的表述："地球是一块试金石，这一观念对于我而言是糟糕的。因为，这一观点将生命视为工具。而我认为，生命是自己的目的，发展才是生命的目的。"（DKV Ⅱ，41）

可见，生命在毕希纳的思想中占据着核心的地位，他反对"将生命视为工具"①，强调人的存在的主体性，想要为个体争取主体权，唤醒其自我意识，将身心都交付于个人。以此方式，这位年轻的哲学医生力图促使人成为对自己行为负责的人，拥有健全理性。某种程度上，这一思想近似于塑造"完整的人"的理念。在此意义之上，毕希纳寄希望从哲学研究中获得一些符合人性的语言，却又再次失望于此："在哲学研究中我变得十分愚蠢；我又从一个新的方面认识到了人的精神的贫困。"（DKV Ⅱ，420）因为，所谓的德国哲学方法受莱布尼茨、谢林（Friedrich Wilhelm Joseph Schelling，1775—1854）为代表的"神秘主义"观点和"理性哲学的教条主义"影响，拘泥于寻找一个抽象的"来源"（Quelle）或"起源"（Ursprung）（DKV Ⅱ，158）。借助哲学的问题，毕希纳转入关于"美"的探讨：

> 对于哲学方法而言，个体的完整的身体存在不是用于自我持存，而是原初法则的显现，也就是美的法则。而这一法则根据最简单的轮廓和线条生产出最高级和最纯粹的形式。所有一切，形式、素材、功能、效应都受这一法则的约束，不由外在的目的所决定，其所谓的合目的相互共同作用只不过是同一法则表达中的必要和谐。（DKV Ⅱ，158）

这一段关于"美"的探讨可被视为打开毕希纳全部思想的关键通道，蕴含着其反理想主义美学的动机。"原初法则"（Urgesetz）一词所涉及的不仅是哲学的话语，还涵盖着科学、政治社会和美学的话语，贯穿毕希纳的所有作品，形成了科学、哲学、政治、文学、美学话语之间的互动。毕希纳与古茨科在 1836 年 6 月的书信中所提及的革新社会所需的"绝对法则"（DKV Ⅱ，449）以及《棱茨》的艺术对话中所描述的"从一个形式向另一个形式转变的无限的美"（DKV Ⅰ，234），都是这一问题的变量。

毕希纳认为，理想主义的艺术哲学所强调的"美是原初法则的显现"的观

---

① 近代的"工具论"可追溯到培根，他提出进行科学实验从而促进经验与理性的结合，旨在借助经验检验理性的真理性。然而，这一方法潜藏着目的论和人的工具化的危险。

点,意味着生命的多样形式应源自同一个"原初形象"(Urform)①。用歌德的话来说,这是一种典型化的形象,它为生命提供了一个可供溯源的本质形式作为"范例"(Vor-Bild),从而不致偏离,失去"美感"(DKV Ⅱ,915;MBA Ⅷ,544)。显然,"美"的问题在此被毕希纳"本体论化了"②,具有二元论倾向的理想主义美学观是他所不能苟同的。在他看来,理想主义之美的范例实为一种仅存在于理念之中的美,是虚假的真实。

因为这种远离"鲜绿的生命",抛弃经验的做法只会导致贫乏,流于虚空的描写,提供的是生命的假象(Schein)。这样一来,人就会跌入波德莱尔(Charles Pierre Baudelaire,1821—1867)所言的"抽象的、不确定的美的虚无之中"③,并最终困于"无望的沙漠"(DKV Ⅱ,159)。毕希纳对于"鲜绿的生命"的强调,表达了他对感性的辩护,对物质性身体存在的强调。他将人与自然相联,意在克服因精神与身体的分离所导致的人的机械化存在。可见,毕希纳对人的思考立足于启蒙末期哲学医生的传统之上,力图让感性复位,寻找更令人信服的身心关联之路。

为此,在《论头盖骨神经》的后半部分,毕希纳转入对神经的生理解剖学研究,并以低级的动物——"鱼"——为研究对象。因为,在他看来,"人可以将处于自然阶梯最高级的动物(即人)的神经系统与低级的动物(这里指鱼)的神经相比较"(DKV Ⅱ,556)。通过引入生物自然阶梯的关系,毕希纳从"谱系学的视角"④破除了传统形而上以抽象思维为依据划分的边界,重构了人与动物的关系。他认为,他们之间所谓的高级与低级之分只不过是"感官发展的差异"(DKV Ⅰ,162),这使得他们呈现出"有机生命不同阶段的形态"(DKV Ⅱ,162)。这正是生命多元化的前提,在此过程中,人的形象呈现偶然性和多样性。可见,在动物与人的问题上,毕希纳秉持的是生理人类学的视角,支持

---

① "原形式""原现象""类型"在歌德有机形态学研究中,针对不同对象所使用的同义词,它们都共同指向了从无机物或有机物的不同形态中抽象出来的理念性本质:"原形式"出现在植物学研究中,"类型"于动物学研究中,"原现象"于色彩学中。尽管,歌德本人坚持经验方法的研究,但是在"原初形象"的问题上不得已回到了形而上学的语境之中。参见 Olaf Breidbach: *Goethes Metamorphosenlehre*. München: Wilhelm Fink Verlag, 2006, S. 18, 31.

② Udo Roth: *Georg Büchners naturwissenschaftliche Schriften*, a.a.O., S. 258.

③ 夏尔·波德莱尔. 美学珍玩[M]. 郭宏安,译. 上海:上海译文出版社,2009:369.

④ Roland Borgards/Harald Neumeyer (Hg.): *Büchner-Handbuch*, a.a.O., S. 126.

的是一元进化论的观点，力图弥合两者之间的距离。对此，毕希纳的弟弟曾如此评价他："毕希纳如果还活着，或许会如令我们敬仰的达尔文一样成为有机自然科学的伟大变革者。"①无怪乎毕希纳本人在作品中偏爱运用动物隐喻来描绘人，以动物观照人性。在中学时期的诗歌作品中，作家就曾用"乳臭未干的牛娃"（ein junges Öchselein）（DKV Ⅱ，49）来揶揄一位同学。

正是在此基础之上，他指出"感觉神经是生命最纯粹的表达"（DKV Ⅱ，168）②，从而将"感觉"构建为认识和构建人的真实本质的通道，实现了对感性的复位。这一观点也体现在他的中篇小说《棱茨》的艺术对话中："我要求，在一切生命中有存在的可能性，这就够了；这样我们就不必去追问它是否美或丑，所创造的事物有生命的感觉，这就是高于两者的唯一艺术标准。"（DKV Ⅰ，234）在这里，他强调"感觉"作为审美的认知方式是基于对理想主义美学的反驳，同时模糊了美丑的区分。在他看来，由于人的内在与外在之间隔着"表皮"（DKV Ⅰ，234），只注重外在形式的理想主义者无法看到"肌肉、脉搏的鼓胀和跳动"等一系列神经反应，从而忽视了对"抽动、暗示甚至极其细微、几乎不被察觉到的面部表情"（DKV Ⅰ，234）的观察。这样一来，这些理想主义者只能"从外部世界向内复制进某些形象"，却无法"使人物形象从心里走出来"（DKV Ⅰ，235），从而导致塑造出的人物形象是没有生命的"木偶"（DKV Ⅰ，234）。因此，他认为"这种理想主义是对人性的最可耻的蔑视"（DKV Ⅰ，234）。这正是毕希纳为何要研究"神经"问题的动机：借助神经这一物质媒介，他重新搭建起了沟通感性的身体与抽象心灵的桥梁，实践着人体生理学的认知方式，并完成从外向内与由内向外的双向解读过程。

通过解读神经，毕希纳不仅实现了"科学研究与诗学创作的融合"③，且将

① Bernard Görlich/Anke Lehr：„Materialismus und Subjektivität in den Schriften Georg Büchners". In：Heinz Ludwig Arnold（Hg.）：*Text ＋ Kritik：Georg Büchner III.* München：edition text＋kritik GmbH，1981，S. 35-62，hier：49f.

② 同一时期的生理学家弗里德里希·蒂德曼（Friedrich Tiedemann）也曾在《人类生理学》（*Physiologie des Menschen*，1830）中强调："借助感觉，我们把握生命的现象，获得与生命相关的事实。"转引自 Fortmann Patrick：„Die Bildlichkeit der Revolution. Regime politischer Beobachtung bei Büchner". In：Burghard Dedner/Matthias Gröbel/Eva-Maria Vering（Hg.）：*Georg Büchner Jahrbuch* 13（2013-2015）. Berlin/Boston：Walter de Gruyter，2016，S. 63-92，hier：71f.

③ Daniel Müller Nielaba：*Die Nerven lesen：Zur Leit-Funktion von Georg Büchners Schreiben*，a.a.O.，S. 7.

"感觉"构建为人的生命存在和艺术感知的基础,消解了美丑的边界,打开了认识人的另一个维度。也就是说,他所塑造的人的形象可能含着丑的一面。在某种程度上,毕希纳受到了浪漫派的影响,但又有自己个性化的一面。[①] 在此思路下,本书的主体章节将分"动物""身心""疾病""机器"四个主题,考察毕希纳如何在这一感性生理感知模式的指导下对人的形象进行文学塑造,并动用了什么文学表现方法,从而由外向内地关切人的存在问题。以此方式,本书在从不同的侧面构建出毕希纳笔下的人之形象的同时,旨在观照其不同于时代的人性观。

[①]　赫贝特·伊埃琳(Herbert Ihering)指出:"毕希纳的浪漫精神和现实主义思想相互依存。"参见 Herbert Ihering:„Büchner-Abend (1913)". In: Dietmar Goltschnigg (Hg.): *Georg Büchner und die Moderne. Texte, Analyse, Kommentar. Bd. 1*, a. a. O., S. 263-264, hier: 264. 此外,毕希纳在 1835 年翻译了雨果的两个剧本——《卢格莱迪亚·波尔吉亚》(*Lucretia Borgia*)和《玛丽·都铎》(*Maria Tudor*)。作为雨果的翻译者和法国文学的爱好者,毕希纳的美学观也受到了法国浪漫派的影响。正如毕希纳的小学同学兼好友弗里德里希·齐默尔曼(Friedrich Zimmermann)证实,除了推崇英国作家莎士比亚,"毕希纳还很重视法国浪漫派文学的作品"。参见 Arnd Beise:„Georg Büchner und die Romantik". In: Ariane Martin/Isabelle Stauffer (Hg.): *Georg Büchner und 19. Jahrhundert*. Bielefeld: Aisthesis Verlag, 2012, S. 215-230, hier: 219. 而雨果本人在其作品《〈克伦威尔〉序》(*La Preface de Cromwell*)中也提出了著名的"美丑对照原则",强调了审丑的价值:"丑就在美的旁边,畸形靠近着优美,丑怪藏在崇高背后,美与善并存,光明与黑暗相共。"参见雨果. 论文学[M]. 柳鸣九,译. 上海:上海译文出版社,1980:30.

第3章　动物化的人

——《丹东之死》《沃伊采克》中人性与动物性的张力问题

如果没有动物,人将更难理解。

——乔治斯-路易斯·布丰[①]

　　鉴于毕希纳在生理解剖医学上的造诣,传统研究倾向于视毕希纳为一位"诗人—医生"(Dichter-Arzt)(MBA Ⅷ,175)。但在 2009 年出版的《毕希纳手册》(*Büchner-Handbuch*)"动物"一节中,毕希纳专家罗兰·伯尔盖茨却坚持以"诗人动物学家"(Dichter-Zoologen)[②]的形象取代前者。其依据是,虽然毕希纳在大学期间进行的是"医学学术研究"(das academische Studium der Medizin)(MBA Ⅷ,175),但他这期间所选修的课以及所做的研究实践,无不表明其本人"最终走上的是通往动物学的研究道路"[③]。例如,他的博士论文《论鲃鱼的神经系统》、应聘苏黎世大学教职的演讲稿《论头盖骨神经》,以及临死前所最终实际讲授的课程并非如书信所计划的"从笛卡尔到斯宾诺莎的哲学史"(die Entwicklung der deutschen Philosophie seit Cartesius)(DKV Ⅱ,439),而是"脊椎动物的比较解剖学"(Verleichende Anatomie der Wirbelthiere)(MBA Ⅷ,177)。作为毕希纳在苏黎世期间最亲密的伙伴,威廉·舒尔茨(Wilhelm Schulz)也证实:相较于哲学、医学,毕希纳对于"动物学更为感兴趣"(MBA Ⅷ,177)。但更进一步看,毕希纳解读动物的最初动机正是源自对人、对生命的真实一面的关注。

　　基于此,就不难理解,为何毕希纳作品中出现了大量的动物形象。由此,本章的阐释就有了两个方向:(1)在毕希纳的作品里,"动物"在构建"人的形

---

① 转引自 Giorgio Agamben:*Das Offene. Der Mensch und das Tier*. Aus dem Italienischen übersetzt von Davide Giuriato. Frankfurt am Main:Suhrkamp,2003,S. 9.

② Roland Borgards/Harald Neumeyer (Hg.):*Büchner-Handbuch*,a.a.O.,S. 218.

③ Roland Borgards/Harald Neumeyer (Hg.):*Büchner-Handbuc*h,a.a.O.,S. 218.

象"中起到了怎样的关键作用?(2)借人与动物的关系,毕希纳想反思什么问题?

3.1 历史语境中人与动物的划界问题

亦如第 2 章的知识梳理,自古以来,面对"动物",抑或更确切地说是"动物性",人总是持一种复杂而矛盾的态度。人由于无法独立地完成自识,故而需要动物作为参照物,通过认识动物来构建自己的形象。但同时,人又执着于区分两者的不同。因为,人们确信如苏格拉底(Sokrates,前 469—前 399 年)所言,"人生而来就比其他的动物高贵",并将此归结为人有"理性"①。这样一来,认识动物既成了人与动物联系的开端,亦成了两者断裂的标志。对此,阿多诺和霍克海默在《启蒙辩证法》(*Dialektik der Aufklärung*)中总结道:"在欧洲历史的进程中,人的观念是通过与动物的区别而表达出来的,用非理性的动物来证明人的尊严。"②也就是说,人与动物的划界更多是一种人为的结果,人通过将动物客体化,彰显了自己的权力地位,建立起属于自己的知识秩序。

随着对理性推崇的不断加码,动物不仅同人类渐行渐远,其存在的价值也不断地遭遇否定。尤其笛卡尔的"动物无灵魂说"③进一步推动了人与动物差异论。直至 18 世纪中后期,在启蒙解剖生理学知识的发展下,对于"类人猿"(Menschenaffe)问题的讨论促使人们重新从人类学的视角反思人与动物之间的关系。④ 在这场争端中,分别立足于"相似性"与"差异性"产生了两种对立的观点。例如,林奈在将人归入灵长类动物的序列时就表示,他"无法找到人

---

① 色诺芬. 回忆苏格拉底[M]. 吴永泉,译. 北京:商务印书馆,1986:30. 此处根据原文译文略作改动。
② Max Horkheimer und Theodor W. Adorno: *Dialektik der Aufklärung*, a.a.O., S. 277.
③ 笛卡尔. 第一哲学沉思集[M]. 庞景仁,译. 北京:商务印书馆,1986:207.
④ "猴子"(Affe)、"红毛猩猩"(Orang-Utan)、"黑猩猩"(Schimpanse)或"长臂猿"(Gibbon)都是这一时期研究人与动物亲缘关系的同义词。参见 Hans Werner Ingensiep:„Der aufgeklärte Affe". In: Jörn Garber/Heinz Thoma (Hg.): *Zwischen Empirisierung und Konstruktionsleistung: Anthropologie im 18. Jahrhundert*, a.a.O., S. 31-57, hier: 32.

与猩猩之间的区别"①。同样是从生理结构出发，拉美特利以"类人猿"为例证明人与动物并无区别，都是遵循机械运动的原则，只要"通过教育的训练，动物也能同人一样说话"②。以此方式，拉美特利平置了人与动物的地位，使动物成为更好的人的同时，却迫使人陷入机械化的困境。

然而，对于以赫尔德为代表的启蒙人类中心主义者而言，"将人从猩猩中推导出来无疑是一种耻辱"③。他们虽也承认人与猩猩的亲缘性，但却坚持两者之间存在不可逾越的差异，那就是"直立行走"（der aufrechte Gang）的外形。隐含着身心的关联问题，立足于"完整的人"的理想，赫尔德指出，"人的形象是直立，是唯一在世界上直立行走的"，因为这不仅是外在形态的问题，更多的是内在"道德的来源"。④ 在他看来，没有什么比人性更崇高了，只不过由于"它生长于禀赋之中"，必须借助教育将之"培养起来"，才能使其成为"造物的高贵核心"⑤。康德甚至判言："人惟有通过教育才能成为人。"⑥

可见，尽管"类人猿"的问题始终未有定论，但不同观点却在教育的问题上产生了交汇甚至融合，显示出了教育观念在启蒙人类学话语中的巨大影响力。在此背景下，席勒以"人是牲畜与天使之间的中介物"（Mittelding von Vieh und Engel）的定义建立了新的人类学纲领。⑦ 借此，他视人是物质动物与抽象

① Hans Werner Ingensiep：„Der aufgeklärte Affe". In：Jörn Garber/Heinz Thoma（Hg.）：*Zwischen Empirisierung und Konstruktionsleistung：Anthropologie im 18. Jahrhundert*，a.a.O.，S. 32-33.

② Julien Offray de La Mettrie：*L'homme machine. Die Maschine Mensch*，a.a.O.，S. 47，53.

③ Hans-Jürgen Schings（Hg.）：*Der ganze Mensch：Anthropologie und Literatur im 18. Jahrhundert*，DFG-Symposion 1992，a.a.O.，S. 66.

④ Johann Gottfried Herder：*Werke in 10 Bänden. Bd. 6：Ideen zur Philosophie der Geschichte der Menschheit*，a.a.O.，S.111，136-141. 赫尔德的说法得到了 18 世纪末的面相学家拉法特尔的颂赞，他说："人的直立形态（Physiogonomie）是世上＜…＞最高贵、最崇高、最至高无上的形体（Gestalt）。"参见 Kurt Bayertz：„Der aufrechte Gang：Ursprung der Kultur und des Denkens？"，a.a.O.，S. 60f.

⑤ Johann Gottfried Herder：*Werke in 10 Bänden. Bd. 7：Briefe zu Beförderung der Humanität*，a.a.O.，S. 147.

⑥ 康德．康德著作全集：第 9 卷：逻辑学 自然地理学 教育学[M]．李秋零，主编．北京：北京大学出版社，2010：443.

⑦ Zitiert nach：Wolfgang Riedel：*Die Anthropologie des jungen Schiller*，a.a.O.，S. 111f.

精神的混合体,表面上避开了人与动物在生理亲缘关系上的争端。但这一表述也并非将人与动物的地位平置,而是隐含着等级的秩序,抵达神性直至完善始终是人的理想。在 1782 年的一首诗中,席勒就曾写道:"动物性阻碍了我成为天使,我想紧随着天使成为人。"[①]因此,在《秀美与尊严》(*Über Anmut und Würde*, 1793)中,他表示:"在人能够接近神性之前,他必须抛弃动物性。"[②]这样一来,"动物(性)"因被视为人至臻完善道路的最大阻碍,不可避免地被置于人性的对立面,成为教育所要规训的对象。

参照《格林字典》中"教育"(erziehen)一词词义对象的发展,从最初用于驯养"雏鸟"(junge Vögel)到"四足动物"(vierfüszige thiere)逐步转向"人"甚至抽象层面的人性,无不体现着人、动物、教育三者之间的张力关系。[③] 启蒙人类学与教育学形成了联盟,关注着如何促人进步文明,剔除动物性,发展理性意志,使之变得更好,表达的是这一时期乐观进步主义者的信念。 由此,"学识"(Gelehrsamkeit)、"修养"(Bildung)、"道德"(Moral)成了 1800 年前后理想市民形象的价值认同。与之对立,情感、冲动、需求等自然本能欲望却都被归入了低级的动物范畴,成为理性、教育和道德伦理的它者,遭遇压制甚至排斥。对此,毕希纳在高中时期的文章《英雄之死》已有所投射:"愤怒和绝望是将人降格为动物的动机,而不是提升为人的动机。"(DKV Ⅱ, 24)

然而,事实上,所谓的教育修养理想是否真的能实现对动物性的完全剔除和人性的完善? 答案显然是否定的。对此,毕希纳在 1834 年 2 月的家书中进行了一次详尽的论述。首先,他表示:"理智仅是我们的精神本质的一个极小侧面。"(DKV Ⅱ, 378)由此看来,在毕希纳眼中,人是兼具理性与兽性于一身的存在物。在博士论文《论鲃鱼的神经系统》中,他就从一元生物进化论视角做出论断:人与动物只不过是分别呈现"有机生命不同阶段的"(DKV Ⅱ, 162)形态罢了,"人在他的发展中确实经历了动物帝国的各个阶段,每个人都曾是单子、软体动物、蠕虫或昆虫、鱼甚至是小鸟"(MBA Ⅷ, 547)。可见,动物性也是人固有的本质,是人无法完全摆脱的。这样一来,作为理性与动物性的混合体,人本身就含有文明与野蛮、光明与黑暗、高贵与卑贱、进步与堕落的

---

①　Wolfgang Riedel: *Die Anthropologie des jungen Schiller*, a.a.O., S. 112f.

②　席勒. 席勒美学文集[M]. 张玉能,编译. 北京:人民出版社,2011:136.

③　erziehen. In: *Deutsches Wörterbuch von Jacob und Wilhelm Grimm. Bd. 3*, Sp. 1091-1093. http://woerterbuchnetz.de/cgi-bin/WBNetz/wbgui_py? sigle = DWB&mode = Vernetzung&lemid = GE09326#XGE09326 (Letzter Zugriff am 10.11.2020).

双重性。正如他在这封信中进一步指出的："修养也不过是这一本质的一个偶然形式而已……而精神上的野蛮实质上比身体的野蛮更加的卑劣。"(DKV Ⅱ，378)借此，毕希纳揭示了人本质的矛盾性，从而对以"修养"为标准的"文明进步"产生了质疑：人一面渴求更好，一面达到的却可能是其反面。

> 有这样一大群人，他们有着一个被称为修养的可笑外表，或者是一种被称为是学问的僵死的客套，这些人为了自己卑劣的私利牺牲着自己众多的弟兄。这种贵族主义是对于人身上神圣精神的最可耻的蔑视(DKV Ⅱ，379)。

在这段话中，毕希纳批判了所谓的"精神贵族"[①]。在他们身上，毕希纳看到了"修养理想"的反面：这一理想在现实社会中早已被功利主义的目的所替代，演变成了一种特权，"一种新的社会划分标准，成了个体提升社会地位、获得社会认同的手段"[②]。这样一来，所谓的"修养""学识"仅流于表面的包装，并未内化为高尚的人性、修缮动物本性的缺陷，反而造成了人性的扭曲和异化。

"贵族使用理性就是为了比野兽还兽性野蛮。"(DKV Ⅱ，24)在高中作文《英雄之死》中，毕希纳模仿《浮士德》(Faust，1831)中魔鬼墨菲斯托(Mephistopheles)的口吻[③]，基于对现实的考察构建了这一特殊贵族阶级"文明的野蛮"形象，暴露了掩盖在空洞的理性文明表面下的兽性本性。在此，毕希纳不再遵循动物作为理性他者的阐释模式，而是消解了人与动物的边界，将动物视为人性的一面镜子。这样一来，不仅人与动物的距离被弥合了，人与人之间的阶级差异也被克服了。借此，他不仅揭示了人作为理性和兽性、修养与堕落、善与恶的矛盾统一体的事实，更是从贵族阶级身上看到了"进步文明"的悖论，反讽了启蒙理想人类学方案：人越追求文明，越暴露其兽性。

在此意义上，本章拟探讨毕希纳如何在《丹东之死》与《沃伊采克》中，通过

---

① 谷裕在《德语修养小说研究》中是这样解释"精神贵族"的："在德国特殊的政治和等级格局中，修养市民通过精神和思想层面的修养进入公共领域，类比贵族在政治上的特权，充当着文化精英和精神贵族"，构建了一种新的阶级。参见谷裕. 德语修养小说研究[M]. 北京：北京大学出版社，2013：189.

② 谷裕. 德语修养小说研究[M]. 北京：北京大学出版社，2013：190.

③ 歌德在《浮士德》的"天堂序曲"中写道："我只知道，人类是怎样在把自己折磨……他把它称作'理性'，可一旦运用起来，却变得比任何野兽还要(兽性)残忍。"参见歌德. 歌德文集：第一卷：浮士德[M]. 绿原，等译. 北京：人民文学出版社，1999：9.

考察人性与动物性的关系，观照人和人性的真实存在状态，反思时代以教育修养为核心的启蒙人类学方案。

3.2　动物面相学的嘲讽

3.2.1　动物形象的人性隐喻

在《我们为何凝视动物》(*Warum sehen wir Tiere an*)一书中，约翰·贝尔格(Johan Berger)指出，"我们在观看动物的目光中认识了自己"，因此"动物是人们阐释自我的首要隐喻"。[①] 从古希腊至拉法特尔的《面相学残篇》，人们都试图在动物的形象中寻找阐释人性的方向，这一阐释主要从动物的身体入手，形成了专门的"动物面相学"[②]。但正是在毕希纳的作品之中"动物面相学"(Viehsionomik)一词第一次被正式作为一个专有名词使用。(DKV I，151)足见，作家自身对于动物与人之间关系的关注。

"到底是什么在我们身体里进行淫乱、撒谎、偷盗、谋杀的呢？"(DKV I，49)。这句出现在《丹东之死》中的话不仅被视为毕希纳文学的经典之句，也是把握其思想的核心之句，被多次引用和探讨。显然，这句"具有人类学色彩的话"[③]，指向的是"人性之恶"的问题。在西方语境之中，动物(性)常常被视为人性之恶的替罪羊，在伦理的范畴里"隐喻道德上可指摘的、肮脏的、恶的，或暴力的他者行为"[④]。可见，《丹东之死》虽以法国大革命为背景，围绕着资产

---

① John Berger："Warum sehen wir Tiere an？" In：Ders：*Das Leben der Bilder oder die Kunst des Sehens*. Übers. Von Stephen Tree. Berlin：Wagenbach，1989，S. 13-35，hier：16.

② Dietmar Schmidt：*Die Physiognomie der Tiere. Von der Poetik der Fauna zur Kenntnis des Menschen*. München：Wilhelm Fink Verlag，2011，S. 16.

③ 德国学者亚历山大·柯舍尼那(Alexander Kosenina)在《文化人类学》一书的"现实主义：人类学的必然性"一章中，将毕希纳的这一质询归为"人类学的问题"。参见 Alexander Kosenina：*Literarische Anthropologie. Die Neuentdeckung des Menschen*，a. a.O.，S. 213.

④ Sonja Buschka/Jasmine Rouamba："Hirnloser Affe? Blöder Hund? Geist als sozial konstruiertes Unterscheidungsmerkmal". In：Birgit Pfau-Effinger/Sonja Suschka（Hg.）：*Gesellschaft und Tiere. Soziologische Analyse zu einem ambivalenten Verhältnis*. Wiesbaden：Springer Verlag，2013，S. 23-56，hier：S. 25.

阶级政治团体雅各宾派内部丹东派与罗伯斯庇尔派之间的矛盾冲突展开，但其关注的不仅仅是革命的问题，而更多的是结合道德的问题展开对人性丑恶一面的追问与挖掘。

《丹东之死》的戏剧开篇就出现了一幕隐喻式的动物面相学场景。丹东派革命者埃罗（Hérault）因"弯曲"大拇指，而遭遇"不雅"（DKVⅠ，13）的苛责。如前文所论述的，"直立行走"是启蒙人类中心主义者所设下的区分人与动物差异的身体和道德上的特征。因此，"肢体弯曲"不禁令人联想到了未进化成"直立行走的人"之前的动物姿态，导致人丧失尊严。[①] 埃罗不以为然，坚持"弯曲的状态"才是手指的"特有形态"（DKVⅠ，13）。可见，他放弃了理性思维的法则，瓦解了"手"的道德伦理特性对人与动物的区分。同时，他于紧接下来对话中，以"手最容易被理解"（DKVⅠ，14）的表述，将本应该进行理性创造的手用于表达人欲的动物性一面，以对表达的倒置形式进行反讽。在纸牌游戏中，埃罗将自己的手指比作"化为蜘蛛的王子"（DKVⅠ，14），而"蜘蛛"作为有毒性的动物本身就含有使身体不洁和毒害身体之意。尤其，在描述过程中，他突然说："但糟糕的是，王后一直在坐月子，瞬间就生出一个小太子。"（DKVⅠ，14）这一语气的转变影射着整体现实环境的淫乱和道德败坏状态已超出常理，人向动物性偏离，沉迷于肉欲，成了道德伦理的他者。

在戏剧进一步的演示中，这样有伤风化的场景不再隐晦地出现在游戏中，而是直观地出现在公开的街道上，足见当时社会道德沦丧至何种程度。戏剧第二幕第二场中，士兵与妓女公然地在街道上用淫秽语言彼此挑逗，"手"再次充当了不雅之事的隐喻。在场的丹东同时用"狗"这一动物来形容两个当街淫乱之人：

> 士兵：站住！要到哪去，我的孩子们？（对着罗莎莉说）：你几岁啦？
> 妓女罗莎莉：我就如我的小指头一样大。
> 士兵：你真是尖锐。
> 妓女罗莎莉：而你真是迟钝。
> 士兵：那么，我想要在你身上磨快些。
> ……

① Gernot Wimmer：„Aus der Weltsicht eines 'Viehsionomen'. Georg Büchners Sezierung des Homo sapiens". In：Ders. (Hg.)：*Georg Büchner und die Aufklärung*. Wien, Köln, Weimar：Böhlau Verlag, 2015, S. 141-172, hier：149.

　　丹东:难道不觉得这有趣吗? 我在空气中嗅到了点什么,就好似阳光正在孕育着淫乱。难道没有人想要跳到马路中央,从身上扯下裤子,像街道上的野狗似的在光天化日之下交尾? (DKV Ⅰ,43)

　　亦如启蒙哲学家摩西·门德尔松(Moses Mendelssohn)说,"在命名道德特性时,没有事物显得比动物更有意义了"①。在传统的语用中,"狗"(Hund)常常被视为"最具有文化能力的动物,象征着守护者、忠诚者,动物作为性冲动(Sexualtrieb)的象征较少出现在'狗'身上,反而更多的是出现在'猴子(Affe)'身上"②。作者在《丹东之死》中多次运用"狗"作为性冲动的隐喻,替代了其原本作为文化承载者的功能,还原了其本身的兽性意义,强调了自然与文化、动物与人之间边界的模糊化问题,反讽意味更为凸显。

　　从对话中可以看出,丹东用"狗"一词原旨在嘲笑他人的不道德行为,但却起到了反作用。因为,"嗅"(Wittern)(DKV Ⅰ,43)一词泄露了其个人的本质与两个淫乱之人无异,亦是一条"狗"。丹东派的梅西耶(Mercier)就曾称:丹东是"一只长着鸽子翅膀的哈巴狗(Dogge)。他是邪恶之神,胆敢侵犯自己的母亲"(DKV Ⅰ,59)。可见,上至领导者下至士兵都在行苟且之事,不仅有伤风化、有违伦理,而且已然成为社会的"新风尚"③,毫不避讳地化作人们口中的日常谈资和街头最普遍的风景。丹东可谓是其中淫乱的典型,是公认的道德他者。

　　"嘿,丹东,你如今可以和蛆虫们淫乱胡搞了。"(DKV Ⅰ,87)借助动物的隐喻,断头台围观群众表达了对丹东淫乱的动物本性的嘲讽。在此,人性与兽性的边界消解了。然而,这句话显然还暗含着不满的情绪。因为对于他们而

---

①　Moses Mendelssohn:„Jerusalem oder über religiöse Macht und Judentum". In:Ders.:*Gesammelte Schriften. Jubiläumsausgabe. Band 8:Schriften zum Judentum*, 2. Hg. von F. Bamberger u. a. Stuttgart:Fromman-Holzboog, 1983, S. 99-203, hier:178.

②　Günter Butzer/Joachim Jacob (Hg.):*Metzler Lexikon literarischer Symbole*. Auflage. Stuttgart u. Weimar:J.B. Metzler Verlag, 2012, S. 9, 192,193.

③　在 1835 年 7 月 28 日的书信中,毕希纳面对有些学者斥责他所写的《丹东之死》有伤风化,回应道:"如果人们想要提出指责的话,那么就不要研究什么历史了,因为历史讲述着许多非道德之事,以至于人们必须蒙住双眼地走在街道上,否则就会看见不成体统的场景,从而必定会向上帝大呼救命,(因为)他所创造的世界上发生了如此多的放荡不堪之事。"(DKV Ⅱ,410-411)

言,原本也出身穷苦阶级的丹东却在跻身至上层阶级后,既未解决穷苦阶级的面包问题,也未约束自己的动物欲望,反而沉迷于物质和性欲的享乐,变得腐败而堕落。"他在勃艮第葡萄酒里沐浴,吃着银盘装着的野味,喝得烂醉之时,同你们的妻子女儿睡觉。他曾经也如你们一样穷,这一切是从何而来的呢?"(DKV Ⅰ,76)借此,毕希纳批判了资产阶级的腐败惰性。

正如敌手罗伯斯庇尔(Robespiere)指出的,丹东代表着那群"模仿过去上流社会坏习气的"(DKV Ⅰ,24)新贵族。为了与之划清界限,这位阿拉斯城的律师①以"道德"之名构建了自己高尚的修养形象,借此获得身份的认同,推行理性禁欲的管理模式,并将之同恐怖的话语相结合。"他们不是在同腐败者作斗争,而是想要消除这种恶习……罗伯斯庇尔想要把断头台变成讲台。"(DKV Ⅰ,70)根据巴雷尔(Barrère)的观察判断,罗伯斯庇尔对道德的推崇并非旨在提升自我的精神境界,而是完全出于功利的目的,顺应的是潮流的需求。对此,丹东不禁讽刺道:

> 从一个粪堆到另一个粪堆,这难道就是神圣的等级理论?从一年级升到二年级,从二年级升到三年级,然后就这么一直下去?我已经坐够了学校的板凳,就像一只猴子,屁股上都磨出了茧子。(DKV Ⅰ,72)

立足于物质层面,丹东以一种虚无主义的态度瓦解了被中空的教育。在他看来,罗伯斯庇尔所进行的道德教育只不过是一种表面的效仿,并未对自身的动物性带来改善或提升。

正是由于所追求的只不过是外在的道德修养,并未将之内化为约束自身行为的准则,他无视人民忍饥挨饿、恐怖迫害党友的暴力冷漠态度才越凸显他野蛮的兽性本性。"你们想要的是面包,他们却把人头丢给你们!你们干渴难耐,他们却让你们去舔舐流淌在断头台阶梯上的鲜血"(DKV Ⅰ,75),丹东在断头台上的控诉是振聋发聩的。动词"舔"(lecken)完成了食欲与动物本能需求之间的话语衔接,"嗜血"的行为自动地令人联想到了食人兽的行为。以此方式,丹东揭示了罗伯斯庇尔与道德修养相对立的扭曲、残暴的一面,其内外在是不统一的。这不仅导致了他自身的人性异化倒退,更是给底层人民带来了无限的痛苦,使之沦为权力斗争的牺牲品。他们或忍受着最低级的动物需

---

① 罗伯斯庇尔生于法国北部阿尔图瓦郡阿拉斯城,并于当地做过律师。

求(吃、穿、喝)的折磨,以动物的状态生活着,或成了暴力的工具。这一事实在第四幕第四场马车夫的工作场景中体现得淋漓尽致:

> 狱吏:是谁把你们叫来赶车的?
>
> 第一个车夫:我的名字不叫"赶车的",这是个可笑奇怪的名字。
>
> 狱吏:蠢蛋,是谁给你们下了这个任务?
>
> 第一个车夫:我没有收到任何的命令任务,只是为了一个人10个铜板的钱。
>
> 第二个车夫:这个浑蛋想要夺走我们的面包。
>
> 第一个车夫:你的面包指的是什么?(指着犯人的窗子)这是蛆虫所吃的东西。
>
> 第二个车夫:我的孩子们也是蛆虫,他们也想要吃一份。(DKV I,81)

根据对话,赶车的工作不仅暴露了车夫作为"负重的动物"的身份,而且使其陷入了"劳动"与"死亡"的悖论。因为,这份工作是送罪犯至断头台,也就是说,劳动一次意味着死一个人。没有人需要死,就没有劳动,也就赚不到钱,没有面包吃。可见,作为异化的劳动者,马车夫在公开性的断头演示中,不仅担任了观众的角色,还间接地承担了刽子手的任务。正如在第四幕第七场中围观的妇人面对褴褛中因饥饿哭泣的孩子说:"没事,让它看看断头,就不哭了。"(DKV I,87)从母亲到孩子,面对死亡漠然置之的态度显示着一种"兽性之恶"以代际的方式传播的现象。然而,这无疑是画饼充饥,马车夫并未得到面包,也未改变饥饿的现实。

由此,断头台的暴政成了"空头承诺"(DKV I,62),就像第一位车夫索要面包时,被告知"面包是蛆虫吃的"(DKV I,81),从而被否定了"吃面包"的资格。这句话具有双重意义:罪犯被比作了"蛆虫",动物的隐喻使之腐败堕落的本质得以形象化,因此就像"有外衣穿"一样,"有面包吃"被视为一种"堕落的享受"。因为,"道德禁欲主义理想的三个重要的光辉口号是贫穷、谦逊和贞操"[①]。可见,由于罗伯斯庇尔追求道德禁欲并非出于修养人性的需求,而是完全功利的,故而他仅能从一些表象出发来构建自己的理想,从而混淆了

---

① 尼采. 论道德的谱系[M]. 周红,译. 北京:三联书店,1992:86.

"享受"与"生存必需"（吃、喝、穿、住、性）的概念。于是，被中空的"平等"与"道德"被转嫁至人民的物质苦难之上，导致的是人民动物性需求难以满足。因此，第二位车夫的话"我的孩子们也是蛆虫，他们也想要吃一份"（DKV I，81），道出了人民对食物最自然的本能需求。主动地向动物降格，这是对罗伯斯庇尔空洞的理想主义理念割裂人的自然本性的直接讽刺。①

面对丹东的指责，罗伯斯庇尔自辩"良心是清白的"（DKV I，33）。在西方的语境中，"良心"与理性和道德自律紧密相关，是人区别于动物的标记。亦如卢梭在《爱弥儿》中关于"良心"的经典论述："良心呀！良心！……是你使人的天性善良和行为合乎道德。没有你，我就感觉不到我身上优于禽兽的地方；没有你，我就只能按我没有条理的见解和没有准绳的理智可悲地做了一桩又一桩错事。"②然而，面对罗伯斯庇尔的辩解，丹东却嘲笑道："良心是一面镜子，猴子面对着它进行自我折磨。"（DKV I，33）借助动物隐喻，丹东再次嘲讽了罗伯斯庇尔虚伪的道德表面。在此，"良心"已不再是人对自身道德修养的反思，不仅没有促成身心的完整和谐，反而成了掩饰自身动物性和功利心的借口，甚至走向了其反面，陷入了自我的悖论。

> 前一种人（希腊人）和后一种人（罗马人）都是地地道道的伊壁鸠鲁主义者。他们都是为了使自己心安理得。披上罗马人的长袍，环顾一下自己周围是否有一个长长的影子，也不是什么坏事。为什么我们要相互厮打？现在，我们是用月桂树叶、玫瑰花或葡萄叶把我们的私处遮盖起来，还是把那个丑陋的东西露出来让狗舔呢？③

丹东将罗伯斯庇尔同自己类比，分别对应"希腊人"和"罗马人"，指出两人之间本质上并无不同，都是无法摆脱动物性的享乐主义者，所谓的"禁欲主义者的道袍"，只不过是遮蔽其动物本性的面具。为此，他借用"狗"的性隐喻结

---

① Heltmut J. Schneider：„ Tragödie und Guillotine. ‚ Dantons Tod ': Büchners Schnitt durch den klassischen Bühnenkörper ". In: Volker C. Dörr/Helmut J. Schneider (Hg.): *Die deutsche Tragödie. Neue Lektüren einer Gattung im europäischen Kontext.* Bielefeld: Aisthesis-Verlag, 2006, S. 127-156, hier: 131.

② 卢梭. 爱弥儿[M]. 李平沤，译. 北京：商务印书馆，1996：417.

③ 格奥尔格·毕希纳. 毕希纳全集[M]. 李士勋，傅惟慈，译. 北京：人民出版社，2008：130. 此处译文引自中译本。

合"遮羞"的问题进行反讽。根据《圣经》,人因获得了智慧而知耻,才产生了穿衣遮羞的需求,"由此人同动物相区开来了"①。然而,丹东的话语却从另一个视角揭示了这一"文明行为"在罗伯斯庇尔身上所体现的是遮蔽伪装功能。它并未改变其动物欲望的实质,而仅仅是一种使自己"心安理得"的自欺欺人行为。

换句话说,在丹东看来,动物性就是人性,是无法因遮蔽而否定去除的,因此自己的纵情只不过是"遵循本性"(DKV Ⅰ,33)。而罗伯斯庇尔打着"道德""崇高"的旗号,为的是获得特权、清除敌手、粉饰自身功利主义的目的和动物性的食色本性。鉴于此,丹东直言不讳地说:"自由和妓女是太阳底下最世界性的东西。妓女现在正在阿拉斯城律师的婚床上体面地出卖肉身。我想,她(这个妓女)必定会用克吕泰克斯特拉的伎俩来对付他。我给他定个期限,不出六个月,我就要把他拉过来和我一起。"②在此,"自由"与"妓女"两个概念被平置,直指罗伯斯庇尔偷换概念并在文明的外壳下受动物欲望的驱使进行堕落的本能之事,与自己并无差异。因此,他援引希腊神话典故"阿伽门农王妻子克吕泰墨斯特拉(Clystemnaestra)"③,暗指没有实现道德修养真正内化的罗伯斯庇尔有一天必将暴露其本性,丧失认同并毁灭于自己的道德谎言之中。历史印证了丹东的预言:在丹东死后不到三个月,罗伯斯庇尔因丧失人心,步上了丹东的后尘死于断头台。

可见,毕希纳通过考察丹东、罗伯斯庇尔与人民之间的张力关系,洞察到了片面地追求物质或精神进步所招致的人性异化:在丹东身上,物质进步招致人的道德堕落,沉迷物欲,只满足于动物性需求;而在罗伯斯庇尔身上,当人追求道德修养并不是出于对自身人性的反思和完善,而是演变成粉饰功利权欲的借口时,人性非但没有得到提升,反而遭遇异化变形。这样一来,文明走向了自己的背面。他们无论是谁都是从一个极端到另一个极端,并没有寻找物质与精神的平衡点。这不仅造成他们自身人性的异化倒退和社会的异化,更给底层人民带来了无限的痛苦,使之沦为社会异化的牺牲品。在此,毕希纳辩证地看待道德修养的话语,将人的动物化视为社会异化条件下人异化变形的

---

① Silvia Bovenschen:„Kleidung". In:Christoph Wulf (Hg.):*Vom Menschen*,a.a.O.,S. 231-242,hier:232.

② 格奥尔格·毕希纳. 毕希纳全集[M]. 李士勋,傅惟慈,译. 北京:人民出版社,2008:126. 此处译文引自中译本。

③ 克吕泰墨斯特拉与情人私通,最终谋杀亲夫。

一种表现形式，而非人性之恶的根本所在，饱含着对人性的关怀和对底层人民悲惨处境的同情。

3.2.2 动物马戏团里的失败教育

如果说，《丹东之死》中的动物面相学更多的是停留在隐喻层面，讽喻启蒙乐观进步主义的信念，那么《沃伊采克》则是以打乱秩序的方式挑战人与动物的关系，制造不安。而这一系列问题都借助空间的转换，结合空间特点——封闭和敞开，内在和外在，固定与流动，秩序到乱序，划界和跨界——予以呈现。

戏剧以一种陌生化的方式开始，开场"旷野与远处的城市"一幕并非发生在如戏剧主体所演绎的、为人们所熟悉的现代社会秩序空间——"城市"，而是一个远离城市的"旷野"（DKV Ⅰ，147）。[①] 在此，遍地散落着被误认为是"刺猬"的"人头"（DKV Ⅰ，147）。人兽的混淆已然开始，呈现出了一种外在于日常秩序的异质空间。而在《异质空间》（*Von anderen Räumen*，1984）一书中，福柯将这种异质空间命名为"异托邦"（Heterotopien）：

> 亦如在每个文化中，在我们的文明中也存在着真实的、属于社会机构领域的场地，这些场地犹如反场所一般，切实地被实现的乌托邦。在此，真实的场地，所有人们在文化中所能够找到的异质场地，同时被再现，被质疑并倒置。[②]

在毕希纳的剧本中，这个具有颠覆性的异质空间成为酝酿与制造充斥着整个文本不安的源发地，是对整个剧情内容、走向与结果的预演。首先，人头被混淆为刺猬，表明人与动物之间界限的模糊化导致人的感知出现混乱，并引

---

① 需要说明的是，由于《沃伊采克》是一部残篇，毕希纳在创作时采用了一种敞开式的手法进行创作，未对场景进行顺序编码，场景创作是零散式的，加之原始手稿一度遗失，后经研究者历时多年的努力，才被零零碎碎地搜集而成，形成了多个版本的场景组合。本书在阐释时根据逻辑性和引文便利性的原则，选用了学界较为认可的、通用率高的由德国学者亨利·波施曼和罗斯玛丽·波施曼编辑整理的有场景编号的阅读版。

② Michel Foucault：„Von anderen Räumen". In：Ders.：*Schriften in vier Bänden. Band IV 1980-1988*. Hg. v. Daniel Defert und Francois Ewald. Frankfurt a. Main：Suhrkamp，2005，S. 931-942，hier：935.

起读者(观众)的好奇,从而深入文本考察"谁是人?""谁是动物?"的问题。同时,"人头"的数量如此之多,让人联想到了旷野这个场地的属性——墓地。据福柯考察,"自19世纪,墓地被从城市的中心转移至城市边缘"[①]。之所以被移出"中心",是因为等同于死亡的墓地表现出一种不同于代表主流秩序的、活的城市的异质空间。它使人们在直面死亡的恐惧中,感到自身对灵魂再生和不朽的信仰受到质疑与颠覆的威胁。[②]

而剧本中作为墓地的旷野不只被移至边缘,而是彻底被移至远离城市之外。这种"外在性"和"隔绝性"本身就含有排除甚至消灭之意,契合着作为墓地的旷野所呈现的死亡意象——"一切都安静了,好似世界死了"(DKV Ⅰ,147)。更令人不安的是,此地竟是戏剧主人公城市居民沃伊采克的工作场所。这暗示着人物连同这个异质空间被排除在了城市之外,也就是被排除于人的世界,成了"非人",如动物。因此,福柯说,"人们也称异托邦为偏离异托邦(Abweichungsheterotopien):(因为)行为异常、偏离规定标准的个体被归置于此地。"[③]

通过所制造的三重不安,旷野提供了一个镜像式的空间,投射着城市针对沃伊采克作为边缘人的归置和作为他者的划界。同时,身处于这个异质空间的沃伊采克被迫面对自己偏离的宿命——人的动物化降格、精神与感知的混乱、死亡。这一切之后都一一在他身上应验了。从社会学视角看,"空间是社会的产物""空间关系就是社会关系"。[④] 正当沃伊采克因感知的混乱还无法辨识这异质秩序里生死的真实性时,"城市营房敲鼓声"(DKV Ⅰ,147)的召回信号将他重新带入了主流秩序的意识之中,阻碍和中断了他进一步思考秩序背后的昏暗一面。"敲鼓声"不仅传达了军队规训士兵的秩序命令,也展现了军队教育的方式。

回归城市的沃伊采克在街道的集市上偶遇了一场马戏表演,好奇的他忍不住驻足观看。集市马戏表演一幕分为两场:一场在马戏篷外,另一场在马戏篷内,都关涉着人对动物的驯化问题。然而这一内外空间的转换与差别却隐

---

① Michel Foucault:„Von anderen Räumen",a.a.O.,S. 938.

② Michel Foucault:„Von anderen Räumen",a.a.O.,S. 938.

③ Michel Foucault:„Von anderen Räumen",a.a.O.,S. 937.

④ 包亚明. 现代性与空间的生产[M]. 上海:上海教育出版社,2003:50,85.

含深意，被视为"作者在其作品中对整个社会戏剧所发出的最为复杂的批判"①。同时，这也是文本中，继旷野墓地后另一个催生不安感的源发地：

首先，在马戏篷外，招徕者向人们展示着一匹聪明的马，一只金丝雀，还有一只穿着大衣裤子、直立行走的猴子，并声称是"教育"使这群"原本什么都不会的上帝造物"具有不同于"如动物般愚蠢的个体"的"理性"（DKV Ⅰ，149，150）。显然，招徕者的话语链接着18、19世纪主流的针对人的教育话语。根据康德在《论教育学》（*Pädagogik*，1803）中的论述，由于导致偏离的动物性阻碍了人的理性化和文明化，人必须接受教育，并通过规训或训诫实现对动物性的限制甚至去除。②为了进一步论证"规训"的可能性，康德还从词源上对"驯服"（dressieren）和"穿衣"（kleiden）两个词进行了关联："人要么是仅仅被驯服、被调教、被机械地指导，要么被真正地启蒙。人们能驯服狗和马，也能驯服人（这个词源自英文，to dress，给……穿衣）。因此，布道士更衣的地方，叫作更衣室（Dresskammer），而不是慰藉室（Trostkammer）。"③

在此意义上，《沃伊采克》文本中的外衣裤子赋予装扮成人的猴子以"文明进步"（DKV Ⅰ，150）的外壳，使其成了"驯化和教育的双重对象"④：它不仅会直立走路，还成了一位"士兵"。尽管如此，在招徕者口中它仍"处于人类的最低阶级"（DKV Ⅰ，150）。根据列斐伏尔（Henri Lefebvre，1991—1901）的社

---

① Joachim Franz：„ Ein Programmzettel zum Theater der Mächtigen. Zur Kritik an herrschaftstragenden Inszenierungen im Hessischen Landboten". In：Burgard Dedner/Matthias Gröbel/Eva-Maria Vering（Hg.）：*Georg Büchner-Jahrbuch*，Bd.12（2009-2012）. Tübingen.：Max Niemeyer Verlag，2012，S. 25-44，hier：42.

② 康德. 康德著作全集：第9卷：逻辑学 自然地理学 教育学[M]. 李秋零，主编. 北京：北京大学出版社，2010：442.

③ 康德. 康德著作全集：第9卷：逻辑学 自然地理学 教育学[M]. 李秋零，主编. 北京：北京大学出版社，2010：450. 此处根据原文译文略作改动.

④ 王炳钧. 威廉·豪夫的《作为人的猴子》中的空间秩序逻辑[J]. 外国文学，2013（1）：5. 威廉·豪夫（1802—1827）属于与本书考察对象毕希纳同一时代的德国作家。在他的作品《作为人的猴子》中，陌生先生也是通过穿衣的方式把猴子装扮成人，并对它实施驯化与教育，包括鞭打，以此压制它作为动物的自然属性，从而达到社会化的驯化目的。德国学者瓦格纳指出，毕希纳的作品《沃伊采克》中的猴子一幕显然受到了这部作品的影响。尽管如此，他指出两者的不同在于，相比豪夫的批判仅局限于"效仿"（nachäffen）层面，毕希纳则更为深入地进入了批判的内核。参见 Martin Nikolaus Wagner：*Tierbilder im Werk Georg Büchners*，a.a.O.，S. 113.

会学空间理论，"空间阶层和社会阶级是相对应的"①。自文艺复兴、启蒙时期起，人类试图通过模仿上帝创造自然的方式，取代上帝的地位，成为世界这个空间的设计者和建造者，对空间加以层级排列与归类。而对动物进行驯化和分类管理，甚至提升为"人"都可视为人类掌控自然、划分空间秩序的展示，表明了人成为世界主宰的可能和动物的可塑性。正如招徕者所言，这是"人制造的开始"（DKV Ⅰ，150）②。

正如托马斯·马侯（Thomas Macho）所考察的，产生于 18 世纪后半叶的"流动马戏团"是对统治教育的补充，"呈现了改善人和教育人的进步乌托邦"③，使人从娱乐中获得一种高于动物的优越感。而波德莱尔在《论笑的本质并泛论造型艺术中的滑稽》（*De l'essence du rire et généralement du comique dans les arts plastiques*，1855）中指出，从动物身上获得的"高贵的优越感"会产生一种"邪恶的笑"——"带有野蛮"意味的蔑视性的"嘲笑"。④ 也就是说，人与动物的不对称关系，始终建立在对动物的贬低之上，而这样的关系也会转化到人与人之间。在马戏表演中，这一"嘲笑"经表演的猴子转嫁到了同样具有"士兵"身份的主人公沃伊采克（作为实验对象）身上。两者的地位在此悄然地发生了置换：人与动物跨越了边界，进入了彼此的空间领域，动物向人升格，而人却向动物降格。

在《沃伊采克》中，新年集市（Jahrmarkt）本身就带有狂欢节的性质："在狂欢节中，常常会庆祝一种非公开的真相，已有的社会关系会被颠覆。"⑤从戏剧

---

① 包亚明主编. 现代性与空间的生产[M]. 上海：上海教育出版社，2003：50.

② 在中世纪神学体系中，直至人被上帝造出后，才真正意义上开启了历史，人是上帝的造物。因此，在此意义上，在招徕者的表演中，动物经人之手借助驯化升格成"人"，可被理解为人取代了上帝，创造了新的造物史。

③ Thomas Macho：Zoologiken：„Tierpark, Zirkus und Freakshow". In：Gert Theile (Hg.)：*Anthropometrie zur Vorgeschichte des Menschen nach Maß*. München：Wilhelm Fink Verlag, 2005，S. 155-178，hier：168.

④ 夏尔·波德莱尔. 美学珍玩[M]. 郭宏安，译. 上海：上海译文出版社，2009：179.

⑤ Rita Bischof：„Lachen und Sein. Einige Lachtheorien im Lichte von Georges Bataille". In：Dietmar Kamper/Christoph Wulf（Hg.）：*Lachen-Gelächter-Lächeln. Reflexionen in drei Spiegeln*. Frankfurt a. Main：Syndikat, 1986，S. 52-67，hier：54. 毕希纳在 1836 年 1 月 1 日的家书中就谈及了对于节日市场的感受："我从圣诞节市场回来，那里到处是一群群衣衫褴褛、冻得发抖的孩子，他们睁大眼睛、仰着可怜的小脸蛋站在那些用水和面粉、土和金纸装饰的华丽礼物前面。一想到对于大多数人来说，连这些最可怜的享受和快乐也是可望而不可即的珍贵东西时，我心里就很不是滋味。"（DKV Ⅱ，423）

的形式上看，马戏团作为一种户外"流动的滑稽剧"，代表的是同剧院里上演的高雅戏剧相对立的世俗文化，其受众是底层的人民。借助马戏团，作家毕希纳有意将席勒的"市民教育戏剧"从剧院搬到公开的街道上，即从封闭的空间向敞开的空间转移。这一方面打破了席勒教育戏剧的阶级局限，实现了如《丹东之死》中"把人们从戏院赶到街道上"（DKV Ⅰ，45）的要求；另一方面以滑稽的形式替代严肃剧，从倒置的视角构建了一个去美化的、暴露式的、讽刺性的反舞台，戏拟着人与动物之间的跨界乱序，实现了审丑的转向。同时，马戏篷特有的"帷幕遮掩却独留一个敞开入口"[1]的结构也为人们提供了进入它的可能性。故而，当沃伊采克问玛丽"想看吗？"，她回答："想啊，一定很好看！"（DKV Ⅰ，150）

以此方式，通过空间的转换，在集市的第二场，作为福柯眼中另一种异托邦的马戏团真正开启了颠覆主流秩序的异类话语。[2] 在马戏篷外被视为教育对象的马（ein dressiertes Pferd），一匹被驯化了的、穿着衣服的马，在篷内已经进入了人类的社会空间。它在参与主流秩序的实践中，成了"整个有文化成员社团"的典范，展示着它的"双重理性"（DKV Ⅰ，151）[3]。在演示过程中，作为"理性之人"的它却因"动物理性"（即自然本能）而无法自控地在舞台上排粪便，公然表现了本该被人类理性压抑的"不得体"，暴露了固有的自然本性，使"人类的社团感到羞耻"（DKV Ⅰ，151）。作者借两种理性的冲突和反差制造了一种荒诞的滑稽效果，使人们在忍俊不禁的"笑"中体会到事情的本质。[4]亦如招徕者的解释："这就是动物面相术。是的，这并非如动物般蠢笨的个体，这是一个人！一个人，一个具有兽性的人，然而它的确是一头牲畜，一只野

---

① Günter Oesterle：„Das Komischwerden der Philosophie in der Poesie Literatur-，philos-ophie-und gesellschaftsgeschichtliche Konsequenzen der ‚voie physiologique' in Georg Büchners Woyzeck". In：Hubert Gersch/Thomas Michael Mayer/Günter Oesterle（Hg.）：*Georg Büchner-Jahrbuch*，Bd. 3，a.a.O.，S. 200-239，hier：209.

② 福柯写道："异托邦总是以一个打开和关闭的系统为前提，这个系统既使异托邦变得隔绝，又同时使进入它变得可能。"参见 Michel Foucault：„Von anderen Räumen"，a.a.O.，S. 939，940.

③ 此处的"双重理性"指的是人所具有的动物性与理性的双重特性，暗指动物性是人的不可分割的一部分。只是与智性理性不同，动物性指的是动物理性，即自然本能。

④ 对于"对比反差"所产生的"笑"，是一种"不适的反应"。参见 Manfred Frank：„Vom La-chen. Über Komik, Witz und Ironie. Überlegungen im Ausgang von der Frühromantik". In：Thomas Vogel（Hg.）：*Vom Lachen：einem Phänomen auf der Spur*. Tübingen：Attempto-Verlag，1992，S. 211-231，hier：212.

兽。"(DKV Ⅰ，151)

在此，毕希纳利用同声异形词的关系，进行了讽刺性的文字游戏。他将传统针对人的面相术（Physiognomik）一词的第一个音节（Phy-）替换成了"牲畜"（Vieh），创造了"动物面相术"（Viehsionomik）一词。面相术原本是一门从人的外形判断人的内在性格的学问，而在毕希纳有意地替换概念后，动物面相术就变成了一门通过动物解读人的学问了，打破了人向动物单向观看的模式。"在动物的目光中，人们能够意识到，他被观看，正如他观看他周围的世界那样。"①尤其以同样的方式解读"如动物般愚蠢的个体"（viehdummes Individuum）的表达，个体（Individuum）一词在构词上内含着"vi"（与 Vieh 的发音一致），进一步表明了个体之人只不过是一个作为"牲畜"的存在的事实。

这正是福柯所提及的异托邦的"镜像功能"："在镜子中，我看到了我自己在我自己不在的地方，而是在一个非真实的空间里。这个空间虚拟地位于镜子的表层背后。我是在我不是的地方，犹如一个阴影，它仅使我能够看到自己，并且允许我在我根本不在的地方观察我自己。"②与马戏篷外以人的秩序为导向不同，马戏篷内的动物闹剧正是从另类的视角出发，由于"马"的颠覆性行为——不得体的排便，在重现主流秩序的建构过程中，显现出原本被秩序压抑掉的东西——本能的动物行为。由此，人与动物之间的界限彻底模糊了：这是一个"兽性的人"，"变了形的人"，"它只是不会说话表达罢了"（DKV Ⅰ，151）。在招徕者的话中，"语言"一直以来作为划分人与动物差异的证据也被消解了，它不再是卢梭所说的人特有的自由意志和自我完善的标志③，而是拉美特利机械唯物主义对身体所发出的信号刺激：

> 从动物到人的过渡转变并不是剧烈的……我们训练一个人，就如同训练一只动物，一个人成为作家与成为搬运工的过程亦是一样的。一个几何学家学会做最困难的论证与运算，与一只猴子学会脱下而后再戴上它的小帽子，或学会如何爬到那只规训听话的狗的背上去一致。这一切

---

① Dietmar Schmidt:„‚Viehsionomik‘：Repräsentationsformen des Animalischen im 19. Jahrhundert". In：*Historische Anthropologie*，2003，Vol. 11（No.1），S. 21-46，hier：S. 24.

② Michel Foucault:„Von anderen Räumen"，a.a.O.，S. 935.

③ 卢梭. 论人类不平等的起源和基础[M]. 李常山，译. 北京：商务印书馆，1997：92.

都必须依赖某些符号来操作实施。①

在招徕者眼里，训诫人如同训诫动物一样，语言对于他们而言不过是信息处理，感觉借助语言符号传入大脑形成思维，"但这一切须以身体活动为前提"②，因此其本身是物质的，人与动物一样都是机器，两者之间的差异在身体上被拉平了。可见，不同于旷野所营造的"不安"是充满死亡宿命的阴森感，集市场景的"不安"源自通过展示"双重理性"，打乱原有的人与动物的等级秩序，让人在讽刺的滑稽中感受到失去做人的尊严。尤其当这一"羞耻"指向的是"有文化成员的社团"（DKV Ⅰ，151）（后文出现的教授和医生）时，体现了毕希纳将原本用于底层阶级的定义倒置地施加在了漠视人性的受教育阶级，形成了反讽。正如毕希纳在 1834 年 2 月家书中所言，那些以"修养""学问"鄙视嘲笑别人获得优越感的人才是可笑的。"人来源于动物界这一事实已经决定人永远不能摆脱兽性，所以问题永远只能在摆脱多一些或少一些。"③

3.3　动物实验对人的降格

虽然，集市的动物马戏使看戏的观众因具有受教育的马的不得体展示，而对自己倒退的自然感到"羞耻"（DKV Ⅰ，151），但伴随着表演的结束，走出马戏篷的他们重归秩序的人造社会空间——城市。重归空间就意味着"重新占有空间，重新占有身体，因为身体是空间无法消除的组成部分"④。而此处的"占有"也含有双向的意味。对于马戏观众之一的沃伊采克而言，走出马戏篷意味的却不是占有，而是失去身体，也就是说他的身体被他人所占有了。通过签订契约，沃伊采克将身体（空间）的占有权让渡给了医生进行营养实验，换取每日两个格罗申的生活费。对于他而言，这虽是一份工作，却因此失去了自己

① Julien Offray de La Mettrie：*L'homme machine. Die Maschine Mensch*，a.a.O.，S. 53，54.
② Julien Offray de La Mettrie：*L'homme machine. Die Maschine Mensch*，a.a.O.，S. 97.
③ 卡·马克思，弗·恩格斯. 马克思恩格斯全集：第 20 卷[M]. 中共中央马克思恩格斯列宁斯大林著作编译局，编译. 北京：人民出版社，1964：110.
④ 包亚明. 现代性与空间的生产[M]. 上海：上海教育出版社，2003：104.

身体的自主权。

戏剧中的各种冲突都源自身体,而身体的让渡本就意味着一种分离。根据启蒙先师笛卡尔"我思故我在"的身心二元论,灵魂是同身体相对的概念,它可以独立于身体而存在。[①] 然而,毕希纳在《笛卡尔》研究中发现,这位思想家自己也意识到身体与灵魂是无法完全对立的,"感觉是灵魂和肉体结合的最好的证明"[②](DKV Ⅱ,231),它们的结合方式"如同重力和身体的结合方式一样"(DKV Ⅱ,233)。尽管如此,为了保证灵魂的至高性,笛卡尔仍然坚持将灵魂局限于一个排除其他身体延伸的物质之中——松果体(DKV Ⅱ,231)。在他看来,虽然感觉看似让灵魂与身体不可分割,但是感觉的原始发源地仍是灵魂,是灵魂在感觉,身体只是起到一个传输工具的作用(DKV Ⅱ,231)。也就是说,身体始终是一部同无灵魂的动物一样的机器。以此方式,最终笛卡尔还是将身体同动物一起从认识之中清除了出去。

对此,毕希纳是持不同观点的,他说:"笛卡尔的生理学不是在生命的意义上,而是基于几何物理原则而建立起来的","谁给予自己这个(笛卡尔)任务,那么他必须同时扮演一个什么都不知道的人"。(DKV Ⅱ,174)可见,毕希纳反对从抽象理性出发来认识人。对于他而言,身体才是认识的产生地,"理性毕竟只是我们精神本质的一个极微小的切面"(DKV Ⅱ,378)。戏剧也正是借助沃伊采克作为实验对象的特殊形象,从身体出发,反观二元论思想下人兽的边界在何处,人的存在姿态是怎样的,并与马戏篷的动物演示形成平行对照。

在教授的召唤下,沃伊采克来到了教授的院子进行科学实验观察。此时,教授正将一只猫从楼上抛出,为的是探究在自由落体中,"这个存在实体(Wesenheit)在重力和自我本能之间会如何反应"(DKV Ⅰ,152)。这个实验的目的显然是基于否定"灵魂与肉体之间的结合会如重力与身体的结合"的假设为前提,表明此时的科学思想仍是传统的身心二元论。在这一思想中,降落(Fall)在德语里本就有降格之意,暗示着在教授眼中,猫作为一个生命的存在被忽略了(因为实验结果是以猫的生命为代价),成了一个没有灵魂,可以随意使用、抛弃的实验工具。

在此,毕希纳借这一动物实验连接到了由杰里米·边沁(Jeremy Benthan,

① 笛卡尔.第一哲学沉思集[M].庞景仁,译.北京:商务印书馆,1986:82.
② 如疼痛、饥饿、干渴以及其他感觉。

1748—1832)所提出的动物伦理思考："关于动物,问题不是,它们是否会思考？是否能说话？ 而是它们是否会蒙受痛苦？"[1]德国学者保尔·明希（Paul Münch）指出,自笛卡尔将"无灵魂的动物"视为"机器","否定动物对疼痛的感知能力",公众领域对待动物的态度"变得缺乏同情心和极端理性"[2],这造成了人虐待甚至否定动物生命成了一种合法的行为。这一人类统治的伦理思想在实践中甚至从动物转嫁至人身上,从而"合法化了暴力虐待被视为处于动物状态之人的行为"[3]。

因此,目睹教授对待猫的冷漠态度,同为实验对象的被物化的沃伊采克预感到了自己同等的命运,顿时本能地心生恐惧,"浑身发抖"甚至"晕厥"（DKVⅠ,152）。这无疑是一种意识抗拒的表现,是保存生命的渴望所产生的动物性本能反应。然而,这一系列不适并未使医生动容,产生同情。相反地,他以直接忽视的方式,专注于要求沃伊采克坚持按照他的指令"动一动耳朵",以便让学生们"开开眼",像动物一样向学生们展示实验成果："来观察一番这个效果,摸一摸这不均匀的脉动,瞧瞧这眼睛。"（DKVⅠ,152）可见,与教授一样,医生亦沉迷于对科学成果的追求,受控于理性目视,丧失了人性的情感,没有了共情的能力,变得冷漠无情。在此意义上,人失落了对生命的关爱能力难道不正是一种形式的倒退吗？

同时,他带有表演性质的展示要求,已然超出了科学实验的范畴,令人不禁联想到了马戏篷外所进行的"猴戏"表演。但与马戏表演中动物升格为"人"不同,沃伊采克的实验演示是被动地向动物化的降格,两者的关系在此既有对应也有置换。而当沃伊采克本能地提出抗拒时,教授随即斥责他为"畜生",并据此断言他"这是在向驴子变异"（DKVⅠ,153）,坐实了沃伊采克被动物化的事实。而驴子本身对于人类而言就是一个负重的工具,这个隐喻也同沃伊采克作为实验动物被工具化的命运相契合。

然而,在实验过程中,沃伊采克身体多次本能的不良反应,已经表明实验是同他本身的天性相违背的,是他对自己向动物变形的抵抗。但契约义务的约束使他不得不压抑自己,如医生所说"坚持地"（DKVⅠ,153）完成实验,因

---

[1] Roland Borgards（Hg.）：*Tiere. Kulturwissenschaftliches Handbuch*，a.a.O.，S. 78.

[2] Paul Münch：*Tiere und Menschen. Geschichte und Aktualität eines prekären Verhältnisses*. Paderborn：Ferdinand Schöningh，1998，S. 330.

[3] Keith Thomas：*Man and the Natural World：A History of the Modern Sensibility*. New York：Pantheon，1983，S. 44.

为他需要赚钱养家。在此,本能的倾向与责任之间的矛盾凸现出来。席勒在《秀美与尊严》中写道:

> 道德不是别的,正是"志趣爱好加入义务之中"。因此,出于爱好的行为和出于义务的行为在客观意义上无论多么相互对立,在主观意义上却完全不是那样。人不仅可能,而且应该使快感和义务结合在一起;应该愉快地服从自己的理性。[①]

不同于席勒的定义,戏剧中,沃伊采克的不幸正来源于社会责任的束缚与身体倾向之间不可调和的冲突。走出实验室对于沃伊采克而言,意味着一种回归自然空间的解放与自由。但是,自然正是科学所要征服的对象。现代文明的进程中,城市社会空间是建立在对自然空间的人为加工改造之上的。而动物作为自然的一部分,一直以来都是人类探索知识的研究对象之一,对它们进行研究,寻找差异,成了人类权力的一种指标。在戏剧文本中,属于"受教育社团成员"的教授和医生正是扮演着城市社会空间设计者的角色,并体现在对沃伊采克的动物身体的操控中。因此,当沃伊采克听从自然本能地在街道上撒尿时,医生勃然大怒。这一幕无疑又同马戏篷中聪明的马表演时无法自控地排便场景平行,表现的是动物性的自然本能同理性之间此消彼长的竞争关系。

在医生看来,沃伊采克未用意志约束自我行为,而是任由本能冲动的驱使,导致实验丧失了重要的尿液样本。他违背了契约义务,偏离了准则,这是一种致"世道变坏"的道德沦丧。因此,医生贬低他"如同狗一般"(DKV Ⅰ,157)。对此,沃伊采克的辩护是"本能是无法抑制的"(DKV Ⅰ,157)。因为,"动物性的生存仅仅是身体化的",体现着一种生命的意志。[②] 可见,两者的矛盾在于,沃伊采克是从身体感觉出发,而医生是从理性准则出发。视角之所以不同,与他们的工作性质相关联——体力劳动与脑力劳动的分工。

伴随着经济科学的发展和细化,社会分工已然成为必然趋势。体力劳动与脑力劳动的分工标志着身体感觉与理性思维之间的分离,人作为"动物性自然和精神性自然的混合体"的"完整的人"之构想已然崩塌。但是在尼采看来,

---

① 席勒. 席勒美学文集[M]. 张玉能,编译. 北京:人民出版社,2011:132.
② 汪民安,陈永国. 身体转向[J]. 外国文学,2004(1):40.

"在早先，思维和判断是包含在感官知觉之中的，不是分离的"①，"身体乃是比陈旧的灵魂更令人惊异的思想"②。按尼采的话，身体才是意志真正的源发地，作为权力意志的动物性构成了人的存在的根本性规定。③ 同时，"生产关系既是一种社会存在，也是一种空间存在"④。分工本身就是基于生产关系对社会空间进行的划分，由此产生等级差异和财产不均。

以此观照戏剧中教授和医生的冷漠，一方面代表的是偏激的科学理性影响下人的异化形象，另外一方面也体现着"社会地位和经济基础保障下的阶级特权"⑤。面对沃伊采克精神错乱的身体病症，医生并未表示同情关怀或进行治疗，反而兴奋于这是个"有趣的病例"，并用"附加津贴"鼓励他"勇敢地坚持下去"（DKV I，158）。对于他们而言，沃伊采克的身体遭受的痛苦还比不上在猫身上"发现一个新的虱子种类"（DKV I，152）来得重要，两者作为实验对象本质上是一致的，都是供科学研究的数据载体，是可以随意替换的。也就是说，在实验上，医生将沃伊采克抛入了被划出人类世界之外的动物身体空间，使之彻底沦为动物，甚至工具。由此，分工成了"文明的、精巧的剥削手段"⑥。

因此，当沃伊采克再次面对上尉"不道德"的指责时，他反驳"道德"不过是有钱和有教养阶级的专属物，穷人无法依赖"道德"而存活，他们虽然是不道德的，却是"自然的"，"有血有肉的"（DKV I，155）：

　　　　沃伊采克：是的，上尉，道德！我没念过书。您看，我们这些普通百姓都是没有道德的，但对于我们这些人而言，这就是自然。但是，假如我是一位先生，有一顶礼帽，一块钟表，再有一件大礼服，假如我还能文绉绉地

---

① 尼采. 权力意志：上卷[M]. 孙周兴，译. 北京：商务印书馆，2007：31.

② 尼采针对"自由意志"有一段评论：表面看来，仿佛它主张"你并非自愿做你的事，而是不自愿的，也就是不得不做你的事"。参见尼采. 权力意志[M]. 张念东，凌素心，译. 北京：中央编译出版社，2000：38.

③ 这是海德格尔对于尼采的"身体"的进一步解释："动物性是身体化的，也就是说，它是充溢着压倒性的冲动的身体。身体这个词指的是所有冲动、驱力和激情中的宰制结构中的显著整体，这些冲动、驱力和激情都具有生命意志，因为动物性的生存仅仅是身体化的，它就是权力意志。"参见汪民安，陈永国. 身体转向[J]. 外国文学，2004(1)：40.

④ 包亚明. 现代性与空间的生产[M]. 上海：上海教育出版社，2003：48.

⑤ Roland Borgards/Harald Neumeyer（Hg.）：*Büchner-Handbuch*，a.a.O.，S. 110.

⑥ 卡·马克思，弗·恩格斯. 马克思恩格斯全集：第 23 卷[M]. 中共中央马克思恩格斯列宁斯大林著作编译局，编译. 北京：人民出版社，1979：403.

说话,我想我早就变成道德的人。在道德这个字眼周围必须有一些漂亮的玩意,上尉先生。但我却是一个穷光蛋。①

在这段对话中,自然再次与道德形成了对立的概念。但此时,从沃伊采克作为底层人民的视角看,道德已不再是社会教育者口中与"责任""义务"挂钩的概念,而是直接取决于社会地位(先生的身份)和财富(礼帽、大衣和怀表),成了一种美化的表面包装。此外,他还点到,语言也起到了空间等级划分的作用。

一直以来,语言都被视为同动物区分开来,确立人的优越地位的重要特征。毕希纳在他的《笛卡尔笔记》中这样写道:对于笛卡尔的二元论而言,"动物只不过是没有灵魂的工具,即自动机;其剥夺动物的灵魂的主要理由在于缺乏语言。一旦动物具有灵魂,那么动物或许会为它们的思想找到符号并利用这些符号"。(DKV Ⅱ,225)但从身体视角来看,语言作为将身体内在空间同外部空间相联结的一种体现,是"身体体验性的一种方式,语言是身体的语言"②。剧中,沃伊采克身体病症的反复出现,都可被视为其身体体验的一种语言表述方式。尤其,在精神错乱之后,他常感到身体里的自然在说话,这一方面是身体病症的符号,另一方面也是动物性自然对理性压制的抵抗与控诉,以及渴望关怀的人性情感诉求。

然而,他试图交流和抵抗的尝试失败了,医生的冷漠和难懂的专业医学术语表达令他望而生畏。而在上尉的口中,无论是道德上还是语言称呼上,其一直是一个"他者"③的存在,这不仅体现了一种蔑视的态度,而且直接在语言上将其划出了自己的等级秩序空间之外。这里没有所谓的个体,一切都在被范畴化。医生和上尉作为上层空间的代表,维护的是阶级的集体利益和话语权,就像他们的称谓一样不是具体的个体,反之生活在底层空间的个体沃伊采克被拒斥在外。这与实验一样是隐性化的暴力形式。遭此暴力,沟通不顺、被社会排挤、控诉无门的沃伊采克的语言符号系统彻底崩溃了,他随着病情的恶化而彻底地"失语"了。语言能力的退化使他彻底降格为笛卡尔口中"无语言、无灵魂的机械动物"(DKV Ⅱ,225),成了任人随意命令和操控的对象。

---

① 格奥尔格·毕希纳. 毕希纳全集[M]. 李士勋,傅惟慈,译. 北京:人民出版社,2008:210. 此处根据中译本译文略作改动。
② 莫里斯·梅洛-庞蒂. 知觉现象学[M]. 姜志辉,译. 北京:商务印书馆,2001:254.
③ 上尉称呼沃伊采克所使用的人称代词不是用"你"(du),而是用"他"(Er)。

在遭遇社会贬低的过程中，沃伊采克还面临着情人背叛和被家庭抛弃的双重打击，这无疑是致命的一击。因为，对于被动物化降格、变得一无所有的沃伊采克而言，家庭是维系他与这个社会的仅剩的纽带，如今也失去了。在极端愤怒所引起的意识混乱之中，他作为人的理性最终被兽性的理性所占据，杀害了玛丽。值得玩味的是，沃伊采克行凶之举是发生在他于窗口目睹情人玛丽与鼓手长在舞厅内勾搭淫乱而情绪崩溃之后。这一幕无疑又是作者有意设置的一个双向展示：首先，"鼓手长"的身份另含深意，表明这一人物如同医生、上尉一样，代表着规训个体的国家教育大军。其次，当"跳舞"作为社会修养的一种特征而将沃伊采克拒绝在舞厅的上流社会空间之外的同时，却成了有地位的鼓手长勾搭妇女进行淫乱的手段。作者借"跳舞"讽刺了上层阶级在"道德"问题上的双重标准。正如毕希纳在 1833 年 4 月 6 日的书信中所言，法律满足的是"少数腐败者利益"，为此它必须"使大部分公民沦为被奴役的动物"（DKV Ⅱ，366）。除了这一幕，玛丽在多次与鼓手长调情时都使用了动物的隐喻，将其比喻为"狮子"（DKV Ⅰ，203）和"公牛"（DKV Ⅰ，207）。这样一来，毕希纳借玛丽之口，反讽了鼓手长的道德败坏，使其丑陋的欲望一面暴露出来。

尽管如此，沃伊采克在激情刺激下的杀人行为在当时的语境中并未得到理解。正如毕希纳在《论英雄之死》中所提及的社会主流观点："不是愤怒、不是绝望使他们为了生死而战（因为，这是两个将人降格为动物的动机，而不是提升为人的动机）。"（DKV Ⅱ，24）也就是说，作为生命意志的动物性冲动在 18、19 世纪启蒙理性的话语中被打上了"野蛮"的烙印。这一点也得到了史实的印证。历史上针对沃伊采克的法律判决一度将他置于人与动物的界限上，来论证对他执行死刑的合理性："作为冲动的、具有攻击性行为的动物，他呈现了一种对社会的威胁，必须被排除；而作为具有自由意志的人，他就该对自己的行为负责，因此允许被排除。"[1]可见，法律的判决参照的是区分人与动物差异的教育模板，将沃伊采克的谋杀行为视为对准则的偏离，而并未深究其行凶背后的原因，即为何沃伊采克会变形为动物，从而失去理性的自控力，做出了谋杀的行为。法律考察始终停留于表象的结果，就像医生一样只关心实验的结果不关心沃伊采克的病症一样。

这样一来，无论是作为人还是作为动物，生活在底层的沃伊采克在生活

---

① Roland Borgards/Harald Neumeyer（Hg.）：*Büchner-Handbuch*，a.a.O.，S. 105.

上、道德上和法律上都毫无话语权,就像动物实验的演示一样,从精神到身体都被驱逐出了权力的主流秩序。无怪乎,在精神错乱中杀人之后,失去了一切作为人的社会关系的沃伊采克第一反应便是离开作为人造空间的房屋,逃向作为自然空间的池塘。这一行为表达了他离开社会空间,重归自然,重归本真,重归生命的诉求。这也符合毕希纳的自然哲学理念:"自然的特征就是个体身体的存在。"(DKV Ⅱ,292)剧中,沃伊采克多次强调"自然",表明对于他而言,自然才是人本真的状态,却在文明的规训之中被压制、磨平了。

医学实验对他的动物化降格早已使他处于身心不和谐的状态。玛丽背叛的刺激使他脑子中不断出现跳舞的场景,并伴随着幻听的折磨,仿佛有人反复地在跟他说:"刺,刺死她,刺死那只母狼(Zickwolfin)。"(DKV Ⅰ,164)波施曼版本的注解里将"Zickwolfin"一词拆解为"羊"(Ziege)和"狼"(Wolf)两个词(DKV Ⅰ,769)。而德国学者布格哈德(Burghard Dedner)经考证指出:"18世纪末的德国城市达姆斯塔特存在着一个以齐尔克沃尔夫(Zickwolf)为姓的家族。"(MBA Ⅶ.Ⅱ,523)在此基础之上,若将"Zickwolf"一词以音节拆分为"Zick""-wolf",并对音节的顺序进行倒置,即 Wolfzick,那么读起来发音与沃伊采克(Woyzeck)极其接近。据此,学者格拉奇克(Annete Graczyk)认为:"玛丽这个角色(她实际上是个妓女)同沃伊采克一样都是社会的边缘人,可以被解读为是沃伊采克的镜像人物,在他们身上共同围绕着自由和社会决定论的问题。"[①]在此意义上,沃伊采克的杀戮行为可以被解读为自我在一种绝望状态下向动物的自主降格,将自我排除于人的世界。甚至可以说,这是通过杀人而自杀的行为,因为他将玛丽看成了另一个自己。

借助沃伊采克的悲剧,毕希纳呈现了一个原本健全的人如何经历身体剥削、自我意志被剥夺、地位丧失、家庭背叛以及失语,一步步失去做人的尊严,最终被推向动物性的深渊。作者饱含同情地看待沃伊采克的兽化:他身上体现的所谓"兽性"、所谓"不道德"、所谓"丑"、所谓"恶",都不是生而具有的,而是要么是被人为地强加,要么是身心痛苦的双重作用下引发的人性失序的结果。科学实验、阶级等级差异和道德理想教育的苛责都应对此负责。面对沃伊采克的痛苦,以及教授、医生和上尉所展现出来的冷漠教条,毕希纳看到了

---

① Annete Graczyk:„ Sprengkraft Sexualität. Zum Konflikt der Geschlechter in Georg Büchners Woyzeck". In: Burghard Dedner/Matthias Gröbel/Eva-Maria Vering (Hg.): *Georg Büchner Jahrbuch* 11 (2005-2008). Tübingen: Max Niemeyer Verlag, S. 101-121,hier:110.

文明的悖论：人在经历文明与进步的同时，也遭遇着不同程度的退化，缺失了人自然的爱的本性，变得冰冷而缺乏同情心。因此，可以说，毕希纳通过沃伊采克的悲剧解剖了文明给人性所带来的伤口，更多地关注人存在的幸与不幸。也正因此，"《沃伊采克》这部戏剧更多地被视为一部社会剧"[①]。

3.4　小结

　　通过对人的形象的动物化，毕希纳在《丹东之死》和《沃伊采克》两个文本中，突破了题材的局限性。从抽象到具体，从集体到个人，文本提供了一个贯穿其中的思考逻辑：将人打回动物的状态，毕希纳并非要让动物取代人的地位，而是构建一个人兽同体的世界。基于对人与兽边界的问题化，毕希纳促使人们从政治、伦理和社会层面对人的存在本身进行观照。在此过程中，他反思着人性与动物性、文明与野蛮、进步与倒退、人与社会、人与人、善与恶、美与丑之间的矛盾关系。

　　在毕希纳看来，人性的恶化某种程度上是人在力图使人性摆脱动物性过程中的失衡结果。从这一视角，他反对过分夸大教育的作用。在现实社会发展中，启蒙教育修养的原初理想发生了偏离，其完善人的功能被实用的功能所取代。在此情况下，对于修养、道德的追求不仅并未给人性带来提升，反而导致了人和人性的异化变形。在此过程中，一个群体（如沃伊采克一样的底层穷人）被剥夺了做人的资格，以没有灵魂的"人形牲畜"的姿态存在，遭遇着同动物一样的被物化、压迫、剥削的命运；而另一个群体（贵族阶级或以医生为代表的进步阶级）在追逐享受物质、精神成果的同时却失落人的自然本性，无疑也是一种退化。就像哲学家帕斯卡尔（Blaise Pascal，1623—1662）所说："人的不幸就在于，想表现为天使却表现为禽兽。"[②]借此，毕希纳讽喻和瓦解了"人会是更好的动物"[③]的启蒙乐观进步主义信念，展现的是人的矛盾性。在他看来，人是无法彻底去除动物性抵达完善的。

　　借助动物视角，毕希纳不加掩饰地将人存在的真相展现出来，从而探索人

---

①　Roland Borgards/Harald Neumeyer（Hg.）：*Büchner-Handbuch*，a.a.O.，S. 118.

②　帕斯卡尔. 思想录[M]. 何兆武，译. 北京：商务印书馆，1995：161. 本句译文根据原文略作改动。

③　Thomas Macho：Zoologiken：„Tierpark, Zirkus und Freakshow"，a.a.O.，S. 155.

异化和痛苦的根源。其中,被动物化奴役的底层人的形象是卑微贫穷、忍饥挨饿、弱小无助、痛苦挣扎的,而自诩进步高尚的上层阶级则是华贵富足、放荡奢华、享乐狂欢、冷漠残暴的。这两类形象重重交织,美丑相照,形成强烈对比。两者都从不同的侧面展现了被美化的社会表象下不为人知的人性异化。在此,毕希纳肯定了人的动物性价值,并将其纳入生命的整体意义之中来考察人和人性。尽管它是丑的、恶的、令人反感的,但是人不可否定的存在本质。对于毕希纳而言,它就像是一面人性的照妖镜,让隐藏在美好之下的虚伪与丑恶无所遁形,真实得令人震颤,从而促使人去审视和反思自身的另一个侧面,拓宽了理解人的维度。

第 4 章　分裂的人

——《丹东之死》对"完整的人"的解构

"我的身体朝着死亡的方向追寻,我的脑袋为了存活而回头,我的脚犹豫不决地迈出一步,朝哪好呢?无所谓。因为迈出这一步的人,就不再是我,而是另一个人。"①这是 2002 年诺贝尔文学奖获得者、匈牙利作家凯尔泰斯·伊姆雷(Kertész Imre,1929—2016)在小说《我,另一个人》(*Ich*,*ein anderer*)中的结语,涉及的是每个现代人所面临的棘手问题,即行为理论层面上思行不统一所导致的主体"我"的自我异化、分裂。这一视角同样适用于重新考察《丹东之死》的这句话"到底是什么在我们身体里进行淫乱、撒谎、偷盗、谋杀的呢?"。(DKV Ⅰ,49)这句话表明作家对人和人性的考察重点,不仅停留在身体的外部世界,而是更多地向身体内部转移。因为,"人性的丑恶"不只是外在的显现形式,还包括精神的层面。"动物"只是其中的一个视角,具身化的认知方式联结的是心理维度的身体感知经验,导向了 19 世纪从身体场域出发考察感知及主体的话语。作家采用这一认知方式为的是探究人的内部世界与外部世界、心与身、感性与理性、思与行之间的矛盾对峙关系,并继续思考纠缠于其中的暴力问题。

4.1　感性与理性的张力问题

如本书第 2 章所述,自古以来,感性与理性在不断地争夺人的认知主体权。在这一过程中,感性身体一直受到理性灵魂的压制。对于灵魂而言,身体的感觉除了干扰思维并无用处。最终,它在笛卡尔的"我思故我在"原则中被

---

① Kertész Imre：*Ich*，*ein anderer*. Reinbek bei Hamburg：Rowohlt-Taschenbuch-Verlag，2002，S. 126.

彻底地排除了。由此产生的启蒙感知话语是以具身化为主导,体现的是对不具有客观实在性的"观念"再现:"……认识并非看见、触摸……而只是理性的洞见。"①人成了无感之物,被抽象为精神。伴随着生理解剖学的兴起,18 世纪下半叶的经验主义者试图从人类的生理结构出发,来重构具身化的感知模式。

正如赫尔德所提出的"我感觉,我存在"(Ich fühle mich! Ich bin!),他通过"触觉"证实了身体(手)既是物质性的感知媒介,也是感知经验的生产者。②对于赫尔德而言,从根本上说,作为感觉器官的身体,是一个主动产生感知的经验性生理主体。与理想主义者相反,感性经验主义者强调的是直接认识的形式——"可感知的知识"③。在此语境下,身体与灵魂之间的隔膜被打通。而"完整的人"的构想立足于兼具生理和心理维度的身体,试图重新建立直观的感知知识与理性抽象的认知领域之间的关联。由此,身体成了主要的考察对象,身体既是感知的主体也是客体,感知的主体与客体之间的界限逐渐消失。同时,个体具身化的感知差异必将动摇认识的统一性和确定性,主体感知经验由此变得极不稳定,人的整体性再次面临危机。

鉴于此,18 世纪 90 年代,利希滕贝格用"它思"(Es denkt)替换了笛卡尔的"我思"和赫尔德的"我感",提出了"它思故我在"的观点。通过非人格化的主体,"它"使"主体的自我"失去了永久有效性。利希滕贝格举了一个这样的例子:就像我们说"闪电了(Es blitzt)一样,我们只知道我们的感觉、表征和意识的存在,却不确定究竟边界在哪?"④据此,利希滕贝格看到了感知的瞬间性所隐含的无法还原的偶然性、突发性和不确定性因素,并将感知与自我主体之间的关系扩展至基于生理学身体运作的心理能力机制,从而促成了新视角的形成。这一视角以感觉、意识等心理经验的活动性和时间性为出发点,构建感知及其主体,导向了 19 世纪感知话语的心理学化。而 19 世纪的生理学、心理学所进行的感官神经刺激实验以及无意识的发现都是对于这一话题的延续探讨。在此语境中,感知的主客体之间的能指与所指成了一种滑动的、分散的、

① 陈敏. 感知:上[J]. 德语人文研究,2017,5(2):33.

② Johann Gottfried Herder:„Zum Sinn des Gefühls". In: Ders.: *Werke in zehn Bänden*. *Band 4*: *Schriften zu Philosophie*,*Literatur*,*Kunst und Altertum*:1774-1787. Frankfurt a. Main:Deutscher Klassiker-Verlag,1994,S. 233-243,hier:233.

③ 乔纳森·克拉里. 观察者的技术[M]. 蔡佩君,译. 上海:华东师范大学出版社,2017:109.

④ Steven Tester:"G. C. Lichtenberg on Self-Consciousness and Personal Identity". In: *Archiv für Geschichte der Philosophie*,2013,95(3):S. 336-359,hier:S. 337.

临时的甚至是不在场的关系存在，感知被碎片化了，人的分裂已成定局。用福柯的话说，19 世纪逐步构建出一个关乎"有限的人"的"本质"性知识体系。①

而几乎与利希滕贝格提出"它思"同时，古典主义美学家席勒在 1795 年出版的《美育书简》中力图通过道德教育培养审美的感知力，来修正人的局限性，重构完整之人，从而实现其社会进步和政治自由的理想。在席勒看来，诗人必须对理想之人负责，塑造高于生活并存在于永恒观念之中的"活的形象"，这在康德的"美是道德的象征"②，赫尔德的"美的完善形式"③，以及黑格尔的"美是理念的感性显现"④之中有类似的表达。为此，席勒强调："对现实的冷漠和对外在显现（Schein）的兴趣是人性真正扩大和达到文明的关键步骤"。⑤由此，席勒式古典唯美主义在将美纯粹化的同时，不可避免地"走向不食人间烟火的冷漠，乃至非人的冷酷"⑥。与之相反，毕希纳立足于现实对此构想提出了反驳：

> 德国人的冷漠实在是特别，他们将所有打算都变成了耻辱……个人的所有活动和呐喊尽是徒劳的蠢人行为。他们所写的，人们不读；他们的呐喊人们不听；他们的行动，人们也不提供帮助。（DKV Ⅱ，367，369）

在毕希纳的批判中，作为日常身体感知的"读""听""行"在人们的身上失效了。在作家看来，理想化的道德改良政治所致的人性冷漠，才是对人性的真正蔑视，由此形成的人在现实之中实质上是不完整的。正如他在发稿日的书信中紧接着写道的："我所仅知的是，面对这段历史，我有充分的理由感到脸红羞愧。"（DKV Ⅱ，393）

结合文本空间，作家借助解剖式观察的审美感知进行着一场针对身体的

---

① 陈敏. 感知：下[J]. 德语人文研究，2018，6(2)：36.

② 康德. 康德著作全集：第5卷：实践理性批判 判断力批判[M]. 李秋零，主编. 北京：北京大学出版社，2007：365-369.

③ Johann Gottfried Herder：„ Plastik ". In：Ders.：*Werke in zehn Bänden. Bd. 4：Schriften zu Philosophie，Literatur，Kunst und Altertum：1774-1787，a. a. O.，* S. 243-326，hier：296.

④ Vgl. Georg Wilhelm Friedrich Hegel：*Werke in 20 Bänden. Band 13：Vorlesungen über die Ästhetik I.* Frankfurt a. Main：Suhrkamp，1970，S. 151.

⑤ 席勒. 美育书简（中德双语）[M]. 徐恒醇，译. 北京：社会科学文献出版社，2016：325.

⑥ 潘道正. 丑的象征：从古典到现代[M]. 桂林：广西师范大学出版社，2012：209.

解剖观察手术。可见,毕希纳立足于 19 世纪的生理身体的感知语境,通过内外视角的转换,构建的是外化的、可视的个体身体对知识的感知,反对的是理性主义的观念再现,窥探的是人的真实心理活动,解构的是"完整的人"的理想化构想。因此,本章拟考察的问题是,戏剧文本《丹东之死》如何通过对比人物个体在不同的感知领域(爱情、朋友、社会、梦)所获得的对自我、对他人、对政治社会的认识,来揭示"完整的人"的分解和由此引发的存在的痛苦,显现出批判启蒙理想主义的底色。

4.2　身心的二分

4.2.1 失效的感知和敞开的身体

戏剧第一幕第一场是对身体解剖观察手术的具体呈现,将原本幽闭的手术密室以艺术语言的形式公放出来,体现了科学的诗学化运用,并通过对个体领域、公共领域以及个体与公共领域之间关系的不同聚焦层层递进,区分出三个总领全文的关联性场景。同时,观察并非源自被动的情景再现,而是结合了场景参与者主动生成的感官感知。

"瞧,这位美丽太太,她是如此优雅地转动着手中的纸牌啊!是的,她实在对这种事了如指掌。据说,她总是把红心交给自己的丈夫,却将红方块留给他人。你们很会让一个人爱上谎言。"(DKV Ⅰ,13)一开场,毕希纳就用作为感官感知的"瞧"(Sieh)一词发出纲领性指示。这一指示不仅是文本内人物间的沟通信号,而且是作家对读者(观众)所发出的参与性观察号召,尤其针对那些如前文所提及的"不看、不闻、不行动的人们"(DKV Ⅱ,369),构建的是双重的交流通道。借助纸牌图形的隐喻①,文本以游戏的方式呈现了身体与心灵、真实与虚伪之间的矛盾张力。而这些张力涉及的不只是男女之间的情爱关系,还涉及了人与人之间的社会、政治关系。

穿插于观察游戏过程中,丹东与爱人关于相互间灵魂与身体亲密度的讨论,将身心关系从虚幻的游戏转入现实的感受,进一步加剧了这一张力,证实了人的分离预示。

---

① 在纸牌游戏中,红心象征爱情,红方块隐喻着女性的身体。

朱丽：你信任我吗？

丹东：我怎会知道这种事？我们对彼此知之甚少。我们都是厚皮之人，我们向彼此伸出手，但这仅是徒劳辛苦，我们所能摸到的不过只是彼此粗糙厚实的表皮而已。——我们都很孤独。（DKV I，13）

在此，两个面对面的人却无法相互理解，外在的观察只能局限于身体皮肤表面，人的内在思想活动成了无法了解的神秘之地。丹东甚至用"皮肤太厚"否定了"触觉"感知的可能，感性地划出了一条人与人之间无法逾越的界限。"我们所拥有的是粗糙的感官（grobe Sinne）。想要相互认识吗？那我们就必须撬开彼此的头盖，彼此把思想从脑神经里抽出来。"（DKV I，13）毕希纳借丹东之口指出了统领时代的认知思维方式，链接着启蒙理性的感知话语。正如赫尔德所指出的，在理性的感知模式中，"它（触觉）被贬为粗糙的感觉；我们甚少发展它"，甚至将其排除于"美的艺术之外，谴责它给我们带来错误的隐喻"[①]。借助这一场景，毕希纳揭示人与人之间情感关系的断裂和存在的孤独，源自理性对感性的拒斥；建立在感性接触之上的沟通变得不可能，导致感性认知的失败和身心的隔绝。也就是说，笛卡尔意义上人是孤立的理性之人。

但同时，如同开颅手术打开大脑解读思想行为的致死性，以及大脑神经的物质性，都否定了"观念"再现的实在性。理性认知指涉的断裂意味着"我思故我在"的失效[②]，"归根结底，这只不过撬开空心的核桃罢了"（DKV II，376）。这样一来，在理性与感性的双重孤立下，人必将遭遇异化。在《论笛卡尔》中，毕希纳指出，"谁给予自己这个（笛卡尔的）任务，那么他必须同时扮演一个什么都不知道的人"（DKV II，174），离开身体"思想究竟是什么"真正成了问题。毕希纳立足于无感的身体，讽刺性地反观理性的空洞性所造成的认识虚幻和人的存在分裂，并提出了批判。

在此，人与人的关系和个体的认知能力都被打落至零点，而零点同时也是身心和生死的界点。借助零点的特殊性，毕希纳试图立足于身体重构感知的主体性，力图揭开遮蔽现实的虚幻面纱，例如"动物"一章所提及的"手"在纸牌游戏场景的后半程作为情欲的隐喻。此外，文本中还存在着大量如"嘴""舌头""胸脯""脸"等不同肢体部位的感知表达，通过修辞语言实现图像化的呈

---

① 高砚平. 赫尔德论触觉：幽暗的美学[J]. 学术月刊，2018，50(10)：133.

② 根据本书 2.2 节末的分析，毕希纳指出，笛卡尔在身心二元论中将大脑的松果体视为灵魂的寝殿的做法是矛盾的。（DKV II，224）

现。而图像化的过程本身就立足于视觉的直观性。因此,"眼睛"这一感觉器官自然是文本考察的重点。

纸牌游戏结束后,场景直接转入丹东党友间的对话,视觉感知成了他们话语的核心。"埃罗说:菲利波,你的双眼是如此的混沌! 难道是你在自己的红帽子上撕开了一个窟窿,还是神圣的雅各布面露怒色,抑或是在断头行刑的过程中下起了雨,还是说你得到了一个糟糕的位置,什么都无法看见?"(DKV Ⅰ,14)这是文本首次论及断头台的问题,而"断头"本身就意味着身首分离,是基于身体实践层面,对纸牌游戏身心分离隐喻的延续。埃罗基于视觉的感知对菲利波进行"苏格拉底式的诘问"(DKV Ⅰ,14),旨在推导出人在社会实践生活中出现的感知混乱,而这种混乱实质是由持续不断的断头场景对人的感官带来的过度刺激所引起的。因此,菲利波的眼神流露出"混沌"(trübe Augen)(DKV Ⅰ,14)的特征①,投射的是内心幽暗伤怀的状态。而这种幽暗模糊的心灵感觉感知被鲍姆加登称为"灵魂的基底"②。而赫尔德也将人比作"在幽暗中感知的牡蛎"③,强调身体的感受对认知的构建作用。

在《丹东之死》中,菲利波眼神的幽暗不仅是感性认知的写照,也是对现实的投射,是在混乱感知中迷失了方向。正如在继续对话中,断头台的牺牲者形象逐渐被普通的苦难大众所取代,导致了断头台的革命意义失去了指涉,剩下的只有血淋淋的暴力现实。就像丹东在与卡米耶(Camille)的对话中所说的:

> 我已经烦透了,究竟我们人类相互彼此争斗残杀是为了什么呢? 我们应该彼此相依而坐,共享平静。亦如我们被造出来时犯了一个错误,我们缺少了某种东西,但我却不知道它的名字是什么。但是,任我们在彼此的五脏六腑内如何翻寻,也找不到任何东西,那么为何我们还要剖开彼此的肚子?(DKV Ⅰ,39)

类比丹东与朱丽的对话所构成的第一场景,"剖开肚子""在内脏内翻寻"

---

① "trüb"一词在德语里有幽暗、混沌、忧伤之意。
② 鲍姆加登在 1751 年的《形而上学》(Metaphysik)中这样说:"心灵中的表象整体是总体知觉……其中模糊表象的集合谓为幽暗领域,此即是心灵的地基。"参见高砚平. 赫尔德论触觉:幽暗的美学[J]. 学术月刊,2018,50(10):132.
③ 高砚平. 赫尔德论触觉:幽暗的美学[J]. 学术月刊,2018,50(10):132.

链接着作者毕希纳自己日常的解剖实践[①]，再次表明这种通过肢解使身体保持"敞开"状态的"探寻"方法是现代社会获得认知的一种方式。这是由当时的时代精神所决定的，从个人领域过渡到了集体领域。也就是说，前文中丹东"撬开彼此的头盖，彼此把思想从脑神经里抽出来"（DKV Ⅰ，13）的表达实质上指向了导致人与人之间情感关系断裂的源头——断头台的暴力。同时，丹东对人是"有缺陷的生灵"（Mängelwesen）的定义，已经暗示了人所具有的不完整性与不确定性的事实。也就是说，在现实之中，带有肢解身体性质的探寻方式本身被运用于认知生命却不以生命为目的，除了产生杀戮的后果之外，并无任何意义。由此，围绕着断头台的感知，"社会变革是否要经过恐怖暴力——肢解身体——来完成"的问题浮现了出来，关涉的是受规训的、社会化和集体化的身体实践。鉴于此，卡米耶进一步发问：

> 究竟人类还应该在永远的饥饿中啃食自己肢体多久呢？抑或说，我们这些船难者在船只的残骸上，因口渴难耐而吮吸彼此血管里的血液的这种状态还应持续多久呢？或者说，我们这些代数学家在追寻那个未知的、却永远无法被计算出的 X，而用被扯碎的肢体在肉体上进行演算的情况还应该会持续多久呢？（DKV Ⅰ，39-40）

此处三个层层递进的发问，从感性认知的失效推导至理性认知的失效。在此过程中，从同类相食的食人兽和吸血鬼现象，到代表观念的"永远无法被计算出的未知数 X"的不在场或无法再现，暴力肢解身体寻求真相的意义被否定了。

在此，毕希纳重新对暴力的问题进行了考察。显然，无论是人与人的社会关系，还是身体的社会实践，毕希纳都因感知的失效和以肢解的方式对身体进行精神观察的悖论而深陷失望。脱离感性维度的暴力带来的只是残酷的血腥事实。而感性认知的失序，在某种程度上就是一种社会的失序，与支配和控制

[①] 毕希纳曾于 1832 年 11 月 3 日的书信中提及对每日接触尸体、进行解剖的厌恶："我刚从尸体的气味里和存放着头盖骨的房间里走出来，每天我都要好几个小时地在那里，并重新把自己钉上十字架。我在那里触摸冰冷的胸脯和私人的心脏之后，你从几英里外拥抱我，这个距离把我们无力的躯体分开，你那温暖的富有活力的胸脯和心脏又使我精神为之一振。"参见格奥尔格·毕希纳. 毕希纳全集［M］. 李士勋，傅惟慈，译. 北京：人民出版社，2008：287.

身体的权力紧密地联系在一起。卡米耶称自己与同胞为"代数学家",表明人们的认知都浮于形而上学的虚妄之中,公共领域日益被工具性的知识与计算规范所支配。在此,文本批判性影射的依然是以笛卡尔为代表的工具理性主义对"完整的人"的二元分裂:"笛卡尔的生理学是基于几何物理原则而建立起来的,而不是在生命的意义之上的。"(DKV Ⅱ,228)而戏剧文本正是要倒置这一认知模式,将人和社会政治的身体生理学建立在生命意义之上,构建以感官感觉为导向的认知模式。

> 必须停下来了……每个人都必须让自己的作用发挥出来,并且能坚持贯彻自己的天性。一个人不论是理性的或非理性的,有文化的或没文化的,善或恶……每个人都应该按照自己的方式享受生活,而不以牺牲别人为代价。(DKV Ⅰ,15)

这一观点同毕希纳在《论头盖骨神经》里受米勒启发所提出的"所有的事物都是根据自己的意志而存在"(DKV Ⅱ,158)①不谋而合,都是从人的本性自然出发,强调人的自我观察和自我意志。

可见,第一幕第一场的三个连续推进的场景,从个体生活经社会政治体验到美学感知的层面,身心的分离和感性与理性的对峙标志着完整的人的构想遭遇分裂,并于后文一一得到对应。

4.2.2 身体的断头台浪漫经验

在第二幕第七场的个人宣讲中,鞠斯特通过反问强调自己的态度,将"自然消灭对抗它的事物的定律"过渡到了道德精神之上,建构了历史神学的话语。以此方式,牺牲生命被合理化为实现革命"崇高时刻"(DKV Ⅰ,55)目标的必要手段。从"崇高"的视角看鞠斯特的这番话:哲学方面,它受到了黑格尔

---

① 米勒在 1826 年发表的《根据哲学自然观论生理学的需求》(*Von dem Bedürfniß der Physiologie nach einer philosophischen Naturbetrachtung*)中,指出"自然界中的一切事物都是为了自己的意志而存在"(MBA Ⅷ,543)的观点,毕希纳从某种程度上受到影响。

"普遍历史学说"的影响，将个人的身体苦难美化为集体"绝对精神的自我实现"①所必须付出的代价。在此过程中，人被抽象至精神的层面，隔绝了身体的感知。政治美学感知方面，如席勒一样，这段话将呈现自然的苦难等同于"悲剧"呈现"超感性道德独立性"②的前提。这样的崇高理想理念是以基督教斯多葛禁欲传统为典范的，欲望被视为精神通达神性之域的阻碍，应被净化。这恰好对应了上文被卡米耶讽刺，作为遮羞布的"修女的面纱"所象征的道德美学教育政治，体现了自然与艺术的纷争。

两者的分歧在于，丹东派党人所表达的是感性之人的幸福欲念，而鞠斯特和罗伯斯庇尔则强调的是塑造完善之人的道德理念，涉及了德国启蒙的价值核心，在维兰德（Chrisoph Martin Wieland，1733—1813）、莱辛（Gotthold Ephraim Lessing，1729—1781）、歌德和席勒等作家的思想中都有所体现。例如，莱辛就持有"痛苦不形于色"的美学主张："（尽管）呐喊是身体疼痛的自然表达，但我们欧洲人作为智慧的民族懂得克制我们的嘴巴和眼睛……像一个伟人一般。最多能允许经过压抑的叹息。"③而"理性对感性自然的压抑或克服"体现的是古典主义的"美学节制"（ästhetische Diätetik）。④ 如本书第三章第三节中提及的，在席勒看来，这一能力的培养既是为政治自由而准备的，也是设立剧院进行美学教育的目的，为的是在观念层面上"解决现实经验中的政治问题"⑤。借此，专制统治主义同教育阶级取得了联盟，激进派的政治宣讲成了实现罗伯斯庇尔口中"崇高的革命戏剧"（DKV I, 23）的固定剧目——"罗伯

---

① 黑格尔在《历史哲学》中说："特殊的事物比起普遍物来，大多显得微乎其微，没有多大价值；个人是供牺牲的、被抛弃的。"参见黑格尔. 历史哲学[M]. 王造时，译. 上海：上海书店出版社，1999：34.

② 在《论激情》的开篇，席勒就这样说："表现痛苦——作为单纯的痛苦——从来就不是艺术的目的，但是作为达到艺术目的的手段，这种表现是极其重要的。艺术的最终目的是表现超感性的东西，而悲剧艺术是通过把我们在情感激动的状态中对自然法则的道德独立性具体化来实现这个目的的。"参见席勒. 席勒美学文集[M]. 张玉能，编译. 北京：人民出版社，2011：149.

③ 转引自 Ingrid Oesterle：„Zuckungen des Lebens：Zum Antiklassizismus von Georg Büchners Schmerz-, Schrei-und Todesästhetik". In：Henri Poschmann（Hg.）：*Wege zu Georg Büchner*. Berlin：Europäischer Verlag der Wissenschaften，1992，S. 61-84，hier：71.

④ Walter Hinderer：*Schiller und kein Ende：Metarmorphosen und kreative Aneignungen*. Würzburg：Königshausen & Neumann，2009，S. 402.

⑤ 席勒. 美育书简（中德双语）[M]. 徐恒醇，译. 北京：社会科学文献出版社，2016：226.

斯庇尔把革命变成了道德宣讲教室,把断头台用作讲台"(DKV Ⅰ, 70)。

由此,人成了观念的工具,失去了自己的主体感知,而人的工具化再次预示着身心分离的事实。第二幕第二场中两个路人的对话对此有深刻的揭示:

> 第一个路人:我向您担保,这是一个极不寻常的发现。所有的技艺都因此而焕然一新。人类正大步快速地迈向自己崇高的目标。
>
> 第二个路人:您是否看过那出新的戏剧? 好一座巴比伦塔! 一大片杂乱交错的楼阁、窄梯、通道,所有东西如此轻松地被轰到空中。人们每走一步都会感到头晕目眩
>
> <…>
>
> 是的,地球是一个薄壳之物,我总觉得,我随时会掉进这样一个洞里。人们踩在上面一定得当心,否则就会把它穿破了。但是我还是建议您,去剧院看戏。(DKV Ⅰ, 44)

在对话中,现实的政治崇高戏剧正式融入了艺术的话语。"巴比伦塔"隐喻着通往理想乌托邦的道路最终将人们带入了混沌状态。塔内的狭窄空间令人产生的"目眩感"关联着一种近似幽闭恐惧症的感觉体验,进一步加强了源自感知混乱的不安感。与外部的隔绝,隐喻着理想戏剧同现实的割裂。同时,"地球"与"脑袋"在形状上的暗合,寓意着断头无处不在,整个地球就是一个断头台。一个洞就代表着一个墓穴,一个人头,使人在失去方向的不安中又蒙上了一层死亡的阴影。这与第一幕第一场菲利波在断头场景的过度刺激下所产生的感知混乱形成对照,否定了实现完整之人的可能性。

由此,断头台被符号化了,成了完整之人分裂的标志。而革命成了断头台的戏剧表演,语言成了断头台的戏剧语言,正如巴雷尔(Barrère)对鞠斯特说的话:"好好地编造你的词句吧,要让每个逗号都变成一把刺刀,每个句点都变成一颗砍掉的人头"[①]。语言对断头场景的视觉化,导致人的感知被断头台的感知所占据。在此,语言成了意识形态主宰和摆布人的主体的手段。而对于失去自我主体导向的人们而言,唯一存在的方式就是遵照路人乙的建议,"进戏院看看那出戏"(DKV Ⅰ, 44),即继续沉迷于乌托邦的理想世界中。

---

① 格奥尔格·毕希纳. 毕希纳全集[M].李士勋,傅惟慈,译. 北京:人民出版社,2008: 108.

　　然而，卡米耶和丹东在紧接着的第二幕第三场关于戏院艺术的探讨中指出，人进入戏院就意味着感性认知的彻底丧失，成为"瞎子聋子"（DKV Ⅰ，44）。这一控诉与前文毕希纳在书信中所提及的现实德国人的"冷漠状态"（DKV Ⅱ，367）相呼应，表达了对社会现状的强烈不满，对无感之人的失望和对身心的否定。为此，丹东以法国古典主义画家雅克·路易·大卫（Jacques Louis David，1748—1825）为例进行了说明："大卫不仅冷漠且无动于衷地描绘着那些被屠杀后抛到街道上的尸体，且还对人们说：'我捕捉住了这些罪犯临死前最后的抽搐，并画下来了。'"（DKV Ⅰ，45）这一句话涉及的是1800年前后引起广泛争论的"断头台的疼痛"问题，细节化的死亡观察源自当时的生理学实验研究方法。

　　作为发明于13世纪意大利的杀人机器，断头台在1790年前后经技术改良后被广泛使用。支持断头台的人认为，断头台是"符合理性要求的机器"，"借助类似的机器不仅以最快、最可靠、最不可或缺的，且以最短暂甚至消失痛苦的方式结束生命"[①]，体现的是启蒙和法国大革命的人道主义精神。在支持者看来，其中"被断头者的面部肌肉的扭曲和发出的可怕目光只不过是可刺激性的身体的机械无意识反应"[②]。就好似笛卡尔的身心二元论，被分离的身体是无感的机器。正是这样的观点造成了如画家大卫一样的人，面对头首分离的血腥死亡显得"无动于衷"（DKV Ⅰ，45），伴随着断头台铡刀一次次地下落，感知被机械化了。

　　而与之相反，丹东在第四幕第七场身处断头台，即将被处死时，对刽子手说："难道你想要变得比死亡更加残暴吗？难道你能阻止我们的脑袋在地上的筐子里接吻吗？"（DKV Ⅰ，88）"接吻"是一个嘴部的感性动作，显示的是生命力的迹象。这一表述链接的是18世纪末德国解剖学家泽莫林反对断头台的观点。在他看来，被去身的头颅的肌肉运动作为疼痛的符号，是建立在"等同于意识和意志的生命力（Lebenskraft）"[③]之上的。"断头后脖子仍然会在一段时间内感到疼痛"，且这种疼痛比其他的死法所造成的疼痛更多，因此断头台

---

① Roland Borgards：*Poetik des Schmerzes. Physiologie und Literatur von Barockes bis Büchner*，a.a.O.，S. 338，341f.

② Roland Borgards：*Poetik des Schmerzes. Physiologie und Literatur von Barockes bis Büchner*，a.a.O.，S. 342f.

③ Roland Borgards：*Poetik des Schmerzes. Physiologie und Literatur von Barockes bis Büchner*，a.a.O.，S. 346.

的死亡方式实质上是"最恐怖、最残暴的"①。据此,丹东的话可理解为是他基于感性经验在控诉机械理性的冷漠与残酷。

死刑犯拉弗罗特(Laflotte)在第三幕第五场临死前一方面表示"怕疼,因为没有人保证断头不疼",另一方面则又说"疼痛是一种罪,是不道德的行为"(DKV Ⅰ,66),由此凸显了关于断头台疼痛的两种观点的对峙。作家在此借诗学的文本探讨了自然科学的问题,并非要得出结论,而是为了指出起决定性的仍然是观察者的态度问题。这根本上是自然与理性、自然与艺术之间的矛盾,涉及的是不同的身心方案。经验主义强调疼痛是身体的感性表达,而理想主义则重视理性对感性的超越。后者立足于"理性的优越性",试图对身体感性进行限制,从而获得"崇高感"和"道德感"②。

在席勒看来,人们应该效仿法国的木偶艺术,因为这一艺术的"优雅正在于打磨掉了所有鄙陋的自然"③。就像卡米耶在第二幕第三场关于"理想主义木偶戏"的艺术对话中所描述的:"一个人抓住一点点感情,一句格言,一个概念,并将它穿上衣裤,安装上手和脚,给面部涂上脂粉,并通过三幕戏剧把这个东西折磨个够,直到最终结婚或被打死——简直就是一种理想!"④为此,死亡常常被理想主义者视为克服现实与观念之间距离,并达到道德崇高的有效方法之一。⑤ 在《论悲剧艺术》(Über die tragische Kunst,1972)中,席勒常常将此英雄化为悲剧引起人们强烈印象的道德理想典范。⑥ 但卡米耶和丹东认为,脱离现实的"理想主义木偶戏"出自的是"拙劣的抄袭家"(DKV Ⅰ,45)之

---

① 在 1795 年的《论断头台的死亡》(Über den Tod durch die Guillotine,1795)中,泽莫林说:"这一死亡方式必定是最恐怖、最残暴的,因为在死刑犯被分离身体的头中,所有的意识、真实的个性,以及根本的我仍然存活着一段时间,被残暴地切断的脖子在断头后仍然可以感觉到疼痛。"参见 Roland Borgards:Poetik des Schmerzes. Physiologie und Literatur von Barockes bis Büchner,a.a.O.,S. 341.

② 席勒. 席勒美学文集[M]. 张玉能,编译. 北京:人民出版社,2011:167. 本书 2.1 节有相关论述。

③ Matthias Luserke-Jaqui（Hg.）:Schiller-Handbuch. Leben-Werk-Wirkung. Stuttgart und Weimar:J. B. Metzler Verlag,2001,S. 347.

④ 格奥尔格·毕希纳. 毕希纳全集[M]. 李士勋,傅惟慈,译. 北京:人民出版社,2008:74. 此处根据中译本译文略有改动。

⑤ Winfried Weier:Idee und Wirklichkeit. Philosophie deutscher Dichtung. München:Paderborn,2005,S. 218f.

⑥ 席勒. 席勒美学文集[M]. 张玉能,编译. 北京:人民出版社,2011:42-43.

手。而未受过教育的人民大众作为观众，也因此沾染了这一"复制的恶习"（DKVⅠ，45），从而"对身边不断发生的新事物视而不见，听而不闻"（DKVⅠ，45），成了一个冷漠的无感之人。

这一表述近似于毕希纳在 1835 年 7 月 28 日的家书中所写的关于理想主义戏剧的观点：

> 至于谈到那些所谓的理想主义诗人们，我认为，他们所呈现的只不过是长着天蓝色鼻子和情感矫饰做作的傀儡木偶，而不是一些痛苦与欢乐能够使我感同身受，且所作所为能够引起我的厌恶或钦佩的有血有肉之人。总而言之，我更看重歌德或莎士比亚，但不怎么看重席勒。（DKVⅡ，411）

这段话是毕希纳为数不多的一次艺术观表达[①]，批判的矛头直指德国理想主义美学代表人物席勒。与马克思在 1859 年 4 月 19 日致斐迪南·拉萨尔（Ferdinand Lassalle，1825—1864）的信中谈论悲剧时所采取的策略一样，毕希纳刻意将莎士比亚同席勒进行对比，代表两种不同的写作方式。在他眼中，席勒理想美学逊色的地方就在于理想主义的审美留于抽象的层面，最终趋向对感性的压制，导致个体失去了自我主体的感觉意识，成了可被操控的无感的木偶，起到的只是"时代精神的传话筒"[②]的作用。

由此视角出发，在第二幕第七场的这段激情宣讲中，通过"血锅"（Blutkessel）（DKVⅠ，55），鞠斯特不自觉地在自己的历史神学政治话语中最终走向了悖论，证实了自己作为传话筒的实质。"血锅"的比喻来源于古希腊神话，珀利阿斯（Pelias）的女儿们为了让父亲返老还童，将父亲切碎放进锅里煮。此处涉及的是"重生"的问题。在传统的形而上学话语中，身体一直被视为"灵魂的监狱"[③]，相对于可朽的身体，灵魂则是不朽的。因此，死亡为灵魂脱离身

---

① 由于英年早逝，毕希纳并未来得及将自己的美学思想写成书，只是在他的作品和书信中我们能捕捉到一些碎片性的美学话语。

② 卡·马克思，弗·恩格斯.马克思恩格斯选集：第 29 卷[M].中共中央马克思恩格斯列宁斯大林著作编译局，编译.北京：人民出版社，1979：574.这封信之后，"莎士比亚化"与"席勒化"分别代表的是现实主义和理想主义两种写作方式。可见，毕希纳的现实主义诗学观在其时代具有超前性。

③ 柏拉图.斐多篇[M].杨绛，译.沈阳：辽宁人民出版社，2000：12.

体这一禁锢的外壳得到重生和永恒提供了可能。在此意义上,通过死亡使"老的一代"重生的思想遵循的是力图通过"模仿古代",重现过去辉煌的古典主义理想模式。

然而,这一神话背后是失败的事实——被切碎的老父珀利阿斯并未重获年轻,而是因此永久地失去了生命。也就是说,鞠斯特以牺牲个体生命所许诺的崇高愿景,实质上是无法实现的。他在运用这一典故时,只重视了话语的煽动性,缺乏对内容的深究,失去了自我主体思考的能动性,起到的只是教育精神的传话筒作用。梅西耶就此提醒说,"想一想你们的那些空洞的废话吧,直至它们被实现为止"(DKV Ⅰ,62)。承诺话语的空洞性在于其并未给人民忍饥挨饿的苦难事实带来改变,反而以牺牲生命加剧苦难,成了无法兑现的口头承诺。通过死亡的公开化、机械化和景观化,人丧失了自我的尊严。

同时,血锅与断头台一样,以肢解身体为前提。这无形之中否定了实现完整之人的可能性,并与"空话"一起构成了断头台革命的悖论,表明了所谓的集体精神统一性和完整性的内在实质是破碎的。正如卡米耶在总结菲利波的断头台感知混乱时所说的:"用一用我们的断头台浪漫精神吧。"(DKV Ⅰ,14)这里指的是以"残片""碎片""不完整"为美的浪漫派经验,恰如其分地对应着断头台的肢解性和人的分裂与不完整,由此理想主义美的艺术也被分解了。

故而,面对玛丽昂,丹东不禁感叹:"为何我无法将你的美全部存封在我的心中呢?"(DKV Ⅰ,28)玛丽昂回答:"你的嘴唇也长着眼睛。"(DKV Ⅰ,28)嘴唇和眼睛的共同点是,它们都是感知器官和表达器官。一方面,嘴唇和眼睛都是人接触和观察外部世界的器官,都用于表达源自心灵的语言;另一方面,两者被赋予了爱与性的隐喻,取代了性器官,形成了一种语义上的延义,提升了欲望的地位。但在强调欲望器官的同时,人实质上是被拆解的,亦如拉克鲁瓦的描述:

> 他(丹东)正在皇宫里轻浮放荡的女人们身上一块块地搜寻梅第奇的女神维纳斯,亦如他本人所言,他正在拼凑马赛克。天知道,他正躺在其中的哪块躯体上。可惜的是,大自然就像美狄亚肢解她兄弟那样,把美切割成碎片,而后再一块块地塞到每个人肉体里。(DKV Ⅰ,26)

在丹东的性爱享乐主义中,美的感知是起主导作用的。围绕着欲望,"马赛克"的拼贴投射的是碎片化的个体,以及碎片化的自然美同艺术美的竞争。

对欲望的强调是讽刺和倒置一切用道德精神来衡量美的标准，进而嘲讽断头台革命强加于人的存在方式。就像卡米耶谈及可视的国家身体时说，"我们要的是……那削骨溶肌的罪恶爱情"（DKV Ⅰ，16），讽刺性地批判将人性自然归为罪的理想主义政治理念。在此，性自由本质上是一种政治性的反抗行为。

故而，当罗伯斯庇尔指责丹东"道德败坏"时，丹东却坚持"性"是他对自己"本性的遵循"。（DKV Ⅰ，33）在《性经验史》（*Sexualität und Wahrheit*，1986）中，福柯指出："性快感，本体上是低级的，混合着匮乏。"[①]在丹东身上，这种性的匮乏源自对自由的渴望。在他看来，只有进行男女之事，人才能跳出外界理性权力的控制，获得属于个体的片刻自由，可视为是以性的方式从外部世界向自身身体进行逃逸的行为。但同时"削骨溶肌"（gliederlösend）也含有分解身体之意，呼应了丹东马赛克式的身体拼贴。正如丹东自己的话："如今人们干什么都用人肉，这是我们时代的诅咒。"（DKV Ⅰ，62）而这句话更如一条红线，将情欲、政治和美学的碎片化话语串联起来。它通过解构完整的人，来共同构建断头台戏剧的浪漫精神，从而将积极的、理想的人的形象倒置于消极和分裂的语境之中。

4.2.3 双重人的体验：夜之真相与心之所想

与否定身心完整的断头台浪漫剧目相似，文本中的黑夜世界也呈现出一个倒置的秩序。自省的批判意识在白日遭遇理性的压制，只有在夜晚黑暗的空间中通过造梦松动理性的钳制才能得以释放，使人物呈现了与白日里面具式表演所不同的面孔，显示出了个体的双重存在和内在矛盾，可视为是对人的去面具化和内心可视化过程。同时，黑夜的真相与白昼的虚妄之间的倒置反差，对应着断头的碎片化事实与理想的完美话语之间的冲突，讽刺性地揭示了启蒙之光并未给人带来明晰状态，相反地，却将人置于内在幽暗的感知混沌之中，无法辨识自我。白日与黑夜的对立无疑又从另一个层面，投射了感性与理性、信仰与怀疑、意识与无意识之间的张力。在此之中，丹东与罗伯斯庇尔是互为倒置的典型人物，体验着白日与黑夜不同的双重人生活，演示着完整的人的分裂。

---

① Michel Foucault：*Sexualität und Wahrheit. Bd. 2：Der Gebrauch der Lüste.* Übers. Von Ulrich Raulf und Walter Seitter. Frankfurt a. Main：Suhrkamp，1986，S. 66.

1.丹东

作为战争的发起者,丹东也曾带有崇高的政治理想,为人类解放和自由而奋斗,然而现实的结果被证实转向了相反的方向,成了恐怖的、野蛮的血腥屠杀。对丹东而言,这一段暴力血腥的罪恶历史无疑是一段痛苦经历,尽管并非出自他本意,却已成为残酷的事实,他对此负有责任。这一认识使他失去了对革命的信念:"我宁愿在断头台上被砍掉脑袋,也不愿把别人送上断头台。"(DKVⅠ,39)从第一幕的孤独感至最终肉体的沉醉不难看出,丹东所谓的享受的快感实质上是混合着悲伤,绝非古希腊积极无忧的伊壁鸠鲁主义。这仅是他寻求回避暴力革命行为,减轻内心罪责感的方法。因此,其对欲望的渴望一方面是受"本我的唯乐原则"[①]的驱使,另一方面也源自对现实的反思。他的话语常常夹杂着讽刺,表达的是内心的不满,隐藏着苦涩与疼痛,但却仅停留于语言上的抗议,缺乏行动化的实践。

同时,尽管他在公开的场合不断地提及令他难以忘怀的荣誉史——"是的,我拯救了祖国"(DKVⅠ,49),"我曾在马尔斯广场上向皇室宣战,我在八月十日将他击败,而后在一月二十一日将他斩杀"(DKVⅠ,64)——从而建构有利于自己的集体记忆,试图塑造自己的崇高形象。但每每面对党友发出对抗暴力行动的催促,他却总以犹豫姿态消极地拒绝,展现出对当下社会状态的冷漠或不感兴趣。对此,党友们指责他的"惰性"(DKVⅠ,41,46),但丹东深感对现实的厌倦和内心的破碎,而丧失了继续抗争的斗志。正是这样的消极参与性,使丹东获得了对现实的"观察距离",他因此具有观察者的形象。[②] 可见,丹东是一个充满矛盾和分裂的个体,而这一切都可归结为记忆与同一性(Identität)、主体与回忆、真相与表象之间的张力关系。而这些关系又最终关涉记忆与忘却、生与死、拯救与灭亡的抉择问题。剧中第二幕第五场的黑夜场景是对这一问题最直接的呈现:

---

① 按弗洛伊德的心理分析,人具有三重人格,即本我、自我、超我。弗洛伊德认为:"我们整个的心理活动似乎都在下决心去去取快乐而避免痛苦,而且自动地受唯乐原则的调节。"参见弗洛伊德. 精神分析引论[M]. 高觉敷,译. 北京:商务印书馆,2009:288.

② "观察者的形象——自恋式的自我满足,政治动机,无参与性的观察所有事件和特定的自我反思——是 18 世纪主角的一种形象。"参见 Gert Mattenklott: *Melancholie in der Dramatik des Sturm und Drang*. Stuttgart: J.B. Metzler, 1968, S. 31.

丹东：(俯身靠窗)难道就这样没完没了永不停止了吗？难道光芒将永远不会熄灭，声音将永不会腐败吗？难道这就永远不愿变得安静和黑暗了吗，以便我们不再相互听到、看到险恶的罪行吗？——九月！(DKV Ⅰ，48)

结合着回忆，通过自问式的独白，丹东与自我产生了对话，获得了观察自我的距离。在这一过程中，原本被他所压抑的痛苦记忆——1792 年发生在巴黎的大屠杀——不断地涌现。这一记忆的声音是人心里的声音，对于丹东而言，即良心的声音，一种潜在的自我罪责意识，是道德化的"超我"在发挥影响。在此，两种矛盾的意识在争夺着掌管自我主体的权力。对于丹东来说，这是一种持续的、充满痛苦的极端体验，因为这迫使他要不断面对他所力图逃避的罪责问题。这一可怕又清醒的意识使他产生了一种自我的陌生化。逃避的心理驱使他试图否定这一记忆，使之成为"它者"，从而引发自我主体与记忆主体的关系断裂："我，我？不，我什么也没说，我几乎没有想，这只不过是极轻微、极隐秘的思想。"(DKV Ⅰ，48)可见，记忆不仅使个体身份和经验秩序交叉，还干扰着语义的建构，体现着"我思"与"它思"的对立——"我还是它"(DKV Ⅰ，47)。人格的不统一已现端倪。

这一难以调和的自我矛盾与分裂不仅导致了丹东内在心灵的人格失衡，更使其以生理反应的方式传达出来："当四壁如此谈起话来，难道我不应该发抖吗？假如我的身体被撞成碎片，以至于我的思想在错乱中不安地用石壁的唇舌说起话来呢？这真是太不寻常了。"(DKV Ⅰ，48)嘴唇的隐喻一方面体现了丹东身体化的感性认知方式，强调的是灵魂与身体的统一；另一方面丹东的记忆主体和感知主体在幻境中呈现"它思"与"我思"关系的对立，又使个体的同一性(identität)构建陷入困境。在此，人的主体性遭遇分裂，完整的人的构想再次被瓦解。这涉及的不仅是利希滕贝格"它思故我在"的主体能指断裂，更可以延伸至弗洛伊德精神分析理论里的潜意识与意识之间的关系。

用弗洛伊德的话说，潜意识处于受意识压抑之域，是人无法知觉的部分，但它总是企图寻找时机显现为意识，而梦与幻想正为它们提供了释放的渠道，"梦与幻想是心理的现象，与现实生活中的印象以及当时诱发的心理活动的场合密不可分"①。丹东虽然一再否定自己内心对九月的记忆,却无法阻止这一记忆所诱发的场景反复出现在梦境之中。而梦本身就是人认识自我的另一种方式,亦是身体空间的外化延展。

> (我梦见)地球在我脚下喘着气转动着,我就像抓住一匹野马一样地抓住它,我用巨大的肢体盘住马的鬃毛,夹住它的两肋,脑袋俯冲朝下,头发在深渊之上乱飘。我就这么被拖拽着,以至于我因恐惧而叫起来,接着我就醒了。我来到窗前——这时,我就听见了那个声音,朱丽。这话到底是什么意思呢? 为何偏偏会是这个词呢,我要以此来做什么呢……噢,帮帮我,朱丽,我的感官变迟钝了。难道不是曾在九月发生的那件事吗,朱丽? (DKV I,49)

在对梦境的描述中,丹东将话语的落脚点集中于"九月"这个概念,显露了内心对这一事件的执念。他用"野马"来比喻"地球",但同时"马"一词在毕希纳的作品中主要被用于隐喻"战争"。在此,"地球"则同"脑袋"因形状而达到意义的暗合,两者相互的类比共同指向了断头台。同时,丹东的头由上至下地俯冲,让人联想到了伴随着断头台铡刀落下,人身首分离、脑袋断落的场景。就像前文所提及的第二幕第二场路人们的经验之谈:"地球是一个薄壳之物,我总觉得,我随时会掉进这样一个洞里。"(DKV I,44)所谓日有所思,夜有所梦,"人们常常能在梦中感知到对现实的直接预示"②。"深渊"和"洞"一样都意指埋人头或尸首的坟坑,预言着丹东即将死于断头的宿命。在"巨大的肢体"与"深渊的走向"之间,丹东的形象经历了放大至缩小的过程,表现了个体掌控自我命运的无果,其根源仍是主体的丧失所导致的身心分离。梦与现实的重合,潜意识转化为意识,使丹东清醒地辨识到了这一真相——表面浮华,内在空洞。因此,这一场景最后以木偶的话语从梦境中的死亡恐惧转入了存在的无力。

"这就是必须……到底是什么在我们身体里进行撒谎、谋杀、偷盗的呢? 我们不过是一些被未知力量拴在线上牵动的木偶罢了。"(DKV I,49)在这句话中,丹东既承认罪又否认罪,他的矛盾在于行与思之间的对峙,体现的是

---

① Sigmund Freud：*Die Traumdeutung. Studienausgabe Band* II. Frankfurt a. Main：Fischer Verlag, 1972, S. 47.

② Sigmund Freud：*Die Traumdeutung. Studienausgabe Band* II, a.a.O., S. 31.

主体的丧失。也就是说，他的恶行并非源于自我的恶念，正如第三幕第一场佩恩论及"善恶"的观点："我遵循我的本性自然行事，对于我而言，适合我本性自然的事情，就是好的、善的，那么我就去做；与我本性相悖的，对于我而言就是恶，我就不做。"（DKV Ⅰ，58）然而，现实却是，人无法遵循本性，一切的无奈被归结为"必须"一词，即作为木偶的宿命，作为演员的存在，世界就是一部理想的戏剧。

2.罗伯斯庇尔

在文本中，作为与丹东对立的形象，罗伯斯庇尔实质上也遭遇着自我分裂的痛苦。表面上看，与"仍然保持着对人性和自然的感觉"[①]的丹东不同，罗伯斯庇尔的禁欲原则使他在为自己树立理想化的道德理性形象的同时，在人性之事上显得残酷而冷漠。正如帕里斯（Paris）所言，"为了自由，他毫无顾忌，他可以牺牲所有，包括自己、兄弟，朋友"（DKV Ⅰ，30）。因此，他没有朋友，没有爱情，他是孤独的。

对于他而言，只有这唯一高人一等的道德特性能够带给自己"少得可怜的快乐"（DKV Ⅰ，33），并坚持着完成改革事业。然而，这所谓"少得可怜的快乐"就是欲望。因此，丹东在第一幕第六场的争论中一针见血地指出，罗伯斯庇尔"令人生气的一本正经"（DKV Ⅰ，33）只不过是一副遮蔽自我欲望的无生命感的面具罢了，其实则是"另一种伊壁鸠鲁主义"（DKV Ⅰ，34）。唯一不同的是，他是"文雅的"，而自己是"粗俗的"，再次强调了罗伯斯庇尔的道德理想的不真实性。据此推断，罗伯斯庇尔对丹东及其党友淫乱行为的厌恶实际夹杂着羡慕和嫉妒的成分——"他们嫉恨享乐之人，亦如阉人嫉恨男人一样"（DKV Ⅰ，31）。面对丹东具有攻击性的嘲讽，"难道在你心中就没有这样一个声音时常轻轻地对你说：你撒谎，你撒谎"（DKV Ⅰ，33），罗伯斯庇尔虽然表面努力地保持着冷漠与波澜不惊，但当夜幕降临，独处的他却呈现出了另一副伤感的面孔。

不同于丹东在剧中进行了多次独白，罗伯斯庇尔的两次独白都集中在第一幕第六场，借此作者毕希纳为读者（观众）提供了一次进入这位革命者内心，透析其分裂状态的机会。在此，有别于白天的处变不惊，我们遇到了一个受着

---

① Joachim Mischke：*Die Spaltung der Person in Georg Büchners Dantons Tod*. Diss. Marburg，1970，S. 79.

丹东口中所指的"那个声音"(DKVⅠ,33)折磨的、不安的、自我怀疑的罗伯斯庇尔。

> 留在你的观念!够了!够了!这是真的吗?那些观念会说,我之所以把他从太阳地下赶走,也许是因为他的巨大身躯过多地将阴影投射到我的身上……真的有必要走到这一步吗?是的,是的!……他必须被清除!(DKVⅠ,34)

与夜晚独处的丹东一样,罗伯斯庇尔也陷入了语义和意识主体之间关联断裂的无序之中。话语中,阳光下丹东的巨大身躯在他身上的投影过程类比的是小孔成像的摄影原理。而成影人的形象由大到小,一方面突出了罗伯斯庇尔因"有愧",灵魂深处自觉相对于丹东的"小"而倍感压力;另一方面影子和身体轮廓的重合亦可与面相学的剪影艺术相关联。这门艺术在 18 世纪下半叶被拉法特尔发展为一种关于人的知识的工具:人们相信,"从人的肢体或身体的线条轮廓特征可以认识到人的内在个性"[1]。可见,罗伯斯庇尔因丹东的话而动摇,潜意识里是问心有愧的,生怕被人认出他与丹东具有同样的(欲望)轮廓。他试图压制这一念头,但按他自己的话说,丹东的话像"一只血淋淋的手向他指来","无论用布裹上多少层,那些血总是不断地渗出"(DKVⅠ,35)。这些思想看似无形混乱,但又是实在的控诉。

"可笑,我的思想如此监视彼此……为何我甩不掉这些念头?……我不知道,是哪个在欺骗了哪个。"(DKVⅠ,34,35)为了分辨清楚自己内心的感觉,他与丹东一样在黑夜里走到窗前:

> 夜晚在大地上打着呼噜,并在杂乱的梦中来回翻滚。思想、愿望,几乎无法被预知,杂乱而无形,它们因为光而羞怯地躲藏了起来,此刻都显

---

[1] 拉法特尔最初也是从"完整的人"的视角出发,相信"在人的灵魂和身体、内在和外在之间存在着一个精确的和谐",推导出"常见的性格"(habituelle charater),并常常给予这样的形象以一个侧面的剪影。作为拉法特尔的好友,歌德一度非常沉迷于剪影,他曾在 1775 年 1 月 26 日因一幅他的剪影而感叹:"我和我兄弟拉法特尔的面相学信仰再次确认了。这个思考的额头,鼻子的坚固性,可爱的嘴唇,这下巴,整个身体的高贵。"参见 Alexander Kosenina: *Literarische Anthropologie. Die Neuentdeckung des Menschen*, a.a.O., S. 135f.

现出形体，穿上了外衣，偷偷地侵入宁静的梦之屋。它们打开门，向窗外望去，它们差不多已肉身成形，四肢在睡梦中伸展，嘴唇（来回蠕动）嘟囔着。（DKV Ⅰ，35）

这些思想在黑夜里的形成过程，犹如暗房里洗照片的过程，而走出屋子的影像具有"血肉"，成了真实的存在。"穿过窗户的边框观察外部世界，一切都被定格于框架的空间内，形成立体的图像"①，由此弥补了"眼睛"在观看距离上的不足。这一用法在 18 世纪末甚是流行，例如歌德的《亲和力》（*Die Wahlverwandschaften*，1809）中就曾多次使用。② 但到了 19 世纪，"暗箱"的设置逐步令人质疑，因为这一观看行为将视觉去身化，以机械且超验的方式取代具体感知情景中的人，来再现客观世界。也就是说，"人并非认知的主体，只是被动的接受者罢了"③。故而，自 19 世纪起，这个曾被视为还原真实所在的机器，却变成"代表一个将真实掩盖、倒置以及神秘化的过程和力量"④。

可见，毕希纳在此处动用了窗户和房间作为暗箱的隐喻，使罗伯斯庇尔同丹东一样，实现对世界和自己进行倒置的真实性观察。与白日演讲中停留于抽象层面谈道德不同，站在窗前的罗伯斯庇尔像一位释梦者，以具身方式解读着自己思想的形成，体现了他内在的感性一面。参照弗洛伊德的释梦话语，罗伯斯庇尔口中"惧光的思想"正是被压制的潜意识，而梦正为这些潜意识提供了显露的机会，"梦正是对潜在的、不可能完成之愿望的实现"⑤。在弗洛伊德眼里，梦境是不被理性所控制的，是无意识的，在这样状态下所产生的话语是真实的。

而在这段释梦后，文本紧接着用破折号表示语境的转折，由梦的幻境转入清醒的现实。然而，清醒了的罗伯斯庇尔却称，"醒着是个更清晰的梦"，每个

---

① Volker Mergenthaler：*Sehen schreiben*，*Schreiben sehen*. Tübingen：Max Niemeyer Verlag，2002，S. 54f.

② 《亲和力》中第十章多次提及，从房间、岩洞由里向外看风景的场景。其中，英国人甚至将他的园林工作场所比作一个"可以搬动的暗室"。参见歌德. 歌德文集：第六卷：少年维特的烦恼 亲和力[M]. 杨武能，等译. 北京：人民文学出版社，1999：326.

③ 乔纳森·克拉里. 观察者的技术[M]. 蔡佩君，译. 上海：华东师范大学出版社，2017：65.

④ 乔纳森·克拉里. 观察者的技术[M]. 蔡佩君，译. 上海：华东师范大学出版社，2017：65.

⑤ Sigmund Freud：*Die Traumdeutung. Studienausgabe Band II*，a.a.O.，S. 473.

人都是"梦游者"（DKV Ⅰ，35）。这一对自我的定位表明，罗伯斯庇尔清楚地意识到自己革命理想的不实在性。"一个小时里，精神所进行的思考行为要多于我们肉体里迟钝的生命组织在几年里所能做出的活动。罪恶就在思想之中。无论思想是否行动，身体是否能变现这一罪恶，这是件偶然之事。"（DKV Ⅰ，35）显然，罗伯斯庇尔也看到了思与行之间复杂的矛盾统一关系，罪不应该仅归咎于肉体，所谓牺牲肉体成就精神的追求实则是一种自欺欺人的行为。

而这一悖论性的认识在这一幕的第二段独白中得到了进一步印证："是的，血淋淋的救世主，他牺牲别人而不是被牺牲。——他用自己的血解救世人，我却要他们自己流血来解救自己。他让人们变成罪人，而我却自己承担起了罪恶。"①尽管产生了自我怀疑，认识到自己行为的罪恶，并愿意为此负责，但罗伯斯庇尔并未像丹东那样放弃变革的念头，反而赋予这一内心的痛苦矛盾以宗教的苦难意义。"血淋淋的救世主"（DKV Ⅰ，36）②最初是卡米耶对罗伯斯庇尔的批判指称。罗伯斯庇尔主动地将这个词运用到自我观察之中，一方面体现了一种自嘲的态度，潜意识里默认了自己残杀生命的罪行；另一方面他又借"救世主"的身份将自己伟大化，融入世界末日的宗教话语，将断头台的死亡同十字架上的死亡等同起来。以此方式，他将牺牲他人生命的意义提升为救赎的行为。

尽管如此，他又说，与救世主不同，他得到的是"刽子手的痛苦"（DKV Ⅰ，37）。而这种痛苦源自因目睹牺牲者遭受肉体的痛苦而产生同情的心理折磨——"那么快点吧，就明天行动！不要做长久的垂死挣扎！我已伤感好几天了"（DKV Ⅰ，37）。此处呼应的是前文所引述的丹东在第三幕第九场的控诉："你们想要的是面包，他们却把人头丢给你们。"（DKV Ⅰ，75）可见，与表面的冷漠相对立，罗伯斯庇尔的内心也隐藏着柔软感性的一面。在他的本质里存在着一种辩证式的悖论，就像他自己最终无法确认自己救赎者的身份一样——"是我还是他"（DKV Ⅰ，37）。与丹东一样，无法摆脱罪责意识的罗伯斯庇尔内在实质上是分裂的。

---

① 格奥尔格·毕希纳. 毕希纳全集[M].李士勋，傅惟慈，译. 北京：人民出版社，2008：63. 此处根据中译本引文略作改动。

② 据考证，"血淋淋的救世主"一词并非源自历史上卡米耶的原话，而是毕希纳自己造的。参见 Burghard Dedner：„Legitimationen des Schreckens in Georg Buechners Revolutionsdrama". In：*Jahrbuch der Deutschen Schillergesellschaft*，29（1985），S. 343-380，hier：380.

"我的卡米耶啊！——他们所有人都离开了我——一切都变得荒芜而空虚——而我是如此孤独。"(DKV Ⅰ，37)这一段独白以罗伯斯庇尔的孤独感结束。与丹东一样，孤独是他进行恐怖活动所必将承受的宿命，也是身心分裂的必然结果。正如当科洛(Collot)说，"一定要把他的面具摘掉时"，丹东却回答："那样的话，脸皮也会被一起扯掉的"(DKV Ⅰ，30)，因为"我们不过是一些被未知力量拴在线上牵动的木偶罢了；除此之外，什么也不是，我们自身什么也不是"(DKV Ⅰ，49)。也就是说，罗伯斯庇尔的分裂与丹东一样，除了是对罪的逃避，主要原因还在于面具式的生活。在这样的生活里，人丧失了辨识自我主体的能力，无法达到思行合一，无法成为完整的人。

以此方式，在丹东和罗伯斯庇尔的形象塑造上，毕希纳运用语言的游戏，构建了一个语义上的延义，这让人物在两极之间相互交替。一方面，表面上两个人物代表着两种对立的人的形象——感性之人与理性之人、追求当下之人与追求理想之人；另一方面构建了一种批判性的视角，在建构人物的同时也解构着人物的心理，并在面具式的孤独存在与自我分裂的状态上将两者统一在了一起，互为对照。就像前文所提及的"他牺牲了自己、兄弟、朋友"(DKV Ⅰ，30)，作者刻意地在牺牲对象中列出了"自己"，就已经预示了人的存在的不完整。甚至可以说，在作者的文字背后暗含着这样的深意：曾经作为革命兄弟、朋友的丹东与罗伯斯庇尔两人，实质上就是一个人的两面，两者在意义上恰好构成了一个完整的人，只不过在面具式的现实异化中，原本完整的人分裂成了两个无法相容的对立个体，并体验着双重人的生活。

由此，毕希纳彻底解构和否定了实现"完整之人"的理想的可能性，揭示了人自我的双重性冲突悖论。同时，他借丹东之口，以笑的反讽进行揭示："我不明白，为何人们不站定在街道上，彼此当面嘲笑一番。我认为，他们一定要朝着窗户和坟墓笑，而天空必定会笑破肚皮，大地必定会笑得打起滚来呢。"①在这段话中，"人脸"(Gesicht)、"窗户"(Fenster)、"坟墓"(Grab)三个概念都具有边界之意：人脸之外是他者的面具，人脸之下是被遮蔽的真正自我；窗户隐喻着眼睛，是身体的外部世界与内部世界之间的门槛；而坟墓的内外则是生死之分。三个概念在意义上形成了延义，层层推进地指向了死亡的结局。同时，笑破肚皮的天空本身就隐喻着裂痕，既预示着人的完整的不幸分裂，也预示着

---

① 格奥尔格·毕希纳. 毕希纳全集[M].李士勋，傅惟慈，译. 北京：人民出版社，2008：72.此处译文出自中译本。

死亡的深渊。可见,此处的笑实则蕴藏着深深的痛苦,体现着一种面对命运的自嘲与无可奈何。

4.3　死亡思考下理想方案的瓦解

4.3.1 物之永恒和死之虚无

正是在上述认识下,痛苦的、深感人的不完整的丹东提前排除了自身对死亡的恐惧,主动生成了死亡意识,甚至把死亡当成了一场喜剧:"在我看来,他们是想要我这颗人头。我已经对这些污糟事所演变成的滑稽戏厌烦透顶了。他们想要取走我的人头就取走吧。这有何关系? 我有勇气去死,这可比活着更容易。"(DKV Ⅰ, 45)显然,丹东在此所表示的主动死亡,与断头台充满理想主义色彩的主动牺牲的意义是不同的。丹东的死亡意念并非为了通往超验的理想,而是通过不断的反讽而转向内心,在把死亡当作一个笑柄的同时,使其变成一种日常的形式,反复地再现于现实生活场景中,从而将之分散于一切人的苦难、罪恶和荒诞之中。

> 有人对我讲过一种疾病,它会使人丧失记忆。死亡应该多少有些这样的作用。后来,我心里有时产生了这样的希望,那就是,死亡或许能产生更强烈的影响,并使人失去一切。要是能那样就好了……坟墓给予我更多的安全感,它至少能让我忘却,杀死我的记忆。但是,我的记忆仍活在那里,要杀死我。是我还是它(记忆)? 这个答案很简单。(DKV Ⅰ, 47)

在"死亡"思考的深层阐释中,对于丹东而言,疾病就是已经到场的死亡。忘却"痛苦的记忆"成了一个重要的动机。因为,身与心、主体与意识、回忆与身份、生与死之间的矛盾都集中在了这个令人不快的记忆里,并在丹东的内心形成了一个"固定的观念"(fixe Idee)(DKV Ⅰ, 83),引发了疾病与死亡的想象。而实质上,这正是"忧郁"的一种症状形式。① 通过"固定的观念",忧郁作

---

① Hans-Jürgen Schings: *Melancholie und Aufklärung*, a.a.O., S. 61. 根据心理学的定义,沉浸于"固定的观念"无法自拔,是忧郁症的一种显现形式。

为一种疾病对人的心理施加折磨，导致人蒙受身心疼痛的折磨，甚至死亡。[①]在此意义上，丹东将这一记忆执念转化成了对死亡的执念，也就是说死亡意识代表的是一种疼痛的呐喊，是压抑的内在转向，是对摆脱疼痛的渴望。因为疼痛的记忆使它不断持续，而死亡却只在一瞬间。实质上，这个记忆就是被"当下的自我"所否定的"过去的自我"，它于"我"而言已经成了另一个人，成了不容于"我"的他者。这个疼痛的压抑过程本质上也是人的自我分裂过程。

为此，他把自己比作"可怜的乐师"（DKV Ⅰ，85），把身体比作"乐器"，但"就这样变成了一件如此可怜的乐器，这上面仅有一根弦永远弹着一个音调"（DKV Ⅰ，39）。而这个曲调表达的并非他内心痛苦的呐喊，而是掩盖呐喊的"和谐之声"，因为在理想的革命戏剧里，仅存在着将牺牲者的"呐喊和呼救听起来像一条和谐的河流的耳朵"（DKV Ⅰ，85）。类似的表达也在毕希纳本人所经历的病痛折磨中出现过。[②] 借此，他强调了人在理想主义革命暴力中，经历自我的丧失与身心分裂下的痛苦，批判了暴力革命对人的机械化。因此，可以说，丹东的死亡在某种程度上是疾病意义上的，而非超验意义上的，死亡成了最后的治疗手段，这无疑是对理想主义理想方案的偏离。

在决定用死亡杀死"记忆"，即另一个"我"后，他甚至说："我在和死亡调情，从那么远的距离用长柄镜向它抛媚眼，这倒是件十分惬意的事。"[③]在这句话中，带有淫秽之意的"调情"（kokettieren）和"抛媚眼"（liebäugeln）两个词，将长柄镜[④]的单向机械观察替换为双向的交流模式，戏谑式地以具身性的方

---

① 正如毕希纳在《论自杀》中所言："出于身体和心理痛苦所做出的自杀不是自杀，他仅是一个因疾病而死亡的人。"（DKV Ⅱ，42）

② 在1834年3月8/9日的书信中，处于不断头痛和发烧的毕希纳说："哎，我们这些可怜的叫喊着的乐师们啊。难道我们刑讯椅上的呻吟声，只能在这个世界上听得见，因为它虽然急不可耐地穿过云的缝隙，远远地，发出声响，但却只能像一丝带有旋律的声音消失在天神的耳朵里吗？难道我们是佩里洛斯怪物火红肚子里的牺牲品，其临死前的叫喊听起来就像在火焰中燃烧的神兽吃掉牺牲品时发出的欢呼声一样吗？"格奥尔格·毕希纳. 毕希纳全集[M].李士勋，傅惟慈，译. 北京：人民出版社，2008：308. 传言，残暴的西西里暴君法拉里斯（Phalaris，570—554）将希腊雕塑家佩里洛斯（Perillos）为他打造的一只铁牛用作刑具，借此将敌手关进牛肚里闷死。而被关的人在临死前发出的痛苦的叫喊声，听起来就像铁牛在叫，由此不被人发觉。（DKV Ⅱ，1111）

③ 格奥尔格·毕希纳. 毕希纳全集[M].李士勋，傅惟慈，译. 北京：人民出版社，2008：78. 此处译文引自中译本。

④ 长柄镜作为一种科技的视觉工具与"暗箱"的装置一样，原本代表的是科技文明所建构起来的去主体性、去身体性的视觉感知方式。

式使死亡思考转向了存在本身的痛苦。死亡作为此岸固有终点的结论指向了虚无的本质,就像丹东自己在临刑前所说的,"我们已经对着棺盖抓了五十年"(DKV Ⅰ,73)。这也呼应了第一幕第二场中人民对于"在项圈中挣扎地活"(DKV Ⅰ,19)的控诉。也就是说,挣扎中痛苦的苟活有时比死更可怕,因为"死亡只是一瞬间",而痛"却能持续一个世纪"①。这也就是为何毕希纳刻意在第三幕第一场加入了史料上未出现的关于"上帝"与"疼痛"的讨论。

在此,丹东派人士佩恩(Payne)说:"人们能否认罪恶,但不能不承认疼痛;仅有理智能证明上帝,对此感觉愤起反对……这是无神论的悬崖。只是发生在一个微粒里的疼痛最细微的抽动,都能够把造物从上至下地撕开一个裂口。"(DKV Ⅰ,58)"疼痛"成了"我"与"世界"的裂口,借此毕希纳间接地参与18 世纪对神正论的讨论之中,打破了莱布尼茨所代表的"预设和谐"的超验理想,表达了此在存在的分裂痛苦与虚无。"虚无已自杀,造物皆是它的伤口,我们是由此所流出的血滴,而世界则是坟墓,一切都腐烂于此。"(DKV Ⅰ,72)死亡已经无处不在,生活本身只是徒劳无意义的痛苦挣扎,虚无成了存在的真相。

同时,对于正在死去的活的认知还体现在充满欲望的爱情之中,并在开场第一幕丹东对朱丽的爱情告白里已经表现出来。当丹东说他爱朱丽"就像爱坟墓一样"时,他是这样解释的:

> 朱丽,我爱你像爱坟墓。……据说,安宁存在于坟墓之中,而坟墓和安宁是同一件事。如若如此,我躺在你怀中如同躺在地下一样。你这座甜美的坟墓,你的唇是丧钟,你的歌声是我的丧歌,你的胸脯是我的坟丘墓,而你的心脏则是我的棺材。(DKV Ⅰ,13)

在丹东的描述中,爱情与死亡的共性在于给予人以"宁静",使人达到身心的统一。这里暗示着现实的不宁静,充满了不安。然而,此处的死亡宁静指的却是一种结束的状态,包括肉体和意识,并非如席勒《阴谋与爱情》中死亡服务的是对伟大爱情的信仰的证明。

进一步考察,在将死亡与爱情结合的过程中,丹东对于身体的描述实质上是肢解性的,一方面对应了自己马赛克式的审美感知方式,另一方面也模拟了

---

① Emilie du Chatelet:*Rede vom Glück*. Berlin:Friedenauer Presse, 1999,S. 35.

死亡状态下作为物质的身体的腐烂分解过程。也就是说，丹东对爱情和死亡的理解更多的是身体性的、物质性的，而非精神性的。在此，作者动用的医学解剖观察模式，既不是理想的崇高，也不是浪漫的美化，而是实实在在的自然科学的分解。正如他在临死前为了兑现自己对朱丽的爱情所做的死亡宣言："哦，朱丽，一旦我独自走了！一旦她使我变得孤单！一旦我彻底分解——那么我就会变成一把尘埃，受尽苦难，而我的每一颗粒子只能在她身上寻得安宁。"（DKV Ⅰ，73）以此方式，丹东实现了灵魂与肉体的聚合，但不是超验层面的和谐完整，而是物质意义上的化为乌有。可以看出，作者毕希纳将人物的视角始终落于此岸的现实。

人的物质性和可朽性拉平了一切的距离，也否定了彼岸的希望："此刻，死亡之中也不再存有任何希望了，它只不过是一种更简单的腐烂，而生命则是一种更为繁复、更具组织性的腐烂，这就是它们之间的整个区别。"（DKV Ⅰ，73）可见，在文本中，人的物质性和可朽性对于丹东而言是无法消解的存在问题。死亡摘去的也只不过是一副面具。

> 如今死于断头台、死于发烧，或死于老朽，并无差异？人们更倾向于以灵活的肢体退到幕后，并在下台的过程中还能做出漂亮的姿态，从而赢得观众的掌声。这十分得体，也适合我们，就算我们最终被严肃地刺死，我们始终站在舞台上。（DKV Ⅰ，40）

据此，丹东反讽的是断头台理想戏剧对恐怖暴力所造成的死亡美化。在同等意义上，卡米耶告诫党友不要再"摆出一副好像应该变成石雕的面孔，好让后世当作古董去挖掘一样"。（DKV Ⅰ，84）这句话再次将批判的矛头指向了理想主义美学，以近似美杜莎目光石化人的方式，专注于凝结"美的瞬间"，使之永恒化。在此，生命与艺术、生与死、可朽与永恒之间的矛盾再次凸显出来。这也就从美学的视角解释了为何前文所提及的古典主义大师大卫仅专注于描写被断头之人的抽搐，却忽视了这背后隐含的丧失生命以及断头的痛苦。因为对于他而言，这一抽搐的瞬间时间是凝固的、静止的，而非持续的。这实质上源自对古希腊人运用雕塑技艺塑造理想人体之美的模仿。

但就如"不能生孩子的皮革马利翁"（DKV Ⅰ，45）一样，所谓的美的典范实质是脱离现实的。故而，卡米耶紧接着说："终有一天，我们应该摘掉面具……我们所有人差异并不大，都是坏蛋，天使，蠢人，天才，集所有于一身。"

(DKV Ⅰ，84)"坏蛋""天使""蠢人""天才"，分别对应着"恶""善""不完美"
"完美"。卡米耶将这些概念一并纳入人性的范畴，消解了对立。正如埃罗在
第三幕第一场关于神正论的讨论中所表述的那样："显然，这一结果将等于零，
因为他们彼此互为反面、相互抵消了。那么，我们就走向了虚无。"(DKV Ⅰ，
58)可见，毕希纳借此反对关于人的二元差异化划分，支持的是人的多元性呈
现。他消除由于针对人性的划界而产生的对立，旨在单纯地展现人与人之间
的真实一面。

因此，当丹东感觉到存在无意义时，便主动地说："虚无很快将成了我的避
难所——对于我而言，生命已成为负担，正好有人想从我身上夺走它，我正盼
着摆脱掉它呢。"(DKV Ⅰ，63)可见，在文本中，丹东的死亡意识围绕着关于
肉体与精神、物质与永恒、善与恶的三重张力辩证而达到了"虚无"的顶峰。据
此，学者摩洛斯(Zofia Moros)指出，毕希纳同德国浪漫派作家让·保尔(Jaun
Paul，1763—1825)、蒂克(Ludwig Tieck，1773—1853)等人一起见证了"1800
年前后的欧洲虚无主义危机"①。正如丹东在文本的最后一幕表达的："世界
已是一片混乱，虚无是即将出世的世界神明。"(DKV Ⅰ，86)在虚无中，完整
之人的理想也彻底消解了。

4.3.2 反理想主义的"悲喜剧"

可见，在戏剧《丹东之死》中并没有一个角色是传统意义上的英雄，每个人
都体现着造物的缺陷，证实了康德"从造物里出来的人是一根弯木，不可能加
工出任何完全直的东西"②的论断。因此，古茨科在 1836 年 6 月 10 日的回信
中说，《丹东之死》更像是一部"喜剧"，因为"其戏剧中英雄人物所说的话更像
是对他们自身的嘲笑"(DKV Ⅱ，441)。

席勒的理想主义美学戏剧认为，喜剧的对象必须是"鄙陋之人的鄙陋之
事"，才会"引人发笑"，制造"滑稽感"，相反地，关于"有教养之人、有地位之人"
的"笑话"却是无法被容忍的。③ 为了说明"鄙陋之人"的形象，席勒列举了"酩

---

① Zofia Moros：*Nihilistische Gedankenexperimente in der deutschen Literatur von Jean
Paul bis Georg Büchner*. Frankfurt a. Main：Peter Lang，2007，S. 11，13.

② 康德. 康德著作全集：第 8 卷：1781 年之后的论文[M]. 李秋零，主编. 北京：北京大学
出版社，2008：30.

③ 席勒. 席勒美学文集[M]. 张玉能，编译. 北京：人民出版社，2011：199.

酊大醉的邮政马车夫、水手和货郎”，这些在他眼中“无法控制他们粗鄙的、无形体的、常常是动物般的情感冲动”①的底层人民不属于美的范畴。在这一问题上，毕希纳有自己的见地。首先，对于《丹东之死》，他未曾使用过“悲剧”（Tragödie）的字眼，始终采用“戏剧”（Drama）一词。其次，他在 1835 年 7 月 28 日的书信中如此反驳对他的斥责：

> 在我眼中，戏剧诗人不外是历史的书写者，甚至高于后者，他通过为我们第二次创造历史，并立即直接地将我们置身于一个时代的生活之中……好似历史当真发生过那样……反正我无法将丹东和那群革命的匪徒们塑造成道德英雄……如果有人一定想要如此的话，那么这个人也不要研究历史了，因为历史之中有着许多不道德之事，这样一来，人们走街串巷时必须蒙起双眼，因为不如此，人们就会看到那些有伤风化的画面。（DKV Ⅱ，410，411）

这句话是对理想主义道德戏剧脱离现实的批判，呈现生活的真实对于毕希纳而言才是诗的真谛，无论是好的一面，还是不好的一面。借助街道的敞开，他打破了剧院的封闭，撕开了遮蔽现实的美丽面纱，演示着历史的真实，正如在《丹东之死》第二幕第三场，丹东与卡米耶在谈论戏剧艺术时得出的共同结论是：“将人们从剧院带出来到街道上（并对他们说）：唉，多么可悲的现实啊！”（DKV Ⅰ，45）

正如第二幕第二场妓女罗莎莉和士兵当街秽乱调情的一幕，其实是具有双重意指的。与士兵沉迷于淫欲之事不同，妓女罗莎莉是受生活所迫干起了卖淫的行当，对于她而言，这只不过是一个能让自己许久没进食的“肚子能吃上几口热乎东西”（DKV Ⅰ，42）的工作罢了。两者之间诉求的不同所导致的在动物化堕落问题上的“主动”与“被动”态度形成了鲜明的对比，也投射出了“享乐”与“劳动”之间的矛盾关系。显然，此处的“劳动”并非黑格尔或马克思意义上提升人的地位的创造性劳动，②而是现代社会变了质的劳动，成了一种维持生存的手段。然而在戏剧中，这样的基础需求却遭遇分解，无法得到平

---

① Matthias Luserke-Jaqui（Hg.）：*Schiller Handbuch，Leben-Werk-Wirkung*，a.a.O.，S. 508.

② 卡·马克思，弗·恩格斯. 马克思恩格斯选集:42 卷[M].中共中央马克思恩格斯列宁斯大林著作编译局，编译. 北京:人民出版社,1979:163-164.

衡,导致人性的矛盾与分裂。同时,伴随着劳动外化于创造的主体,人民唯一所具有的身体所有权也被交付出去,彻底地成了"无"或"物"的存在,这就是作者想要呈现的真实的街道现实。

为了进一步加强这一印象,从而对残酷现实发出批判,作者刻意地在第一幕第二场加入了一场充满喜剧色彩的小市民闹剧——市民西蒙(Simon)在街道上打骂让女儿卖淫的妻子。"西蒙"这一人物虽是作者虚构的,却是戏剧中除主要的真实历史人物之外唯一拥有姓名之人,体现了些许的真实性。场景一开始,西蒙便打骂斥责妻子拉皮条让女儿卖淫的勾当。然而滑稽的是,这个出身底层之人的斥责话语却充满了"诗学的格调","扬格的韵律带着英雄式的崇高姿态"[①]:"你这个拉皮条的老婆子,你这个汞汁瓶,你这个诱人犯罪的烂苹果。"[②]这种慷慨激昂的语言表达方式是西蒙通过作为题词员的工作而习得的,某种程度上体现了教育的结果。但同时,他的底层身份和家庭的物质苦难却持续着非英雄的存活方式。他的斥责实质是一种痛苦的呐喊,结合着英雄式的语言和"醉态式的行为"(DKV Ⅰ,17)产生了一种严肃又滑稽的矛盾效果。

此外,西蒙这一人物的矛盾性还体现在他对妻子的称呼和态度的转变上。在这一幕,他两次引用典故称呼妻子——维尔基恩尼乌斯(Virginius)和路克瑞蒂亚(Lucrecia),这两个历史人物都是女性贞洁的典范,涉及了尊严和死亡的问题。因为妻子和女儿的不洁,西蒙要求"拿把刀来"(DKV Ⅰ,18)以结束对方生命从而保持尊严,但最终未下手,因为如妻子的反驳,全家人就靠女儿的这份工作养活:"我们也是用身体的四肢劳动,为何就不许这样用!"(DKV Ⅰ,18)与罗莎莉一样,从身体出发,戏剧借西蒙妻子的话揭示了劳动作为维持人生存的手段,身体就是劳动的工具。而导致他们穷苦和物化的根源在于阶级的剥削:

> 市民甲:是的,要刀,但这把刀要杀的对象不是这个可怜的妓女,她做了什么?什么也没有!是饥饿迫使她去卖淫和乞讨。这把刀子要杀的对象是那些出钱买我们老婆和女儿身体的人。让那些糟践人民百姓女儿的恶棍们倒大霉吧!你们的肚子饿得咕噜叫,而他们却闹胃胀;你们身穿破

---

① Helmut Krapp: *Der Dialog bei Georg Büchner*. Darmstadt: Gentner,1958,S. 15.

② 格奥尔格·毕希纳. 毕希纳全集[M].李士勋,傅惟慈,译.北京:人民出版社,2008: 32. 此处译文引自中译本。

洞衣，而他们却是暖和的大衣傍身；你们的拳掌上长满老茧，而他们的手
却柔软如天鹅绒……

市民丙：他们的血管里除了从我们身上吸去的血，根本没有自己的
血……（DKV I，18-19）

正如围观者所言，妻子并没有错，是贫困的生活和剥削的阶级秩序导致了
她和女儿的堕落。就像第三幕第六场的那个"被迫在断头台上的平板与雅格
宾党人的床板之间进行抉择的女人"（DKV I，68）一样，人的自由选择的主
体被否定，只能沦为有权和有钱者的玩物。于是，在这一幕的结尾处，意识到
自己错误的西蒙在向妻子道歉的同时，又将自己的行为解释为"疯癫之症"：

西蒙：你能够宽恕我吗，波尔齐亚？我打了你吗？那不是我的手，不
是我的手臂，这是我疯癫之下所做的事。

疯癫是可怜的哈姆雷特的敌人。

哈姆雷特什么都没做，哈姆雷特否认了这事。（DKV I，21）

疯癫在此成了西蒙一系列"醉态"行为的替代性表达，它本身标志着"真实
与幻想之间的错位"[1]。强调打妻子的"手"并非他自己的"手"表明，与身处黑
夜的丹东和罗伯斯庇尔一样，西蒙也辨识到了自己行为与意识之间的分裂，将
行动视为不属于自己的另一个人，失去了主体的导向。同时，他将自己类比为
哈姆雷特。在莎士比亚的笔下，"疯癫不仅是哈姆雷特忧郁的症状，也是其宣
泄不满，与现实进行抗争的渠道"[2]。这一"疯癫"之说在西蒙这一形象上亦有
异曲同工之效。可以说，西蒙在戏拟疯癫的过程中，虽未真正患病，却获得了
趋近于病态的痛苦情绪——忧郁。由此凸显了他暴力的严肃性，因为面对女
儿的卖淫并非源自母亲的逼迫，而是受饥饿和贫穷所逼的现实，他的暴力体现
了一种控诉无门的绝望，所引发的笑是一种苦涩的笑。在德语中，"绝望"
（Verzweiflung）一词，就含有一分为二之意，指向了人的分裂状态。

---

① Michel Foucault：*Wahnsinn und Gesellschaft. Eine Geschichte des Wahns im Zeitalter der Vernunft*. Frankfurt a. Main：Suhrkamp，1961，S. 67.

② Thomas Stompe/Kristina Ritter/Alexander Friedmann：„Die Gestaltungen des Wahnsinns bei William Shakespeare". In：*Wiener Klinische Wochenschrift*. 2006，Vol. 118 (No. 15-16)：S. 488-495，hier：492-493.

　　作者借西蒙的出现让观众临时地将关注点落于底层人民的生活上,构建了一幕"戏中戏",凸显了文本所要呈现的"人民——丹东——罗伯斯庇尔的三角对立关系"①,从三个不同的层次和视角展现人的完整性的分裂。因此,西蒙的存在是具有现实主义特性的。同时,他作为题词员的特殊身份,他通过在街道犹如在舞台上的行动方式模糊了舞台和现实的边界,参与到了市民阶级的教育之中,戏拟和讽刺了理想主义的革命戏剧,实现了"崇高与怪诞的混合"(雨果语),成功地将"滑稽的丑写入悲剧作品"②。可见,借"戏剧"一词,毕希纳想要表达,自己要写一部严肃的政治讽刺"悲喜剧",批判的是不切实际的理想戏剧。

　　这两个场景都是史料中所没有的。对于毕希纳而言,这并不与其忠于现实的创作观相矛盾,反而是剧作家高于史学家之处:"诗人不是道德教师,他虚构塑造人物形象,为的是让逝去的时代重新来过,这样一来,人们就能够从中学习,就像研究历史以及观察自己身边的人类生活中所发生的事一样。"(DKV Ⅱ,410)毕希纳像自己的偶像莎士比亚一样"将历史与生活看作了一个大舞台"③。尽管他写的是一部以资产阶级市民为对象的戏剧,但他更多的是想反映现实:没有底层人民的生活是不完整的现实,他们被现实的环境所牺牲了。这一认识体现了作家反对理想主义戏剧排斥底层阶级人民的阶级态度,尝试为他们发声。在诗人眼中,底层之人才是真正的"有血有肉"(DKV Ⅱ,411)之人。正是通过对历史题材的开放性处理和看似随意的情景结合,毕希纳的戏剧除了批判现实,更多的意在一种参与和同情,呈现现实之人的分裂之痛,表达了人道主义的人文关怀。

4.4　小结

　　围绕着断头台上的身体感知,戏剧文本《丹东之死》把身体推向了舞台的

---

① Hans Adler:„ Georg Büchner: Dantons Tod ". In: Harro Müller-Michaels (Hg.): *Deutsche Dramen. Interpretationen zu Werken von der Aufklärung bis zur Gegenwart*, *Bd*. 1. Von Lessing bis Grillparzer. Königstein/Ts.: Athenäum Verlag, 1981, S. 146-169, hier: 151.

② 雨果. 论文学[M]. 柳鸣九,译. 上海:上海译文出版社,1980:31.

③ "全世界是一个巨大的舞台,所有红尘男女均只是演员罢了。上场下场各有其时。每一个人一生都扮演着许多角色。"——莎士比亚《哈姆雷特》

中央，成为理解"人"的第一媒介。随着断头台的铡刀在身体上挥动，文本空间同解剖室的空间重合，断头台形同一个公开的身体解剖台。

通过展示"断头""死亡""尸体"等刺激视觉感官的"丑陋形象"，毕希纳迫使人们直面人存在的真实状态：切割式的、破碎的、被压抑的，甚至是不通畅的感知表达都是主体的异化感，投射的是人的认识危机。在这里，主人公面对的是一个被祛魅的陌生化现实世界。"完整的人"的理想被击碎，人的身心分裂成了必然的趋势。这样一来，丹东纵欲于激情中等待死亡的"虚无感"（DKV Ⅰ，63）与罗伯斯庇尔在冷酷无情中品尝着的"刽子手的痛苦"（DKV Ⅰ，37）都是人经历压抑而致身心分裂异化的精神表现。

可见，作家对人性异化的丑陋一面的关注与演示也包括精神层面。为此，他先锋性地动用到了"独白""梦境"等现代性叙述技巧，展现丹东与罗伯斯庇尔在白日与黑夜里分别形成的个体认识的差异和思行的不统一。以此方式，他实现了观察视角由外向内的转换，从而更进一步地洞察到了人性的悖论——自我无法调和的双重性矛盾。由此可以看出，在《丹东之死》中，毕希纳已经呈现出了对人的心灵之谜的兴趣，并做出了初步的尝试。

第 5 章　患病的人

——《棱茨》《沃伊采克》中对边缘人的关注

　　人类必定会疯癫至如此地步,以至于即使不是被称作疯癫,也只是以另一
种形式变得疯癫。

——帕斯卡尔①

　　"我总是希望,向那些内心受着痛苦煎熬、压抑忧郁的人投去同情的目光,
而不是对着那些冰冷的、高贵的心说着些尖酸话。"(DKV Ⅱ,380)这句话出
自毕希纳 1834 年 2 月的家书,此时的他尚未正式开启作家生涯。② 可见,作
家极早地敏锐捕捉到了隐藏在人的内心深处的黑暗忧郁与痛苦,并表达了对
此的关切。而纵观毕希纳作品中的人物形象,无不透着一丝"忧郁的气质"③。
如果说,丹东与罗伯斯庇尔隐藏于断头台隐喻和黑夜梦魇式自省中的分裂状
态,呈现的是一种隐性的忧郁痛苦,那么,忧郁在毕希纳的另两部作品《棱茨》
与《沃伊采克》中则上升至身体病理学层面,并引发了显性的疯癫病症。
　　事实上,疾病总是同健康的概念捆绑出现的。在西方文化中,患病意味
着,人因身体状态发生变化而丧失自我同一性,从而异于常人。④ 故而,患病
者常常被视为偏离的他者,而遭普通的健康者排斥和边缘化。然而,安与恙的
界定、健康的人与患病的人的辨别标准却不是恒定的,也并非处于绝对客观的
自治空间,而是同每个时代关于人的理解的不同历史语境紧密关联。因此,这

---

① Michel Foucault: *Wahnsinn und Gesellschaft*, a.a.O., S. 7.

② 尽管此时毕希纳已经创作了《黑森快报》,但从体裁和性质上讲,《黑森快报》更像政治
　　传单。在此意义上,创作于 1835 年的《丹东之死》被更多的人视为毕希纳的首部文学
　　作品。

③ Roland Borgards/Harald Neumeyer (Hg.): *Büchner-Handbuch*, a.a.O., S. 242.

④ Dieter Lenzen: „Krankheit und Gesundheit". In: Christoph Wulf (Hg.): *Vom Men-
　　schen: Handbuch historische Anthropologie*. Weinheim und Basel: Beltz Verlag,
　　1997, S. 885-891, hier: 885.

导致所形成的健康之人与患病之人的形象的变化。也就是说，"疾病，至少在欧洲范围内，实质上"，并非自发的，"更多是被生产或发明出来的"①。

这也就是为何毕希纳的两部作品《沃伊采克》与《棱茨》尽管都取材自真实的历史记录，却最终在内容和人物的形象塑造上与原始素材存在不小的差异。显然，对于疾病与人的关系，毕希纳持有自己的理解。对于他而言，重要的不是定义疾病，而是呈现这一安恙边界的现象以及身处这一边界之人的痛苦。在动物视角研究下，戏剧《沃伊采克》所引发的反思问题之一"动物是否感到痛苦？"已悄然触及"痛苦"的主题，并延伸了痛苦的含义，不只是自然身体的痛苦，还有心理的痛苦。疾病是解读此文本的重要途径，呈现着人的幽暗之侧面。

5.1　不同理解下的疯人形象

回顾历史，关于疯癫的不同理解在不断变化的同时，又存在着不断的关联与回归。古希腊希波克拉底（Hippokrates，前 460—前 370 年）的体液说开启了关于疯癫最初的身体病理学视角，将之归结为体液失衡的病症，并与引起忧郁的黑色胆汁相关联。② 自中世纪起，受宗教观念的影响，对于疾病的理解从身体层面向精神道德层面转变，疯癫作为其中的变量，被视为道德堕落、受恶魔侵蚀的结果。"偏离道德便会招致疾病缠身"③的信念在启蒙的健康运动中得以进一步强化。这样一来，在古典主义时期，疯癫者的画像成了理性的、健康的、秩序的市民形象的反面，甚至被视作一种威胁社会的异常。④ 因此，以人道主义和博爱的名义将疯者送进疯人院，对他们进行隔离、监禁与治疗，成了趋安避恙、维持秩序统一、规范社会的合理手段。然而，这暴露了此时人们对非理性挑战理性的潜能的恐惧。由此，疯者在由理性所规制的社会中无法找到位置，被迫成为边缘人。

而历史上，欧柏林（Johann Friedrich Oberlin，1740—1826）关于诗人棱茨

---

① Dieter Lenzen：„Krankheit und Gesundheit"，a.a.O.，S. 886.

② Michel Foucault：*Wahnsinn und Gesellschaft*，a.a.O.，S. 9.

③ Thomas Anz：*Gesund oder krank？Medizin，Moral und Ästhetik in der Gegenwartsliteratur*. Stuttgart：Metzler，1989，S.6.

④ Thomas Anz：*Gesund oder krank？Medizin，Moral und Ästhetik in der Gegenwartsliteratur*，a.a.O.，S.6.

(Jakob Michael Reinhold Lenz，1751—1792)的病历报道正是在这样的大背景下形成的。后者在首次发病后的两个月，于 1778 年 1 月 20 日来到石谷(Steintal)，向以博爱和教育闻名的牧师欧柏林寻求帮助(DKV Ⅰ，805)。尽管在报道中，欧柏林描述了棱茨"忧郁发作"(die Anfälle seiner Melancholie)的骇人场景，却未对此进行切实的医学关联与确认，而是在 20 天后，将最终治疗的失败道德性地归结为"他忤逆父亲、作风散漫、无所事事、乱搞男女关系"的过往，导致"无法抑制受拷问的良心和无法满足的欲念"(MBA Ⅴ，239)。

　　反观毕希纳于 1835 年 10 月第一次在好友施托贝尔处读到欧柏林的病历记录时，对棱茨的疾病问题就表现出了不同的态度："我在此获得了许多有趣的笔记，里面是关于歌德的一个朋友，一位不幸的诗人棱茨，他和歌德同时在此处逗留过，但后来几乎疯了。我思考着在《德意志评论》报上发表一篇关于棱茨的文章。"(DKV Ⅱ，419)毕希纳以"有趣"，这一被施莱格尔(Friedrich Schlegel，1772—1829)给现代美学所定下的标准[1]，解释了自己选取此病例为创作素材的动机。"疾病""疯癫"所具有的深渊式神秘混沌现象为浪漫派诗学提供了无限的想象。但有别于浪漫派的纯诗意，毕希纳更多的是从一种科学性的视角来看待疯癫作为疾病的问题："恰巧，我也在寻找素材，用于撰写一篇研究哲学或自然史的文章。"(DKV Ⅱ，419)

　　作为有着医学背景的诗人[2]，毕希纳在 1835 年 10 月的这段简短评价中，用"半疯"(halbverrückt)的定义取代了欧柏林的道德诊断，从而将病例中"伤感"(Schwermuth)和"忧郁"(Melancholie)(MBA Ⅴ，239)的特征上升至医学病理学的精神病层面，触碰到了不属于欧柏林时期的疾病领域，表明作家完全是从自己时代的病理学视角出发来看待这个半个世纪前的病例。据毕希纳的大学同学亚穆斯顿(Alexis Muston)所言，1834 年 6 月毕希纳在了解他深陷身心分裂痛苦时，向他推荐了 1833 年出版的精神病学著作《患有精神疾病之人的生理学，适用于分析社会人》(*Physiologie des geisteskranken Menschen*，

---

[1]　Friedrich Schlegel：„Ueber das Studium der Griechischen Poesie (1795/1796)". In：Walter Jaeschke（Hg.）：*Früher Idealismus und Frühromantik. Der Streit um die Grundlagen der Ästhetik* (1795-1805)：*Quellenband*. Hamburg：Felix Meiner Verlag，1995，S. 23-96，hier：85. 德语原文："Im Ganzen aber ist noch immer das Interessante der eigentliche moderne Maßstab des ästhetischen Werths. "

[2]　在吉森大学学习医学期间，除了生理学和解剖学课程，毕希纳还选修了约瑟夫·希勒布兰德(Joseph Hillebrand)教授的心理学课程。参见 Udo Roth：*Georg Büchners naturwissenschaftliche Schriften*，a.a.O.，S. 33-38.

angewandt auf die Analyse des Menschen in der Gesellschaft）。[①] 由此足见，他对其时代精神病学话语的熟悉。

伴随着沃尔夫通过区分"理性心理学"和"经验心理学"所带来的心理学转向，德国后启蒙时代的人们基于对"完整的人"的考察，开始关注长久以来被忽视的心灵的"幽暗之域"（die Dunkelzone），以期探测"灵魂的深度"（die Tiefe der Seele），从而获取更多关于人的知识。[②] 由于疯癫、疾病、死亡、犯罪等边缘现象的起始与完结本身所存在的强烈不确定性与人的内在心理有着莫大的关联，精神病院、法庭、监狱甚至绞刑架或断头台成了这一时期人们观察包括疯癫在内的边缘极端现象的核心之地，也为艺术创作提供了动机。亦如莫里茨在《经验精神学杂志的推荐》中所倡导的："给予人，主要是患者，异常的人，犯罪者或疯癫者，每个很细微之处的差别以关注。"[③]对此，身兼诗人与医生双重身份的席勒提出，只有通过"抽筋剥皮"（skelettieren）对"灵魂实施最隐秘的手术"（geheimste Operationen der Seele)[④]，才能实现莫里茨口中的细微观察。席勒的话语充满了解剖学的隐喻，体现着这一时期医学向解剖临床医学模式转化的倾向。

18 世纪末是现代医学的开端，"精神病学被正式建立为一门独立的学科，疯癫也在此时被纳入疾病的范畴"[⑤]。由此，在 19 世纪初的精神病学中，一个以临床解剖经验观察为导向的躯体学派（Somatiker）发展壮大起来。不同于精神学派（Psychiker）延续着哲学阐释的传统，将精神紊乱视为人自我负责的道德错误行为的结果，躯体学派则立足于自然科学的视角，将精神病追溯至人的有机身体的缺损，从而脱离道德的话语，代表着现代医学的发展方向。[⑥] 围绕着"疯癫"的不同解释，两个学派之间的争端于 1830 年代达到高峰，涉及疾

---

① Sabine Kubik：*Krankheit und Medizin im literarischen Werk Georg Büchners*，a.a.O.，S. 93.

② Wolfgang Riedel：„Anthropologie und Literatur in der deutschen Spätaufklärung"，a.a.O.，S. 107.

③ Georg Reuchlein：„,…als jage der Wahnsinn auf Rossen hinter ihm.' Zur Geschichtlich-keit von Georg Büchners Modernität：Eine Archäologie der Darstellung seelischen Leidens im Lenz". In：Barbara Neymeyr (Hg.)：*Georg Büchner. Neue Wege der Forschung*. Darmstadt：WBG，2013，S. 172-195，hier：176.

④ Alexander Kosenina：*Literarische Anthropologie. Die Neuentdeckung des Menschen*，a.a.O.，S. 70.

⑤ Michel Foucault：*Wahnsinn und Gesellschaft*，a.a.O.，S. 8.

⑥ Roland Borgards/Harald Neumeyer (Hg.)：*Büchner-Handbuch*，a.a.O.，S. 57-58.

病的分类,并随之产生了不同的人的形象,毋宁说是病者形象,尤其体现在毕希纳另一部作品的历史素材上——"沃伊采克事件"(der Fall Woyzeck)。

1821 年 6 月 2 日,41 岁贫穷的无业者约翰·克里斯蒂安·沃伊采克(Johann Christian Woyzeck,1780—1824)在莱比锡刺死了自己的情人——46 岁的寡妇约翰娜·克里斯蒂安娜·沃斯特(Johanna Christiane Woost)。其行凶的动机被指为是出于妒忌,因沃斯特长期背着他与不同的男人私会,并于案发当日拒绝沃伊采克的约会邀请(DKV Ⅰ,715)。为此,法庭请莱比锡宫廷参事克拉鲁斯(Johann Christian August Clarus,1774—1854)对沃伊采克进行司法精神鉴定。鉴于对沃伊采克的幻听和受迫害妄想症是否可对其行为负责任存在疑问,克拉鲁斯先后于 1821 年和 1822 年做了两份鉴定报告,并最终坚持自己的道德视角。他拒绝把沃伊采克的身体症状同疯癫的疾病挂钩,而是将其罪责归咎于"因不断散漫的、无教养的生活",而"从道德野蛮化的层面堕落至另一个层面"[①],从而判定他具有可负行为责任能力。据此,沃伊采克于 1824 年 8 月 27 日被当众执行死刑。

沃伊采克死后同年,《国家医学杂志》(*Zeitschrift für Staatsartzneikunde*)刊登了克拉鲁斯的第二份鉴定报告(DKV Ⅰ,722)。这份报告在医学界引发了精神学派与躯体学派间激烈的笔战。争论的焦点依然在"沃伊采克究竟是道德堕落的罪者? 还是身心紊乱的病者?"。其中,在第二份鉴定中,克拉鲁斯将沃伊采克在"身体方面出现的心脏痉挛、晕眩、颤抖、耳鸣、头疼、发烧、盗汗等现象,以及精神方面出现的幻听、幻觉、固定观念、良心不安、反复的自杀念想和易怒倾向"归结为"天性"的判断,尤其遭到诟病。[②] 与克拉鲁斯不同,躯体学派将这些身心症状视作"间歇性疯癫"[③]的证明。

----

① Marion Schmaus:*Psychosomatik. Literarische, philosophische und medizinische Geschichten zur Entstehung eines Diskurses* (1778-1936). Tübingen:Max Niemeyer Verlag,2009,S. 203.

② Marion Schmaus:*Psychosomatik*,a.a.O.,S. 199. 这些身心症状都出现在毕希纳的文本中。

③ "间歇性疯癫"(partieller Wahnsinn)也叫"隐匿性精神错乱"(amentia occulta＝verborgene Seelenstörung),是德国哲学医生普拉特纳提出的概念,用于描述精神病的其他形式,如没有清晰的身体征兆而短暂爆发的躁狂症(Manie)。1824 年,"除了因普遍的或特殊的疯癫而被完全剥夺理性之人",汉诺威将"不可负行为责任能力的适用范围",扩大至"因突发的狂躁而违反意志进行暴力行动之人"。克拉鲁斯在两份鉴定报告中刻意地避开了这一点。参见 Marion Schmaus:*Psychosomatik*,a.a.O.,S. 192.

　　通过进一步尸体解剖，医生 C.M.马克（Carl Moritz Marc）指出，"血液堵塞对大脑和神经产生了巨大的暴力，而灵魂会因身体痛苦而忍受着痛苦"，因此"沃伊采克既患有身体疾病也患有情绪疾病，两个状态紧密关联……而谋杀的唯一导火索是激情超越了理性……故可以排除可负行为责任能力"①。然而，他的异议遭到精神学派代表人物海因洛特（Johann Christian August Heinroth，1773—1843）的反击。在后者看来，沃伊采克的问题不在于人能否抵抗激情的欲望，而是他是否处于理性之中，而理性的丧失完全"不依赖于身体，而是罪恶和非道德生活的结果"②。故而，海因洛特赞同克拉鲁斯的鉴定，因为"沃伊采克的生平履历说明了，这是一个道德野蛮的人"③。也就是说，"精神学派试图在外表可视的症状与疾病之间建立统一，而躯体学派则通过临床解剖的经验观察，将疾病的不可见变得可见而打破了这种统一性"④。

　　对此，克拉鲁斯本人则进一步解释，他（如同海因洛特）之所以对"沃伊采克是否患有间歇性疯癫"的评判避讳如忌，是因为他们担心，一旦由此拓宽"疯癫"这一概念的界限，可能会"导致法律失去效力，而法庭医学也会失去应有的声望"⑤。以此反观克拉鲁斯在第二份鉴定书前言所写的这段话：

　　　　所有陪伴着不幸之人赴刑场或成为此过程见证者的人，应将对作为人的罪犯的同情与这样的观点相结合，即必须运用法律归置一切，带剑的正义是上帝的奴仆……但愿，青少年在看到流血的罪犯或想到他们自己时，会铭记这一事实，即厌恶劳动、好玩、酗酒、纵欲和糟糕的社会人际关系将在无意识的情况下，致人犯罪、死于绞刑架——最终，所有人都能迷途知返，摒弃可怕的行为，并坚定决心：只有做更好，才能变得更好。⑥

---

① Marion Schmaus：*Psychosomatik*，a.a.O.，S. 204.

② Marion Schmaus：*Psychosomatik*，a.a.O.，S. 209.

③ Marion Schmaus：*Psychosomatik*，a.a.O.，S. 209.

④ Michel Foucault：*Die Geburt der Klinik. Eine Archäologie des ärztlichen Blicks*，a.a.O.，S. 104-111.

⑤ Martina Kitzbichler：*Aufbegehren der Natur. Das Schicksal der vergesellschafteten Seele in Georg Büchners Werk*. Opladen：Westdeutscher Verlag GmbH，1993，S. 131.

⑥ Marion Schmaus：*Psychosomatik*，a.a.O.，S. 189.

　　结合着公开处决的场景,利用席勒所言的大众的"普遍心理规律"①,克拉鲁斯在鉴定书的前言试图以沃伊采克作为偏离理想道德秩序的反例,以修辞表述方式,引起读者的"同情"和"恐惧",旨在产生悲剧卡塔西斯式的道德净化作用。这一目的暴露了法庭医学诊断服务于社会、对大众进行规训教育目的的本质。19 世纪 30 年代这场围绕着"沃伊采克"病例所展开的躯体学派和精神学派之争的背后实质也是一场政治之争:"精神学派代表着复辟政府,而躯体学派代表着自由党(Liberale)。"②

　　同时,精神学派的理想主义道德严肃论(der idealistische Sittlichkeitsrigorismus)在司法领域的复辟也招致神学话语对医学诊断的渗透性回归。③ 在《精神生活紊乱的教科书》(*Lehrbuch der Stoerungen des Seelenlebens*, 1818)中,海因洛特将"生活于理性之中"的状态等同于"生活于光明、爱、神圣和上帝之中"④。在相似的意义上,欧柏林在病例的文末把自己送走棱茨的行为合理化了,贯彻了社会正常人群排斥和边缘化病者的策略,使个体的患病成了违背社会规范后咎由自取的罪证:"所有我们在此所做的,亦如我们在上帝面前所做的一样,正如我们在任何情况下都相信,这是最好的。"(MBA V, 241)此外,欧柏林之后将病例报道做成教会简报供众人阅读,无疑是一种道德布道。可见,对于世俗化现代社会的正常建构而言,医学与道德话语的联盟无疑具有极大吸引力,因为这样一来,代表秩序的教育惩罚机构的权威性和合法性不易被质疑,显得更为"以理服人"⑤。

　　据此,无论是"棱茨事件",还是"沃伊采克事件"都说明了:作为社会人,安恙早已不再是个体的身体事件,而是更多地在集体的层面上,被赋予了宗教、道德,甚至经济等多维的阐释意义,从而导致集体的、外部的感知取代了个体的、内在的感知。这样一来,病者失去了自己表达安恙感受的主体权和话语

---

① 席勒在《论悲剧艺术》中,将"人们对激情的和复杂的场景的普遍偏好"称为大众的"普遍心理规律"(ein allgemeines psychologisches Gesetz)。这也就解释了,为何人们视公开的断头为戏剧表演,体现着一种效应美学的原则。参见 Alexander Kosenina:*Literarische Anthropologie*, a.a.O., S. 57.

② Roland Borgards/Harald Neumeyer (Hg.):*Büchner-Handbuch*, a.a.O., S. 57.

③ Marion Schmaus:*Psychosomatik*, a.a.O., S. 212.

④ Marion Schmaus:*Psychosomatik*, a.a.O., S.184.

⑤ Thomas Anz:*Gesund oder Krank? Medizin*, *Moral und Ästhetik in der Gegenwartsliteratur*, a.a.O., S. 5.

权。正如面对病者棱茨的"巨大痛苦"（seine unermeßliche Qual），欧柏林在报道中虽表示了"深切同情"（MBA V，239），而克拉鲁斯和海因洛特也承认"沃伊采克承受着身体的痛苦"[①]，但他们都始终坚持道德理性，从而忽视了人的内在心理也属于疾病的一部分。

与之相反，棱茨和沃伊采克的"病痛"才是作者毕希纳所关注和呈现的，亦如其本人在论及剧作家高于史学家时，通过提出塑造"痛苦与快乐能使我感同身受的有血有肉之人"（DKV Ⅱ，411）来支持"诗人不是教师"（DKV Ⅱ，410）的反理想主义美学思想。而"感同身受"（mitempfinden）和"有血有肉之人"（Menschen von Fleisch und Blut）的表述一致表明，诗人对痛苦的诗学化采取的是兼具心理维度的具身性经验感知方式。作为病痛的受难者，病者的身体除了是感知的客体，更应该是主体，感觉既是人的身体对外界的感知，也是内在世界向外发出的信号。

病痛既是区分安恙的标志，也促发病者关注和反思自我身体的存在。在1834年3月8日的书信中，他本人就曾向爱人分享了自己因脑膜炎发烧而致幻觉的疾病体验。在同月末的家书中，毕希纳的另一种疾病体验也表明，除了身体的痛苦外，心理的痛苦和社会的痛苦也是可致病的："外表上，我虽是平静的，但我早已陷入深深的忧伤之中。政治环境束缚着我……忧愁和憎恶令我患病。"（DKV Ⅱ，385-386）结合着自己的疾病经验，可以看出，对于毕希纳而言，病人的痛苦是兼具生理、心理和社会等多维度的，不可割裂来看。这也正是为何毕希纳向同学亚穆斯顿所推荐的精神病学图书《患有精神疾病之人的生理学，适用于分析社会人》强调性地指向了"社会人"的病症。

在此意义上，《棱茨》与《沃伊采克》具有共同性，它们对于毕希纳而言是平行的项目：通过对疾病的诗学化处理，挖掘病痛的意义，反思致病的原因，消解道德话语，矫正对病者的认识。借助病者的叙述视角，医者对病者的单向目视被打破，病者的感受被放大，病者变得不再沉默，获得了自我言说不可视的身体和内在心理痛苦的机会，除了病者身份，也扮演着观察者和批判者的角色，展现了病者渴望沟通，渴望被理解、被认可、被爱和被尊重的伦理诉求。据此，本章聚焦于痛苦的身体维度、心理维度和社会维度之中，症状与认识、身份与融入、信仰与断裂、患者与医生之间的张力关系，来理解作为疯人的主人公的病痛与病因。

---

① Marion Schmaus：*Psychosomatik*，a.a.O.，S. 209.

5.2　人的异常性病症

考察棱茨与沃伊采克的病症既是毕希纳写作的动机,也是情节发展的主线。1832 年出版的阿道夫·亨克(Adolf Henke,1775—1843)的《法医学教科》(*Lehrbuch der gerichtlichen Medizin*)给"疯癫"下了具有现代意义的医学定义:

> 疯癫,也就是在普遍意义上自由的自我意识的紊乱,从而导致病者无法将主体同客体,内在感知同外在感官印象相区分,这在医学上常常被等同于发疯(Verrückung)或癫狂(Verrücktheit),而感伤(Schwermuth)和忧郁(Melancholie),间歇性疯癫(固定观念)和狂躁被视为是不同形式和程度的疯癫。[1]

从"完整的人"的视角看,身体感官是人的外部感知向内输入与内在感受向外输出的双重通道,由此人确立了自身同客观世界的沟通联系。故而,身体感官的紊乱所产生的感知危机必然导致人内外的断链与失序,从而引发一系列不同形式的病症和病痛。在此,通过感官感觉,患者既是病痛的主观感受者,也是客观的观察者,病痛使他关注自身的身体与存在,变得异常敏感。而在棱茨与沃伊采克身上,引发疯癫的交感混乱主要集中体现在视觉与听觉上,涉及虚与实、身与心、光与暗、热与冷、大与小、远与近、静与动、安与恙、生与死等多重二元对立。

5.2.1 幻视

同丹东与罗伯斯庇尔相似,毕希纳笔下的棱茨结合着白日与黑夜的不同

---

[1]　Carolin Seling-Dietz:„Büchners Lenz als Rekonstruktion eines Falls religöser Melancholie", a.a.O., S. 206f.

体验,也过着一种近似双重人的生活,而"双重人"是浪漫派呈现疯癫的主要方式①;但不同的是,棱茨的黑夜体验起到的并非一种自省的功能,而是纯粹病理学意义上的痛苦,与其视觉感知的敏感性相关联。

> 但是,对于棱茨而言,山谷只有在白日里是可以忍受的,傍晚来临,异常的恐惧便侵袭着他,以至于他希望,要是能够跟着太阳跑该有多好。伴随着周围事物渐渐消失于黑暗中,一切使他感到如梦般虚幻、那样令人感到讨厌。他就像在黑暗中睡觉的孩子一样受到恐惧的侵袭。黑暗使他感到自己像盲人似的。此时,恐惧在他的心中增长,疯癫的梦魇来到了他脚边,绝望的念头在他眼前展开,好像一切都只是他的梦似的。(因为害怕)他紧紧抓住(眼前)物体,这些形体却快速地在他身边掠过,于是他迫使自己靠近它们,然而这只是些幻影。(他感觉到)生命正离他而去,他的四肢完全僵硬了。(DKV Ⅰ,229)

长久以来,在各种感官中,视觉感知处于优先地位。但对于作为自然感性器官的眼睛而言,只有在光亮的条件下,目视才能生成清晰的观看,获得同观察对象的准确联系,避免产生混乱的模棱两可之感,就像《丹东之死》第一幕第六场,身处黑暗的罗伯斯庇尔听到有人的脚步声时,急于寻找"灯光",得以用眼睛确认:

> 罗伯斯庇尔:嘿,是谁在那片黑暗里? 嘿,点灯,点灯!
> 鞠斯特:你认不出我的声音吗?
> 罗伯斯庇尔:(一个女仆点灯而入。)是你啊,圣·鞠斯特! (DKV Ⅰ,35)

可见,光保障了感官经验的同一性和人的自我主体的有效性。在此意义上,棱茨自认为白日里的自己尚能维持感知的平衡,从而阻止疯癫的病发,保持一种正常的状态。反之,黑暗所带来的视觉盲目则使之无法感知身体的确切存在,导致他不得不退入内心的世界,陷入被疯狂增长的幻想所折磨的痛

---

① Simona Olaru-Posiar:„Das Motiv des Wahnsinns in der deutschen Literatur-von Georg Büchner bis Patrick Süskind". In: *Journal of Romanian Literary Studies*, 2015, (No. 6): S. 1044-1052, hier: 1046.

苦,并因疯癫症状的出现,让自己处在一种疑心病或受迫害妄想的状态——"恐惧在他的心中增长,疯癫的梦魇来到了他脚边"(DKV Ⅰ,229)。

值得注意的是,在这段表现棱茨疯癫发作感受时的语句中,句子的主语都不是"人",而是"物"。例如,"恐惧侵袭着他"(die Angst befiel ihn)(DKV Ⅰ,229),而不是"他感到恐惧"(Er ängstigte sich)。在此,作者毕希纳采用了现代心理学观察分析的语言表述方式。早在 1759 年,祖尔策(Johann Georg Sulzer,1720—1779)在研究所谓的"幽暗意识"(dunkle Vorstellung)时就提出,这是一种"潜藏的、在冲突情况下能够克制意志的力量"[①]。

受此启发,经验心理学家莫里茨在观察这一瓦解自我意识的内在心理陌生机制时,就开始谨慎地使用了去人格化的表述。他以"这使我认为"(Es dünkt mich)同"我认为"(Ich denke)的区分为例,描述了一种"并非由我自身,抑或说,并非由自我意志力量所决定的"[②]、却不得不忍受的行为。而利希滕贝格的"它思故我在"[③]正是在此语境下提出来的。这样一来,从心理学出发,人的主体地位被消解,取而代之的是不因人的意志发生的感知行为活动。

以此反观毕希纳关于棱茨黑暗体验的描写,非人格化的主语表述表明,作者放弃了一种全知全能的叙述者视角,而完全采用了一种心理化的内视角,使读者与主人公一同面对自我对于外在现实世界的不确定性感知。可见,毕希纳表现人物的方式采用了极具现代性的叙述视角,从外向内、从意识向无意识转移,关注的是自我与心灵的关系,探究的是人的内在心理活动的真相。此时的棱茨已经丧失了自我感知的主体性,陷入了一种被动的状态,疯癫的幻想呈现为一种脱离意志控制的、不得不忍受的状态。"他(想要)紧紧抓住(眼前)物体,这些形体却快速地在他身边掠过,于是他迫使自己靠近它们。"(DKV Ⅰ,229)这是在这段描写中唯一一处棱茨作为主体的表述,体现着他试图通过触觉的确定来填补视觉盲目所产生的感知空白,从而重建自我感知的主体,压制疯癫。

---

① Wolfgang Riedel:„ Influxus physicus und Seelenstärke. Empirische Psychologie und moralische Erzählung in der deutschen Spätaufklärung und bei Jacob Friedrich Abel". In: Jürgen Barkhoff/Eda Sagarra（Hg.）: *Anthropologie und Literatur um* 1800. München: Iudicium-Verlag, 1992, S. 24-52, hier: 31f.

② Wolfgang Riedel:„ Influxus physicus und Seelenstärke. Empirische Psychologie und moralische Erzählung in der deutschen Spätaufklärung und bei Jacob Friedrich Abel", a.a.O., S. 32.

③ 参见本书 4.1 节。

然而,他失败了,因为事实是,所谓的形体"只不过是些幻影(Schatten)"(DKV Ⅰ,299),也就是由他内心所虚构出的视觉幻象。由此,对于棱茨而言,视觉的对象与触觉的对象构建了两个不等同的世界,它们分别对应着幻象和真实。不同感知的对立说明了棱茨正处于一种意识混乱的状态,他已经分不清虚与实的边界,自主意识丧失的结果必然是人的分裂:"(他感觉到,)生命正离他而去,他的四肢已完全僵硬。"(DKV Ⅰ,229)在此,毕希纳链接着一种神经心理学的症状——蜡屈症(Catalepsie)。

德国19世纪精神病医学家赖尔(Johann Christian Reil,1759—1813)认为:蜡屈症发生于"身心交互通感的堵塞",受难者"失去了主体性和客体性的意识",呈现完全"无敏感性"(Unempfindlichkeit)[①]。在棱茨身上可以看出,黑暗中,疯癫所催生出的感知混乱和幻觉,已经导致了他的内外世界的不和谐。感官功能越糟糕,人就越无法同外部世界相通、相融,现实就丧失得越厉害;内心想象世界的统治性越强,那么人的感觉能力就越弱,直至无感。因此,当陷入蜡屈症状态的棱茨看到"几处穿过黑夜散射的灯光"时,视觉感知的恢复"使他重新感到舒适"(DKV Ⅰ,229)。

可见,光对于棱茨对抗疯癫具有积极的意义,它驱散了视觉幻视,将棱茨从幻想和分裂的疯癫状态重新唤回至清醒的现实世界,确立真实的联系,回归常态。这种因对幻觉、对疯癫的恐惧而产生的对光、对视觉真实感知的渴望,在棱茨前往欧柏林家途中和抵达欧柏林家第一晚的病发景象中也都得到了确认:

> 当夜幕降临,天地融为一体。这使他感觉到,好似有东西在身后跟着他,好似有可怕的东西一定要追赶上他,好似疯癫驾马追赶在后,让人无法忍受。(DKV Ⅰ,226)

> 火光消灭,黑暗吞噬了一切;一种无法言状的恐惧攫住了他,他跳起来,跑着穿过房间,沿着楼梯跑下去,来到房前;但也是白费气力,到处漆黑一片,什么都看不见,这使他感觉自己是一个梦,一些念头在心头掠过,他想要紧握住它们……但却无法分辨清楚。(DKV Ⅰ,227-228)

可见,从一开始,棱茨就忍受着疯癫的折磨,在白昼与黑夜、光亮与昏暗的

---

① Roland Borgards：*Poetik des Schmerzes*，a.a.O.，S. 428-429.

交替中呈现出不同的状态,震荡于安恙的两极。视觉感知的失效与错觉成了疯癫的指示器。其中,黑夜扮演着诱发和恶化棱茨病况的催化剂。借此,毕希纳在考察棱茨的疾病时,纳入了历史的欧柏林所未考虑过的环境因素,并借助视觉感官的身体语言,全面解剖式地呈现了棱茨病发时异常的内外身心状态。同时,"疯癫"一词的使用表明,作者不仅基于欧柏林对棱茨"忧郁发作"(MBAV Ⅴ,239)的描述理解,还结合自己的病理学知识对棱茨进行诊断。

而相较于棱茨的视觉幻视有昼夜之分,沃伊采克的情况则显得毫无规律可循。就算是在光线充足的白日里,他也总看到一些奇怪的现象,例如"远处升起一股烟,好像是从炉子里飘出来似的"(DKV Ⅰ,149),"总有什么东西跟在身后"(DKV Ⅰ,149)或"世界在火中上升"(DKV Ⅰ,158)。然而,这些现象要么是"书上没有写的事情"(DKV Ⅰ,149),要么是身旁的人没有看到的方面。这不免令人心生疑虑与恐惧,不知他是否是真的看见,还是臆想出的幻觉在作祟。

对此,在第二场中,玛丽就对沃伊采克的状态表示出了担心:"这个人!总是这么神经质(Vergeistert)!他都不看一眼自己的孩子。胡思乱想,神志不清了。"(DKV Ⅰ,149)玛丽带有些许不满的担忧表明,沃伊采克已经完全沉浸在自我的思想世界里,分不清现实与幻觉,无法进行正常的沟通交流,这就是他相较于大众的"不正常"之所在。而伴随着状态的恶化,这种视觉的幻象已经在沃伊采克心中形成了一种强迫症似的执念:"我什么都没看见,我什么都没看见。啊,我必须看见,一定能亲手抓住他们。"[①]这不禁引起身边人玛丽的恐惧:"你怎么了,弗兰茨?你脑子不清楚了吧……你是发烧说胡话吗?"(DKV Ⅰ,161)与传统道德话语对疾病或疯癫的阐释不同,玛丽的话表明,她对沃伊采克异常病症的理解是首先从身体出发的。借玛丽之口,毕希纳补充了亲友对沃伊采克病情的评论,瓦解了医者独断的权威,表现出反对历史医学诊断的姿态。而病者所谓的疯言疯语实际上是他病痛感受的切身表达,隐含着得到身边人的同情和关爱的期待。

---

① 格奥尔格·毕希纳.毕希纳全集[M].李士勋,傅惟慈,译.北京:人民出版社,2008:219.此处根据中译本译文略作改动。

5.2.2 幻听

由于"只有不同感官的交互活动才使得感知世界的建立变得可能"[①]，因此，棱茨和沃伊采克因疯癫所引发的通感混乱除了产生幻视，必然还体现在其他感官感觉的失常上，例如，幻听。因为幻听，他们都忍受着失眠的痛苦。这几方面的困扰相互影响促使其身心状态持续恶化。

> "您瞧，牧师先生，对于我而言，只要不必再听到这个声音，就会有所助益。"——"您指的是什么呢，亲爱的朋友?"——"您竟然什么都听不到，您竟然听不到这个可怕的声音! 它一直围绕着整个地平线在叫喊，人们通常称这个声音为宁静。自从我来到这个宁静的山谷，就一直听见这个声音，它使我无法入睡。是啊，牧师先生，假如我能再睡着一次那该有多好啊。"(DKV Ⅰ，249-250)

这一段对于幻听体验的描述凸显了"静"与"动"在棱茨身上的悖论式关系以及感知的分裂：他一方面控诉不断受到"声响"的折磨，表达对"静"(die Stille)的渴望，即疯癫的消失；另一方面，他认为之所以会听到这个声音，是因为山谷是"宁静的"(still)，在此"宁静对于他而言又成了一种无法忍受的噪声"[②]。可见，与幻视一样，幻听作为棱茨内在与外在感知冲突的标志，主要以对山谷这个自然风景的感知为参照。

"多么棒的自然描写，多么棒的心灵画卷(Seelenmalerei)!"这是古茨科为1839 年《德国电报》(*Telegraph für Deutschland*)刊登的小说《棱茨》题写的句子。自文艺复兴起，自然风景成了人自主感知世界，同时也是认识自身的重要媒介，人的心灵以风景图像的形式得以具象化。行至理想主义时期，根据主体自治原则，风景作为"客观存在对象"被视为同"主观性的感受"相统一，而"歌德的《少年维特之烦恼》(*Die Leiden des jungen Werthers*，1774)则被视

[①] Peter Utz：*Das Auge und das Ohr im Text. Literarische Sinneswahrnehmung in der Goethezeit*. München：Wilhelm Fink Verlag，1990，S. 22.

[②] Hoffmann Michael/Julian Kanning：*Georg Büchner. Epoche-Werk-Wirkung*，a.a.O.，S.118.

为这一模式的典型呈现"①。然而,在毕希纳笔下的棱茨身上,这种基于风景感知的内外在统一性却消失了,反之呈现的是与其病痛相关的不一致与分裂,且从一开始于前往欧柏林家途中上显现出来,并在"声响"的问题上得以进一步升级、加剧,体现了他受病情影响而"具有的极端敏感性和运动性"②。

> 只是有时候,当风暴把云团抛入山谷,云团又把森林蒸腾上来,而岩石上的声音苏醒过来,很快就如逐渐消失于远处的雷声又再次以巨大的声响呼啸而来,这声音好似要在狂野的欢呼声中歌颂大地,云朵则像嘶叫的野马一样狂奔而来,而阳光在此时穿过云层,它像闪电般发光的宝剑在雪地上划动……(DKV Ⅰ,225)

在棱茨的感官感觉所构建的世界里,大量的动词与象声词使原本属于无声的"静"被动态化和声响化,表明其内在心理的不平静。而这个不平静源自他突然因"不能头朝下走路而产生的不适感"(DKV Ⅰ,245)。德国作家阿诺尔德·茨威格(Arnold Zweig,1887—1968)称:"这句话开启了欧洲现代散文,没有法国或俄国作家能以更现代的方式展现出这样一个内心世界。"③依然是运用非人格化主体的心理分析句式,作者毕希纳通过"倒立行走"(Kopfgang)的愿望揭示了棱茨平静表面下所隐藏的异常身心状态,在他的认知世界里,外部的现实世界已经变形走了样,成了一个倒置的状态。感知的错位使潜意识里的他认为自己与所处的这个外部世界之间是格格不入的,而"不能"一词则同时强调了棱茨主体性的丧失。

这样的认知立即引起他的心理发生了变化,并通过生理反应发出信号:"起初,他感到胸口有东西压着很紧。"(DKV Ⅰ,225)在这样的压迫感驱使

---

① Gerd Michels:„Landschaft in Georg Büchners Lenz". In:Barbara Neymeyr(Hg.):*Georg Büchner. Neue Wege der Forschung*. Darmstadt:WBG,2013,S. 196-209,hier:197.

② Carolin Seling-Dietz:„Büchners Lenz als Rekonstruktion eines Falls religöser Melancholie",a.a. O.,S. 209.

③ Dieter Arendt:„Georg Büchner über JMR Lenz oder die idealistische Periode fing damals an". In:Burghard Dedner/Günter Oesterle(Hg.):*Zweites Internationales Georg Büchner Symposium 1987*. Frankfurt a. Main:Hain,1990,S. 309-332,hier:321.

下，棱茨身心感知同一性的分裂结合着时间与空间的维度进一步凸显："一切对于他而言都那么小、那么近、那么潮湿，以至于他想要把大地放到炉子之后烤烤，但他不明白，为何爬下一座山抵达远处需要那么多的时间；他原本认为只需几步就必定能够测量出一切。"（DKV Ⅰ，225）可见，棱茨的病因和病痛在于他不切实际的想象，因为现实的空间并没有他所感受到的"那么小"。而从另一个视角看，棱茨对"狭小空间"的敏感投射的是一种近似于幽闭恐惧症的心理痛苦，害怕被隔离、被孤立。而这种孤独的异化恐惧，在山谷的宁静中被进一步放大：

> 他在山顶上坐了下来。临近傍晚的时候，周围的一切变得更加宁静；天上的云飘在天上一动不动。目光所及之处除了山还是山，彼此延伸至远方，一切是如此宁静、如此灰暗、如此朦胧；这使他突然感到可怕的孤寂，他是孤独的，十分孤单的，他想同自己说话，却无法说出来，他几乎不敢呼吸；他的脚背下发出雷鸣般的巨响，以至于他不得不再次坐下来；虚无之中，一种无名的恐惧侵袭着他，他陷入虚空之中，猛地起身，沿着山坡向下飞奔而去。（DKV Ⅰ，226）

刚从如"皮影戏一样"（DKV Ⅰ，226）转瞬即逝的幻视中清醒过来的棱茨，坐下来、不制造任何声响的动机是为了享受片刻的宁静，借以使内心与外部世界处于一种平静的和谐之中。类似的心境也出现在丹东身上："我不愿再向前走了。我不愿在这一片宁静中让我窸窣的脚步声和我呼哧呼哧的喘气声制造出噪声。（坐下来，停顿片刻）。"（DKV Ⅰ，47）然而，身处寂静之中的棱茨，尽管身体是不动的，但是主观思想还在运转，所谓的平静只是一种自欺欺人的假象。

对于棱茨而言，山谷的寂静确定了一个事实，此时除了他一人，并没有其他人类的踪迹，这种感觉使他产生了"可怕的孤寂"（DKV Ⅰ，226）。恐惧源自内心，但能通过肢体行为乃至生理反应发出信号。因此，由脚步所制造出的声音，原本是如此细微、几乎没有意义，却在此时显得如此的巨大。然而，保持不动不发声，并不能填补棱茨灵魂的空虚感，所谓"我思故我在"的原则在此彻底失效，反而导向了他对现实世界的疏离感，产生了脚下无根的失重感——"他陷于虚空之中"（DKV Ⅰ，226）。为了逃离这个"不真实"的世界，摆脱宁静中的孤单恐惧，他迫使自己重新运动起来。可见，棱茨对"静"与"动"的矛盾态度实际上是病理层面上的幻觉与心理层面上的孤独、空虚感相互作用下的结果,体现了他对于孤独的敏感有加,也体现了他对有人爱和交往的渴望。而"渴望"(Sehnsucht)往往也是忧郁的诱因[1],故而棱茨的言行总是流露出消极的忧伤。

于是,孤单一人时,他不得不反复通过"大声说话""唱歌""背诗"(DKV Ⅰ,229,247,248)等方式来消解"无名的恐惧"(DKV Ⅰ,227)与"可怕的寂寞"(DKV Ⅰ,247),压制疾病的发作。18 世纪,启蒙的扫盲运动所带来的文字化催生出了一种"以文字为主导的交往模式"[2]。书本文化尽管克服了作者与读者之间的空间限制,但无法掩盖其中的问题——身体的缺场,其所构建的沟通世界仅存在于虚构里,个体的孤独化成了无法逃避的结果。在此意义上,棱茨通过与自己大声说话、背诗或阅读所构建的是自我虚构的沟通世界,表达的是其对倾听、对沟通交往的强烈渴望,并在他的内心形成一种近似"固定观念"的执念:"当他孤单一人,或阅读时,情况更加糟糕,他所有的精神活动有时就系在了一个念头上。"(DKV Ⅰ,247)

"固定观念"(fixe idee)的概念是由精神病学家赖尔引入的,用于描述间歇性疯癫或忧郁的现象——"固定观念(fixe idee)或固定妄想(fixer wahn)存在于想象力的部分失常"[3],属于疯癫的一种形式。在棱茨身上表现为由于缺乏面对面身体的在场,通过阅读形成的单向沟通促使棱茨进一步陷入自我内心生成的世界。在疾病的影响下,感官感知的错位导致他分不清现实与虚构的声音,呈现为自我的陌生化和分裂,身体不仅游离于世界之外,更游离于自我之外:"当他一个人时,这对于他而言是一种可怕的孤独,以至于他不断大声地同自己说话、叫喊,而后他却又感到惊恐,觉得刚刚好似一个陌生的声音在跟他说话。"(DKV Ⅰ,247)可见,听觉的敏感性在安恙的边界上具有双重的含义,既是棱茨疯癫的信号,也是他压抑病痛、回归常态的渠道。孤独感既成了棱茨产生幻听的根本诱因,也是他对抗病痛的动力,从而构成了他对"宁静"的矛盾态度,导致自身不停地在"常者"与"病者"两种状态之间来回转换。

---

[1]　Friedrich Voßkühler：*Subjekt und Selbstbewusstsein. Ein nicht mehr unzeitgemäßiges philosophisches Plädoyer für Vernunft und soziale Emanzipation*. Würzburg：Königshausen & Neumann，2010，S. 142.

[2]　Albrecht Koschorke：*Körperströme und Schriftverkehr：Mediologie des 18. Jahrhunderts*. München：Wilhelm Fink Verlag，1999，S. 169.

[3]　Marion Schmaus：*Psychosomatik*，a.a.O.，S. 273.

　　而不同于棱茨的听觉敏感性在体现病者消极的存在体验的同时,仍含有些许带着希望的积极成分,沃伊采克的幻听是全然消极的,直指死亡的意识,这从开幕第一场"旷野,远处的城市"中就表现出来了。在宁静的旷野上工作的沃伊采克和安德烈斯呈现了两种完全对立的状态。与安德烈斯不同,沃伊采克在谈及共济会成员被砍头时,其所思所想经通感感觉到了"断头的声响",并试图通过对安德烈斯表达"安静下来"(DKV Ⅰ,147)的愿望来确认。然而,安德烈斯却以歌唱的方式拒绝沃伊采克将这种不存在的听觉敏感转嫁到自己身上。

　　对此,沃伊采克展现了如偏执狂似的坚持:"安静! 是什么东西发出咚咚(敲响)的声音?"(DKV Ⅰ,147)"咚咚响"(pochen)作为"敲打"的拟声词再现的是断头的场景,与《黑森快报》中"用枪砸碎脑袋"(DKV Ⅰ,57)、《丹东之死》中"什么东西都要敲碎东西"(DKV Ⅰ,19)的暴力情境相呼应。尤其是沃伊采克所说的:"听见了吗,在我脚下是空的? 共济会成员。"(DKV Ⅰ,147),这又与《丹东之死》第二幕第二场第三个路人的话形成互文。[①] 在他们共有的感知中,地球已成了坟墓。

　　可见,沃伊采克异常的听觉感官反应都集中于"死亡",并在紧接而来的末日幻觉中走向了极端:"一团火在天空盘绕飞动,一种如长号似的咆哮从天上传来……静下来了,一切都静下来了,好像这个世界死了似的。"(DKV Ⅰ,147)同棱茨一样,沃伊采克敏感夸张的听觉导致了自身对"静"与"动"的复杂矛盾态度。在整个产生幻听的过程中,声响代表着死亡的过程,宁静则意味着死亡的结果,一切都围绕着"死亡"。无论是声响还是宁静都令他难以忍受,产生死亡的恐惧与存在的伤感:"真是静得出奇,让人不敢呼吸。"(DKV Ⅰ,147)

　　然而,与沃伊采克的害怕不同,安德烈斯的"害怕"(DKV Ⅰ,147)则是因为他并未听到任何的声音,是正常人对自我的异他性事物的排斥。这意味着一切都是沃伊采克所臆想出来的幻象,只不过他自己已丧失区分虚幻与现实的能力,被动地接受着幻觉的侵袭。由此可以看出,毕希纳笔下的沃伊采克所遭遇的身心危机早已存在,"他疯癫的幻觉和死亡的欲望并非因嫉妒玛丽与鼓手长之间非正常关系所产生的"[②]。而他反复同身边人分享自己的异常感知,一方面是希望得到确认,表明他对自身的状态也处于不确定的无助中;另一方

---

① 详见本书 4.2 节里的分析。

② Georg Reuchlein: *Das Problem der Zurechnungsfähigkeit bei E.T.A. Hoffmann und Georg Büchner*. Frankfurt a. Main/Berlin/New York: Peter Lang, 1985, S. 61.

面也是他表达病痛，渴望得到帮助、关爱和同情的信号。

> 沃伊采克：（晃动着安德烈斯）安德烈斯！安德烈斯！我没法睡觉！一旦我闭上眼睛，就觉得天昏地转，就听见拉小提琴的声音，一直有，一直有！这之后从墙里传出来的，你难道没听见？（DKV Ⅰ，164）

从沃伊采克的表述中已可发现，他早已不断地遭受着幻听的困扰，这不仅对他身体造成了损害，令他产生了眩晕，而且使他无法入睡，精神受到折磨，甚至还引发了其他的幻觉："我感觉好像有一把刀子在两眼之间划来划去。"（DKV Ⅰ，165）可见，失眠的痛苦实质上是一种身心双重叠加的折磨，加剧了沃伊采克病情的恶化。19 世纪初，"心—身"（psychisch-somatisch）一词第一次出现在精神病学中时，正是以失眠为例："通常，失眠的根源不仅是心理的，也是躯体的。"[1]不久后，"失眠也被同时代的医学纳入疯癫的系列症状"[2]。然而，沃伊采克近似求助式的沟通尝试，却未得到安德烈斯的重视："你必须得喝点烧酒，里面加点药粉，这能退烧。"（DKV Ⅰ，165）与玛丽一样，他只是单纯地认为他"发烧了"，尚属于正常的身体疾病范围，是可控、可治愈的。

可见，无论是棱茨，还是沃伊采克都忍受着不同形式的疯癫的折磨，但是要么由于病者自身的努力抗争压抑，要么由于病症的无规律性，在人们眼中他们并非一直是不正常的。那么是什么促使棱茨和沃伊采克的病情朝着无法挽回，甚至死亡的结局发展的？而他们对孤独、对死亡的敏感又意味着什么呢？要回答这个问题，就必须探究棱茨、沃伊采克与身边人之间的关系发展。

5.3　病痛的不同意义

5.3.1 孤独的无家可归者

在传统的研究中，"考夫曼与棱茨的对话成为棱茨病情从趋于稳定至突然

---

① Marion Schmaus：*Psychosomatik*，a.a.O.，S. 169.

② Burghard Dedner （Hg.）：*Erläuterungen und Dokumente. Georg Büchner, Woyzeck*. Reclam，2000，S. 56.

急转而下的转折点"①。此处，除了著名的艺术对话，考夫曼与棱茨的对话还涉及父亲的问题，这为解锁棱茨的病痛原因提供了关键线索——"离开"：

> 离开这里，离开！回家吗？然后在那发疯？你知道吗，我哪都待不下去，除了这里，如果我不能常来到山顶看看这片地方，然后下山回房间，穿过花园，向窗户望去——我就会疯！发疯！还是请让我安静一下吧！只需那么一点点安静！如今，这里刚让我感到些许舒适，就要我离开吗？我不明白，世界就是被这两个字所搞坏的。（DKV Ⅰ，236）

面对考夫曼转达父亲让他离开石谷回家的要求，棱茨的话吐露三层信息：首先，留在石谷是他对父权文明社会的主动逃离，暗指父子冲突是使其致病的诱因；其次，他认为，自己已经融入了石谷的生活，这有助于他病情的疗愈，给予他获得身心平静的希望；最后，对于他而言，除了石谷，他已经无处可归了。借助这些关联性的信息，棱茨层层解剖了自己所面临的社会关系、个体感受和个体存在的问题，表达了对爱、对理解认同、对归属、对安定的渴望。

基于此考察文本的开句，"二十日那日，棱茨穿山越岭"（DKV Ⅰ，225），有别于欧柏林的历史病例，具有纪实性的开头不是以"到达"而是以"离开"为背景的设置是暗含深意的。"我是谁？从何而来，到何而去"一直是"身份认同"一词所爱追问的，与归属感紧密相连。② 而"离乡途中"本身就是一个架空起点和终点的中间空间，充满了变化性和不确定性，也符合棱茨作为一个"孤独的异乡者"来到石谷的心境，奠定了其悲伤忧郁的基调。由此，身份归属的问题成了隐匿于其中的主题，也成了他悲剧命运之所在。

> "欢迎您的到来，虽然我不认识您。"——"我是……（考夫曼）的朋友，我代他向您表示问候。"——"请问，您贵姓？"——"……棱茨"——"啊，呵呵，您是不是出过书？我不是读过一位同名先生所写的好几个剧本嘛？"——"是的，不过您最好不要据此来判断我。"（DKV Ⅰ，247）

---

① Sebastian Kaufmann：„Ästhetik des Leidens? Zur antiidealistischen Kunstkonzeption in Georg Büchners Lenz ". In：Burghard Dedner/Matthias Gröbel/Eva-Maria Vering (Hg.)：*Georg Büchner Jahrbuch 13 (2013-2015)*. Berlin/ Boston：De Gruyter，2016，S. 177-206, hier：177.

② 陶家俊. 身份认同[J]. 外国文学，2004(2)：37.

　　这是棱茨抵达时与欧柏林的第一次对话。回答中多次出现的省略号,一方面表现了棱茨因疯癫,思维和语言组织受损,影响了沟通,但他又努力地通过压制不使其显现出来;另一方面也凸显了棱茨对自我身份认同问题的敏感。身份认同涉及的是个体心理对自我身份的确认以及社会群体的认知之间所进行的复杂的博弈过程,在此过程中,身份经历不断的建构、摧毁与再建构。当个体认同与社会认同之间不一致,便产生身份认同的危机,导致个体自我主体同一性的分裂。

　　因此,对于棱茨而言,石谷是一个重建身份、实现融入的契机,因为这里没有人知道,也没有人追问他的过去,人们所看到的只有当下的样子,即不发病时的常者状态。而棱茨隐藏病者身份的行为,表达的是作为边缘人害怕被排斥、被隔离,渴望接受、渴望融入、渴望爱的诉求,这也就解释了为何他对孤独敏感有加,且敏感常常诱发其疯癫的发作。而"忧郁本身就关联着一种因分离而产生的渴望"①。

　　　　他逐渐平静下来,神秘的房间和几张平静的面孔从阴影里凸显出来,孩子明亮的脸庞充满好奇而又亲密地仰望着,仿佛所有的光都落在那儿,小孩的母亲坐在后面的阴影里,像天使一样。棱茨开始向他们讲述他的家乡;他描绘着那里的人所穿的各式各样的服饰,大家都挤在他周围,参与进来,很快他便感觉到就像在家里一样,他那苍白的孩子般的脸庞也开始展露笑容。(DKV Ⅰ,227)

　　与村民们的交往凸显了棱茨内心对温暖家庭所带来的幸福感的期盼。这显然是与父子冲突在他内心所留下的创伤记忆相关联。尤其值得注意的是,他的关注点总是落于孩子与母亲形象之上,亦如他在进村经过窗户时,向房间内张望的目视焦点也是"孩子、老婆婆和小姑娘"(DKV Ⅰ,226)。在棱茨看来,让他从山上疯癫状态平静下来的"那光,好像就是从他们的面容上散发出来似的"(DKV Ⅰ,226)。可见,"光"对于棱茨而言,除起到保障生理感官目视的确定性功能之外,还主要代表着人性的温暖,尤指母爱。

　　故而,时常在梦中想象母亲形象,无疑成了他面对疯癫时寻求庇护的欲望投射和自我疗愈方式,因为他觉得自己"像在黑暗中睡觉的孩子一样受到恐惧

---

① 　Friedrich Voßkühler：*Subjekt und Selbstbewusstsein*，a.a.O.，S. 142.

的侵袭"(DKVⅠ，229)，并在现实之中将这份情感和期待转嫁到了欧柏林一家身上。因此，不仅于第一次见面，在众人和欧柏林身边，棱茨总是呈现出"孩子般的面容"(DKVⅠ，227，229)，甚至在欧柏林短暂离开时，他也"像对待生病的孩子一样对待自己"(DKVⅠ，237)。可见，"'孩子'的角色是棱茨对自己在石谷的定位"①。在此意义上，棱茨与欧柏林之间的医患关系自然地转变成了一种"父子关系"。重获家庭幸福，弥补失去的亲情缺失，修复心理的创伤，重建自我身份的认同，棱茨将这一系列希望系于石谷，系于欧柏林，这成了他对抗疾病的最重要内核。

这也是为何到达欧柏林家第一晚，棱茨就因被带离欧柏林家，在别处安置而引发了疯症。病痛是有记忆的，对于他而言，离开欧柏林家无疑唤起了"离家"的痛苦记忆。尽管他的房间相较于"欧柏林家的狭小"来得宽敞，却因为没有人而显得"冷"，并使他产生了"在山上一样的空虚感"(DKVⅠ，227)。亦如前往欧柏林家途中产生的错位感知，棱茨对空间、对冷的敏感性投射的是一种近似幽闭恐惧症状的焦虑症，源自内心始终无法摆脱与社会格格不入之感，甚至因为疯病而被孤立、被隔离的恐惧。这种创伤意识导致他总是先从消极方面来看待一切，产生不切实际的想象，引发"疑病"(Hypochondrie)②反应。

"棱茨冷漠且断念地坐在车里，任由车子驶出山谷向西而去。"(DKVⅠ，250)文本是以棱茨的离开为结尾，但与开头的"主动离开"不同，此次的离开是因为"病况好转无望"(DKVⅠ，246)而被动地被送走的。可见，棱茨在考夫曼对话中所表达的各种希望都落空了，"离开"构成了贯彻《棱茨》小说故事前因、发展和结果的一条重要红线。因为，每一次"离开"问题的出现都会促发棱茨的疯症发作，导致病情恶化，最终使他的疯症成了一个无法治愈的疾病。对此，作品《沃伊采克》中老奶奶的童话正是最好的呼应与揭示：

> 曾经，有一个无父无母的可怜孩子，一切都死绝，无一人在这世上。所有一切都死了。于是，他走着走着，白天黑夜地哭啊哭。因为世界上空

① Sylvain Guarda：„Büchners Lenz：Eine kindliche Pastorale im Muttergeiste Rousseaus". In：*Monatshefte*，2009，Vol. 101(No.3)，S. 347-360，hier：348.
② 在棱茨朋友们的评估中，"疑病"是最常被提及的一个诊断。欧柏林也曾于1778年3月2日给好友的信中提及了棱茨的"疑病"症状。参见 Harald Schmidt：„Schizophrenie oder Melancholie? Zur problematischen Differentialdiagnostik in Georg Büchners Lenz"，a.a.O.，S. 522-523.

无一人,他就想要去天上,月亮那样友好地看着他,可当他最终来到月亮上时,才发现月亮就是块腐烂的木头;随后他又朝着太阳走去,来到太阳后,(发现)太阳却也只是一朵凋零的向日葵花;而后他又到星星上,(发现)这实质上是一群被红背伯劳鸟藏在李子树上的金蚊子。因此,这个孩子想要再回到地球,但回到地球之后,(才发现)地球已是个摔翻了的罐子。就这样,孩子在感到孤独的同时坐到了那只罐子上,开始哭泣,直到现在他还坐在那里哭,十分的孤独。(DKV Ⅰ,168-169)

与《棱茨》一样,这个具有反童话特色的故事也是由一次次离开的经历所构成的,以悲剧开始,以悲剧结尾,紧扣着"孤独的无家可归者"的主题。在故事中,表象与现实充满了矛盾,万物的实质都是一个败坏的结果。而"败坏"犹如地球最终如罐子一样"摔翻"(Stützen)的动作,都涉及一个坠落(fallen)的过程,在此孩子彻底地沦为了孤独者。而德语里,"坠落"一词的另一个含义就是"病例"(Fall),预示着一种命运的走向与转变。由此暗示了,孤独者的宿命是病者的生存体验,带有绝望忧郁的色彩,涉及克尔凯郭尔(Søren Kierkegaard,1813—1855)意义上的"致死的疾病"①。

而在《沃伊采克》文本中,老奶奶的童话故事所描述的孤独者正隐喻着病者沃伊采克:"沃伊采克:(抽出一张纸)弗里德里希·约翰·弗兰茨·沃伊采克,二团营四连宣誓过的轻步兵,生于……圣母领报节 7 月 20 日年龄三十岁七个月零十二天。"②在天主教教义中,圣母领报节的设置本意是保护孤儿圣人的纪念日。根据波施曼的观点,作者毕希纳不仅通过全名的变动同真实的沃伊采克拉开距离,体现了虚构性,而且刻意地将圣母领报节(Mariae Verkündigung)的日期从 3 月 25 日改为文本主人公沃伊采克的出生日,暗指沃伊采克孤儿的命运,连接着老奶奶的童话(DKV Ⅰ,775)。

而以此观照文本中的沃伊采克,他和棱茨一样,确实没有拥有真正意义上的"家"和"家人"的感觉。因为身兼多份工作,他总是不停地辗转于不同的地

---

① 克尔凯郭尔在书中写道:"绝望是一种'精神'中,自我的疾病,以这样一种方式,可以使一种三重性绝望地不自觉到具有一个自我(不真正的绝望);绝望地不想要'是自己';绝望地想要'是自己'。"参见索伦·奥碧·克尔凯郭尔.克尔凯郭尔文集:6[M].京不特,译.北京:中国社会科学出版社,2013:419.
② 格奥尔格·毕希纳.毕希纳全集[M].李士勋,傅惟慈,译.北京:人民出版社,2008:229.此处译文引自中译本.

点空间之间，导致停留在与情人玛丽组建的"家"的时间十分短暂，每一次沃伊采克"回家"的场景都是以他离开为结束——"我得走了"（DKV Ⅰ，149，154）。他几乎都睡在军营里，但军营不是他的家。正是在这样不稳定的关系中，情人玛丽受到了鼓手长的勾引，在情感上疏离了沃伊采克。被从同玛丽的关系中剥离出来的沃伊采克感觉到："尽管世界如地狱般炎热，但我感到冰冷，冰冷的。"（DKV Ⅰ，160）因为对于他而言，玛丽是他"唯一的姑娘"（DKV Ⅰ，165）。与棱茨一样，在沃伊采克身上，这一冷热感觉的差异代表着人际关系的丧失和个体的孤独存在，流露出了克尔凯郭尔意义上的一种忧郁情绪——"存在性的绝望"①。这也就解释了为何玛丽与鼓手长跳舞调情的场景会给沃伊采克造成强刺激，使之彻底地陷入癫狂：

> 玛丽：（在跳舞经过窗户时）继续，跳，继续跳——
> 沃伊采克：（感到窒息）继续跳——继续跳！（猛地站起来又坐到长凳上）继续跳、继续跳！（绞着双手）你们跳吧，你们翻滚吧！……继续跳吧，继续跳吧！②

不难看出，玛丽出轨的场景已经给沃伊采克的内心造成了无法修复的创伤，他后期幻听的内容"继续跳、继续跳"属于创伤后应激障碍患者反复重现创伤性体验的临床表现。③ 可以说，与棱茨一样，导致沃伊采克彻底疯癫的诱因是孤独者的绝望。由此产生了问题：是什么导致棱茨无法融入石谷直至最终的断念？而沃伊采克的身心状态又何以早就出现危机，以至于在玛丽出轨事件的刺激下失控呢？

5.3.2 宗教的烦恼

"他扑进欧柏林的怀中，紧紧地夹住他，仿佛要挤到欧柏林的身体里去似

---

① Friedrich Voßkühler：*Subjekt und Selbstbewusstsein*，a.a.O.，S. 143.
② 格奥尔格·毕希纳. 毕希纳全集[M].李士勋，傅惟慈，译. 北京：人民出版社，2008：222. 此处译文引自中译本.
③ Christian Neuhuber：„Woyzecks Weg zur Weltliteratur ". In：Burghard Dedner, Matthias Gröbel und Eva-Maria Vering（Hg.）：*Georg Büchner Jahrbuch* 13（2013-2015），a.a.O.，S. 301-326，hier：309.

的,好像欧柏林是唯一一个为他而生的人,对于他而言,只有通过欧柏林,他的生命意义才能被再次揭示出来。"(DKV Ⅰ,248)棱茨发病时的身体语言表明,他将自我生命存在的意义全部系于欧柏林身上,并以具身化的感性感知关系为前提。正如在第一晚抵达石谷发病后,棱茨力图"一直陪着欧柏林工作",因为这样一来,他就能常常"凝视欧柏林的眼睛"(DKV Ⅰ,229)。社会哲学家齐美尔(Georg Simmel,1858—1918)说:"当他人不看着自己时,那么这个人对于他人而言就是不存在的;只有当他们互相观看时,这个人才是存在的。"①这样面对面交往的亲密感、真实感和和谐感使棱茨"感到舒适和平静"。(DKV Ⅰ,229)

　　而对于欧柏林而言,他感受到棱茨的"不幸",但并未追问,只是把"接受和照顾棱茨这件事视为上帝的安排,是上帝将这个不幸之人送到他这来,他就会衷心地爱他"(DKV Ⅰ,233)。学者库比克将欧柏林施加于棱茨的这种疗法称为具有启蒙虔敬主义特色的"道德管理"(moral management)②。这是由法国临床精神病学家皮内尔(Philippe Pinel,1745—1826)率先提出的。他认为,疯癫因缺乏理性,而被等同于如孩子般的"幼稚状态",需要医者给予博爱和关怀,对其实施教育,树立正确的道德引导,实现"再造病者秩序"③的目标。在此意义上,不仅棱茨因心理缺失的需求扮演着"孩子"的角色,欧柏林也从道德管理的视角将他视为"孩子":"他那优雅的如孩子般的脸庞使欧柏林感到非常愉快。"(DKV Ⅰ,299)但不同的是,棱茨是立足于自然人性之爱的视角,而欧柏林则是从教育规训的视角来看待的。

　　虔敬主义是在与启蒙运动相互抗衡、相互渗透的张力之中发展起来的,一方面,它在强调非理性情感的同时,重视民众教育和道德培养,认为道德是完善的前提,强调个体的良心、自省自律,强调锻炼意志力,具有对社会负责的集体观,而这些也都属于市民文化的核心,因此可以说虔敬运动是一次宗教意义上的市民启蒙运动,其中不乏启蒙理性教育的内涵;④另一方面,它又具有神

①　Georg Simmel：*Soziologische Ästhetik*. Wiesbaden：Verlag für Sozialwissenschaften,2009,S. 118.

②　Sabine Kubik：*Krankheit und Medizin im literarischen Werk Georg Büchners*,a.a.O.,S. 119.

③　Sabine Kubik：*Krankheit und Medizin im literarischen Werk Georg Büchners*,a.a.O.,S. 115-116;Michel Foucault：*Wahnsinn und Gesellschaft*,a.a.O.,S. 503.

④　Ulrike Gleixner：*Pietismus und Bürgertum：eine historische Anthropologie der Frömmigkeit*. Göttingen：Vandenhoeck & Ruprecht,2005,S. 404.

秘主义的倾向，重视以沉思默想的方式进行内心的虔敬实践，认为这是通达上帝的唯一方法，以期受到神的启示（Offenbarung），达到与神的"神秘合一"（Vereinigung mit Gott），并将神学理论融入日常的宗教实践中。[①] 而牧师自然而然地成了上帝的世俗化代表。由此，欧柏林与棱茨之间的关系除了"医患""父子"，还多了一层"圣父与信徒"的关系。

这也就解释了为何"静默"（ruhig schweigend）在石谷成了一种文化，一种交往的方式：在山谷中，人们习惯"以静默、严肃的方式相互问候，好似他们不敢打扰这山谷的宁静似的"（DKV Ⅰ，228）。根据基督教的神秘主义观，"上帝的启示常常隐藏于自然之中，有待人们切身地去感悟，体现的是人、自然和上帝的和谐共处，这一观点也深深影响着欧柏林"[②]。因此，沉浸于自然风景、静默沉思、祈祷与默读《圣经》都是欧柏林向村民们所倡导的聆听上帝启示的方法，并同样用于对棱茨的治疗上。"他感觉到自己越融入这里的生活，他就越平静；他协助欧柏林工作，画画，阅读《圣经》；旧有的逝去的希望又重新在他心中生起。"（DKV Ⅰ，229）由此，"宁静"除了具有生理和心理平静的意义之外，还具有了宗教的意义。

追溯文本主人公的原型，狂飙突进诗人棱茨在斯特拉斯堡生活期间所写的关于道德哲学的作品也呈现出极强的虔敬主义色彩[③]，这同他的家庭成长经历不无关系。棱茨的父亲克里斯蒂安·大卫·棱茨（Christian David Lenz，1720—1798）是当时一位知名的激进虔诚主义者，"他的思维和行为方式充满了那个时代强硬、冷漠的教条主义色彩，强调阶级差异和父权的统治性地位"[④]，并体现在了对棱茨的教育上。由于忍受不了父亲的严苛专制，棱茨于1771年中断了在柯尼茨堡（Königberg）的神学学习，后来到斯特拉斯堡。尽管如此，父子冲突并未影响棱茨对虔敬主义道德伦理的思考。

[①] Johannes Wallmann：*Pietismus-Studien. Gesammelte Aufsätze II*. Tübingen：Mohr Siebeck，2008，S. 133.

[②] Harald Schmidt：*Melancholie und Landschaft. Die psychotische und ästhetische Struktur der Naturschilderungen in Georg Büchners Lenz*. Olpaden：Springer Fachmedien Wiesbaden，1994，S. 321.

[③] 棱茨曾于1771年春至1776年3月在斯特拉斯堡生活，并在那里结识了包括歌德在内的许多德国文人墨客。参见 Julia Freytag/Inge Stephan/Hans-Gerd Winter（Hg.）：*J. M. R. Lenz-Handbuch*. Berlin/Boston：De Gruyter，2017，S. 19-20.

[④] Bert Kasties：*J. M. R. Lenz unter dem Einfluß des frühkritischen Kant*. Berlin/New York：De Gruyter，2003，S. 37-38.

棱茨在《试论道德的第一原则》(*Versuch über das erste Principium der Moral*，1771/1772)中指出，道德源自两个基本欲望——"追求完美的欲望"(Trieb nach Vollkommenheit)和"追求幸福的欲望"(Trieb nach Glückseligkeit)①。在他看来，虽然完美仅存在于上帝身上，人是永远无法达到完美的，但可以在"追求完美的欲望"②中通过不断的运动无限接近上帝的完美。在此意义上，年轻的棱茨倾向于启蒙进步理想主义，甚至提出"运动的最高级状态是对于我们的(主体)'我'(Ich)最合适的状态"，并视卢梭的避世的、不进步的"静(止)状态"(Zustand der Ruhe)为反例。③ 由此，棱茨也陷入了自我的悖论，以信仰上帝和完美为前提的平静的幸福指向的却不是"平静"(Ruhe)，而是"运动"(Bewegung)④。显然，作者毕希纳在阅读诗人棱茨的相关资料时也注意到了这一矛盾，并结合自己的观点融入作品之中，借棱茨之口基于反驳父亲"要求回家""不要虚度生活，要给自己设立目标"(DKV I，236)的观点体现出来：

　　每个人都有自己必要的需求。当他能够(静止下来)，那么他或许就能获得更多！总是不断地攀登、奋斗，并将眼前瞬间所发生的一切扔到永恒之中，为了能享受片刻，就得不断地忍受匮乏；一个人面对着身旁流淌过的清泉的同时，却忍受着干渴。如今，对于我而言，这是可以忍受的，因为我想要待在这里：为什么？为什么？就因为这里使我感到舒适；我父亲究竟想要什么？他能给我这样的舒适感吗？不可能！请让我安静安静吧！(DKV I，236)

借助语义上的多次转折，毕希纳将棱茨内心充满矛盾挣扎的状态展现得淋漓尽致。不同于父亲的观点，棱茨"(静止下来)，或许就能获得更多"的表达是对乌托邦式的进步理想主义观的拒绝。在此，"平静"(Ruhe)建立在了满足当下自然生理需求的意义之上，具有卢梭自然人的幸福观的特征。尽管如此，

① Jakob Michael Reinhold Lenz：*Werke und Briefe in drei Bänden*，Bd. 2. Hg. von Sigrid Damm. München：Hanser，1987，S. 503.
② Jakob Michael Reinhold Lenz：*Werke und Briefe in drei Bänden*，Bd. 2.，a.a.O.，S. 505.
③ Jakob Michael Reinhold Lenz：*Werke und Briefe in drei Bänden*，Bd. 2.，a.a.O.，S. 507.译文括号为笔者所加，如下同，不再赘述。
④ Julia Freytag/Inge Stephan/Hans-Gerd Winter (Hg.)：*J. M. R. Lenz-Handbuch*，a.a.O.，S. 197.

他又说，此时身在石谷的他可以"忍受匮乏"，语义上发生的变化指向了基督道德神学所提倡的禁欲苦行（DKV Ⅰ，846）。在《试论道德的第一原则》中，道德哲学家棱茨表示：耶稣基督（Christus）形象是道德典范，代表着上帝的意志，故而越经历苦难就越能够接近上帝。[①]

据此，病痛也被赋予了宗教的意义。在布道文《论我们的精神自然》（Über die Natur unsers Geister，1773）中，历史上的棱茨就明确指出："完美的人只有经历痛苦才能够实现并维持。"[②]然而，苦行的神学道德实质上是强调对上帝意志的绝对顺从（DKV Ⅰ，846）。反观毕希纳笔下棱茨的这句话，却主要还是在质疑父亲权威的前提下提出的——"他能给我这样的舒适感吗？不可能！"（DKV Ⅰ，236）根据学者卡斯蒂斯（Bert Kasties）的观点，"历史上棱茨在抱怨父亲的强权严苛的同时，他的根本痛苦在于，意识到自己对于道德神学原则的矛盾性态度，无法如父亲那样坚持地遵循和实现"[③]，这导致了他内心最本质的分裂。也就是说，棱茨自身不断地纠结于信仰与质疑的痛苦之中。

正是在此意义上，毕希纳笔下棱茨口中"平静"的能指与所指之间出现了一种滑动的关系，不断地在生理自然上的平静与抽象精神意义上的平静之间震荡。而"静下来"的要求反复出现，结合断句式的表达，投射出的是棱茨作为病者的心理和思维的紊乱状态。也就是说，实质上身处石谷的棱茨并没有自己想象的那样获得了平静，他的疯癫并未好转，反而更加糟糕了。对此，欧柏林起到了至关重要的作用。除了祈祷、布道和读《圣经》之外，"释梦"构成了欧柏林所指导的日常宗教实践生活的重要部分："带着充满信任的目光，所有人一同祈祷，描述着自己的梦和预感，而后又快速地投入实践的生活之中。"（DKV Ⅰ，228）

18世纪，伴随着人们对无意识的兴趣，"梦"作为介于清醒与深度睡眠之间的事物，"被浪漫主义者视为通往无意识的最佳通道"[④]。在此，梦者既是经

---

① Jakob Michael Reinhold Lenz：*Werke und Briefe in drei Bänden*，Bd. 2.，a.a.O.，S. 511-512.

② Jakob Michael Reinhold Lenz：*Werke und Briefe in drei Bänden*，Bd. 2.，a.a.O.，S. 624.

③ Bert Kasties：*J. M. R. Lenz unter dem Einfluß des frühkritischen Kant*，a.a.O.，S. 39.

④ Laura Bergander/Magistra Artium：*Inszenierungen des Traumerlebens Fiktionale Simulationen des Träumens in deutschsprachigen Erzähl-und Dramentexten* (1890-1930). Doktorarbeit. Friedrich-Schiller-Universität Jena，2016，S. 65-67.

历者也是释梦者,梦的意识与清醒意识之间的清晰边界消失了。浪漫诗人让·保尔认为,梦的神秘性和不确定性为诗意的想象提供了创造性的新经验,满足了"人的超验需要"①。根据浪漫派哲学观的基本观点,"存在着一种普遍的形而上学力量将精神与物质,人与自然相结合,从而形成普遍和谐的宇宙秩序"②。因此,梅斯梅尔(Franz Anton Mesmer,1734-1815)所发明的催眠术心理疗法(Mesmerismus)受到了浪漫派的关注。这是一种以磁疗(Magnetismus)为基础的催眠术,它使患者进入了一种人造的疯癫或梦游状态,在此梦游者同实施催眠之人获得了深入的共情,"一切有生命和无生命之物之间产生了可感知的关联,意识与非意识行为也得到了和谐统一"③。

因此,"结合着催眠术的使用,疯癫在浪漫诗学和自然哲学中引发了无限的想象,地位得到提升"④。然而,从心理病理学的视角看,梦的预知力恰恰反映的是心理的不稳定,"这仅出现在忍受着神经衰弱痛苦之人的身上"⑤。在《棱茨》中,患者在发病时就多次表示"好似梦"的感受(DKV Ⅰ,227,229)。福柯也说:"疯癫与梦境本身就具有相似的实质。"⑥可见,毕希纳认为棱茨的"梦"是病理性的。而根据施托贝尔的传记显示,"欧柏林在磁疗理论盛行之初就开始研究心理学的异常现象,包括预言、先知、催眠状态等",只不过,他的视角既不是病理学的,也不是浪漫的,而是"完全虔敬主义的"⑦。

在文本中,受欧柏林的影响,棱茨在山谷期间切实地在梦中获得了关于母亲去世的预感,对此欧柏林也借分享自己"曾孤独地在荒野里时,听到一个声音而知道了父亲的死亡"(DVK Ⅰ,232)的体验来确认棱茨的感受,并反复将

---

① Laura Bergander/Magistra Artium: *Inszenierungen des Traumerlebens Fiktionale Simulationen des Träumens in deutschsprachigen Erzähl-und Dramentexten* (1890-1930), a.a.O., S. 59.

② Laura Bergander/Magistra Artium: *Inszenierungen des Traumerlebens Fiktionale Simulationen des Träumens in deutschsprachigen Erzähl- und Dramentexten* (1890-1930), a.a.O., S. 65.

③ Laura Bergander/Magistra Artium: *Inszenierungen des Traumerlebens Fiktionale Simulationen des Träumens in deutschsprachigen Erzähl- und Dramentexten* (1890-1930), a.a.O., S. 68.

④ Gideon Stiening: *Literatur und Wissen im Werk Georg Büchners*. Berlin/Boston: De Gruyter, 2019, S. 520.

⑤ Gideon Stiening: *Literatur und Wissen im Werk Georg Büchners*, a.a.O., S. 520.

⑥ Michel Foucault: *Wahnsinn und Gesellschaft*, a.a.O., S. 245.

⑦ Gideon Stiening: *Literatur und Wissen im Werk Georg Büchners*, a.a.O., S. 519.

这个声音同"上帝降临的启示"(DKV Ⅰ，230)相关联。为了进一步强化棱茨对神的信仰，欧柏林紧接着试图融入磁疗的方法，将棱茨带入自己曾经体验过的梦游状态，使自然神秘化，引导他聆听水神的启示(DKV Ⅰ，230)。然而，毕希纳笔下棱茨的阐释却不是朝着神学的方向，而是立足于自然科学的视角，从身体感官的发展出发："最简单、最纯粹的人性自然最接近于最本质的自然，而人的感觉和生活在精神上越精细，那么这种最本质的感官就越迟钝。"(DKV Ⅰ，232)

这一句话中，毕希纳呼应了自己在《论头盖骨神经》一文中所记录的观点："每个感官都只不过是共同感官的变形罢了……从最简单的有机体开始发展，可以发现，在所有神经活动产生于迟钝的共同感觉之处，特殊的感官渐渐地形成和分离了。"(DKV Ⅱ，162)根据哲学医生的人类学观点，"大脑，抑或更确切地说，大脑神经是灵魂器官，大脑的神经活动就是思维的活动"①。在此意义上，比较《棱茨》与《论头盖骨神经》中的两句话，可以看出，毕希纳认为，理性思维发展得越精细、越复杂，人的感官感觉就越难以统一。

为了进一步说明自己的观点，借棱茨之口，毕希纳紧接着围绕"平静"的问题进行解释："产生于高级形式中的幸福需要借助更多器官，它发出声响，领悟且因此也受到更多的刺激，正如在低级的形式里，一切更受压抑、更受限制，因此其内部的平静就越多。"(DKV Ⅰ，233)对此，《论头盖骨神经》里也有可参照之处："要在最复杂的形式上，(也就是人身上)寻找到解决的办法总是徒劳的。最简单的形式总是最稳定的，因为只有最根本的、绝对必要之物才体现在其中。"(DKV Ⅱ，162)由此可知，毕希纳笔下的棱茨表达的是"对卢梭的自然人之幸福的倾向"②，而非文明人的幸福，强调对真实自然和身体性的感觉感知的回归，而非超验的联想。

围绕着"平静"和"幸福"的问题，可以看出，在毕希纳笔下，棱茨不仅与父亲不统一，与欧柏林亦如此，这也造成了他们对梦的解释的差异。这主要源自他们认识世界的方式不同，毕希纳笔下的棱茨是从具身化的感知出发，而"欧

---

① 18 世纪末起，伴随着解剖学的发展，人们对大脑的研究越来越深入，认为思维活动是人的大脑皮层上的神经活动。参见 Hans-Jürgen Schings (Hg.)：*Der ganze Mensch*：*Anthropologie und Literatur im* 18. *Jahrhundert*，a.a.O.，S. 150.

② Sylvain Guarda：„Büchners Lenz: Eine kindliche Pastorale im Muttergeiste Rousseaus"，a.a.O.，S. 356.

柏林则是完全宗教的"①,且他还试图不断地通过造梦向棱茨渗透自己的宗教理想,而这一行为对于棱茨的病情无疑是摧毁性的。当察觉到在关于水神问题的讨论中棱茨观点对神学的偏离后,他利用"彩色小拼板"敦促棱茨将具有道德象征意义的颜色同 12 位圣徒相关联,从而实现道德教育。从心理学角度看,这对棱茨产生的是更多的刺激,而非使之平静,因为在这一过程中,棱茨"进入了可怕的梦境"(DKV Ⅰ,233)。可见,欧柏林并未真正切身关心和感受棱茨的病痛,而只是将他视为一个教育的对象。由于反复出入梦境,虚实边界的模糊使棱茨的病情逐渐恶化,意识发生了混乱,他甚至向欧柏林抱怨:"现在只要我能区别是在做梦还是清醒的,那么,我就能想起些什么。"(DKV Ⅰ,244)

　　这种情况在他一个人的时候更加糟糕。对于棱茨而言,由欧柏林植入的聆听上帝作为平静幸福前提的思想无疑成了一种心理负担,使得他围绕着"宁静"问题所产生的幻听困扰多了一层宗教寓意。而当疯癫真正出现时,"念《天主经》"也成了一种徒劳的行为:"他无法自控了,一个神秘的直觉驱使他拯救自己。于是他撞向石头,用指甲抓扯自己,疼痛开始令他恢复知觉,他纵身跳进一个水池里……"(DKV Ⅰ,228);"不然就施加自己以剧烈的身体疼痛"(DKV Ⅰ,249)。在此,丧失感知能力的棱茨潜意识地动用了流行于 19 世纪精神病医学中的疼痛疗法进行自救。这是精神病医生赖尔针对"蜡屈症"所提出的一种物理刺激疗法,基于身心关联的思考,他认为身体疼痛的刺激有助于恢复感官的灵敏度,从而"对灵魂产生积极的影响"②,使病者恢复现实意识。

　　可见,不只是"平静"的问题,在与之相关的病痛问题上,毕希纳笔下的棱茨也与宗教的思考产生了分歧,他的视角完全是生理病理学的。由此,身体疼痛在含有致病的消极意义的同时,也获得了治疗的积极意义,痛苦体验的价值得到了重估,被纳入了生命的整体意义之中。在生理学上,它成了人重新掌握意识和身体主体,恢复身心平静的通道。正是这样的潜在意识促使痛苦者棱茨不断地寻找生命的意义,从而对宗教的疼痛意义产生了疑问和疏离。

　　　歌声逐渐减弱,棱茨开始说话布道,他有点羞怯,在歌声中,他的僵化痉挛得到了舒缓,如今他的全部痛感都苏醒了,填满了他的内心。一种无

①　Gideon Stiening：*Literatur und Wissen im Werk Georg Büchners*，a.a.O.，S. 519.
②　Roland Borgards：*Poetik des Schmerzes*，a.a.O.，S. 429.

尽幸福的甜蜜感觉向他侵袭而来。(DKV Ⅰ，231)

为了更好地融入石谷的虔敬生活，棱茨主动要求进行一次布道。然而，结合着痛感与强直性痉挛（蜡屈症的特征）之间的关联，这次布道无疑进一步揭示了棱茨对宗教信仰的偏离。毕希纳在 1834 年 3 月初的书信中，曾将自己因病产生的"僵化痉挛"描述为一种近似"死亡的感觉"，庆幸的是"鸟的鸣叫"和"春风使他从这种状态中解救出来"(DKV Ⅱ，381)。在此，自然与音律起到了治愈的功能，这也是棱茨在布道过程中所体验到的——"在歌声中，他的僵化痉挛得到了舒缓"(DKV Ⅰ，231)。正如本书第 4 章所讨论的《丹东之死》中"断头台疼痛的问题"，1800 年前后，赫尔德的"我感故我在"在生理学上等同于"我疼痛！那么我就活着！"(Ich habe Schmerzen! Ich lebe!)[1]在此，疼痛不再是破坏和惩罚的元素，而是开启了新的体验向度，同生命的意识相关联。故而，棱茨在布道过程中，因强直性痉挛消失和痛感苏醒，所体会到的甜蜜幸福感并不具有经忍受苦难通达完善的意义，而是生理感官感知恢复的喜悦，即获得生命存在感体验的喜悦，摆脱了自我丧失的危机。

正是在此意识的影响下，在布道结尾，棱茨的耳边响起了虔敬主义者里希特(Christian Friedrich Richters，1676—1711)所写的《病者之歌》(*Lied eines Krancken*)第三段(DKV Ⅰ，827)。日耳曼学者格莱纳(Bernhard Greiner)指出："从句法上看，这个以匿名形式出现的歌声不禁令人产生这样的疑问，即这很有可能不是真实的，而是源自病者棱茨的内心。"[2]歌词最后两句的改变就体现了这一点："痛苦永远是我的报酬，痛苦是我的礼拜。"(DKV Ⅰ，231)引文中，原本修饰痛苦的时间状语从"现在"(jetzt)变成了"永远"(all)，这样一来，美好彼岸的愿景被否定了。[3] 也就是说，在棱茨的意识里，超验性的上帝是不存在的，虔敬主义所许诺的天国回报——痛苦的解脱——是不可能实现的，而现世的痛苦却是无穷尽的。上帝不再是人存在的保证，"疼痛成了个体

---

① Roland Borgards：*Poetik des Schmerzes*，a.a.O.，S. 125.

② Bernhard Greiner：„Lenz' Doppelgesicht：Büchners Spaltung der Figur als Bedingung der Kohärenz der Erzählung". In：Patrick Formann/Matha B. Helfer (Hg.)：*Commitment and Compassion. Essays on Georg Büchner. Festschrift for Gerhard P. Knapp*. Amsterdam：Rodopi，2012，S. 91-112，hier：107.

③ 这一段歌词的原文是："痛苦是我现在的工作，除了停留在痛苦之中，我如今什么也做不了，我的力量必定痛苦，如今痛苦是我的报酬。"(DKV Ⅰ，828)

自我生命存在的目的"①。

这样一来,疼痛成了一把双刃剑——"上帝死于疼痛之中,而人却活于疼痛之中"②。正如《丹东之死》中关于"无神论"的讨论:"人们能否认罪恶,但不能不承认疼痛……这是无神论的悬崖。只是发生在一个微粒里的疼痛最细微的抽动,都能够把造物从上至下地撕开一个裂口"。(DKV I,58)在病痛的体验中,棱茨意识到自己过往错误的信仰,从而偏离了神。在此,病痛也具有了促使人获得认知的媒介功能,它使棱茨获得了清醒、客观的观察自我的距离。而这个意识让他在布道后感到了"一种无名的痛苦",因为"世界对于他而言已经是伤痕累累了(in Wunden)"(DKV I,231)。"伤口"(Wunde)即意味着"裂口"(Riss)、"分裂"(Zerrissenheit)。在棱茨的感受中,人的身心破碎取代了世界的整体性。这是一种具有现代性的意识。对此,海涅在《卢卡浴场》(Die Bäder von Lukka,1829/30)中有更为详尽的描述:

> 尊贵的读者,如果你想抱怨任何分裂,那么最好抱怨,世界本身早已破碎成两半。因为诗人的心是世界的中心,而此时它就这么悲惨地断裂了。谁由衷地赞叹他依然完整,那么他仅承认他有一颗平凡的、落于远方的心灵。世界因我的心而出现了巨大的裂口……③

在海涅看来,"世界的巨大裂口"(der große Weltriss)是"个体主体分裂体验的投射,这是时代的社会病症,世界的统一性已荡然无存"④。由此,人们转向了虚无,亦如丹东所言:"虚无已经把自己杀害了,造物皆是它的伤口,我们是这个伤口所流出的血滴。"(DKV I,72)

对信仰的丧失,对虚无的认识,以及人不可避免地分裂现实使棱茨确认了自己的孤独:"他是孤独的,孤独的!"(DKV I,231)孤独的恐惧促使疯癫将他带入了"另一种存在,(他感到)神的、颤抖的嘴唇由上而下覆住他的唇"

① Bernhard Greiner:„Lenz´ Doppelgesicht:Büchners Spaltung der Figur als Bedingung der Kohärenz der Erzählung",a.a.O.,S. 108.

② Roland Borgards:Poetik des Schmerzes,a.a.O.,S. 446.

③ Heinrich Heine:Sämtliche Schriften in zwölf Bänden. Bd. 3:Schriften 1822-1831. Hg. von Klaus Briegleb. München:Hanser,1976,S. 405.

④ Gerhard Höhn:Heine-Handbuch:Zeit,Person,Werk. Stuttgart:Springer,2004,S. 16.

（DKV Ⅰ，231）。尽管身体亲密接触的幻想带有渎神的色彩，但同时也表达了棱茨作为孤独的病者渴望被关怀、被爱的心境。在1834年1月的信中，毕希纳与爱人分享了疾病痛苦，他在这一过程中也出现了类似的幻想："我浑身发烫，全身满是发烧的吻，就像爱人的臂膀一样地缠绕着我。黑暗压迫于我之上，我的内心扬起了无尽的渴望。"（DKV Ⅱ，378）可见，棱茨的内心所渴望的幸福是一种此岸的幸福，然而他的痛苦和无神论的思想又使他产生了背离神的负罪感，尤其是欧柏林的教导催化造成了不断折磨他的"宗教烦恼"（religöse Qualereien）（DKV Ⅰ，248），即虔敬主义与无神论两种思想的碰撞，并推动着他疾病的恶化。

与欧柏林反复要求"同上帝对话"不同，棱茨的内心已经彻底放弃了救赎的幸福希望，因为"生命是痛苦的，神无法解答这个问题"[1]。这样一来，上帝就不会再出现，无论是在现实还是抽象中，棱茨都没有了情感的输出和互动对象，却必须永远地忍受孤独和病痛。

> 这期间，他的病况愈发地没有好转的希望了，所有他通过同欧柏林的亲近和山谷的宁静所获得的平静都消失了；这个他曾想要利用的世界，如今有了一道巨大的裂口，他不再有恨，不再有爱，不再有希望，只有可怕的空虚和不断折磨他的躁动，去填满空虚。但他已一无所有了。（DKV Ⅰ，246）

有别于文本中其他部分是参考欧柏林的报道，这段话则是完全由毕希纳虚构的，体现着作者的态度。在他看来，欧柏林对棱茨病情的最终恶化是负有责任的，而与其关联的是抽象的、代表父权意志的启蒙虔敬主义市民价值。"世界的巨大裂口"概念再次出现，标记着毕希纳同欧柏林的病历记录在病痛问题上的理解差异，凸显的不仅是无神论的观点，也是"人性自然与社会内部之间分裂"[2]的现代性经验。身体的异化、心理孤独的恐惧与精神信仰的丧失使棱茨陷入了现代性的虚无，彻底地成了身心的无家可归者。

---

[1] Hans-Peter Dreitzel：„ Leid ". In：Christoph Wulf（Hg.）：*Vom Menschen*，a. a. O.，S. 854-873，hier：856.

[2] Klaus F. Gille：„'Die Welt … hatte einen ungeheuern Riß'. Zu Büchners Lenz". In：Roland Duhamel：*Nur Narr？Nur Dichter？Über die Beziehung von Literatur und Philosophie*. Würzburg：Königshausen & Neumann，2008，S. 185-198，hier：191.

5.3.3 人的工具化

在"遗嘱"一幕结尾,沃伊采克将自己的死亡意识融入"死于工作"的断言,表现出了消极的忧郁情绪:"没有人知道,木匠什么时候收拾刨花,也没有人知道,将来谁会把他的脑袋放在刨花上。"[①]"刨花"(Hobelspäne)是割荆条时所掉落的碎屑,荆条则是当时军营用于编织装被断头之人头颅的筐子材料。作为士兵,割荆条是沃伊采克的工作之一,这不禁同第一幕"旷野,远方城市"里他在割荆条时所产生的断头幻听关联起来。

与目睹玛丽和鼓手长调情一幕后所产生的创伤性应激反应一致,沃伊采克在割荆条时的幻听也是一种心理创伤的症状。类似于《丹东之死》中马车夫的经历,在森严的等级制度的归置和规训下,作为社会最底层阶级的士兵,遵循军队的命令,"维护秩序和社会的宁静是他的职责"[②],然而这是以他人生命为代价的。由此,"宁静"在《沃伊采克》中获得了消极的社会意义,同"死亡"紧密关联。割一次荆条,就意味着有人死亡,沃伊采克成了军队进行暴力统治的工具,失去了自我的主体意志。

反复经历生死边界的体验对他心理产生了潜移默化的影响,过度的感官刺激导致了他已分不清生死的状态,产生了死亡的幻想,并通过通感产生了死亡的幻听。尤其是当对世界做出死亡的末日审判后,真实的"营房敲鼓声"(DKV Ⅰ,147)与沃伊采克幻听中"敲脑袋的咚咚声"(DKV Ⅰ,147)在声响上产生了直接关联,死亡的记忆结合着现实的声响印象被不断强化。据此,可以说,沃伊采克的死亡敏感与第一幕所做出的末日审判无疑是对外在于他的这个罪恶世界的控诉和自省,含有社会性批判的成分。

正如本书讨论"动物"化的人一章所分析的,鼓手长的职业另含深意:"敲鼓"与"代表命令的营号""敲脑袋"形成了语义上的暗合,表明这一人物也代表着以暴力规训个体的军队。

上尉:……沃伊采克,你难道还没在自己的饭碗里发现一根胡子吗?喂,我的话你听懂了没有?一个人的一根毛发,一个工兵的,还是一个军

---

① 格奥尔格·毕希纳. 毕希纳全集[M].李士勋,傅惟慈,译. 北京:人民出版社,2008:229. 此处译文引自中译本。

② Roland Borgards/Harald Neumeyer (Hg.): *Büchner-Handbuch*, a.a.O., S. 188.

士的，会不会——是一个鼓手长的呢？哎，沃伊采克？不过，你老婆是一个规矩的女人。你不如那些人。[①]

显然，在告知玛丽出轨事实的过程中，上尉带着上层阶级的高傲姿态，言语中对沃伊采克的底层地位充满了无尽的嘲讽与蔑视，因为沃伊采克作为军队的理发师（Barbier），在同鼓手长的关系中，等级上是遭压制的，既不具备优势，亦不受保护，只能任由鼓手长勾引玛丽。而上尉之所以会告诉他这个真相，也只是出于娱乐谈资的目的，并非真心的关怀，如同在沃伊采克的伤口上撒盐。据历史考察，"在普鲁士军队制度中，一方面士兵不能随意自行决定婚姻，需经上级批准；另一方面，高额的结婚费用也让许多穷士兵望而却步"[②]。这正体现在沃伊采克与玛丽的关系上，如上尉所言："你有一个没有受过教会祝福的孩子。"（DKV Ⅰ，156）

可见，无论是在军队秩序还是家庭关系中，沃伊采克都不受保护，受尽压制与剥削。因此，面对上尉的"道德"指责，沃伊采克的回答是："像我们这样的人，不论在这个，还是另外的世界，都是不幸的，我相信，假如我们来到天堂，也必定要帮助打雷。"启蒙诗人普费夫尔（Gottlieb Conrad Pfeffel，1736—1809）的诗《约斯特》（*Jost*，1875）是这句话的原型："也许我们穷苦的农民将来在天上必定会愉悦地打雷。"（DKV Ⅰ，759）此诗在当时广泛流传，体现的是启蒙宗教进步主义观，即寄希望于死前通过向神父祈祷而获得解救，免于尘世的痛苦，并在彼岸获得内心的平静。

毕希纳在此借用这一诗句从其反面强化自己的社会批判视角，流露出无神论的倾向。也就是说，在他看来，结合着劳动的视角，阶级差异是造成底层人成为劳动工具的根因。如果这个问题无法得到本质的改变，那么，就算是来到了彼岸的天堂，底层人民的受压迫和受剥削的痛苦也不会消失，只不过是换了一种方式延续。由此，宗教也成了等级社会实施剥削的帮凶。故而，沃伊采克在"遗嘱"一幕提及母亲留给他的《圣经》时，同棱茨一样引用了《病者之歌》，并在语法和时间状语上做了同样的改动，将"痛苦"视为自己"永恒的报酬"（DKV Ⅰ，167）。这里的痛苦显然与毕希纳笔下的棱茨所表达的意义一致，

---

① 格奥尔格·毕希纳. 毕希纳全集[M].李士勋，傅惟慈，译. 北京：人民出版社，2008：217. 此处译文引自中译本。

② Beate Engelen：*Soldatenfrauen in Preussen：eine Strukturanalyse der Garnisonsgesellschaft im späten 17. Und 18. Jahrhundert*. Münster：Lit Verlag，2005，S. 50.

是首先从生理学出发来考察身心相互关联影响的痛苦。

对于沃伊采克而言,除了刮胡子、割荆条,医学实验是造成他最大身心痛苦的工作。对此,沃伊采克在对自己的死亡预言中已有暗示:"没有人知道,木匠什么时候收拾刨花,也没有人知道,将来谁会把他的脑袋放在刨花上。"①此处产生刨花所需要的"刀",不仅可指最后的杀人凶器,亦可指解剖尸体的手术刀。根据日耳曼文学者格吕克(Alfons Glück)考察,在毕希纳的时代,"被处以死刑的罪犯的尸身常常未有人认领,因此,便被提供给医学进行实验,而这也发生在历史的死刑犯沃伊采克身上"②。

> 上尉:请您别这么跑! 不要用您的手杖在空中这样划来划去! 您这是在追赶死亡。一个有良心的好人是不会走得如此之快的。一个好人。(他抓住医生的上衣)医生先生,请允许我挽救一条人命吧! ……医生先生,我是如此忧伤,以至于我产生了这样的幻想,那就是,当我一看见我的上衣挂在墙上,我就不得不一直哭,就挂在那。(DKV Ⅰ,159)

在"上尉、医生"一幕里,上尉将医生比喻为追赶死亡的人——死神,他手杖的划动可类比手术刀在肉体上的划动。在此,原本代表着救死扶伤的医生职业却走向了其反面,变成了致人丧命的象征。借助"大衣",上尉间接隐喻着即将丧命于医生手下的这"一条人命"就是沃伊采克。在德语里,"大衣"(der Rock)是阳性名词,其代词与男性第三人称代词"他"(er)重合。如本书 3.3 节所述,不论是否面对面,上尉在称呼"沃伊采克"时,总是使用"他"(er)一词来表现自身的优越性。可见,上尉已经感觉到沃伊采克因医生的营养实验而濒临死亡的处境。他试图以共情的方式,劝导医生使用自己感性的目光看看挂在那里的"他"(沃伊采克),从而放弃继续拿"他"(沃伊采克)做实验。

不仅如此,上尉也对自己的状态表露出了担忧。在现代医学里,"心情沉重(Schwermut)和幻想(Schwärmerei)被视为一种忧郁的病症,也是一种间歇性疯癫的前兆"(DKV Ⅰ,764)。然而,医生却以无动于衷的冷漠忽视给予回应,体现了一种沟通的不畅,也就是说他一点也不关心上尉的心理痛苦,也不

---

① 格奥尔格·毕希纳. 毕希纳全集[M].李士勋,傅惟慈,译. 北京:人民出版社,2008:229. 此处译文引自中译本。

② Alfons Glück:„Der Menschenversuch: die Rolle der Wissenschaft in Georg Büchners Woyzeck",a.a.O.,S. 152f.

关心沃伊采克的死亡。尽管两者之间的沟通是建立在以身体在场的面对面方式之上，但与上尉采取感性视角不同，医生始终采用的是受工具理性知识和计算所支配的医学目视。视角的转换无疑意味着一种拒绝目视交流的姿态，体现着权力的优势。

> 医生：嗯，脖子肿胀、肥大、粗壮，这是中风的前兆。是的，上尉先生，您很可能会得"脑中风"，但是您可能只是身子半边中风，也就是半边瘫痪，或者在最好的情况下，您可能只会是精神上的瘫痪，那么您就只能艰难困苦地生活下去了，但目前看来，四个礼拜内您还没有危险。此外，我可以向您保证，您将会成为有趣的病例之一，如果上帝愿意的话，您的舌头将部分瘫痪，这样一来，让我们来做些最不朽的实验。[①]

与上尉隐喻性的婉转表达不同，医生的表达是直接的，他关注的只是可视的、可计算的身体病症，他所提供的专业判断并非为了帮助、治疗病人和为其减轻痛苦，而是完全追求其研究价值，以科学进步为目的——"有趣的病例""不朽的实验"。也就是说，《沃伊采克》中所谓的医患关系更多的是一种研究者与被研究者，抑或说，研究者与试验者的关系。然而，他的断言遭到了上尉的反驳："医生先生，请不要吓我。已经有许多人被吓死了。"（DKV Ⅰ，159）这句话再次呼应了这一幕开场时上尉对于医生漠视生命的致死医学的评判。

> 医生：……不，沃伊采克，我不生气，生气是不健康的，也是不科学的。我是平静的，十分平静，我的脉搏如平常一样，60 次，我在跟你说这件事的时候，是极其平静的。不，绝对不，谁会对一个人生气呀，一个人啊！就算是一只嗝屁了的草蜥蜴！但是你确实不应该对着墙壁撒尿！（DKV Ⅰ，157-158）

这是医生在斥责沃伊采克任凭本能的驱使当街撒尿，导致丧失实验所需的尿液样本。言语中，医生不仅用科学标准要求沃伊采克，也同样要求自己。在他的眼中，一切都必须经过科学的论证才是正确的。然而，文本中，医生在

---

① 格奥尔格·毕希纳. 毕希纳全集[M]. 李士勋，傅惟慈，译. 北京：人民出版社，2008：215. 此处根据中译本译文略作改动。

形容自己不生气的平静状态时，所使用的是"冷血"（Kaltblütigkeit）（DKV
Ⅰ，158）一词，表明了作者的批判反讽态度。尤其是医生通过生气程度的对
比表示，一个生命的死亡都不如获得实验的数据来得重要。由此，足见医生因
沉迷于科学理性而丧失了根本的人性温暖。对于他而言，试验者和试验动物
一样，只不过是科学数据的载体，都是科学研究的工具，但他自身并未意识到
自己也被工具化了："沃伊采克，你吃豌豆了吗……尿素，0.10，盐酸铵、过氧化
物。"（DKV Ⅰ，157）

　　在 19 世纪，"德国科学家就已经认定食物是由三种主要化学成分构成的，
即脂肪、碳水化合物和蛋白质，并开始计算人体对每种成分的需要量"[①]。由
此，通过理性化的"定量"饮食计划，被概念化为"机器"的人体成了可操控、可
精确衡量的对象，而"营养科学也就变成了一种评价和提高人类劳动有效性的
重要方法"，然而其背后却"隐藏着约束工人阶级的强烈的政治和道德动
机"[②]。毕希纳在此连接了医生尤斯图斯·封·利比希（Justus von Liebig，
1803—1873）自 1824 年起所进行的生理营养学实验数据。为了这个实验，利
比希在吉森雇佣了许多士兵作为试验者。这个实验在 19 世纪上半叶的吉森
非常出名，毕希纳曾在 1833/1834 年在吉森大学学习，"与利比希也有一定的
交往"[③]，故而对此实验内容十分熟悉。毕希纳在文中引用利比希的数据，并
非影射个体，而是反映当时整体的医生形象，以及隐藏在其背后的社会矛盾。

　　在工业化的同时，19 世纪 20 年代第一次经济危机在英国爆发，并于 19
世纪 30 年代蔓延至整个欧洲，而人口增长无形中加剧了 19 世纪上半叶广大
阶级的贫穷化。因此，根据格吕克（Alfons Glück）的研究，这个营养实验是为
当时的军队服务的。其目的在于："通过探测人的生理极限，用尽量少的膳食
供给，如豌豆、土豆，从而最大限度地节省管理军队的经济开支，达到操控、剥
削的目的。"[④]为此，医生充当了权力的工具，尽管对于他们而言，或许这只是
"纯粹的科学"[⑤]，但他们的理性目视导致他们只在乎实验的结果，而不听取被

①　布莱恩·特纳. 身体与社会[M]. 马海良，赵国新，译. 沈阳：春风文艺出版社，2000：32.

②　布莱恩·特纳. 身体与社会[M]. 马海良，赵国新，译. 沈阳：春风文艺出版社，2000：33.

③　Alfons Glück:„Der Menschenversuch: die Rolle der Wissenschaft in Georg Büchners
　　Woyzeck", a.a.O., S. 156.

④　Alfons Glück:„Der Menschenversuch: die Rolle der Wissenschaft in Georg Büchners
　　Woyzeck", a.a.O., S. 161.

⑤　Alfons Glück:„Der Menschenversuch: die Rolle der Wissenschaft in Georg Büchners
　　Woyzeck", a.a.O., S. 158f.

试验者的心声，不在乎他们所蒙受的身心副作用。亦如文本中，当沃伊采克向医生表示自己产生了视听的幻觉，并追问："医生，您见过双重的自然吗？"医生对此做出了"第二种形态的，最漂亮的间歇性精神紊乱"（die schönste aberatio mentalis partialis, zweite Species）、"固定观念"等一系列诊断（DKV Ⅰ，158）。

在此，毕希纳引入了精神学派和躯体学派关于"沃伊采克案例"的争议焦点——"间歇性疯癫"。这是一种难以通过平常的特征所暴露的、短暂性爆发的躁狂症（Manie），在 19 世纪初对精神病的界定提出了挑战（DKV Ⅰ，763）。根据海因洛特的精神学派观点："人的有机体只不过是可视化的灵魂活动。"[①] 尽管，在鉴定过程中，克拉鲁斯已提及了沃伊采克的身心异常症状，但不将之进行病理医学的关联，而仍坚持道德的视角。在《沃伊采克》文本中，作者毕希纳借医生的角色之口，从专业角度确认这一病症，一方面表达了自己对于这一历史案例的不同意见，另一方面又借助医生的科学冷漠与沃伊采克病痛的发展相参照，进一步强调疾病的身心关联，不可割裂来看。

"依然处于平时的理性状态，你还如以往一样的做事吗？""你还吃豌豆吗？""你还值班吗？"（DKV Ⅰ，158），与诊断上尉的一幕一致，医生对于沃伊采克日常生活行为的询问，并非出自对其病痛的关切，而是在乎他是否能够"坚持下去"完成实验，因为他与上尉一样，都只不过是"一个有趣的病例"（DKV Ⅰ，158），他的科学价值涉及了"一场在科学中发生的革命"（DKV Ⅰ，157）。可见，医生在理性机械工具化目视的影响下，也是割裂地来看待病患的，呈现目的论倾向。亦如霍克海姆在《工具理性批判》（Zur Kritik der instrumentellen Vernunft）一书中关于客观理性向工具理性和目的理性过渡的论述："理性完全被嵌入至社会的进程中。在理性控制人和自然的过程中，可使用的价值即作用成了唯一的衡量标准。"[②] 在医生的眼中，沃伊采克已经降格为一部没有灵魂的机器，只要这部机器尚能够执行任务，那它就是好的。

《沃伊采克》手稿一第十场（H 1，10）[③]中，沃伊采克的平行形象——理发师（Barbier）——的自评话语无疑是对医生致人死亡的机械化医学的反讽：

---

① Anna Katharina Scheiterbauer：*Die gestörte Funktionalität der Sinne im Werk Georg Büchner. Diplomarbeit*. Wien：Universität Wien，2008，S. 16.

② 转引自：赵蕾莲. 论克莱斯特戏剧的现代性[M]. 哈尔滨：黑龙江教育出版社，2013：序，9.

③ 由于《沃伊采克》是一个残篇，且手稿在保留、流传过程中，经历了不同程度的损害、遗失，至今为止，德语学界经不断的努力，整理出四个版本的手稿草稿，并分别以 H1、H2、H3、H4 进行命名。故而，本文也参照这一原则进行标记。

"理发师：……我是科学。我因为我的科学性每周获得半个古尔登，我不得不忍受饥饿。我有驼背。我是一具活生生的骨架，整个人类都在研究我。"(DKV Ⅰ，182)为了养家糊口，沃伊采克不得不出卖肉身供医生进行试验，失去了自我主体对身体的支配权，其存在的意义仅剩下科学的实验价值，而并非作为人应有的存在价值。从这一自白中可以看出被试验者的痛苦。"活生生的骨架"的表达无疑等同于"活生生的标本"，两者都指向了人成为没有自我灵魂的行尸走肉。

于沃伊采克身上，痛苦最直接地体现在语言的机械化——"是的，遵命。"(Ja，wohl)(DKV Ⅰ，158)，语言一直以来都被视为理性灵魂的标志。但根据拉美特利，意志、意识和"我"(das Ich)也会因生理条件的改变而改变，是"(通过食物)可操控的"[①]。面对医生的询问，沃伊采克只是重复着单一的、机械的回答，且回复的内容并未有实质的内涵，只是履行着作为士兵和试验者的服从义务，体现着他对于军队理性和科学理性的双重规训的屈服。躯体派者克里斯蒂安·弗里德里希·纳塞(Christian Friedrich Nasse，1778—1851)说："一旦灵魂同外界沟通的器官受损，那么灵魂活动的有效性自然受到损害。"[②]

可见，长期营养不良对沃伊采克的身体造成了极大的伤害，失去身体控制权的他只能压制痛苦，身心分裂，语言体系退化，无法表达自我的真实意愿，彻底地沦为了工具。沃伊采克的失语所导致的沉默无疑也是一种无声的痛苦表达。由此反观医生语言行为表达的专业性，术语的堆砌在代表着理性文明教育的进步成果的同时，也造成了医生与患者之间的沟通不畅以及医者的高傲冷漠，从而显示出人被工具化反噬的不良后果——失去爱的本能。这样一来，人在经历文明进步的同时，某种程度上也经历了退化，在此不仅患者，医者也成了科学目的论的牺牲品，人成了工具。

难道你不觉得患者和检验尸体已经变成了一种负担吗？在我看来，一次参观半个欧洲医院的旅行必定会让人变得忧郁，聆听我们教授的课程的旅行则必定使人几乎要发疯，而穿越我们德意志邦国的旅行必定会

---

① Julien Offray de La Mettrie: *L'homme machinie/Die Maschine Mensch*, a. a. O., S. 34.

② Anna Katharina Scheiterbauer: *Die gestörte Funktionalität der Sinne im Werk Georg Büchner*, a. a. O., S. 15.

令人愤怒不已。(DKV Ⅱ，437)

这段话是毕希纳在 1836 年 6 月 1 日的信中对正在进行医学旅行的好友伯克尔(Eugene Bockel)所提出的警告。在他眼中，医院和学校作为理性所催生出的规训机构，却成了致人疯癫的场所，所谓的理性教育的培养成果受到了质疑。好似整个世界已经被对科学理性的过度迷狂异化成了一所巨大的"疯人院"。因此，旅行只会令人平添"感伤"。这一段落具有同"老奶奶童话故事"相得益彰的存在指向和社会批判意义。

综上可以看出，沃伊采克的身心异化危机是在等级制的规训社会和追求进步主义的工具化的冷漠科学的双重压榨迫害下产生的，所有的社会关系都将他推至边缘，使之成为社会的他者，玛丽的出轨只是压倒他身心防线的最后一根稻草罢了。没有了家人，没有了地位，没有了对自己身体的控制权，没有了自我，成了机器的沃伊采克也和棱茨一样成了彻底的身心无家可归者，失去了自我意识和意志，从无辜的受害者变成了杀人的罪犯。

> 上尉：……站住，沃伊采克，你像一把打开的剃头刀似的满世界乱跑，谁靠近你就会割破自己的皮肉；你跑得那么快，好似有一个团的哥萨克等着你去剃胡子，好像一刻钟之后你就要在最后一根毛上被绞死似的。[1]

上尉这段带有死亡预言的话可做多层解释：首先，从身体层面，可以看出沃伊采克处于异常忙碌的工作中，随时可能会因为过劳而死；其次，从心理精神层面看，"躁狂症与一种过度的运动有关"[2]，属于疯癫的症状，沃伊采克行为上的躁动正是他身处异常心理状态的外化表现；最后，从隐喻层面看，上尉将沃伊采克比喻成一把"剃胡刀"，既是对沃伊采克身体工具化的描写，也是对其潜在的攻击性的预示。[3] 同时，"刀"这一带有暴力、伤害甚至死亡意义的工具也是贯穿沃伊采克多项工作(士兵、割荆条、剃胡子和科学实验)的红线，潜

---

① 格奥尔格·毕希纳. 毕希纳全集[M].李士勋，傅惟慈，译. 北京：人民出版社，2008：216. 此处译文引自中译本。

② Michel Foucault：*Wahnsinn und Gesellschaft*，a.a.O.，S. 290.

③ 日耳曼学者赫尔穆特认为："刀的隐喻一直不断地出现在文本之中，上尉的类比意指，沃伊采克本身就感觉到刀在他的身体里。"参见 Helmut Müller-Sievers：*Desorientierung. Anatomie und Dichtung bei Georg Büchner*. Göttingen：Wallstein Verlag, 2003，S. 144.

移默化地影响着其心理。

基于此,沃伊采克在后期疯症严重产生幻觉时将自己等同为一把执行命令的"刀":

> 沃伊采克:继续跳!继续跳!静下来了。音乐——(趴到地上)。嘿,什么,你们说什么?再大声点,再大声点,刺,刺死那只羊母狼?刺,刺死那只羊母狼。我应该?我必须?我在这里也听到了——风也是这样说吗?我总是听见,继续跳,刺死,死。[①]

强迫症式的语言重复、断句和反问都表明沃伊采克意识混乱不清,已经游离于真实世界之外,也游离于自我主体之外,充满了不确定性,他已分不清听到的声音是真实的,还是疯癫的。这样的场景在行凶前反复出现了多次,作者借此展现沃伊采克心理状态的急剧恶化和他不断忍受幻觉的痛苦,其主观上并没有犯罪的意识,只是被不知名、无法自控的力量所驱动。这或许也解释了为何他最后会在睡醒后去买行凶的刀具,因为在谋杀指令的不断折磨下,沃伊采克在产生幻听的同时,恍惚间感觉到"刀在眼前划来划去"(DKV Ⅰ,165)。据此,对于已沦为机器的沃伊采克而言,最后的行凶只不过如割荆条、剃胡子和进行科学实验一样,如同听从命令,执行任务罢了。在此意义上,可以说,沃伊采克的行凶也是其工具化的结果。

> 人为何而活?人为何而活?——不过老实说,我告诉你们,假如上帝没造出人来,那么农民、修桶工、鞋匠还有医生该靠什么来生活?假如上帝没在人的感觉之中植入羞耻,那么裁缝该靠什么来生活?假如上帝没用自愿被打死的需求来装配士兵,那么士兵该靠什么来生活?(DKV Ⅰ,164)

借"酒店"一幕酒醉的工匠之口,作者毕希纳振聋发聩地揭示了以目的论为导向的存在事实。故而,就算是成了罪犯,沃伊采克也未能逃离被工具化的命运,就好似《沃伊采克》最后一幕法院差役的话:"一次出色的谋杀,一次真实的谋杀,一次漂亮的谋杀,就好像是人们要求他做的那样漂亮,我们已经很久

[①]　格奥尔格·毕希纳. 毕希纳全集[M].李士勋,傅惟慈,译. 北京:人民出版社,2008:224. 此处译文引自中译本。

没遇到类似案例了。"(DKV Ⅰ，173)按照目的论的逻辑，这句话可如此解读："如果上帝没有创造沃伊采克这样的杀人犯，那么，法院差役、法医、法官靠什么生活呢？"①这正是为何，伴随着文本从开头宗教的末日法庭到结尾世俗法庭的转变，沃伊采克也从原告到被告，从无辜的受害者变成了伤人的罪犯。这一系列的设置无疑暗示了沃伊采克的悲剧并非都是其自身的责任，而是和这个充满剥削的目的论社会紧密相关的。"见鬼——难道你们认为是我杀了人？我是那个杀人犯吗？你们干嘛这么瞪着眼看（我）！还是看看你们自己吧！"(DKV Ⅰ，171)沃伊采克行凶后的话无疑是对这个致人犯罪的工具化社会最振聋发聩的控诉。

可见，不同于历史的病例鉴定，毕希纳在文本中对于沃伊采克致病因素的考察，不仅纳入了身体的、心理的，还有社会的多方面视角，表明人的存在受到了多方的影响，这些影响造成了人的难以探测的复杂性。这也回答了毕希纳研究中被反复引用的问题："到底是什么在我们身体里进行淫乱、撒谎、偷盗、谋杀的呢？？"(DKV Ⅰ，49)

5.3.4 死于疾病之人

> 棱茨静静地转身看着欧柏林，脸上显现出无尽痛苦的表情，许久才说："但是我，如果我是万能的话，您看，如果我要是能如此就好了，我实在无法忍受这个痛苦，我要拯救，拯救，我要的只不过是安静，安静，只是一点点安静，只要能睡着就好了。"(DKV Ⅰ，248-249)

这段话是棱茨在意识到无法融入石谷，丧失对神的信仰和对自我疾病治愈希望后的有感而发。从他的描述中，可以看出他的幻听已经非常严重了。从身体表情到语言独白，棱茨的身心痛苦挣扎显露无遗，一切希望的断绝使痛苦增加至难以忍受的程度，"换句话说，无意义的痛苦强化了疼痛"②。由此，疼痛从生理学上建构主体性感觉的积极意义，彻底地转向了对身体的摧毁性功能。正是在这样多重痛苦和消极情绪的推动下，此次独白后，绝望的、忧郁的病者棱茨"多次试图自杀"(DKV Ⅰ，249)，以期在死亡里寻找宁静，因为疼

---

① 格奥尔格·毕希纳.毕希纳全集[M].李士勋，傅惟慈，译.北京：人民出版社，2008：237，脚注.

② Hans-Peter Dreitzel："Leid"，a.a.O.，S. 856.

痛是持续性的,而死亡却是一瞬间的。

　　然而,死亡是否就意味着人可以彻底摆脱痛苦呢? 根据基督神学伦理,自杀是一种亵渎上帝的罪恶,因为人的生死本应由神决定,现世的痛苦磨难是人在天国获得灵魂救赎的前提,一旦有人擅自自杀就会阻碍灵魂的救赎,实现的只是物质性身体痛苦的终结,精神的痛苦却在死后的彼岸被附加上罪责,终究无法获得安宁,形成了永恒的痛苦。① 因此,欧柏林也力图通过监视来阻止棱茨的自杀。这样一来,在几次自杀尝试失败后,"对于棱茨而言,死亡里也没有宁静和希望了"(DKV Ⅰ,249)。没有了死亡的希望,被迫离开的棱茨最后"就这么活着"(DKV Ⅰ,250),因为他失去了对自我生命的自治权,只能被动地接受被设定期限的生命。

　　罗兰·博尔加茨(Roland Borgards)指出:"与文本开句'二十日那一日,棱茨穿山越岭'中'穿越'(durch)一词所展现的身体运动性和抗争性不同,尾句的状态则是完全静止的。"②灵魂无处安放的抗争者棱茨在绝望中主动地退化至近似植物性的生命存在———一种感官麻木的状态,由此连接内心与外在的唯一通道也被封闭了。这样一来,他就像一个没有灵魂的提线木偶,没有了感觉,没有了痛感,没有了生命的活力,形同死亡。故而,可以说,棱茨最后消极的存在方式无疑也是一种间接的"自杀"行为,自主地以沉默和断链的方式向外部世界发出批判。

　　　　因身体痛苦和心理痛苦而自杀的人不是自杀者,他只是死于疾病之人。我所理解的是这样的一种人,他因精神上或身体上无法治愈的痛苦,而逐渐陷入被人们称为"忧郁"的心理情绪,并受此驱使而最终自杀;但绝不是处于自由意志与理性、仅纯粹为了摆脱痛苦而自杀的人。第一种人是患病的,第二种人是软弱的。前者死于疾病,无论是痛苦逐渐地剥夺了他的生命,抑或在持续不断的情绪驱使下进行自杀行为,对于他而言都是一样的。只不过形式不同罢了。(DKV Ⅱ,42)

　　可见,棱茨的自杀行为和动机完全符合毕希纳在《论自杀》中"死于疾病之

---

① Roland Borgards/Harald Neumeyer (Hg.): *Büchner-Handbuch*, a.a.O., S. 250.

② Roland Borgards: *Poetik des Schmerzes. Physiologie und Literatur von Barockes bis Büchner*, a.a.O., S. 425.

人"(an Krankheit Gestorbener)[①]的阐释。从"痛苦"和"人的局限性"的视角出发，毕希纳将自杀者的心理病理学化，强调行为的内在关联性，使之免于被时代法规制度或宗教理论犯罪化(Entkriminierung)的命运。[②] 这同样适用于沃伊采克的行凶。这对于他而言，幻听的折磨无疑是痛苦的，执行命令也是一种解脱的方式："这下子安静了，一切都安静了。"(DKV Ⅰ，171)

参看《沃伊采克》手稿一稿，作者毕希纳并未将主人公命名为"沃伊采克"。在一稿 13 场中，产生幻听的主人公所听到的命令是"刺死、刺死沃伊采克(W＜oyzecke＞)"(DKV Ⅰ，184)。可见，在作者眼中，沃伊采克的谋杀行为在某种程度上说，是一种在自我对话迷失中所引发的分裂而导致的自我谋杀。杀戮者与被杀戮者之间的界限在此消弭了，体现的是生理美学框架下的一种不带道德视角的感知顿悟。对此，毕希纳在《论自杀》中有进一步解释："自杀者仅是神志不清者(Verwirrter)，而不是罪犯，这是因精神病所导致的死亡。"(DKV Ⅰ，43)由此，毕希纳构建了同克拉鲁斯诊断相对立的反病例，体现着一种有别于古典主义时期单纯从道德视角看待疾病的开明思想，反思着病者所遭受到的身心痛苦，表达了同情，控诉着这场"可怕的司法谋杀"(schauerhafter justizmord)[③]。

5.4　小结

亦如弗洛伊德所说："诗人不能逃避精神病学家，精神病学家不能逃避诗人，精神病主题的诗化处理允许在不损害美的情况下具体地实施。"[④]毕希纳

---

① 类似观点也出现在歌德《少年之烦恼》中关于自杀的经典段落中："人生来都是有局限的，我们能经受乐、苦、痛到一定程度；一超过这个限度，我们就完了。这个问题不是刚强或软弱，而是他们能否忍受痛苦超过一定限度……你也该承认，当一种疾病严重到损害我们的健康，使我们的经历一部分消耗掉了，一部分失去作用，没有任何奇迹再使我们恢复健康，重新进入日常生活的轨道，这样的疾病便被我们称为'死症'。"参见歌德. 歌德文集：第六卷：少年维特的烦恼 亲和力[M]. 杨武能，译. 北京：人民出版社，1999：47.

② Roland Borgards/Harald Neumeyer（Hg.）：*Büchner-Handbuch*，a.a.O.，S. 250.

③ 这是躯体学派者弗里德赖希(J. B. Friedreich)在参与关于沃伊采克的笔战中，对克拉鲁斯的鉴定的批判。

④ 转引自：Thomas Klinkert/Monika Neuhofer：*Literatur，Wissenschaft und Wissenschaft seit der Epochenschwelle um* 1800. Berlin/New York：Walter de Gruyter，2008，S. 94f.

的《棱茨》与《沃伊采克》是"德语文学中经典的疾病诗化之作"①。作者开创性地在文学文本中纳入了临床医学目视来考察疾病,并以文学的方式去呈现,同时紧密地结合精神病学的知识,保持与 19 世纪 30 年代起现代身心医学发展趋势一致,参与到精神病症状的解码与分类中,实现文学同医学的话语互动。

"诗人是如此懂得倾听一个至少是在诗中与之相似之人的最细微的精神状态!这所有一切都是感同身受的……我们定然惊讶于如此对于生命紊乱和精神紊乱的解剖。"②这是古茨科对于毕希纳这两部疾病诗学的评价。可以看出,毕希纳笔下的病痛不止在身体层面,还在精神层面,呈现多样性:它既是身体衰败的征兆,也是精神情感无家可归所引发的畸形异变(沃伊采克、棱茨);它不仅揭示着信仰的霸权(欧柏林),也控诉着理性计算的冷漠与工具化(医生)。面对冷漠的外部世界,病者的痛苦呐喊投诉无门,只能陷入主观的幻想直至疯癫。在病痛的折磨以及社会的不理解和隔离的双重痛苦的附加下,病者的形象变得支离破碎、充满痛苦。在此,在生理感觉层面,病痛在毕希纳笔触中开启了新的体验向度,它不仅限于对生命的侵袭与破坏,还具有对生命的证实作用,促使人们反思与追寻生命的意义。这样一来,病者既是受难者,也是观察者和反思者,甚至是批判者。

同时,为了更深层次地挖掘病痛的复杂性,毕希纳先锋性地采用"独白""非人格化的句式""假设句式"等现代性叙述技巧,使对疯癫的阐释与道德视角相脱离,实现视角由外向内的转换,进入人的内心世界,捕捉病者灵魂深处不为人知的伤痛与挣扎、孤独与渴望、悲伤与虚无,展现着人性的复杂。借此,毕希纳实践了"疾病之类的丑也是诗学可呈现之物"③,不仅拓宽了自己的审丑之维度,也从另一个侧面探测到了人性的深度,丰富了自身对现代人的存在状态的认识。

---

① Roland Borgards ua. (Hg.): *Literatur und Wissen. Ein interdisziplinäres Handbuch*. Stuttgart: Springer, 2013, S. 128, 286.

② Walter Hinderer: *Büchner-Kommentar zum dichterischen Werk*, a.a.O., S. 159.

③ Georg Reuchlein: *Bürgerliche Gesellschaft, Psychiatrie und Literatur. Zur Entwicklung der Wahnsinnsthematik in der deutschen Literatur des späten 18. und frühen 19. Jahrhunderts*. München: Wilhelm Fink Verlag, 1986, S. 377.

第6章　人成了无聊的自动机器人?

——《雷昂斯与蕾娜》中人的存在危机问题

有什么比无聊更能让人感到生存的烦扰?

——乔恩·海勒斯尼斯(Jon Hellesnes)[①]

在给古茨科的最后一封信中,毕希纳将当下的社会定义为"一个过了时的现代社会",并做出了一个终结性的诊断:"这个社会的全部生命仅存在于消磨最可怕的、无聊的尝试之中。它可能会灭亡,这是它所还能经历的唯一的新事物。"[②]在这句具有辩证色彩的话语中,"无聊"不仅是一切行动("尝试")的动因,也是摧毁一切的理由,使生命陷入一种无望的虚空状态。可见,在作者看来,无聊已然是现代生活的底色,这不仅是人类世界的现象,也是个体之人内在的状态。而"这一问题在戏剧《雷昂斯与蕾娜》之中得到了充分且独特的形式呈现"[③]。那么究竟是什么造成了现代人的无聊? 引发了什么问题? 在无聊中,人又呈现出了哪些面孔? 这是本章力图去解答的问题。

6.1　机械化的无聊作为主题

"无聊"在西方文化里有着悠久的历史。然而,在浪漫主义之前,它只是被

---

① 转引自:拉斯·史文德森. 无聊的哲学[M]. 范晶晶,译. 北京:北京大学出版社,2010:3.

② 格奥尔格·毕希纳. 毕希纳全集[M].李士勋,傅惟慈,译. 北京:人民出版社,2008:360. 此处译文引自中译本。

③ Wihelm Genazino:„Der Untrost und die Untröstlichkeit der Literatur". In: *Deutsche Akademie für Sprache und Dichtung. Jahrbuch* 2004. Hg. v. der Deutschen Akademie für Sprache und Dichtung, Redaktion: Michael Assmann. Darmstadt: Wallstein 2005, S. 128-134,hier: 131.

归结为边缘现象而不受重视。中世纪基督教的怠惰(Acedia)是"现代存在无聊的雏形,被视为是导致僧侣精神上偏离上帝的一种危险现象"①。"无聊"具有双重性,它不仅是个体的精神心理状态,也投射着整个世界的外在特征,具有社会意义。在之后的很长时间内,"无聊"具有社会阶级的身份特征,涉及对过剩时间的体验。借助剥削,无所事事(der Müßiggang)成了不需要工作的贵族阶级和有钱阶级的特权。由此,休闲的时间变长了,无法填补的空洞时间使上层阶级的人们因不满足而产生不快。这种现象在 17、18 世纪集权主义的法国被称为"厌倦"(Ennui),并蔓延至德国发展为"无聊"(Langeweile)。②

　　结合对时间的敏感性,康德在《实证人类学》中拓展了怠惰的传统并指出:"无聊"作为一种情绪是人对空虚的恐惧,让人提前体验到了慢性死亡的滋味,失去奋斗的意志,因此,工作(Arbeit)是最好的疗法,它填满了时间。③ 在康德看来,"无聊"同懒散、闲事相关,只有游手好闲的人才会感到无聊。可见,无聊首先源自人们对于存在意义的努力追寻。歌德就曾说过:"如果猴子能感到无聊,那么它就可能升格为人。"④也就是说,"无聊"成了人的固有状态。在此,工作获得了道德的意义。在古典主义时期,"与工作相关的勤奋和自我情绪控制被归入了启蒙理想市民的道德范畴,追求进步完美成了启蒙克制无聊的途径"⑤。

　　然而,这种以"精神节制"(Diätetik der Seele)为导向的生活原则是建立在社会统一性的基础上的,必然导致个体内在欲望被压制,而这种不适感因个体主体意识的增强转化为对时间的敏感性。浪漫诗人诺瓦利斯(Novalis,

---

① Gabriele Planz：*Langeweile：ein Zeitgefühl in der deutschsprachigen Literatur der Jahrhundertwende*. Marburg：Tectum Verlag, 1996, S. 12.

② Martina Kessel：*Langeweile：zum Umgang mit Zeit und Gefühlen in Deutschland vom späten 18 bis zum frühen 20. Jahrhundert*. Göttingen：Wallstein-Verlag, 2001, S. 8.

③ 康德. 康德著作全集：第 7 卷：科学之争 实用人类学[M]. 李秋零,主编. 北京:中国人民大学出版社,2008:227-228.

④ Christopher Schwarz：*Langeweile und Identität. Eine Studie zur Entstehung und Krise des romantischen Selbstgefühls*. Heidelberg：Universitätsverlag C. Winter, 1993, S. 7.

⑤ 参见 Martina Kessel：„Balance der Gefühle：Langeweile im 19. Jahrhundert". In：*Historische Anthropologie*, 1996, Vol. 4(No.2)：S. 234-255, hier：S. 238-239.

1773—1801)就曾警告："人们如何才能够在展现完美的过程中避免无聊呢？"①对于浪漫者而言，理性的完美实则是另一种更长时间的静止，因为完美就意味着一种无法改变的状态，从而令人想起"一种纯哲学或数学体系的枯燥"②。这样一来，"无聊"的概念不再只是"无事可做"，而是具有更深的内涵，同机械的、无变化的日常相关联。

> 丹东：这实在太无聊了，老是要先穿上衬衣，而后再穿上裤子，到了夜里再上床睡觉，然后早上再从床上爬起，老是同一脚先于另一只脚迈出，想要换个样子，简直一点希望都没有……真的，最近一切对于我而言都是无聊。一直穿着同一件衣服跑来跑去，总是要拉平同一道褶皱！真是太可怜了。就这样变成了一件如此可怜的乐器，这上面仅有一根弦永远弹着一个音调。(DKV Ⅰ，38-39)

> 拉弗罗特：长久以来，等着上断头台这一件事件已令我感到无聊！我已经在精神里将此反复试演过二十回了。如今已经连一丝刺激的感觉都不再有了；简直普通到不能再普通了。(DKV Ⅰ，66)

毕希纳戏剧《丹东之死》中的人物就多次抱怨重复式的、样板化的生活。在他们的口中，不仅过去、当下，就连未来的意义都在"永恒"(immer)与"无聊"(Langeweile)的紧密关联中失去了区分的意义，一切行动都只不过是复制与粘贴罢了。工作因无聊陷入了悖论。在这里，个体主体的个性失去了效用，人的活动和时间都被客体化，脱离了人的主体意志的控制。这样一来，无聊之中，"时间"失去了其指向力，显得空洞而无意义。由此，单调、空洞成了无聊的特征，产生于一种失望。其结果是：人的身体经验价值不断降低，刺激变成了麻木。

皮库里克(Lothar Pikulik)称，无聊是一种心理上的敏感，表达着"对标准的不满"③，受到了因自我感觉和行动能力丧失而产生的伤感影响。因此，无聊是一种主体性的反思感受，它瓦解了一切行动力，使人陷入无力甚至无助的

---

① Martina Kessel：*Langeweile：zum Umgang mit Zeit und Gefühlen in Deutschland vom späten 18 bis zum frühen 20. Jahrhundert*，a.a.O.，S. 222.

② Martina Kessel：*Langeweile：zum Umgang mit Zeit und Gefühlen in Deutschland vom späten 18 bis zum frühen 20. Jahrhundert*，a.a.O.，S. 222.

③ Christopher Schwarz：*Langeweile und Identität*，a.a.O.，S. 10.

状态,内在产生颓废,就像丹东所言,"想要换个样子,简直一点希望都没有"
(DKV Ⅰ,38)。也就是说,无聊的根源在于人的自我主体的缺失,个体的命
运不是掌握在自己的手里,一切都已经被设定了程序,个人的意志无法改变。
人只不过是一个无聊的机械行动执行者,一个工具、一部机器——"一件如此
可怜的乐器"(DKV Ⅰ,39)。而"乐器"作为人机械化的隐喻在毕希纳的笔下
出现多次。在书信中,他甚至将此描述为一种"死亡的感觉":

> 死亡的感觉一直压迫着我。我觉得所有的人都对我摆出一副死者的
> 面孔,眼珠像玻璃球,脸颊像蜡人,只要当那整个机械装置开始摇晃,所有
> 关节都颤抖起来,发出嘎啦嘎啦的声响,于是我就听见永恒的管风琴的颤
> 音飘来飘去,看到许多小辊子和小销钉在管风琴的琴箱里跳动旋转——
> 我诅咒这种音乐会,这风琴箱,这旋律……①

在《论头盖骨神经》中,毕希纳曾指出:机械唯物主义对人的构想是在笛卡
尔身心二元论基础上发展而来的,这样一来,人就成了没有灵魂的机器(DKV
Ⅱ,157)。亦如诗人在另一封信中结合自我感受的影射:"我已没有一丝丝的
疼痛与渴望的快感……我是一部自动机器人,我的灵魂被取走了。"(DKV Ⅱ,
378)在此,尽管机械的死亡体验是毕希纳用以描述患病时失去感觉能力的感
受,是对自己存在的真实性的怀疑,但也足以说明,"自动机"(Automat)的概
念对于他而言,涉及的是本体论的存在意义,是人异化的象征,是具有消极意
义的人的形象。

因此,在分享完这样的机械死亡体验后,毕希纳紧接着在信中关联到了浪
漫诗人 E.T.A.霍夫曼的"卡洛特风格"(Callots Manier)(DKV Ⅱ,381)。所
谓"卡洛特风格"指的是霍夫曼在其作品中围绕着"傀儡"和"自动机"主题所呈
现的一系列人的边界经验(DKV Ⅱ,1112)。19 世纪的文学中,"自动机"(Au-
tomat)、"傀儡"(Marionette)、"木偶"(Puppe)与"人造人"(Maschinenmann)
都是具有类人性造物的变体,被用于隐喻"无助的、行动受控制的人",从而词
义上过渡到了"牵线的木偶人"②之上。足见,毕希纳对于此主题的兴趣与思

---

① 格奥尔格·毕希纳.毕希纳全集[M].李士勋,傅惟慈,译.北京:人民出版社,2008:
308.此处译文引自中译本。
② Rudolf Drux: *Marionette Mensch. Ein Metaphernkomplex und sein Kontext von
E.T.A. Hoffmann bis Georg Büchner*, a.a.O., S. 9.

考受到了浪漫派的影响。

　　由此，人的身份同一性问题必然受到了动摇，从而引发一系列关于存在的问题："我是谁？""是人？还是机器？"抑或"是人？还是傀儡、木偶抑或自动机？"。由此，人的自识受到了巨大的冲击，深感被机器取代的威胁。而主体的缺失和对身份的反思结合机械的特性无疑强化了无聊的经验——自我内在的空洞以及世界的无意义：无聊者不知道他们在追求什么，而所谓的"不感兴趣"实质上是一种抗议的表现，这就是浪漫派的无聊，也是现代性的无聊。① 就像毕希纳笔下棱茨对欧柏林所说的话：

　　　　是的，牧师先生，您看，真无聊啊！无聊！啊，如此无聊，以至于我不知道，我该再说些什么。……是的，但愿我像您这么幸运，能够发现这样一种如此舒适的消磨时间的方法；是的，人们能够这样填满时间。一切皆是源于无所事事。因为，大多数人是出于无聊而去祈祷，另一些人则是出于无聊而恋爱，第三类是有道德的人，第四类是有罪的人，而我什么也不是，什么也不是，我甚至连自杀都无法办到：这真是太无聊了。(DKV Ⅰ, 244)

　　在棱茨的话中，现代性的无聊消除了阶级的差异，也消除了善恶、道德与非道德的差异，涉及每一个人，已经成为整个社会的现象。生命不仅是以自己，而且是以"无聊"为目的。无聊既是一切行动的动因，也是摧毁一切行动的理由。棱茨的"我"不仅无法在"无聊"中找到自己的位置，失去了对自我身份的认同，且无法决定自己的生死，失去了主体的自决权。亦如丹东所言："这是一场带有程序的漫长谋杀，无法避免。"(DKV Ⅰ, 62)这样一来，我不是"我"，"我们不过是一些被未知力量拴在线上，被牵动的木偶罢了"(DKV Ⅰ, 49)，这是一种带有宿命论的控诉。在此，无聊成了人被机械化过程中感知经验同世界之间的裂口，它同虚无汇合，标志着人的绝望。正如叔本华所言："无聊是被低估的恶：它首先将真实的绝望书写在脸上。"②19 世纪，"无聊"被大众化了，成了文学中常常被提及的一种"世纪病"(mal du siècle)。③

　　可见，"无聊"不仅是毕希纳对现代社会所下的最终诊断，也是他对于致人

---

① 　Christopher Schwarz：*Langeweile und Identität*，a.a.O.，S. 11.

② 　Christopher Schwarz：*Langeweile und Identität*，a.a.O.，S. 7.

③ 　Martina Kessel：*Langeweile：zum Umgang mit Zeit und Gefühlen in Deutschland vom späten 18 bis zum frühen 20. Jahrhundert*，a.a.O.，S. 7.

异化、绝望的现代机械化社会所发出的最猛烈的批判。在他的生活和作品中，"无聊"这一母题经历着不断的反思，并与动物、身心分裂、疾病、机器等元素相互转化互动，共同构成了人的多面性与存在的虚无性。在《雷昂斯与蕾娜》中，"无聊"与"机械化"的气息尤为浓重，不仅涉及了心理层面，还具有社会批判意义以及主观主义的乌托邦浪漫色彩。日耳曼学者德鲁科斯指出，在毕希纳的戏剧《雷昂斯与蕾娜》中，"自动机"这一元素在"无聊"的母题下得到了最多元化的发展。[①] 据此，本书接下来将要探讨以下问题：人因何而无聊？人如何抵抗无聊？无聊与人的木偶式机械存在的关联如何体现？作者毕希纳在批判理想主义的同时，怎样同浪漫派美学保持"亲近"与"距离"的灵活辩证关系？

6.2　逃离机械无聊的尝试

6.2.1 无所事事者的颓废生活

"三周以来，天上的云就总是由西向东地漂移着。这令我感到十分忧郁。"（DKV Ⅰ，96）从一开场，王子雷昂斯的"忧郁"作为"无聊"的变体结合着风景的体验体现在了扭曲的时间感知上——短暂的时间"三周"被推入持续的永恒状态。从德语"无聊"（Langeweile）的构词——Langeweile ＝ lange ＋ Weile，即字面意思为"长时间"，可以看出，无聊的体验建立在对时间的感知之上，表现为感觉到时间变得漫长或停滞，人似乎被止于"当下"之中。而所谓的"当下"是没有变化的、机械的重复，关联着无意义的内涵，就好似丹东在第二幕第四场产生死亡念想时所表示的："我心里一直停留着一种感觉，它对我说，明天将会如今天一样，而后天、大后天，之后一切的日子都将如此。"（DKV Ⅰ，47）可见，这种扭曲的时间感知产生自短暂性与永恒性之间的关系冲突。

弗洛伊德曾指出："忧郁时，'我'是贫乏的和空洞的"，即"自我的丧失"（Verlust am Ich）。[②] 人的自我主体是丧失的，这才是引发忧郁的无聊的实

---

① Rudolf Drux：*Marionette Mensch. Ein Metaphernkomplex und sein Kontext von E.T.A. Hoffmann bis Georg Büchner*，a.a.O.，S. 110.

② Sigmund Freud：„Trauer und Melancholie". In：Ders.：*Gesammelte Werke：Zehnter Band：Werke aus den Jahren* 1913-1917. London：Imago Publishing Co.，Ltd，1946，S. 428-447，hier：431-433.

质。亦如"三周以来"这一精确时间所暗示的,时间成了独立于人的主观经验存在的客观存在,是人无法掌控的。随着工业革命的发展,机械钟表的发明改变了人们对时间的认知,使无形的时间变得有形。这样一来,人们的时间体验被迫从感性的生活中剥离出来,取而代之的是机械化的客观时间。由此,生活的规划不再是由人所决定,而是由机械刻度尺上的时间所决定,人的主体性不断地受到冲击。因此,现代性的无聊体验可以说是机械化发展的结果,本质上源自一种感知错位,即人的内在自我时间与外在世界时间之间的错位。

"我要是能倒立头向下看看就好了!"(DKV Ⅰ,95)与棱茨的体验一致,"倒立行走"的愿望进一步暴露了雷昂斯错位的感知,促使他产生了自己同这个世界格格不入的感受。可见,无聊的体验亦是人异化病态的一种变体性呈现。正是在丧失自我主体和追寻意义无果的认识中,无聊者雷昂斯感到了自己的无能为力,只能消极地选择对一切不感兴趣,从而表达自己对于失去主体行动目标和意义的不满或反抗。故而,在第三幕与瓦勒里欧探讨"该做点什么其他事"时,雷昂斯拒绝了成为"学者""英雄""天才""有用的社会成员"的建议(DKV Ⅰ,108)。因为,此时对于他而言,一切都是无聊的、虚空的,就算是"工作也起不了帮助"(DKV Ⅰ,95)。在此,康德的"工作作为克服无聊,成为有用的社会之人的道德标准"[①]遭到了瓦解。

> 无所事事是万恶之源——人们所做的一切哪一件事不是因为无聊!他们因为无聊而学习,他们因为无聊而祈祷,因为无聊而恋爱、结婚和繁衍后代,并且最终他们也因无聊而死亡,而这——这就是其中的幽默——具有最重要面孔的所有人,无法辨别出这是为何,且无法指出,上帝知道这意味着什么。所有这些英雄、天才、蠢人、圣人、罪人以及家长,本质上都只不过是些狡猾的游手好闲者。(DKV Ⅰ,96)

与棱茨对欧柏林说的话一样,在雷昂斯看来,无聊已经成了整个社会的现象,跨越了阶级、善恶之分,无关职业、身份。生命不是以自己为目的,而是以无聊为目的。无聊既是一切行动的归因和目标,又同"死亡"一起消解了一切行动的意义。它不仅迫使人面对其本身的可朽性,又使一切成了一种带有程

---

① 康德.康德著作全集:第7卷:科学之争 实用人类学[M].李秋零,主编.北京:中国人民大学出版社,2008:227-228.

序的循环重复,就像机器人似的,由此人成了可被复制、替代的对象。这一认识同《丹东之死》中卡米耶的话形成了互动:"我们所有人差异并不大,都是坏蛋,天使,蠢人,天才,集所有于一身。"(DKV Ⅰ,84)作者借"幽默"(Humor)一词点出了"最重要的面孔"和"无聊"之间所构成的滑稽怪诞组合,在可笑而陌生化效果中指向了存在的虚无本质。而怪诞的产生本身就关联着"价值观的崩塌"[1],就像时间经机械化被客观化一样,在此人从掌握命运的主体,变成了被命运所决定的客体。借此,毕希纳暗埋了伏笔,对应着后文雷昂斯被揭示为是"一部自动机"(DKV Ⅰ,126)的真相。

　　而雷昂斯的忧郁也正在于,他知道真相却无法改变,再次表达了面对自我主体性缺失和存在空洞的无力:"为何我恰恰就必须知道这些呢?"在初稿中,此句自嘲式的反问之后原本还写着一句话:"我难道就是一个可怜的小丑吗?为何我就不能够用严肃的表情来开玩笑呢?"(DKV Ⅰ,136)可见,洞察现实的雷昂斯将自己视为与《皆大欢喜》里的杰克斯(Jacques)一样的智性愚人,是嘲弄思想的代言人。[2]　在此,毕希纳借《雷昂斯与蕾娜》与莎士比亚的《皆大欢喜》形成互文,亦如戏剧开幕前的引文:

> 啊,但愿我就是个傻子!
> 我的理想就是穿上一件彩色的外套!
> ——《皆大欢喜》(DKV Ⅰ,95)

　　借助身份(王子—愚人)的落差,这带有"滑稽"色彩的话经无聊者雷昂斯之口显得讽刺和自嘲意味更浓。在学者科贝尔(Köbel)看来,这部戏剧是以喜剧的形式对伤感进行反思,并于忧郁与无聊中表达对信仰的质疑。[3]　在此基础上,雷昂斯进而严肃地说:"为何我就不能使自己变得更重要呢,给可怜的木偶穿上一件燕尾服,在它的手中放上一把雨伞,从而使它变得正派、有用,且极有道德呢?"(DKV Ⅰ,96)"给他人穿衣"的想象连接着棱茨因孤独而陷入的自我主体的幻想世界,试图"在精神上同任意一切交往……他通过想象着把

---

① Theo Buck: *Büchner-Studien II*: „*Riß in der Schöpfung*". Aachen: Rimbaud, 2000, S. 42.

② 李伟民. 智者和愚人的对应与耦合:评《诱人的傻瓜——莎剧中的职业小丑》[J]. 外国文学, 2004(2):108.

③ Gideon Stiening: *Literatur und Wissen im Werk Georg Büchners*, a.a.O., S. 593.

屋子搬到房顶上去，给人穿衣和脱衣，幻想着荒诞的闹剧来使自己感到开心"（DKV Ⅰ，247），以此填补内心空虚的尝试。而"把屋子搬到房顶"的说法等同于"倒立行走"的愿望，由此与之并列的"给他人穿衣"的想象恰恰再次暴露了雷昂斯异化的感知，在他的感知中外部的世界早已扭曲变形。

在此意义上，雷昂斯在第一幕和第三幕关于职业的对话后，提出"想要变成另一个人"，并"像他那样跑起来"（DKV Ⅰ，96）的愿望，既可被理解为是个体因对自我存在的放弃和身份同一性的不认同，而产生陌生化、厌恶排斥，导致自我分裂的状态，亦可视为通过主观主义的幻想所进行的一种逃离机械无聊的禁锢、渴望自由的尝试。而这种态度结合着瓦勒里欧关于"游手好闲者"的另一番定义出现在第一幕末尾：

> 瓦勒里欧：（带着尊敬）主人，我正忙于游手好闲；在无所事事中，我获得了一种不寻常的技能。在懒惰中，我获得了一种巨大的耐力。任何茧子也不会损伤我的双手，土地还未曾饮过我额头上的一滴汗珠；在劳动方面，我还是一个处女；如果我觉得不太累，那么我将努力为您详细地分析这些成绩。
>
> 雷昂斯：（以一种滑稽的热情方式）来我的怀抱里！难道你就是那些毫不费力地在生活的大道上漫步，洁净的额头上却没有汗水和尘土，鞋底闪亮、肚皮圆滚、堪比走上奥林匹斯山的众神的其中一个卓越之人吗？来吧！来吧！①

在对话中，劳动作为克服"闲散"的道德象征再次受到了挑战，取而代之的是彻底的不作为——懒惰（die Faulheit）。在《卢琴德》（*Lucinde*，1799）中，施莱格尔高扬这样的理念："懒惰的艺术"（die Kunst der Faulheit）是天堂里剩下来的唯一的"类似神的艺术"（DKV Ⅰ，620）。与席勒试图用教育打磨"游手好闲"不同，浪漫派则试图通过"游手好闲"构建无政府主义的感性艺术，即唯美主义。这样一来，"游手好闲"从一个极端走向了另一个极端。"浪漫派对美的热情将世界纯粹地降格成自我享受。"②这实质上是一种精神的堕落，在

---

① 格奥尔格·毕希纳. 毕希纳全集［M］. 李士勋，傅惟慈，译. 北京：人民出版社，2008：145. 此处根据中译本译文略作改动。

② Gabriele Planz：*Langeweile：ein Zeitgefühl in der deutschsprachigen Literatur der Jahrhundertwende*，a.a.O.，S. 23.

纨绔子弟中体现为颓废与奢靡。

正是在这样的意识驱使下,在雷昂斯眼中,自然界原本象征着"勤劳"的劳动者"蜜蜂"如今也"懒洋洋地落在花上",享受着同样"懒洋洋的日光"(DKV Ⅰ,96),成为雷昂斯自我的镜像投射。以浪漫扬弃理性逻格斯,这种意义的对立使用,在产生怪诞的喜剧效果的同时,凸显了现实的变形,沾染了浪漫的色彩。自我批判的反思变成了情感的幻想。在此,人与动物边界的消解与相互转换,其结果就是人的堕落和降格。这于雷昂斯身上,体现为他想成为"没有汗水""没有尘土""鞋底闪亮""肚子圆滚"的神,这些在现实生活中都打着贵族的印记,并与《黑森快报》开头一段所描述的画面形成了互动:农民的生活是一个漫长的劳动,他们的汗水是上等人桌上的盐;而上等人的生活则是一个漫长的礼拜日,他们穿着华丽的衣服,长着肥胖的脸庞。(DKV Ⅰ,53)这里的"漫长"就凸显了无聊中短暂性与永恒性之间的冲突。

可见,王子雷昂斯的无聊实质上是源自寄生虫式的贵族生活的闲散。一方面,他讨厌无聊,因为他感到无所事事,虚度年华,找不到属于自己的生活目标,身陷沉思,却又内心空虚;另一方面,尽管如此,他又必须忍受无聊,承认自己的"游手好闲",因为他享受着寄生虫式的生活,不愿使自己劳累。正如一开场,当家庭教师要他"为自己的职业准备"的时候,他以文字游戏的方式,在表示自己"正忙得不可开交"的同时,又否定了"工作"的功能,"我知道,工作帮不了我"(DKV Ⅰ,95)。因为他所谓的忙碌并非真正的有实质内容的工作,而是一些打发漫长的无聊时间的空洞行为,这成了逃离无聊的"唯一没有希望的希望"[①]。

这样一来,他无形中又锐化了自己的无聊,因为他真正地成了一个"无所事事者",彻底地陷入了无聊,从而产生了自我哀怜的感伤:"我无所事事?——是的,悲哀啊。"(DKV Ⅰ,95)可见,王子雷昂斯对"游手好闲"的无聊生活的矛盾态度,显然带有一种纨绔子弟玩世不恭的优越感。就像克尔凯郭尔所言:"让他人感到无聊的是平民、普通人、芸芸众生,而让自己感到无聊的则是少数人,贵族。"[②]"自省"是无聊的根本前提,忙碌于劳动、为自己的生活而愁的普通人根本没有这个闲情逸致去思考。在此,"无聊"成了贵族奢侈生活的标志。作者毕希纳在此以一种反浪漫的方式,延续了《黑森快报》对当

[①] Wolfgang Martens:„Georg Büchner. Leonce und Lena". In: Walter Hinck (Hg.): *Die deutsche Komödie*. Düsseldorf: Bagel, 1997, S.145-159, hier: 151.

[②] 转引自:拉斯·史文德森. 无聊的哲学[M]. 范晶晶,译. 北京:北京大学出版社,2010:52.

时德国封建宫廷统治下阶级差异所造成的不公的控诉。普通人成了以自我为中心的上层阶级和统治者排解无聊、肆意妄为的牺牲品。

6.2.2 浪漫爱情的机械死亡游戏

1.雷昂斯与罗塞塔的爱情

而文本中，情人罗塞塔（Rosetta）成了王子雷昂斯自我中心主义的第一个牺牲品。这一幕发生在第三场，也是罗塞塔这一人物唯一出现的场景。"雷昂斯：所有的护窗板都关了吗？把蜡烛都点起来！滚开吧，白昼！我喜欢黑夜，深沉而又神奇的夜。"[①]这一场景演示的空间从一开始，已在雷昂斯主观意愿的主导下，通过关闭与外界联系的窗口，形成了一个远离现实和时间的个人幻想世界，构建了一场"戏中戏"。单调、无趣常常引发人们因欲望无法得到满足而产生缺乏感，因此寻求感官刺激是无聊者最直接的行动表现，从而催生出了一种"审美式的观察"[②]。而同时，黑夜的神秘又是浪漫派所向往的。这显然是雷昂斯面对现实社会困境，试图通过内在绝对感性的追求和诗化，寻求自救的一种方式，体现的是浪漫者自我意识的极度增长。

正如这一幕开场，雷昂斯选用玫瑰花、葡萄酒和音乐等感性的意象来点缀空间，展现了内在世界的浪漫诗化。这样一来，他成了这个虚构空间的主人，决定着这个空间里一切事物的去与留，只为一个目的——逃离现实世界的无聊："罗塞塔在哪？——走开！全都出去！"（DKV Ⅰ，100）由此可以说，第三场是雷昂斯在内心世界所进行的一场"无聊的浪漫戏拟"，而罗塞塔只是其中的一位"演员"，并没有切实的话语权和存在感。[③] 然而，由于这种审美式的观察对刺激的新鲜度要求极高，刺激过后，人瞬间就会觉得无聊。故而，在不断地往返无聊与刺激之间，人的感官功能遭到了不断的摧毁，其感觉被碎片化，

---

① 格奥尔格·毕希纳. 毕希纳全集[M].李士勋,傅惟慈,译. 北京:人民出版社,2008:148.此处译文引自中译本。

② 拉斯·史文德森. 无聊的哲学[M].范晶晶,译. 北京:北京大学出版社,2010:18.

③ 蒂克的小说《威廉·洛维尔》的主人公有这样一段表达类似心境的话:"一切屈从于我的意志;每个现象,每个行动,我爱怎么称呼就怎么称呼;活的和不活的世界都取决于我的精神所控制的铁链,我整个的生活不过是一场梦幻,它的许多形象是按照我的意志形成的。我本身就是整个自然的唯一法则,一切都得服从这个法则。"参见勃兰兑斯. 十九世纪文学主流:第二册[M].刘半九,译. 北京:人民文学出版社,1981:31-32.

内在的空洞无法填补。反之,厌倦感却不断复增。

这不仅令人联想到,因受到断头台感官的不断刺激,只能通过纵情于肉欲,游走于不同的女性身体之间,进行马赛克式的美的拼贴的伊壁鸠鲁主义者丹东试图离开理性,投身情感,但却不知已无法逃离理性、物欲的统治怪圈。以此观照雷昂斯也同样适用,爱情只不过是他打发无聊、分散注意力、寻找感官刺激的对象之一。尤其是他向雷娜控诉自己有一份被称作"无所事事"的"可怕工作"(DKV Ⅰ,101)时,把"爱情"也视为其中一部分。

> 罗塞塔:那么你是出于无聊才爱我的吗?
> 雷昂斯:不,我是因为爱你,才无聊。但是我爱无聊就像爱你一样。你和无聊并无不同。啊,甜蜜的闲适。通过你的眼睛,我做着梦,好似在极其神秘的深泉边,你嘴唇的热情就像波涛声一样地令我陶醉。(他拥抱着她)过来,亲爱的无聊,你的吻是一个淫荡的哈欠,而你的步伐是可爱的音节停顿。(DKV Ⅰ,101)

在同罗塞塔的对话中,尽管他尽可能地使用着情欲的表达,但仍无法掩饰自己对她的厌倦和蔑视,"因为爱你,才无聊"(DKV Ⅰ,101)。对于他而言,在感官经验上不再具有"新鲜""有趣"特性的罗塞塔已经没有什么存在的价值了,就连一个吻也如打哈欠似的随意,而非主动的行为。从另一个视角看,感性经验价值的降低无疑表明他内心的空洞在扩大,这也是他无聊的诱因,他始终处于一种"缺乏"的状态。

于是,眼见存在的地位岌岌可危,心有不甘的罗塞塔试图通过时间的永恒为爱情加码,以求自保,做最后的抗争。

> 罗塞塔:你爱我吗,雷昂斯?
> 雷昂斯:哎,为什么不呢?
> 罗塞塔:永远爱吗?
> 雷昂斯:"永远",这可是一个漫长的词!假如我现在再爱你五仟零七个月,这么久够吗?虽然这比永远短得多,但也已经是一个相当长的时间了,我们可以拿出时间来相爱。
> 罗塞塔:也许时间会夺去我们的爱。
> 雷昂斯:也许爱会夺走我们的时间。跳个舞吧,罗塞塔,跳个舞吧,让

时间伴随着你那双可爱的脚所打出的节拍一同前进！

　　罗塞塔：我的脚宁可从时间里走出来。①

　　与罗塞塔在爱情上追求去时间化、循环的非线性时间的努力不同，雷昂斯以一种戏虐的姿态，主观性地规划了时间，给爱情加上了期限，在彰显权力的同时，也泄露了自己爱的无能。可见，就算浪漫式地逃离到了内在的世界，雷昂斯也无法摆脱现实工具机械理性的入侵，无法体会到真正的乐趣。他的矛盾性正是来回震荡在抽象的唯理与浪漫的享乐之间的结果，他无法区分现实与幻境。正是在这样的状态下，雷昂斯陷入了一种似梦而非梦的状态，并出现了死亡的欲念："（做梦似的自言自语）噢，正在死亡的爱情比正在产生的爱情更美丽。"②

　　"梦""死亡""爱情"是浪漫派最爱的组合，都具有越界的特点：爱情涉及肉体之间的关系，梦介于睡与醒之间，死亡则是生命的临界。波德莱尔认为："现代性就是过渡的、短暂的、偶然的，就是艺术的一半，另一半是永恒和不变。"③诺瓦利斯的诗歌里，死亡与诗是赋予爱情永恒生命的方法。④ 在波德莱尔的《恶之花》（*Die Blumen des Bösen*，1821—1867）中，一首关于"腐尸"的诗歌，通过对一具腐尸极尽丑陋的描写升华至对爱人永恒的爱。⑤ 死亡在浪漫派看来不是终结，而是重生，展现的不是理想主义的道德崇高，而是对未知彼岸神秘的向往，是唯一可能的新体验。⑥ 但是这一方式也暴露了诗人"杀人"的权力，艺术的生产性来源于可朽的活物被永恒地"杀死"。⑦ 这些浪漫的动机都体现在了雷昂斯的话中。

---

① 格奥尔格·毕希纳. 毕希纳全集[M].李士勋，傅惟慈，译. 北京：人民出版社，2008：149-150. 此处译文出自中译本。

② 格奥尔格·毕希纳. 毕希纳全集[M].李士勋，傅惟慈，译. 北京：人民出版社，2008：150. 此处译文出自中译本。

③ 夏尔·波德莱尔. 美学珍玩[M]. 郭宏安，译. 上海：上海译文出版社，2009：369.

④ Erika Tunner：*Romantik-Eine lebenskräftige Krankheit：Ihre Literarischen Nachwirkungen in der Moderne*. Amsterdam：Atlanta，1991，S，103.

⑤ 夏尔·波德莱尔. 恶之花 巴黎的忧郁[M]. 钱春绮，译. 北京：人民文学出版社，1991：70-72.

⑥ 拉斯·史文德森. 无聊的哲学[M]. 范晶晶，译. 北京：北京大学出版社，2010：24.

⑦ Akane Nishioka：*Die Suche nach dem Wirklichen Menschen：Zur Dekonstruktion des neuzeitlichen Subjekts in der Dichtung Georg Heyms*. Würzburg：Königshausen & Neumann，2006，S. 128.

雷昂斯：(做梦似的自言自语)噢，正在死亡的爱情比正在产生的爱情更美丽。我是一个罗马人；在美味的宴席上，金色的鱼一边游戏一边在死亡的颜色中成为最后一道菜肴。瞧她脸颊上的红晕正在褪去，眼睛正在静静地失去光辉，她身体的起伏正在悄悄地停止！别了，别了我的爱情，我要爱你的尸体！①

　　然而，毕希纳在此并非简单地重复黑色浪漫派对死亡的美化，而是更多地立足于贵族主义的现实状况，来批判浪漫唯美至上的残忍和工具性一面。这一批判通过类比罗马的死亡游戏凸显出来，影射的是蒂克中篇小说《诗人生活》(Dichterleben，1826)中的场景："在大吃大喝、挥霍无度的罗马城曾有一种习俗，就是将金鱼放在宴席旁，并以欣赏金鱼垂死挣扎时颜色变化来取乐。"(DKV Ⅰ，581)这并非毕希纳第一次引用这一画面。在《丹东之死》第四幕第五场中关于"无神论的虚无主义"的对话中，卡米耶也有类似的表达："难道长着金色眼睛的以太是摆在幸福天神桌上的一盘金鱼？难道这些幸福天神永远这么笑着，这些鱼就要永远地死亡，而天神们就这么一直取乐于垂死挣扎的这些鱼的颜色变化吗?"(DKV Ⅰ，86)

　　借助这一场景的互动，毕希纳打破传统认知中人与神的对立、美与善的参照，没有追求获得美的诗意效果，而是立足于现实揭示痛苦产生自阶级的裂痕。可见，罗塞塔对于雷昂斯而言，只不过是一个享乐的、打发无聊的工具。而这种病态性和游戏式的审美方式，在段末的"恋尸癖"行为中得到升华："我要爱你的尸体。"(DKV Ⅰ，102)与浪漫派用死亡达到爱的永恒不同，雷昂斯此举的目的在于彻底地抛弃与结束这段关系。作者毕希纳在此以一种伪浪漫的形式，批判了上层阶级脱离现实，对待爱情和生活的游戏式态度与冷漠自私。

　　特别是当他看到罗塞塔流泪时说："能够流泪——是一种精致的享乐主义。"(DKV Ⅰ，102)这一表述流露出雷昂斯如罗伯斯庇尔一样，对拥有感性体验能力的人怀有羡慕与嫉妒之情——"他们嫉恨享乐之人，亦如阉人嫉恨男人一样"(DKV Ⅰ，31)。这再次凸显了雷昂斯的爱的无能、感官的麻木。所谓的爱情游戏只不过是一种自欺欺人的享乐主义，他所获得的只不过是刺

---

① 格奥尔格·毕希纳. 毕希纳全集[M].李士勋，傅惟慈，译. 北京：人民出版社，2008：150. 此处译文出自中译本。

激，并非真的感性娱乐。正如他紧接着说："泪水中定有华丽的钻石。你能够为自己做一条项链"（DKV Ⅰ，102）。人的物化等同一种死亡。在此，作者毕希纳再次套用了"诺瓦利斯《夜颂》（*Hymnen an die Nacht*，1800）中的浪漫比喻"①，但这一表述在雷昂斯身上体现得却是贵族阶级对"死者"价值的压榨。

埃娃·依卢（Eva Illouz）在《浪漫的消费》（*Der Konsum der Romantik*，2003）中指出，浪漫的生活方式发展到 20 世纪，出现了两种过程的交叠，即"商品的浪漫化和浪漫爱情的物化"②。也就是说，与爱尸体一样，雷昂斯展现的是一种病态的、没有情感的浪漫。尤其是，当罗塞塔表示，这些化为钻石的眼泪"会刺痛她的双眼"（DKV Ⅰ，102）时，雷昂斯通过拒绝罗塞塔的拥抱，凸显了他赤裸裸的利己主义。可以说，与罗塞塔的整个对话都充满了一种男权社会的话语，女性只不过是男人的附属品、奴仆甚至是玩物。而拉开身体距离，本身就代表着一种权力。更为讽刺的是，他实现对罗塞塔物化的手段是一种石化的结果，连接的是棱茨在艺术对话中所批判的理想主义美化方式——美杜莎头颅的凝视。

> 雷昂斯：小心！我的脑袋！我已经将我们的爱情埋葬于此。你往我眼睛的那两扇窗户里瞧瞧。你瞧见那个可怜的东西死得多美了吗？你看见它脸上那两朵白玫瑰和它胸前的两朵红玫瑰了吗？别碰我，不要折断它的小胳膊，那会令人遗憾的。我必须把脑袋端端正正地扛在肩膀上，就像死神婆婆扛着一个小孩棺材那样。③

在雷昂斯的话语中，通过把眼睛比作"窗户"，美杜莎的光学目视是以近似视觉"暗箱"的机械形式出现的。这是一种流行于古典主义时期的视觉体制，它以机械超验的方式，"穿过窗户的边框观察外部世界，一切都被定格在框架

---

① 诺瓦利斯的原文是："我抓住你的手，眼泪已经变成了一条闪光的、无法断裂的链子。"（德语原文：Ich faßte Ihre Hände, und die Tränen wurden ein funkelndes, unzerreißliches Band.）（DKV Ⅰ，624）

② Thomas Düllo：*Kultur als Transformation*：*Eine Kulturwissenschaft des Performativen und des Crossover*. Bielefeld，Transcript-Verlag，2011，S. 340.

③ 格奥尔格·毕希纳. 毕希纳全集［M］.李士勋，傅惟慈，译. 北京：人民出版社，2008：151. 此处根据中译本译文略作改动。

的空间内,形成立体的图像"①,从而把像同物分离开来,并加以区隔,使之永恒。

笛卡尔在《屈光学》中通过模拟眼睛与暗箱的实验,判定暗箱的光学成像可通过将眼从观察者身上拆解下来而实现②,因为它需要的只是理性之光,而非真实之光;而经验主义者洛克把"暗箱"视为对人的认知过程的模拟,并认为它仅发生在"心灵的私室",与感官感知相隔绝,以存在着由理性所主导的"精神之眼"为前提,从而赋予"暗箱"一个司法审判者的新角色。③ 由此,"暗箱"作为一种去身化的机械之眼,在这一时期成了体现权威机制的工具,但也使"看"成了一种"最冷漠的器官"④。

在雷昂斯身上也产生了类似的主体霸权效果,他目视的机械性在最后一幕体现在继承王位的他想要用显微镜来考察民情。而暗箱成像最大的问题是,在这个黑暗的空间里"是没有活物和运动的"⑤,就像美杜莎头颅的目视一样,永恒即意味着死亡。而雷昂斯在描述中使用的是"东西"(das Ding)一词。格林兄弟《德语词典》解释,这个词"常常带有高傲和蔑视性的态度",除了"有生命之物",也用以指代"幽灵"或"小女孩、青年女性"。⑥ 也就是说,雷昂斯通过让罗塞塔观看自己的眼睛,使之在眼睛的暗室里成像,形成爱情尸身的过程,实践了自己"要爱尸体"的夙愿,展现了自己在目视统治中的权力地位。

故而,在描述影像的同时,雷昂斯也调侃式地将自己比作"死神婆婆",将"脑袋"比作"棺材"。与第一幕探讨"游手好闲"的话语一致,雷昂斯在进行浪

---

① 转引自 Volker Mergenthaler:*Sehen schreiben*,*Schreiben sehen*,a.a.O.,S. 54f.

② 笛卡尔在《屈光学》中,曾建议读者可以尝试,"取出一位死去不久的人的眼睛(如果没办法,就找其他比较大的动物的眼睛,如牛眼)",将取出的眼睛当作镜片放在暗箱的小孔之前。如此一来,对笛卡尔而言,在暗箱中观察到的像就是透过脱离身体的独眼所形成的,这只眼睛与观察者脱离,可能连人眼都不是。这一做法使这只死人之眼——甚至可能是牛眼——经历一种神圣化,而升高到无身体性的地位。参见乔纳森·克拉里. 观察者的技术[M]. 蔡佩君,译. 上海:华东师范大学出版社,2017:76.

③ 乔纳森·克拉里. 观察者的技术[M]. 蔡佩君,译. 上海:华东师范大学出版社,2017:70.

④ Volker Mergenthaler:*Sehen schreiben*,*Schreiben sehen*,a.a.O.,S. 57f.

⑤ Volker Mergenthaler:*Sehen schreiben*,*Schreiben sehen*,a.a.O.,S. S. 58.

⑥ Ding. In:*Deutsches Wörterbuch von Jacob und Wilhelm Grimm. Bd. 2*,Sp. 1161-1162. Quelle:http://woerterbuchnetz. de/cgi-bin/WBNetz/wbgui _ py? sigle = DWB&mode= Vernetzung&lemid = GD02497 ♯ XGD02497 (Letzter Zugriff am 15. 2.2020)

漫式自省的同时，无处不泄露着被机械世界秩序所侵害的症状，呈现了对自我的陌生化，似乎这个脑袋并不是自己的，而是可以被随时搬动和拆卸的光学机械工具。"我很高兴，我将它埋葬了。我留下了这一印象。"（DKVⅠ，103）可见，无论是内在，还是外在，他都是机械的了。面对罗塞塔"再看一眼"（DKVⅠ，102）的要求，雷昂斯以"闭眼"的动作拒绝了，理由是"只需轻微张开一点眼睛，我可爱的爱情将再次复活"（DKVⅠ，103）。然而，从暗箱机械成像的视角看来，这里的"复活"不是真实意义上的生命复苏，而是一种图像再现过程的重复，即同一事物的机械复制。而重复是造成机械无聊的痛苦来源，就像叔本华的经典名句："每个人的生活就是摇摆于痛苦与无聊之间，而这两者其实是生命的最终组成部分。"[①]

故而，在罗塞塔下场后，离开想象空间回归现实的雷昂斯感叹："上帝啊！人们究竟需要多少女人，才能够来回吟唱爱情的音阶呢？然而，几乎没有出现过，一个女人填满一个音调。为何笼罩着我们地球的雾气会变成一道棱镜，它将白色的炽热爱情光束折射成一道彩虹。"（DKVⅠ，103）理性的世界在雷昂斯的眼中成了一个巨大的光学工具，它所呈现的图像却不真实，而是一种神秘化的状态。[②] 因此，他的眼睛里经过观看世界所形成的图像，只不过是映像的映像，就像罗塞塔一样，最后什么真实的感官体验都没有留下，一切都只不过是一场虚妄的爱情死亡游戏。而这场游戏还在继续，因为作为王子，雷昂斯显然不只罗塞塔一个情人。这样一来，对于他而言，这成了无法逃脱的机械重复，一切又回到了无聊的原点。正是在这样的挫败感中，雷昂斯带着自怨自艾的情绪在自己的内心形成了一段独白式的自我对话：

过来，雷昂斯，为我念一段独白，我愿意洗耳恭听。我的生活像一张巨大的白纸在我面前展开，我应当写满它，但我连一个字母也写不出来。我的脑袋像一个空荡荡的舞厅，凋谢的玫瑰和揉皱的丝带散落满地，断裂的小提琴被扔在墙角里，最后的舞者已经取下面具，并用极尽死亡的疲惫看着对方。我像翻一只手套似的每天把自己翻过来翻过去二十四次。啊，我非常了解自己，我知道自己在一刻钟以后、八天以后、一年以后想做

---

① 转引自：拉斯·史文德森. 无聊的哲学[M]. 范晶晶，译. 北京：北京大学出版社，2010：53.
② "暗箱作为一个抽象的典范在 19 世纪变成了一个将真实掩盖、倒置以及神秘化的过程和力量。"参见乔纳森·克拉里. 观察者的技术[M]. 蔡佩君，译. 上海：华东师范大学出版社，2017：50.

什么和做什么梦。上帝啊，我究竟犯下了什么过错，你让我像个小学生似的这样反复背诵自己的功课。①

显然，他话语中"脑袋里的舞厅""玫瑰""丝带""小提琴"无不对应着之前演绎的罗塞塔场景，在一方面证实了一切都是他自我的幻想戏剧之外，另一方面，"空荡荡""凋谢""揉皱""断裂"这些词语都说明了一个所谓美好的浪漫戏剧的最终走向是败坏的，体现了表象与真实、理想与现实之间的断裂，预示着人的命运走向也是一样的向下败坏的结局，就像《沃伊采克》中老奶奶的预言一样，人成了孤独的病者。在此意义上，那位"最后揭面的舞者"实质就是雷昂斯自己，揭示着世界是一个舞台的真相。

"世界舞台"（Welttheater）的概念最早出自柏拉图的《法篇》（Nomoi），指的是人生来就是神的傀儡或玩偶，自 16 世纪起它被广泛运用于对人的存在意义的质疑。② 在莎士比亚的《皆大欢喜》（As You Like It，1599）中，"世界舞台"的概念被等同于一个人造的、扭曲的、充满假象的世界："整个世界就是一个舞台，所有男男女女都是这一舞台的演员。"③在这里，人失去了自己的主体性，犹如提线木偶一般地被动行动。在雷昂斯身上也体现着同样的意义，正如他自己所言，他是"一张白纸"，但自己"却写不出一个字"，尽管如此，他却知道当下、未来将要发生什么。因为，他的命运已经被提前编码了，他只是这出戏剧的一个提线木偶演员，重复地演出着同一出戏剧，却无法拒绝，他的自我意志被剥夺了，主体是缺场的，他只不过是作为一个"活着的木偶"，一个异化了的人的存在。而个体主观感受更是加剧了雷昂斯自我与世界分裂的认识。

因此，雷昂斯认为，只有当他"听到自己叫自己名字时才感到愉悦。嘿！雷昂斯！雷昂斯！"（DKV Ⅰ，104）"叫名字"类似于一种打招呼，甚至下命令的功能，彰显了一种权力，使雷昂斯获得了一种自我主体性回归的假象。然而，瓦勒里欧却说："这是变成真正傻子的最好路径。"（DKV Ⅰ，104）而雷昂斯回答："在灯光下细看，我感觉我原本就是傻子。"（DKV Ⅰ，104）在此，雷昂

① 格奥尔格·毕希纳. 毕希纳全集[M]. 李士勋，傅惟慈，译. 北京：人民出版社，2008：152. 此文引自中译本。

② Georg Braungart u. a.（Hg.）：*Reallexikon der deutschen Literatur. Band* Ⅲ，*P-Z*. Berlin/New York：Walter de Gruyter，2007，S. 828.

③ 转引自 Uwe Wirth（Hg.）：*Komik. Ein interdisziplinäres Handbuch*. Stuttgart：Metzler，2017，S. 189.

斯的"愚人"性质发生了变化，瓦勒里欧在此用"真正"一词，将"傻子"的"普遍性"与"特殊性"相区分，导向了病理学意义上的傻瓜疯子，而雷昂斯的认同流露出了无聊的忧郁者对自我存在的危机意识。

那么，在这样的情况，人们该如何拯救自我呢？如何去填补内心不断扩大的空虚呢？眼见皇帝订婚旨意下达，宫廷的爱情机械死亡游戏又即将复来："假如我的新娘对我有所期待，那么，我决心让她等着我，昨夜我已经在梦中看见她……她脸上出现的不是酒窝，而是两个排气孔……"①雷昂斯对这一机械世界的无聊生活已心生恐惧，失去了审"美"的能力，新娘的机器人形象投射的正是他对于这个机械化的世界的扭曲异化的感知。他已然处于一种病态异化的边缘，扭曲的感知与无聊的体验相互作用加速了他的病态化。整个皇宫对于他而言就是一个病态的机械牢笼，无聊是其病症。庆幸的是他还知道，"我还能跑"（DKV Ⅰ，96）。因为，这在某种程度上意味着，他还掌握着自己身体的主体性。于是，他决定逃出皇宫，去往代表艺术、自由之地的意大利，旨在修复自我的感官感知和人性，寻找心中的"理想女性"（DKV Ⅰ，112）。

2.雷昂斯与蕾娜的爱情

根据雷昂斯的描述，他心中的理想女性形象应具有以下特点：

> 无尽美且又无尽蠢笨（geistlos），如新生婴儿般柔弱无助且楚楚动人。她身上展现着绝妙的对立：眼睛美如天仙又显呆滞，那张嘴既神性又单纯，拥有如希腊人一样的尖鼻梁侧影，精神已经死在了这具精神的躯体（dieser geistige Tod in diesem geistigen Leib）。（DKV Ⅰ，112）

毫无疑问，蕾娜是一个美的、天真的女性形象，然而她的天真并非欢快的，而是充满悲伤的。与雷昂斯一样，她也因活在他治而非自治的生活中，被迫同"一个不是我爱的人"（DKV Ⅰ，109）"相爱"而感到痛苦、孤独，甚至第一次出场，她就借代表丧礼的迷迭香花语和一首老歌曲，暗示了自己将死于被指定的婚礼之中："瞧，我现在已经穿戴好了，头发里插着迷迭香。不是有一首这样的

---

① 格奥尔格·毕希纳. 毕希纳全集[M]. 李士勋，傅惟慈，译. 北京：人民出版社，2008：156. 此处根据中译本译文略作改动。

老歌吗:我想要躺在墓地上,就像小孩睡在摇篮里……"①可见,她并非一个愚蠢之人,而是有理性能力,喜欢反思的,可视为雷昂斯的一个镜像,对现实世界充满了厌恶与痛苦的绝望:"上帝啊,上帝,我们当真一定要用我们的疼痛来拯救自己吗?"(DKVⅠ,110)无神论式的诘问已经预示了戏剧的走向,生活在这个戏剧世界的人都是不可救赎的。两个绝望的无聊者在逃离的路上相遇了。

> 蕾娜:(对家庭女教师)亲爱的,路怎会这般漫长?
> 雷昂斯:(梦游似的向前走着)啊,每一条路都很长。我们心里的死亡之钟走得很慢,每一滴血都在测量着自己的时间,我们的生命是一场缓慢的发烧,对于疲倦的双脚来说,每一条路都太漫长……
> 蕾娜:(恐惧地倾听着他的话)对于疲倦的眼睛来说,任何光都太强烈;对疲倦的嘴唇来说,任何喘息都太沉重(微笑);对疲倦的耳朵来说,任何话语都太多。②

值得注意的是,在最后一幕前,雷昂斯与蕾娜的两次"相遇"与"对话"都与第二幕第三场一样,处于一种"梦游似的状态"。这在给两人的爱情蒙上一层神秘的浪漫色彩的同时,也陷入了同罗塞塔爱情一样的虚构或主观幻想的嫌疑。同时,所谓的"对话"也并非建立在面对面的目光交流的前提下,而是通过听见"声音"所引发的自我反思,且语义上的重叠使得两个人的声音话语就像自我回声一般的相互呼应。这不禁让人联想到第二幕开场前,作者毕希纳所引用的一段诗句:

> 一个声音是如此在我的
> 内心的最深处回响,
> 并一下子就吞噬了我的
> 所有记忆。

---

① 格奥尔格·毕希纳. 毕希纳全集[M]. 李士勋,傅惟慈,译. 北京:人民出版社,2008:161. 此处根据中译本译文略作改动。
② 格奥尔格·毕希纳. 毕希纳全集[M]. 李士勋,傅惟慈,译. 北京:人民出版社,2008:169-170. 此处译文引自中译本。

——阿·封·沙米索（Adelbert von Chamisso，1781—1838）（DKV
Ⅰ，111）

"梦""记忆""声音"在精神分析里都与人的潜意识心理相关联。人无法知觉，却又潜藏在人内心的潜意识，总是企图寻找时机显现为意识，而梦与幻想正为它们提供了释放的渠道，这与现实生活中的印象以及当时诱发的心理活动的场合密不可分。[①] 此处，涉及了一种近似梅斯梅尔的现象："通过磁力的引导，人进入了一种近似催眠的梦境状态，在此潜意识被激发，人看到了自己体内的自我。"[②]其中，那个心中的声音就是另一个内在的"我"。

然而，如引文所示，这个声音的出现导致了记忆的消失，而记忆则又关乎身份认同的问题。这样一来，声音与记忆的不匹配，揭示了存在着两个"我"的事实。在此，如陷入梦境的丹东、棱茨，雷昂斯与蕾娜也经历着同样的双重人的体验。而处于似真似幻状态下的两个"相爱"之人，则正是以这个声音的形式作为对方真实的另一面出现，并引起共鸣——"蕾娜：谁在那里说话？雷昂斯：一个梦。"（DKV Ⅰ，118）也就是说，两个人都不是以"完整的人"的状态存在着，都经历着自我身份认同的缺失。正是这样的共同经历使两个经历自我缺失的人走到了一起，互诉衷肠。

而在这段"假想的自我对话"中，"漫长"和"疲倦"两个修饰词结合着抽象的时间空间，强调身体感知，被反复地强调，体现的是人因遭受身心分裂的双重痛苦折磨而流露出的厌世情绪，并最终延伸到了病理学的层面——"生命是一场缓慢的发烧"（DKV Ⅰ，116）。正如棱茨和沃伊采克的状况，疾病首先摧毁的是人的内在与外在感知的统一性，并在这之前的第二幕第一场中，已经出现了征兆。与瓦勒里欧一起身处旷野的雷昂斯，也产生了与棱茨一样的幽闭恐惧症状："这个世界如此地狭窄，以至于我几乎不敢伸开手。"（DKVⅠ，111）

可见，就算离开了皇宫，旅行也无法改善雷昂斯几近疯癫的异化身心状态，正如他在反复着"每条路竟都这般长"的感慨时，瓦勒里欧一句话揭示了事实："不。通往疯人院的路并没有那么长……我看见，他正走在一条宽广的林荫大道朝那而去。"（DKV Ⅰ，116）在瓦勒里欧看来，整个世界早已异化成了

---

① Sigmund Freud：*Die Traumdeutung. Studienausgabe Band II*，a.a.O.，S. 47.

② Laura Bergander/Magistra Artium：*Inszenierungen des Traumerlebens Fiktionale Simulationen des Träumens in deutschsprachigen Erzähl- und Dramentexten*（1890-1930），a.a.O.，S. 68.

一个巨大的疯人院,而病理化的疯癫是每个人最终的宿命,无法逃脱。王子的
旅行只不过是徒增伤感的、加速异化的、自欺欺人的逃避方式,他的身心危机
已经到了几近疯癫的边缘了,无药可救。这一点作者毕希纳在 1836 年 6 月 1
日致好友的书信里已经论证过,而这一内外在感知的矛盾则进一步呈现在蕾
娜的观察反思中:

> 在他那金黄色的卷发下,他显得那么苍老。他两颊如春,却心似寒
> 冬。这真令人伤心! 身体疲倦了到处可以找到睡觉的枕头,可是精神疲
> 倦了,它该到何处去休息呢? 我心中产生了一个可怕的念头,我相信,有
> 些人是不幸的,已经不可救药了,仅仅因为他们活着。①

而在做出这样的判断后,身处房间的蕾娜立刻表示:"我无法再待在屋子
里了。(因为)这些墙会倒下压在我身上。"(DKV Ⅰ,117)可见,沉浸于反思
的她也产生了同样的幽闭幻想,她甚至向自己的家庭教师抱怨,"我本应该被
种在花盆里"(DKV Ⅰ,117)。房间本身就带有很强的社会性,是人造的、非
自然的产物,在给人提供遮蔽的同时,也起到了限制自由、监禁的功能。蕾娜
想要变成植物的意愿,表达的是重返自由的自然状态的渴望,也是对现实世界
使人致病的压抑的一种控诉。

离开房间来到夜晚月光下的自然花园中,蕾娜再次陷入了沉思,而没有察
觉到雷昂斯的存在。

(雷昂斯上场,注意到了公主蕾娜,轻轻地靠近她)
蕾娜:(自言自语地)篱雀在梦中啁啾。——黑夜睡得愈发地深沉,它
的脸庞变得愈发苍白,它的呼吸也愈发安静。月亮则像个正在熟睡的孩
子,他金黄的卷发在睡梦中遮住了他可爱的面容。——啊,他的熟睡就是
死亡。死亡天使是如此平静地安息在他那深谙的枕头上,星星则如蜡烛
一般在他四周燃烧着! 真是可怜的孩子! 太不幸了,它死了,死得如此
孤独。
雷昂斯:站起来啊,穿上你那件白色的衣装,穿过夜幕,来到那具尸体

---

① 格奥尔格·毕希纳. 毕希纳全集[M]. 李士勋,傅惟慈,译. 北京:人民出版社,2008:
171. 此处译文引自中译本。

之后，并为他唱一首《死亡之歌》。

  蕾娜：是谁在那儿说话？

  雷昂斯：一个梦。

  蕾娜：梦都是幸福的。

  雷昂斯：那么，你就幸福地做梦，并让我成为你的幸福之梦。

  蕾娜：死亡就是那个最幸福的梦。

  雷昂斯：那么就让我成为你的死亡天使吧。让我的嘴唇如这个死亡天使的翅膀一样降落在你的眼眸之上。（亲吻她）美丽的尸体啊，你是如此迷人地安息在夜晚那乌黑的裹尸布上，自然仇视着生命并爱上了死亡。

  蕾娜：不，放我走！（她突然跳了起来并快速地离开了。）（DKV Ⅰ，118）

  在这充满浪漫意象的场景中，死亡构成了两个"相爱之人"的话语核心，并借助各种隐喻，形成了关联性的、滑动的能指链条。首先，目视夜空，通过拟人的手法，蕾娜将月亮比喻为一个死去的孩子，而这个孩子的特征——"金黄色的卷发"——与前文蕾娜描述的雷昂斯外貌特征一致，不禁让人联想，蕾娜眼中死去的孩子指的正是雷昂斯。

  尤其是当雷昂斯说自己是蕾娜的"梦"，而蕾娜回答，"死亡就是那个最幸福的梦"（DKV Ⅰ，118）时，进一步确认了雷昂斯与死亡的关系。然而，雷昂斯却并未认出"死亡的孩子"是自己，而是将其关联到月亮，以及之前在罗塞塔一幕被他所埋葬的爱情。对于他而言，如今的爱情因蕾娜而复活，因此，他试图进入蕾娜的"梦"，并扮演"死亡天使"的角色，就像埋葬罗塞塔一样，埋葬她。而如前文所引述的，蕾娜在自己第一次出场的歌曲中，已把自己比作"躺在墓地上的小孩"（DKV Ⅰ，109）。由此，关于"死亡的孩子"的多重能指在雷昂斯与蕾娜之间形成了循环的滑动关联，可以这样的推导公式呈现：雷昂斯＝死亡的孩子＝死亡天使＝蕾娜＝美丽的尸体＝罗塞塔。在此，人物之间的可靠区分变得不可能，主体的界限消解了，他们之间成了可互相转化的语言符号，再次表明人成了死亡爱情的文字游戏的牺牲品。

  而另一方面，考察雷昂斯"杀死"蕾娜的方式——用嘴唇亲吻眼睛，看似感性却内含机械的原理。"嘴"与"眼睛"都有"打开"与"闭合"的共性，语义上形成延义。也就是说，雷昂斯同蕾娜的最后"吻别"想要取得的是"闭上眼睛"的效果，这与他在罗塞塔场景最后"闭上眼埋葬爱情"（DKV Ⅰ，103）的暗箱成像方式,有异曲同工之妙。这样一来,雷昂斯在埋葬蕾娜的同时,实际上也以光学的机械方式反向地埋葬了自己,从而形成了如《罗密欧与朱丽叶》(*Romeo und Juliet*,1595)等作品一样的恋爱之人一同赴死的浪漫效果。

然而,蕾娜的拒绝与离场使得雷昂斯的浪漫机械理想无法实现,可主观的执念却驱使着他通过自杀来完成这一理想:"太多了! 太多了! 我的整个存在就在这一瞬间里。现在就死吧! 不再可能活了。"①此时的他已经完全陷入了迷狂式的主观内在世界,分不清现实与虚构的界限,只是固执地想把这场死亡爱情游戏完成,并未意识到自己的行为将意味着永远失去生命,正如瓦勒里欧所讽刺的,这是"幼稚的浪漫主义"(DKV Ⅰ,119)。而将"美的存在固定于瞬间"的想法,又与毕希纳所批判的追求纯粹形式而致冷漠的古典理想主义美学观念相契合,它试图以死亡的方式取得永恒的美的享受,是对美杜莎目视光学埋葬的又一次实践。

可见,雷昂斯始终承受着理性与浪漫的双重挤压,死亡的冲动也可视为由身心内外痛苦矛盾所导致的绝望,是对自我幻想破灭的恐惧不安。就像布伦塔诺所言,通往内在的道路最终导向的是绝对死亡的孤独:"谁将我转向了我自己,那么就请杀了我吧。"②故而,雷昂斯因瓦勒里欧的阻止而感到愿望无法满足的不快:"你这个坏东西,使我失去了最好的自杀机会! 在我的一生中,再也找不到比这更美好的时刻了,天气那么宜人。"③而鉴于在爱情死亡问题上,蕾娜与罗塞塔的同质性,可以说这一次自杀只不过是雷昂斯自我无聊之举的一次延伸,以死亡游戏为乐,体现了王子思想的空洞性和颓废性。

6.3 自动机器人的宫廷闹剧

外在呈现忧郁、颓废、厌世和死亡倾向,内心渴望自由、想象、神秘和诗意,两方面的冲突构成了王子雷昂斯和蕾娜之间的相似性,无不折射出这个无聊社会的无生命感。而追究其根源则在于国家从上至下都深陷于对抽象理性哲

---

① 格奥尔格·毕希纳. 毕希纳全集[M]. 李士勋,傅惟慈,译. 北京:人民出版社,2008:174. 此处根据中译本译文略作改动。

② Christiopher Schwarz: *Langeweile und Identität*, a.a.O., S, 18.

③ 格奥尔格·毕希纳. 毕希纳全集[M]. 李士勋,傅惟慈,译. 北京:人民出版社,2008:75. 此处译文引自中译本。

学的迷狂，国王彼得（Peter）尤其应对此负责。与雷昂斯抱怨因无所事事、游手好闲而无聊不同，他一出场就显得非常忙碌，且兢兢业业地执行着他的"工作"——笛卡尔式的思考义务："人必须思考，而我必须为了我的臣仆们思考，因为他们不思考，他们不思考。"①然而，这仅是维护等级统治的托词，遵循的是如《黑森快报》里所论及的"政治态身体"模式，国王是"头"，臣民是"肢体"，只有"头"才能发挥作用。文中体现在他满意于"全体臣民分享陛下的感觉"，但仅仅为的是"使名誉不受损害"（DKV Ⅰ，124）。可见，理性哲学成了贵族阶级实施不公的阶级统治策略，使底层之人成为温顺的工具。

　　正是为了维护和满足皇帝虚伪的"名誉"，婚礼在王子与公主缺席的情况下，依然遵照皇旨按部就班地排演着，这一幕无疑也构成了一场戏中戏。而皇帝对于庆典的执念本身就含有无聊的成分："实现迫切渴求的庆祝活动是对于无聊的单调的逃离行为。"②而根据列斐伏尔的社会学，节日、庆典、仪式等"大场景往往更像戏剧'表演'"③。毕希纳就曾在 1831 年 12 月 4 日的家书中，称自己目睹的群众庆祝波兰战役的英雄回归的场景为"一场喜剧"（DKV Ⅱ，358），这一表达显然是暗含讽刺，并与《雷昂斯与蕾娜》中广场婚礼的排演形成了画面性的互动。可见，毕希纳的创作无时无刻不扎根于现实的土壤。

　　"再加把劲，老乡们！把你们手中的枞树枝往前再伸直些，以便人们认为这是一片枞树林，你们的鼻子则是草莓……"（DKV Ⅰ，121）在这场排演中，作为演员的底层百姓所分配到的角色却不是"人"，这体现了权力者对底层人民的物化、面具化以及傀儡化。而人的变形所产生的破界功能本身就具有着"与讽刺相关的怪诞效果"④。尤其是，眼见着炎热的天气，为了让彩排的百姓再多坚持一会儿，学监好似对待标本——死亡的身体，向他们身上泼酒精，并无视酒精腐蚀身体所产生的疼痛，只是玩世不恭地说道："这样一来，你们一生之中也就能闻一回烤肉的味道了。"（DKV Ⅰ，121）人的肉体感觉就这样被直接漠视了，而所谓的"闻肉香"对于忍饥挨饿的底层人民而言，不仅如画饼充饥

---

① 格奥尔格·毕希纳. 毕希纳全集［M］. 李士勋，傅惟慈，译. 北京：人民出版社，2008：146. 此处根据中译本译文略作改动。

② Gabriele Planz：*Langeweile：ein Zeitgefühl in der deutschsprachigen Literatur der Jahrhundertwende*，a.a.O.，S. 75.

③ Henri Lefebvre：*Kritik des Alltagslebens*，Bd. 1. Hg. v. Dieter Prokop. München：Carl Hanser Verlag，1974，S. 141-142.

④ 巴赫金. 巴赫金全集：第六卷［M］. 李兆林，夏忠宪，等译. 石家庄：河北教育出版社，1998：47.

一般的空洞，更是对其赤裸裸的剥削。在此，剥削阶级的人性之淡漠以及寄生虫式的生活方式显露无遗，并与《黑森快报》形成语义上的对接，表达了毕希纳对上层阶级自私自利的愤怒与对底层阶级痛苦挣扎的同情：

> 你们到达姆斯塔特去看看，那里的先生们怎样用你们的血汗钱寻欢作乐吧。然后，回来给你们饥肠辘辘的妻子儿女们讲讲，你们的面包如何被庄严地装进别人肚子里去了……如果碰上一位王位继承人和一位有王位继承权的公主一起愿意，为另一位王位继承人出谋划策的话，你们的儿子们就能通过打开的玻璃门，看到统治者宴席上的台布，闻到他们用农民的脂膏点的油灯发出的味道。①

由此可见，《雷昂斯与蕾娜》里的宫廷生活画面是对《黑森快报》的一次现实化文本呈现。此处，与毕希纳在《论头盖骨神经》中所介绍的机械唯物主义的人的形象一致，"眼睛"被描述为"玻璃门"（Glastür），暗示着底层人民在机械理性的国家剥削下成了一部没有自我意志的机器。在 1832 年 12 月的家书中，毕希纳就曾对此现象进行了斥责："这整个就是一场喜剧，国王和王室在执政，人民在鼓掌并支付。"（DKV Ⅱ，365）在《雷昂斯与蕾娜》广场排演一幕中，农民练习着如何用拉丁文进行欢呼："农民们：Vi！学监：Vat！农民们：Vivat！农民们：Vivat！"②（DKV Ⅰ，122）作者在此暗含的嘲讽意味可见一斑。

而在民间广场上举办的庆典本身，就处于一种生活与艺术的交界线上，被赋予了一种特殊的游戏方式，构成了生活的本身。③ 无怪乎，在第一幕同雷昂斯关于职业的对话中，瓦勒里欧将做"国王"称为一件"有趣的事"（lustige Sache）：

> 成为国王。这是件有趣的事。可以整天坐着车子游玩、散步并让人们一次次因为脱帽而把帽子搞坏，也可以从正直的人当中挑选正直的士

---

① 格奥尔格·毕希纳. 毕希纳全集[M]. 李士勋，傅惟慈，译. 北京：人民出版社，2008：11. 此处译文引自中译本。

② 格奥尔格·毕希纳. 毕希纳全集[M]. 李士勋，傅惟慈，译. 北京：人民出版社，2008：180. 此处译文出自中译本。

③ 巴赫金. 巴赫金全集：第六卷[M]. 李兆林，夏忠宪，等译. 石家庄：河北教育出版社，1998：8.

兵，一切都变得十分自然，人们就可以穿上黑色的燕尾服、结上白色的领带，变成国家的公仆了。(DKV Ⅰ，107)

此处显然是毕希纳借瓦勒里欧之口进行又一次反讽，分别呼应的是《黑森快报》中身着彩裙的士兵敲鼓游行的场景(DKV Ⅱ，56-57)，以及1832年12月家书中所描述的现实："穷苦的人民忍辱负重地拉着车子，而王公大人和自由派人士们却坐在车子里耍他们的猴戏。"(DKV Ⅱ，365)三个场景的共同性在于展现底层人民成为上层阶级打发无聊、彰显权力的玩偶。而"穿衣"则成了贯穿于不同话语间的另一条暗线，并与《沃伊采克》中穿着衣服进行表演的猴子士兵形成关联，暗讽着贵族主义的理想教育致人木偶化降格的事实。

在1834年2月的家书中，毕希纳直言不讳地表示，自己在"笑"中增加了"一种仇恨的讽刺"，这是他对抗具有虚假"可笑外表"(DKV Ⅱ，379)的资产阶级的武器。而在《雷昂斯与蕾娜》这部戏剧中，毕希纳也以以下两个方式落实了这一针对贵族主义的讽刺计划：首先，戏剧采用喜剧的形式，打破席勒悲喜剧题材的阶级之分，使得上层阶级能成为"引人发笑"，制造"滑稽感"①的对象。其次，彼得(Peter)这一名字实质上是引自1831年的一部喜剧《愚蠢的彼得》(Der dumme Peter)(MBA VI，427)，作家的批判反讽意识显而易见。

这些讽刺的意识在第一幕第二场的"穿衣"场景中进一步地产生了颠覆性的效果，投射的是"由17世纪法国集权君主路易十四(Louis XIV，1638—1715)所发展起来的宫廷晨起仪式(Le Lever)"②。而"仪式本身也带有戏剧表演的性质"③，于是这一幕也具有戏中戏的性质。通过穿衣，皇帝彼得的身体成了权力展示的媒介，因为他不是自己穿衣，而是"被伺候穿衣"，他唯一做的是"思考"(DKV Ⅰ，99)。而皇帝彼得对笛卡尔式的"我思故我在"的执念，则可视为路易十四"朕即国家"(L'état çest moi)的君主集权思想的哲学变量。④

可现实是，这个代表国家的"大脑"并不思考，反复引用大量源自笛卡尔、

---

① 席勒. 席勒美学文集[M]. 张玉能，编译. 北京：人民出版社，2011：199.

② Jörg Jochen Berns：„Zeremoniellkritik und Prinzensatire. Traditionen der politischen Ästhetik des Lustspiels Leonce und Lena ". In：Barbara Neymeyr（Hg.）：Georg Büchner：Neue Wege der Forschung. Darmstadt：WBG，2013，S. 69-88，hier：78.

③ Henri Lefebvre：Kritik des Alltagslebens，Bd. 1. Hg. von Dieter Prokop. München：Carl Hanser Verlag，1974，S. 141-142.

④ Jörg Jochen Berns：„Zeremoniellkritik und Prinzensatire. Traditionen der politischen Ästhetik des Lustspiels Leonce und Lena ", a.a.O.，S. 78.

康德、斯宾诺莎和黑格尔等的哲学概念，只不过是同义反复的词语堆砌，并不能掩饰他思维的紊乱与空洞："概念？自在就是自在，你们懂吗？现在接下来是标志、修正、爱好和附加物，可是（我的衬衫，）我的裤子在哪儿？"①毕希纳哲学笔记《斯宾诺莎》曾就此问题发表过评论："斯宾诺莎说……每个存在物都是在某个属性下被理解……尽管属性力图自我理解，但其本身又包含着更多的属性……难道这不就是一个空洞的词吗？"（DKV Ⅱ，290-291）

在此，笛卡尔式的思考的坚定性不仅受到了动摇，还起到了阻碍认知的反作用。显然，皇帝的语言体系是崩塌的，能指与所指的关系是脱节的："哪里是道德？哪里是假袖口？……这颗纽扣有什么含义呢？我想用来提醒自己什么呢？"（DKV Ⅰ，99）不仅如此，他甚至连独立判断的能力都没有："我就是我。或许是这样，或许不是这样……我的智者们啊！——我刚刚究竟原本在说什么？我想谈什么？"（DKV Ⅰ，100）记忆的失效和自我的陌生化都说明了皇帝理性思考的失效，自我意识陷入了一种不稳定，甚至迷惘的状态，主体也经历着异化分裂。由此，"穿衣"场景的特殊幽默反讽效果显现出来了。

德国学者马夸德（Odo Marqard）在《论滑稽和哲学》（*Das Komische und die Philosophie*）中曾指出，"滑稽和引人发笑的是，在公开有效物（das offiziell Geltende）之中显露出无效（das Nichtige）或空洞"②。而就在此时，令人尴尬的一幕出现了，他口中的"自由意志""道德"并不能阻止穿衣的失败，性器官的暴露使皇帝从思维无能向行为无能转化，表明他既不是自己思想的主人，也不是自己行为的主人，只不过是一个"说着哲学话语的假人模特"③。穿衣的仪式和哲学化的抽象语言成了皇帝彼得掩饰自我思想空洞无聊，进而顺利实施其等级统治的虚假伪装。

而整部戏剧批判反讽的高潮主要集中在第三幕第三场的婚礼场景里。"我已经决心，要使自己开心一番；本想从钟响一刻就开始开开心心整整十二个钟头——我这下将要彻底忧郁了。"（DKV Ⅰ，124）这是皇帝彼得在得知婚

---

① 格奥尔格·毕希纳. 毕希纳全集［M］. 李士勋，傅惟慈，译. 北京：人民出版社，2008：146.

② Odo Marquard：„Das Komische und die Philosophie". In：*Gießener Universitätsblätter* 7（1974），H. 2，S. 79-89，hier：84.

③ Ariane Martin：„Absolut komisch. König Peter und die Philosophie in Büchners *Leonce und Lena* ". In：Ariane Martin/Isabelle Stauffer（Hg.）：*Georg Büchner und das 19. Jahrhundert*. Bielefeld：Aisthesis Verlag，2012，S. 183-198，hier：185.

礼可能无法按计划进行时的第一反应，暴露了他举行婚礼的动机。他忧郁的反应无不暗示着，他无法打发因婚礼无法进行所产生的空白剩余时间，由此产生了无聊空虚感。与雷昂斯一样，精确的时间体现了人被时间所规制的现实，暗示着主体的非自由。因此，当雷昂斯与蕾娜在瓦勒里欧的引荐下，以"自动机"的假面具形象出现时，他感到十分开心，因为这样一来，他就能"将自己的决定付诸实施"，不至于"丢脸"（DKV Ⅰ，124），并兴奋地宣布"我们就模拟一场婚礼吧"。（DKV Ⅰ，126）

可见，所谓的"婚礼"只不过是一场由统治者所主导的、自欺欺人、打发无聊、自娱自乐的戏剧表演，正如瓦勒里欧在婚礼牧师念祝词时进行的旁白式反讽："上帝无聊很久了"（DKV Ⅰ，125）。克尔凯郭尔在《非此即彼》（*Entweder/oder*，1843）中曾说道："神感到无聊，所以创造了人类。亚当因孤独而无聊，故而创造了夏娃。从那一刻起，无聊就进入了人类社会，并随着人口的增长而有着相应的扩张。"①也就是说，无聊成了生命产生的动因，但同时它又与虚无结合，指向了存在的无意义。

这也是《雷昂斯与蕾娜》婚礼一幕所潜在的症结，并紧密地结合着一种非知识的状态。首先，假面本身就含有人造、隐藏、遮掩、欺骗的意义，尽管表面上样式多变，但其背后往往是可怕的空虚，可能瞬间变得一无所有。而身戴假面之人的真实面貌和身份自然地陷入一种不确定之中。其次，皇帝彼得接受瓦勒里欧的说法，承认两个"自动机"作为"人类社会成员"的身份，使之替代"不在场"的公主王子完成婚礼的行为，无疑瓦解了人与机器的划界，自主地使人们对自动机的认知变成了非知识："这两个人被打造得如此完美，以至于如果人们不知道，他们原本只是一堆硬纸板的话，几乎无法将之同其他的人类相区别。"（DKV Ⅰ，126）在此，人的身体从"人"的概念里脱离出来，成了可拆解的、替换的"零件"——"除了一堆硬纸板和钟表发条，其他什么也没有"（DKV Ⅰ，125）。

这说明了他需要这种关于人的身份认知的不确定性来保证自己所统治的宫廷秩序的稳定，这样一来确定与不确定，知识与非知识之间的界限也就被打破了。就像面对"你们是谁"的问题，瓦勒里欧踌躇于为自己从一堆面具里选出一个时的回答："尊陛下旨意，定他是什么就是什么"（DKV Ⅰ，125）。由

---

① Jürgen Große：*Philosophie der Langeweile*. Stuttgart：Springer-Verlag，2008，S. 11f.

此,人的身份形象建构充满了偶然性、随机性、碎片性与游戏性,却不是自然形成的,也不是由个体自我意识所决定的,而是人为所造成的,且已经转变成了一种宫廷的常态,在这里一切的界限都可以打破。

> 人们本就可以将他们当作人类社会的成员。他们很高贵,因为他们讲的是标准德语。他们很有道德,因为他们按时起床,按时吃饭,按时睡觉,他们的消化系统很好,这说明他们很有良心。他们有很细致的道德感,因为他们对这位女士大腿上的衣服之类的概念,从来缄口不言;对这位先生来说,跟在一个女人后面上楼梯,或在她面前下楼,都是绝对不可能的事情。他们也都很有教养,因为这位女士会唱所有的新歌剧,这位先生的衣服上衬着白袖子。①

根据瓦勒里欧的进一步解释,自动机器之所以可以替代人,主要在于他行为上的完美性,符合人类社会成员的要求。这一段显然是作者毕希纳对于用精神赋予人更高意义的方案的又一次批判性反讽。因为,与所谓的“标准”“道德”“教养”这些代表贵族阶级的抽象精神概念相对应的行为,并非自动机器人的意识所发出的,而是由机械装置所设定的,“他们每个人都有一个精巧的红宝石发条,安在了右脚小脚趾的指甲之下,只需那么轻微地一按,整个机械装置就能足足走满五十年”(DKV Ⅰ,126)。这样一来,意识的主体与行为的主体之间的悖论凸显出来了。自工业革命以来,机器生产取代了手工劳动,人们在试图通过机器矫正人的身体缺陷的同时,忽视了身体是与人的自我相关的必需之物。

没有了身体,灵魂就失去了其“栖息的处所”(DKV Ⅱ,223),亦如毕希纳书信中的自我体验:“我是一部自动机器人,我的灵魂被拿走了。”(DKV Ⅱ,378)可见,当人成了自动机,就意味着他成了一个没有自我意志的、被机械操控的存在物。同时,更为讽刺的是,这个装置不仅可以设置道德、教养,还可以设置爱情。这样一来,人不仅失去了理性经验,也失去了感性经验。人的一切行为都可以被机器装置所取代,失去了其独有的特色,导致伦理陷入危机。可见,人经历文明与进步的同时,也遭遇着退化降格,失落了本能的爱的能力,成

---

① 格奥尔格·毕希纳. 毕希纳全集[M]. 李士勋,傅惟慈,译. 北京:人民出版社,2008:185-186. 此处译文引自中译本。

了冰冷的、可随意拆解拼凑的机器。由此，人的存在的确定性在自动机与人的界限消弭之际也遭遇到了危机。尤其是当瓦勒里欧宣布，自己也是一部自动机时，他作为"人"的身份面临破碎：

> 但原本我是想向一个高贵且受人尊敬的社会宣告，两部闻名世界的自动机已到达此处，而我或许就是第三部且是最值得注意的一部自动机，（因为）如果我原本知道自己该知道，我自己是谁，那么人们或许就不感到那么惊讶了，因为我根本一点都不知道，我说的是什么，也不曾知道我不知道，以至于这极可能是有人让我这么说的。（DKV Ⅰ，125）

在不断自我陌生化的语言中，借助"原本""或许""可能"这些表不确定推测的语气副词，好似"我"在说话，却又不是"我"的矛盾，瓦勒里欧作为人的身份同一性存在的不确定性以及自我主体的丧失一览无遗。在此，毕希纳连接了 1800 年前后关于"语言自动化"的争论，这场争论起因于机械师肯佩伦（Wolfgang von Kempelen，1734—1804）制造了一台会说话的机器。[1] 在此启发下，德国浪漫派将未经理性意识处理而自动生成的语言视为自然语言。[2] 由此产生的是关于主体的悖论，即言说语言的"我"与主体的"我"之间的关系依然没有解决。[3] 就像肯佩伦所发明的会说话的机器，实质上是一场骗局，事实上并非真的是机器在说话，而是一个人隐藏在内部说话。作者借此影射这场机器人的宫廷闹剧本质上也是一场人造的骗局。同时，机器的类人性冲击着人们的自我认识，造成了人对自我存在的可靠性的怀疑。

而瓦勒里欧这段自白的最后一句话"这极可能是有人让我这么说的"（DKV Ⅰ，125）的判断令人可进一步推断：他作为机器的语言是一种外在的输入性语言，是被提前编码了，他只不过是一台亦如肯佩伦的语言自动机一样的、被异己力量操控的傀儡，没有了自我主体。这样一来，不仅人的身份遭遇了破碎，认知也遭遇了破碎。故而，他在选择面具时说："真的，我感到害怕，我能够这样把自己一层层地剥开并一张张翻开。"[4]身份和认知的破碎性将人的

---

[1] Roland Borgards/Harald Neumeyer (Hg.)：*Büchner-Handbuch*，a.a.O.，S. 256.

[2] Roland Borgards/Harald Neumeyer (Hg.)：*Büchner-Handbuch*，a.a.O.，S. 256-257.

[3] Roland Borgards/Harald Neumeyer (Hg.)：*Büchner-Handbuch*，a.a.O.，S. 256.

[4] 格奥尔格·毕希纳. 毕希纳全集[M]. 李士勋，傅惟慈，译. 北京：人民出版社，2008：184. 此处译文引自中译本.

主体推入了虚无的深渊,而"认知的紊乱就是文学现代性特征"①。

用类似剥壳的隐喻来呈现认知紊乱的方式也出现在文中另一处:"我们怎么又来到了边界上了;这是一个像洋葱头一样的国家,除了层层皮壳之外什么也没有,或者说简直就像套在一起的大大小小的空盒子,最大的盒子里面装的全是盒子,最小的盒子里空无一物。"②这里影射的是当时德国国家分裂的现状,国土的分裂不统一自然意味着人没有归属,身份认同出现危机。就像海涅的"世界的巨大裂口"③的比喻,世界的不统一性必然转嫁到人身上,从而导致人的异化,产生身心、主体和身份的破碎。可以说,毕希纳借此关联,批判的是异化的现代社会所造成的人的认知和存在性的悲剧。

故而,在第一幕第三场关于职业选择的对话中,雷昂斯与瓦勒里欧相互嘲讽彼此:一个是"由五个元音字母拼凑出的",一个是"没有字母的书",无论是谁都不过是"一个拙劣的文字游戏"(DKV Ⅰ,107)里的一个符号罢了。由此,人仿佛得了"失语症"似的,就像雷昂斯所言,"我的生活像一张巨大的白纸在我面前展开,我本应当写满它,但我连一个字母也写不出来"④。而这里的"失语"并非指生理上的说不出话来,而是关系着自我主体性意识的语言输出。亦如瓦勒里欧,雷昂斯的言说也是被动性的,像个"学生似的这样反复背诵自己的功课"⑤。"背诵"的行为本身就包含着重复、复制的内涵,而背诵者的行动则是对已习得课文的引用罢了。人失去了自主性所以才产生了现代性的无聊。以此观照皇帝彼得对于这场机器人婚礼的定义"一场模拟婚礼"(eine Hochzeit in effigie)(DKV Ⅰ,126),其中"模拟"(in effigie)一词本身就有"复制"的含义。这暗示着这场婚礼亦不过是对已有的范本的复制性表演。由此,"世界舞台"的真相逐渐清晰。

---

① Silvio Vietta: *Die literarische Moderne. Eine problemgeschichtliche Darstellung der deutschsprachigen Literatur von Hölderlin bis Thomas Bernhard*. Stuttgart: J. B. Metzlersche Verlagsbuchhandlung, 1992, S. 8.

② 格奥尔格·毕希纳. 毕希纳全集[M]. 李士勋,傅惟慈,译. 北京:人民出版社,2008:165. 此处译文引自中译本。

③ 参见 Heinrich Heine: *Sämtliche Schriften in zwölf Bänden. Bd. 3: Schriften 1822-1831*, a.a.O., S. 405.

④ 格奥尔格·毕希纳. 毕希纳全集[M]. 李士勋,傅惟慈,译. 北京:人民出版社,2008:153. 此处译文引自中译本。

⑤ 格奥尔格·毕希纳. 毕希纳全集[M]. 李士勋,傅惟慈,译. 北京:人民出版社,2008:153.

　　而这一真相的反讽意味在两个自动机演员取下面具一刻达到了顶峰。"彼得：我的儿子！我失策了，我被骗了！……蕾娜：我被骗了。雷昂斯：我被骗了。"（DKV Ⅰ，127）这一幕在充满滑稽的同时，又夹着严肃的怪诞元素："怪诞就是一种去中心的异常现象，呈现为突破常规的真相变形。"① 包括皇帝、王子和公主在内的所有人都被骗了。对此，蕾娜与雷昂斯的第一反应分别是"偶然"和"天意"（DKV Ⅰ，128）。而瓦勒里欧却表示他"不得不笑"，并说："这两位殿下的确是因为偶然才相遇；而我也希望，他们未来会偶然地相爱。"（DKV Ⅰ，128）这个笑来得突然，却恰如其分，透着嘲讽并"验证着怪诞"②："笑本身就存在着一种颠覆性的力量，它消解了对与错、真与假、善与恶的对立，动摇了人们自以为的真相，以理性的'他者'的姿态出现。"③

　　回顾雷昂斯与蕾娜的相遇、回归宫廷与结婚的过程，偶然性都起着至关重要的作用。瓦勒里欧的话显然含有讽刺性的转义，对于"偶然性"的强调，实质上是对于"人掌控世界"的启蒙理想的一种颠覆，凸显的是人们面对命运的无可奈何。尤其是通过"希望"一词和"未来"的句式，他将偶然性从已发生的事实中剥离，反向地指出了这场"爱情"的必然性。这无不暗示着被提前编码的、不可掌握且无法逆转的人生，就像之前所提及的"爱情装置"（DKV Ⅰ，126）所设定的那样。面对此状况，人自觉自身的弱小而产生了自我怀疑与悲观情绪，就像毕希纳在 1834 年 1 月的书信中围绕着偶然性所表达的著名的宿命论观：

　　　　我正在研究……历史。我感到自己在可怕的历史宿命论之下好像被毁灭似的。我在人的天性中发现了一种可怕的雷同，在人与人的关系中发现了一种不可避免的暴力，它被赋予所有人。个人只是波浪上的泡沫，伟大纯粹是偶然，天才的统治是一种木偶戏，一场同钢铁般强硬的法制所进行的可笑斗争，人最多只能认识它，却不可能掌控它。……"必须"这个词应该遭到诅咒④

---

① Theo Buck：*Büchner-Studien II*：„*Riß in der Schöpfung*"，a.a.O.，S. 41.

② 波德莱尔在《论笑的本质并泛论造型艺术中的滑稽》中指出："怪诞的唯一验证方式就是笑，而且是突然的发笑。"参见夏尔·波德莱尔.美学珍玩［M］.郭宏安，译.上海：上海译文出版社，2009：183.

③ Ute Langner：*Zwischen Politik und Kunst*. Münster：Waxmann Verlag，2002，S. 191-192.

④ 格奥尔格·毕希纳.毕希纳全集［M］.李士勋，傅惟慈，译.北京：人民出版社，2008：303-304. 此处根据中译本引文略作改动。

历史结局往往是相似的,这是考察历史后推导出的结论,带有些许的悲观色彩。命运试图带有不受意志影响的强制性,就像这段话中,"认识"与"掌控"之间的对立所凸显的,其关涉的是"理性"与"主体"的冲突。在此,笛卡尔以身体作为机器,割裂理性与感性,试图论证理性主体性自由的尝试已然失效,反而走向了其自身的反面,导致人成了可被随意拆卸拼装的机器。在此意义上,瓦勒里欧起到了莎士比亚式的"智性愚人"的作用,"成了嘲弄思想的代言人"[①]。这样一来,包括国王、王子与公主在内的上层阶级都成了被嘲笑的对象。事实就是,国王自以为掌握着一切,王子与公主自以为逃离了一切,却在此化为一场自欺欺人的宫廷机器人戏剧。每个人都成了这场戏剧的一个演员,成了被未知力量所牵引的提线木偶或者一部自动机,人的自我主体意识和主体自由彻底地消亡了。

故而,在这场宫廷闹剧后,雷昂斯下令"打碎所有的钟表,禁止一切日历"(DKV Ⅰ,128)的行为,可被视为对机械化的反抗和重返生命自然的尝试。然而,矛盾的是,他在要求按照花朵的自然节律生活的同时,却需要利用"凸透镜"(DKV Ⅰ,129)这一机械工具的调节来保持温度,可见他并未完全放弃机械,甚至依然依赖于机械。同时,这样的浪漫理想寻求并不是来自人民的意愿,而只限于满足享乐的统治阶级——国王与王后。这一悖论在最后一段由新国务大臣瓦勒里欧所颁布的法令中更为凸显:

> 我成了国务大臣,将颁布一项法令,凡是使自己的双手起茧子的人,都将送去监护起来;凡是把自己累病了的人,都要受到刑事处罚;凡是为满头大汗吃面包而感到自豪的人,都将被宣布为疯子或社会危险人物;然后,我们就躺在阴凉里,请上帝给我们通心粉、甜瓜和无花果,给我们美妙的歌喉,古典主义的身材和一种令人感到舒适的宗教![②]

---

① 李伟民. 智者和愚人的对应与耦合:评《诱人的傻瓜——莎剧中的职业小丑》[J]. 外国文学,2004(2):108. 毕希纳对于瓦勒里欧"智性愚人"的特性的暗示最早体现在《雷昂斯与蕾娜》第一幕第一场中:"雷昂斯:闭嘴,停下你的歌声,否则你就会因此变成傻瓜。瓦勒里欧:那样傻瓜总还算是个东西。一个傻瓜!一个傻瓜!谁想要用他的愚蠢同我的理智交换?"(DKV Ⅰ,97)

② 格奥尔格·毕希纳. 毕希纳全集[M]. 李士勋,傅惟慈,译. 北京:人民出版社,2008:190. 此处译文引自中译本。

　　瓦勒里欧的话表面上看似一段平等主义的宣言，通过否定使身心劳累或致病的劳动，来构建一个理想的、安定的幸福社会。但最后一句中，理想社会的构建并不是依靠自身或底层人民的共同协作来实现，而是指向了虚无缥缈的"宗教"，连接的是第一幕末雷昂斯所渴望的具有浪漫色彩的贵族主义的"游手好闲"——"毫不费力地在生活的大道上漫步，洁净的额头上却没有汗水和尘土，鞋底闪亮、肚皮圆滚、堪比走上奥林匹斯山的众神的其中一个卓越之人"（DKV Ⅰ，98）。同时，瓦勒里欧话语中的"我们"一词，结合着他国务大臣的身份，表明针对的不是所有阶层的人，进一步说明了最后的乌托邦理想只不过是复辟时期无聊的贵族主义维护和美化自我统治、延续寄生虫式生活的虚假外衣。在此，瓦勒里欧再次发挥了自己反讽真相的"智性愚人"功能。

　　国王雷昂斯看似毁了一切，却唯独讽刺性地没有毁掉口袋中的玩具和傀儡，甚至问新皇后蕾娜："我们想要用这些东西去做些什么呢？……我们要不要建造一座戏院？"（DKV Ⅰ，128）可见，雷昂斯依然承袭这旧有的秩序，这场无聊的木偶表演即将重演："你们现在就回家吧，但不要忘记你们的演说，说教和诗句，因为明天我们将平和愉快地从头开始这个玩笑。"（DKV Ⅰ，128）在打碎机械时钟前，新国王雷昂斯已经下令所有人回家"背诵课文"，乌托邦的理想在事实面前不堪一击。可见作者否定了改变世界和人的存在的可能性，这样的认识自然催生出厌世、忧郁、颓废、无聊和绝望的宿命观。

　　同时，雷昂斯将"背课文"称为一个"玩笑"，在某种程度上也带有自嘲的成分。就像克尔凯郭尔所说的："人们严肃地说一些不那么严肃的事，这是最常见的一种讽刺形式；而另一种形式则是人们玩笑式地说些严肃的事，这是非常少见的……这常常同一定的绝望相关。"[1]也就是说，雷昂斯所建立的所谓新秩序并未给旧有的秩序带来改变，所有人都逃不开重复的命运，它就像一个宿命的紧箍，无尽地循环，生命就是一场戏，每个人都是没有感觉的木偶，沦为语言的自动机，经历无聊的忧郁，体验着存在的虚无。这不禁令人联想起《黑森快报》里所描述的这样一个场景：

　　　　就算是一个老实人如今也能当上部长或者维持已有的职位，那么他也只是像所有在德国的人一样，不过是一个牵线木偶，他被拴在贵族傀儡身上牵着，而这个贵族傀儡可能又牵着一个宫廷侍从，或一个赶车夫或他

---

[1]　Odo Marquard：„Das Komische und die Philosophie"，a.a.O.，S. 82.

的妻子和妻子的情人,抑或是他同父异母的兄弟——或可能所有人都牵在一起。(DKV Ⅱ,57)

　　这段话极佳地同发生在《雷昂斯与蕾娜》里的机器人宫廷闹剧一幕相呼应,从"老实人到部长""内廷侍从到车夫""从老婆情人到父母兄弟",所有阶层的人都沦为了机械世界的牺牲品。可见,伴随着机器化的发展,人从试图利用机器技术掌控世界变成了对机器的依赖,其主体性进一步削弱。在机器类人化的同时,人却遭遇不断的退化降格,人的许多社会角色,甚至身体(移植)都被机器所取代。主体性的丧失必定带来无意义的感受,无聊就是人类在技术进步过程中所遭遇的精神空虚的危机表现。那么,是否有一天人类的世界会被机器人所占领？人是否就彻底成了没有灵魂,可被复制、替换、操控的机器了呢？这正是毕希纳借助《雷昂斯与蕾娜》戏剧中的机器人宫廷闹剧所最终引发的关于人的存在的问题。

6.4　小结

　　如本章开头所引述,"无聊"作为病态情绪的变种是毕希纳对这个已病入膏肓的现代异化社会的最后阶段所做出的诊断。而这种病态的社会现象在《雷昂斯与蕾娜》中被揭示为物质技术与精神发展不平衡的结果:王子雷昂斯以个人为中心的物质享乐并未填补其内心的空虚,感知上发生了错位,失落了爱的能力,对一切都不感兴趣,流露出忧郁的堕落情绪;皇帝彼得妄图发展理性思维来满足自己的统治欲,却脱离了现实流于抽象,反被工具理性所操控,失去了自我独立的意识,获得的仅是一种假象。

　　毕希纳以"喜剧"(die Komödie)形式力图发挥笑的力量,使针对宫廷贵族阶级精神堕落的嘲讽贯穿全文,并在宫廷机器人的闹剧中结合怪诞的元素使之功效发挥至极致。正如波德莱尔所言:"滑稽是一种绝对滑稽",而"滑稽只是在针对堕落的人类时才能够绝对。"[①]在机器人的闹剧中,人类的堕落异化显露无遗,揭示着一个可怕的现实:机器已经实现了对人的模仿、复制,甚至替代。在机械文化的腐蚀下,每个人都成了没有自我主体、被提前设定、可被远

---

① 夏尔·波德莱尔.美学珍玩[M].郭宏安,译.上海:上海译文出版社,2009:183.

程操控的机械木偶。自动机婚礼的骗局使一切理性崇拜和诗意浪漫都变成了虚妄，所有人都成了机械秩序体系之下的牺牲品，只能沉浸在自我无聊的骗局中。作者充满滑稽的笔触不仅充满了对现实的嘲讽，也饱含着失望和担忧：或许有一天，人将从机器的主人降格至机器的奴隶，人的存在成了一场无法逃避的虚无。

可见，借助"无聊"的意象，毕希纳在《雷昂斯与蕾娜》中透视并刻画了一个个颓废的、空洞的、病态的、麻木的灵魂，更进一步地认识到了社会异化条件下人性的恶化，展现了人存在的现代性危机。

结　语

在人类知识的任何其他时代中，人从未像我们现在那样对人自身越来越充满疑问。

——马克思·舍勒①

诚如引文所论及的那样，"人"构成了毕希纳所处时代的核心话语。大量关于人的知识的生成与热议在引起人们关注的同时，也使人的自我定位和形象塑造陷入了悖论式的迷茫之中。正是在这样的背景下，本书的研究对象作家格奥尔格·毕希纳通过文学创作融合自己在革命、医学、哲学等多重领域的研究，对"人"进行了综合考察和形象塑造。他在与那个时代的科学、美学话语互动的同时，也取得了反思性的突破，构建了自己个性化的人的形象。

反席勒式的理想主义美学构成了毕希纳诗学的基准点。与理想主义美化和标准化的倾向不同，作家笔下人物形象的外在和内在都呈现解剖式的暴露敞开状态。在塑造人的形象过程中，毕希纳始终关注着个体的命运，强调从感性的生命维度来把握主体的感受。如已有的分析所示，他对于人的动物化、人的分裂、人的患病和人的机械化的描写，无不是对异化社会条件下个体主体危机的投射。可以说，这些形象共同构成了毕希纳所理解的人的形象的方方面面。结合每章内容具体分析如下：

在作品中，毕希纳借助动物隐喻消解了人与动物的传统边界，让人呈现出动物形态，使之被异化的真实人性一面暴露出来：无论是被动物化成牲畜的底层人，还是表面道德、富有教养，内在却被功利目的所左右的罗伯斯庇尔、医生和教授，都经历着不同程度的异化和倒退。以此方式，毕希纳嘲讽了被过分夸大的有关修养的启蒙教育话语，既抛弃了进步乐观主义者对人作为更好的动

---

① 马克思·舍勒. 人在宇宙中的位置[M]. 李博杰, 译. 贵阳：贵州人民出版社, 1990：2.

物的信念，也瓦解了动物成为更好的人的浪漫化构想，从而揭示着人性所固有的双重性悖论。不同于启蒙人性至高论对动物性的压抑排斥，毕希纳主动地将其纳入对人和人性的考察之中，使人被压抑或美化的一面显露出来。

通过展现人性与兽性的矛盾关系，毕希纳实质上已经暗示了现实之中人的身心秩序难以取得平衡，理性与感性亦不可调和。在此意义上，"完整的人"的理想不可能实现。于是，他在《丹东之死》中打破了带有理想主义色彩的断头台崇高戏剧所营造的表面和谐。他以身体为媒介，采用具身化的认知模式解剖人的断裂感知状态与情感状态。在毕希纳看来，无论是偏感性的丹东，还是偏理性的罗伯斯庇尔都是不完整的：丹东的感官享乐只不过是对于早已破碎的感性经验的马赛克式拼贴，一种自我消解欲望的尝试，实则体现着一种情感的匮乏；而罗伯斯庇尔的理性禁欲式暴政则使之失去了朋友、亲人，享受的是"刽子手"的孤独痛苦。借助黑夜里的梦境与独白，作家实现了视角由外向内的转换，使有别于外在的、被隐藏压抑的一面以潜意识的方式显现出来。在此过程中，人物面临着自我陌生化的认知危机。人成了双重人，忍受着白昼、黑夜无法协调的两个自我的矛盾冲突，陷入了破碎分裂的边缘。"完整的人"的理想彻底被瓦解了。

于是，在毕希纳笔下，病痛成了人身心内外无法调和的压抑痛苦的输出口。《棱茨》与《沃伊采克》中的主人公作为疯人是游走在社会边缘的局外人。他们是敏感的、孤独的。他们渴望着被"健康的"社会理解接受和被爱。毕希纳的文本与历史的鉴定呈现出不同的观察视角，悬置了道德话语，将疯癫纳入了现代医学的范畴。延续着具身化的感性认知，他从患病之人的自身感受出发，聚焦其身体和心理层面上的多重病痛。借助现代叙述手法，毕希纳比在《丹东之死》中更为深入地进入了棱茨与沃伊采克的内心，细数着他们不为人知的压抑矛盾、恐惧迷茫、痛苦不安与空虚孤独的一面。在他看来，患者的身心痛苦实则都源自社会：与外部理性冷漠的社会的沟通不畅、情感的断裂和信仰的失落都是导致他们病情不断恶化的导火索。而医学实验对沃伊采克身心的伤害更是毁灭性的。这样一来，紧密结合着生理感知，病痛在毕希纳的文本中从另一个向度获得了积极的意义，成了身体在场和生命存在的指征。

借人的动物化、分裂、患病，毕希纳无不影射着文明进步的悖论，批判的是启蒙工具理性对人性自然的压抑和工具化。毕希纳认为，人的存在已危机重重，人类正一步步走向异化的深渊。而这一切结合着"无聊"的体验在《雷昂斯与蕾娜》中被更为彻底地呈现。作为一种病态情绪，"无聊"是毕希纳对于这个早已病入膏肓的异化社会和人所做出的最后诊断。在他看来,人之所以会无聊,根本在于技术的发展和工具理性的绝对主导使人的个体主体同其生活本身相分离。这导致个体主体的意志失去了对自我存在的掌控。人成了一种空洞和无意义的存在。

这样一来,人要么像毕希纳笔下的王子雷昂斯一样忍受着经验的匮乏,失去对一切的兴趣,以迷醉于颓废享乐来消解自我,逃避生活的异化;要么如皇帝彼得一般迷失于抽象的世界,彻底地沦为思维的工具,脱离现实的他的精神实则是空虚的。但无论雷昂斯,还是彼得,他们都是工具理性意识的牺牲品。机器人的闹剧彻底击溃了一切逃离的尝试、对理性的崇拜或浪漫的愿景。毕希纳用与真人无二的机器人嘲讽宫廷阶级的同时,以模糊人与机器边界的方式制造着不安。这是他对机械化秩序下人的存在危机所发出的警告:人成了可被随意拆解、组装、复制、控制、替代的机器甚至是其中的一个齿轮。

可见,通过塑造动物化的人、破碎的人、患病的人到机械化无聊的人,毕希纳至少实现了以下三个目标:

(1)立足于身体,他复位了感性,构建了以感觉为基础的生理感知模式。

(2)以此方式,他打通了从外向内的通道,一步一步地走进了人的内心世界,实现视角的心理化,探触到了人被压抑、隐藏的阴暗、痛苦、扭曲的一面。

(3)他以解剖式的目光一层层地切开了被席勒式理想主义所美化、熨合的人性伤口,使之异化的丑陋真相暴露出来。这是他在书信中对古茨科的承诺:"使敞开的伤口保持化脓状态。"(DKV Ⅱ,697)

可以说,毕希纳通过瓦解席勒式"完整的人"的理想,看似切断了人至臻完善的希望,使"人"变得"不完整",但从另一个角度看,他以此方式打开了认识人的新维度。他在破碎异化之人身上所挖掘到的激情、挣扎、恐慌、忧郁、无聊、孤独、迷茫、痛苦、虚无等元素,无不是对人的认知完整性的一种补充。这样一来,人的形象更显丰满而立体。此外,这些人物形象和人性元素所涵纳的"动物""完整的人""疾病""机器"主题都涉及越界的问题。毕希纳以消解划界的方式,使笔下之人始终在"一系列二元对立"[①]的两端之间来回摇摆,借以展现人本身就是一个无法定性的、复杂的、多面的个体。在此过程中,毕希纳提升了动物、分裂、疾病、痛苦等以往被边缘化的问题的价值,将其重新同生命存在的意义相关联,构成了人和人性的各个侧面,使对人和人性的认识更为丰

---

① 例如,人与动物、人与机器、身与心、安与恶、生与死、虚与实、善与恶之间的二元对立关系。

富且完整。

正如他在《棱茨》艺术对话中借棱茨之口所强调的："人必须爱人（性），才能深入人的本质；对一个作家来说，没有人是太卑贱和太丑陋的，只有具备这样的认识才能理解他们。"（DKV Ⅰ，235）可见，正是出于对人存在意义的尊重与追寻，毕希纳在人和人性问题上展现了与同时代作家不同的包容度，呈现审丑意识的萌芽。这促使他主动地去挖掘人的"丑的形象"，理解人性的矛盾冲突，从而开创性地发现了"卑贱之人"。他在饱含同情地描写他们的痛苦生活的同时，也将社会变革的希望寄托在他们身上。[①] 这些都是毕希纳在人的形象塑造上所体现的前瞻性。

同时，批判工具理性、强调人的感性情感、关注个体主体以及审丑等，这些都属于审美现代性的问题。然而，由于审美现代性涉及面较广，基于何种"审美现代性"的定义来考察毕希纳的作品，是论证他审美现代性价值的前提。

---

① 在 1836 年 6 月的信中，毕希纳就做出判断并认为，社会改革的希望不在受教育阶级身上，而是在没有受过教育的广大阶级身上。（DKV Ⅱ，440）

参考文献

外文文献

Primärliteratur

Büchner, Georg: *Gesammelte Werke: Erstdrucke und Erstausgaben in Faksimiles, Bd. 9: Nachrufe auf Georg Büchner.* Hg. von Thomas Michael Mayer. Frankfurt a. Main: Athenäum, 1987.

Büchner, Georg: *Sämtliche Werke, Briefe und Dokumente.* Hg. von Henri Poschmann und Rosemarie Poschmann. Frankfurt a. Main: Deutscher Klassiker Verlag 1992, 1999, 2 Bände.

Büchner, Georg: *Sämtliche Werke und Schriften. Historisch-kritische Ausgabe mit Quellendokumentation und Kommentar.* Hg. von Burghard Dedner, mitbegründet von Michael Mayer. Darmstadt: Wissenschaftliche Buchgesellschaft 2000-2013, 10 Bände in 18 Teilbänden.

Sekundärliteratur

Adler, Hans: „Georg Büchner: Dantons Tod". In: Müller-Michaels, Harro (Hg.): *Deutsche Dramen. Interpretationen zu Werken von der Aufklärung bis zur Gegenwart, Bd.* 1. Von Lessing bis Grillparzer. Königstein/Ts.: Athenäum Verlag, 1981, S. 146-169.

Agamben, Giorgio: *Das Offene. Der Mensch und das Tier.* Aus dem Italienischen übersetzt von Davide Giuriato. Frankfurt a. Main: Suhrkamp, 2003.

Anz, Thomas: *Gesund oder krank? Medizin, Moral und Ästhetik in der Gegenwartsliteratur*. Stuttgart: Metzler, 1989.

Arendt, Dieter: „Georg Büchner über JMR Lenz oder die idealistische Periode fing damals an". In: Dedner, Burghard/ Oesterle, Günter (Hg.): *Zweites Internationales Georg Büchner Symposium* 1987. Frankfurt a. Main: Hain, 1990, S. 309-332.

Bachmann, Ingeborg: „Ein Ort für Zufälle (1964)". In: Goltschnigg, Dietmar (Hg.): *Georg Büchner und die Moderne. Texte, Analyse, Kommentar*. Band 2, 1945-1980. Berlin: Erich Schmidt Verlag, 2002, S. 346-347.

Baumgarten, Alexander Gottlieb: *Theoretische Ästhetik. Die grundlegenden Abschnitte aus der Aesthetica (1750-1758)*. Übers. u. hg. v. Hans Rudolf Schweizer. Hamburg: Meiner, 1993.

Bayertz, Kurt: „Der aufrechte Gang: Ursprung der Kultur und des Denkens?". In: Garber, Jörn/ Thoma, Heinz (Hg.): *Zwischen Empirisierung und Konstruktionsleistung: Anthropologie im 18. Jahrhundert*. Tübingen: Max Niemeyer, 2004, S. 59-76.

Beise, Arnd: „ Georg Büchner und die Romantik ". In: Martin, Ariane/ Stauffer, Isabelle (Hg.): *Georg Büchner und 19. Jahrhundert*. Bielefeld: Aisthesis Verlag, 2012, S. 215-230.

Benjamin, Walter: *Gesammelte Schriften, Band V. I*. Hg. v. Rolf Tiedemann. Frankfurt a. Main: Suhrkamp, 1982.

Bergander, Laura/ Artium, Magistra: *Inszenierungen des Traumerlebens Fiktionale Simulationen des Träumens in deutschsprachigen Erzähl- und Dramentexten (1890-1930)*. Doktorarbeit. Friedrich-Schiller-Universität Jena, 2016.

Berger, John: „Warum sehen wir Tiere an?" In: Ders: *Das Leben der Bilder oder die Kunst des Sehens*. Übers. Von Stephen Tree. Berlin: Wagenbach, 1989, S. 13-35.

Berns, Jörg Jochen: „Zeremoniellkritik und Prinzensatire. Traditionen der politischen Ästhetik des Lustspiels *Leonce und Lena* ". In: Neymeyr, Barbara (Hg.): *Georg Büchner: Neue Wege der Forschung*. Darmstadt: WBG, 2013, S. 69-88.

Bischof, Rita:„Lachen und Sein. Einige Lachtheorien im Lichte von Georges Bataille". In: Kamper, Dietmar/Wulf, Christoph (Hg.): *Lachen-Gelächter-Lächeln. Reflexionen in drei Spiegeln*. Frankfurt a. Main: Syndikat, 1986, S. 52-67.

Borgards, Roland: *Poetik des Schmerzes. Physiologie und Literatur von Barockes bis Büchner*. München: Wilhelm Fink Verlag, 2007.

Borgards, Roland/ Neumeyer, Harald (Hg.): *Büchner-Handbuch*. Stuttgart: Metzler, 2009.

Borgards, Roland u. a. (Hg.): *Literatur und Wissen. Ein interdisziplinäres Handbuch*. Stuttgart: Springer, 2013.

Braungart, Georg u.a. (Hg.): *Reallexikon der deutschen Literatur. Band III, P-Z*. Berlin/New York: Walter de Gruyter, 2007.

Breidbach, Olaf: *Goethes Metamorphosenlehre*. München: Wilhelm Fink Verlag, 2006.

Buck, Theo: *Büchner-Studien II:„Riß in der Schöpfung"*. Aachen: Rimbaud, 2000.

Buschka, Sonja/ Rouamba, Jasmine:„Hirnloser Affe? Blöder Hund? Geist als sozial konstruiertes Unterscheidungsmerkmal". In: Pfau-Effinger, Birgit/Suschka, Sonja (Hg.): *Gesellschaft und Tiere. Soziologische Analyse zu einem ambivalenten Verhältnis*. Wiesbaden: Springer Verlag, 2013, S. 23-56.

Butzer, Günter/Jacob, Joachim (Hg.): *Metzler Lexikon literarischer Symbole*. Auflage. Stuttgart u. Weimar: J.B. Metzler Verlag, 2012.

Büttner, Ludwig: *Büchners Bild vom Menschen*. Nürnberg: Verlag Hans Carl, 1967.

Canetti, Elias: *Die Fliegenpein. Aufzeichnungen*. München: Hanser, 1992.

Celan, Paul:„Der Meridian (1960)". In: Dietmar Goltschnigg (Hg.): *Georg Büchner und die Moderne. Texte, Analyse, Kommentar*. Band 2, 1945-1980. Berlin: Erich Schmidt Verlag, 2002, S. 300-308.

Chatelet, Emilie du: *Rede vom Glück*. Berlin: Friedenauer Presse, 1999.

Dedner, Burghard:„Legitimationen des Schreckens in Georg Buechners Revolutionsdrama". In: *Jahrbuch der Deutschen Schillergesellschaft*, 29 (1985), S. 343-380.

Dedner, Burghard (Hg.): *Der widerständige Klassiker. Einleitung zu Büchner vom Nachmärz bis zur Weimarer Republik*. Frankfurt a. M.: Athenäum, 1990.

Dedner, Burghard (Hg.):*Erläuterungen und Dokumente. Georg Büchner, Woyzeck*. Reclam, 2000.

Genazino, Wihelm:„Der Untrost und die Untröstlichkeit der Literatur". In: *Deutsche Akademie für Sprache und Dichtung. Jahrbuch* 2004. Hg. v. der Deutschen Akademie für Sprache und Dichtung, Redaktion: Michael Assmann. Darmstadt: Wallstein 2005, S. 128-134.

Döhner, Otto:„Neuere Erkenntnisse zu Georg Büchners Naturauffassung und Naturforschung". In: Gersch, Hubert/Mayer, Thomas Michael/ Oesterle, Günter (Hg.): *Georg Büchner-Jahrbuch, Bd*. 2. Frankfurt a. Main: Europäische Verlagsanstalt, 1982, S. 126-132.

Dreitzel, Hans-Peter:„Leid". In: Wulf, Christoph (Hg.):*Vom Menschen: Handbuch historische Anthropologie*. Weinheim und Basel: Beltz Verlag, 1997, S. 854-873.

Drux, Rudolf:*Marionette Mensch. Ein Metaphernkomplex und sein Kontext von E. T. A. Hoffmann bis Georg Büchner*. München: Wilhelm Fink Verlag, 1986.

Düllo, Thomas:*Kultur als Transformation: Eine Kulturwissenschaft des Performativen und des Crossover*. Bielefeld, Transcript-Verlag, 2011.

Engelen, Beate:*Soldatenfrauen in Preussen: eine Strukturanalyse der Garnisonsgesellschaft im späten* 17. *Und* 18. *Jahrhundert*. Münster: Lit Verlag, 2005.

Fortmann, Patrick:*Autopsie: Die Physiologie der Liebe und die Anatomie der Politik im Werk Georg Büchners*. Harvard University, Cambridge, Massachussets, 2005.

Foucault, Michel:*Wahnsinn und Gesellschaft. Eine Geschichte des Wahns im Zeitalter der Vernunft*. Frankfurt a. Main: Suhrkamp, 1961.

Foucault, Michel: *Die Geburt der Klinik. Eine Archäologie des ärztlichen Blicks*. *Hg. von Wolf Lepenies und Henning Ritter*. Frankfurt a. Main, Berlin, Wien: Ullstein, 1976.

Foucault, Michel: *Sexualität und Wahrheit*. *Bd. 2: Der Gebrauch der Lüste*. Übers. Von Ulrich Raulf und Walter Seitter. Frankfurt a. Main: Suhrkamp, 1986.

Foucault, Michel: „Von anderen Räumen". In: Ders.: *Schriften in vier Bänden. Band IV 1980-1988*. Hg. v. Daniel Defert und Francois Ewald. Frankfurt a. Main: Suhrkamp, 2005, S. 931-942.

Frank, Manfred: „ Vom Lachen. Über Komik, Witz und Ironie. Überlegungen im Ausgang von der Frühromantik". In: Vogel, Thomas (Hg.): *Vom Lachen: einem Phänomen auf der Spur*. Tübingen: Attempto-Verlag, 1992, S. 211-231.

Franz, Joachim: „Ein Programmzettel zum Theater der Mächtigen. Zur Kritik an herrschaftstragenden Inszenierungen im Hessischen Landboten". In: Dedner, Burgard/Gröbel, Matthias/Vering, Eva-Maria (Hg.): *Georg Büchner-Jahrbuch, Bd. 12 (2009-2012)*. Tübingen. : Max Niemeyer Verlag, 2012, S. 25-44.

Freud, Sigmund: „Trauer und Melancholie". In: Ders. :*Gesammelte Werke: Zehnter Band: Werke aus den Jahren* 1913-1917. London: Imago Publishing Co., Ltd, 1946, S. 428-447.

Freud, Sigmund: *Die Traumdeutung. Studienausgabe Band II*. Frankfurt a. Main: Fischer Verlag, 1972.

Freytag, Julia/Stephan, Inge/Winter, Hans-Gerd (Hg.):*J. M. R. Lenz-Handbuch*. Berlin/Boston: De Gruyter, 2017.

Gille, Klaus F. :„ „Die Welt … hatte einen ungeheuern Riß'. Zu Büchners Lenz". In: Duhamel, Roland: *Nur Narr? Nur Dichter? Über die Beziehung von Literatur und Philosophie*. Würzburg: Königshausen & Neumann, 2008, S. 185-198.

Gleixner, Ulrike:*Pietismus und Bürgertum: eine historische Anthropologie der Frömmigkeit*. Göttingen: Vandenhoeck & Ruprecht, 2005.

Glück, Alfons:„Der Menschenversuch. Die Rolle der Wissenschaft in Georg

Büchners Woyzeck". In: Gersch, Hubert/Mayer, Thomas Michael/Oesterle, Günter (Hg.): *Georg Büchner-Jahrbuch, Bd.* 5. Frankfurt a. Main: Europäische Verlagsanstalt, 1985, 139-182.

Goethe, Johan Wolfgang: *Aus meinem Leben. Dichtung und Wahrheit*. Berliner Ausgabe. Hg. von Michael Holzinger. Berlin, 2014.

Goltschnigg, Dietmar (Hg.): *Büchner im „Drittes Reich": Mystifikation, Gleichschaltung, Exil: eine Dokumentation*. Bielefeld: Aisthesis Verlag, 1990.

Görlich, Bernard/Lehr, Anke: „ Materialismus und Subjektivität in den Schriften Georg Büchners". In: Arnold, Heinz Ludwig (Hg.): *Text + Kritik: Georg Büchner III*. München: edition text+kritik GmbH, 1981, S. 35-62.

Grab, Walter/Michael, Thomas: *Georg Büchner und die Revolution von* 1848. *Der Büchner-Essay von Wilhelm Schulz aus dem Jahr* 1851. *Text und Kommentar*. Königstein: Athenäum, 1985.

Graczyk, Annete: „Sprengkraft Sexualität. Zum Konflikt der Geschlechter in Georg Büchners Woyzeck". In: Dedner, Burghard/Gröbel, Matthias / Vering, Eva-Maria (Hg.): *Georg Büchner Jahrbuch 11 (2005-2008)*. Tübingen: Max Niemeyer Verlag, S. 101-121.

Greiner, Bernhard: „Lenz′ Doppelgesicht: Büchners Spaltung der Figur als Bedingung der Kohärenz der Erzählung". In: Formann, Patrick/Helfer, Matha B. (Hg.): *Commitment and Compassion. Essays on Georg Büchner. Festschrift for Gerhard P. Knapp*. Amsterdam: Rodopi, 2012, S. 91-112.

Große, Jürgen: *Philosophie der Langeweile*. Stuttgart: Springer-Verlag, 2008.

Große, Wilhelm:*Georg Büchner. Der Hessische Landbote. Woyzeck*. München: Oldenbourg, 1988.

Grünbein, Durs: *Den Körper zerbrechen: Rede zur Entgegenahme des Georg-Büchner-Preis* 1995. Frankfurt a. Main: Suhrkamp, 1995.

Guarda, Sylvain: „Büchners Lenz: Eine kindliche Pastorale im Muttergeiste Rousseaus". In:*Monatshefte*, 2009, Vol. 101(No. 3), S. 347-360.

Habermas, Jürgen: *Strukturwandel der Öffentlichkeit*. Frankfurt a. Main: Suhrkamp Verlag, 2001.

Hagner, Michael: *Homo cerebralis. Der Wandel vom Seelenorgan zum Gehirn*. Frankfurt a. M.: Suhrkamp, 2008.

Hauschild, Jan-Christoph: *Georg Büchner. Studien und neue Quellen zu Leben, Werk und Wirkung*. Königstein (Ts.): Athenäum, 1985.

Hegel, Georg Wilhelm Friedrich: *Werke in 20 Bänden. Band 13: Vorlesungen über die Ästhetik I*. Frankfurt a. Main: Suhrkamp, 1970.

Heine, Heinrich: *Sämtliche Schriften in zwölf Bänden. Bd. 3: Schriften 1822-1831*. Hg. von Klaus Briegleb. München: Hanser, 1976.

Herder, Johann Gottfried: „Zum Sinn des Gefühls". In: Ders.: *Werke in zehn Bänden. Band 4: Schriften zu Philosophie, Literatur, Kunst und Altertum: 1774-1787*. Frankfurt a. Main: Deutscher Klassiker-Verlag, 1994, S. 233-243.

Herder, Johann Gottfried: „Plastik". In: Ders.: *Werke in zehn Bänden. Bd. 4: Schriften zu Philosophie, Literatur, Kunst und Altertum: 1774-1787*. Frankfurt a. Main: Deutscher Klassiker-Verlag, 1994, S. 243-326.

Herder, Johann Gottfried: *Werke in 10 Bänden. Bd. 6: Ideen zur Philosophie der Geschichte der Menschheit*. Hg. v. Martin Bollacher. Frankfurt a. Main: Deutscher Klassiker-Verlag, 1989.

Herder, Johann Gottfried: *Werke in 10 Bänden. Bd. 7: Briefe zu Beförderung der Humanität*. Hg. v. Martin Bollacher. Frankfurt. a. Main: Deutscher Klassiker-Verlag, 1991.

Herder, Johann Gottfried: *Abhandlung über den Ursprung der Sprache*. Stuttgart: Reclam, 1993.

Hilbig, Wolfgang: „Literatur ist Monolog". In: Goltschnigg, Dietmar (Hg.): *Georg Büchner und die Moderne. Texte, Analyse, Kommentar. Band 3, 1980-2002*. Berlin: Erich Schmidt Verlag, 2004, S. 600-601.

Hinderer, Walter: *Büchner-Kommentar zum dichterischen Werk*. München: Winkler, 1977.

Hinderer, Walter: „Lenz. Sein Dasein war ihm eine notwendige Last". In: Ders. (Hg.): *Interpretationen: Georg Büchner: Dantons Tod, Lenz,*

Leonce und Lena, Woyzeck. Stuttgart: Reclam, 1990, S. 63-117.

Hinderer, Walter: *Schiller und kein Ende: Metarmorphosen und kreative Aneignungen*. Würzburg: Königshausen & Neumann, 2009.

Höhn, Gerhard: *Heine-Handbuch: Zeit, Person, Werk*. Stuttgart: Springer, 2004.

Horkheimer, Max/Adorno, Theodor W.: *Dialektik der Aufklärung*. Frankfurter a. Main: Fischer, 1987.

Imre, Kertész: *Ich, ein anderer*. Reinbek bei Hamburg: Rowohlt-Taschenbuch-Verlag, 2002.

Ihering, Herbert:„Büchner-Abend (1913)". In: Dietmar Goltschnigg (Hg.): *Georg Büchner und die Moderne. Texte, Analyse, Kommentar*. Bd. 1. Berlin: Erich Schmidt, 2001, S. 263-264.

Ingensiep, Hans Werner:„Der aufgeklärte Affe". In: Jörn Garber/Heinz Thoma (Hg.): *Zwischen Empirisierung und Konstruktionsleistung: Anthropologie im 18. Jahrhundert*. Tübingen: Max Niemeyer, 2004, S. 31-57.

Janz, Marlies:*Vom Engagement absoluter Poesie. Zur Lyrik und Ästhetik Paul Celans*. Frankfurt a. Main: Syndikat, 1976.

Kamper, Dietmar:„Bild". In: Wulf, Christoph (Hg.):*Vom Menschen: Handbuch historische Anthropologie*. Weinheim und Basel: Beltz Verlag, 1997, S. 589-595.

Kasties, Bert: *J. M. R. Lenz unter dem Einfluß des frühkritischen Kant*. Berlin/New York: De Gruyter, 2003.

Kaufmann, Sebastian:„Ästhetik des Leidens? Zur antiidealistischen Kunstkonzeption in Georg Büchners Lenz". In: Dedner, Burghard/Gröbel, Matthias/ Vering, Eva-Maria (Hg.): *Georg Büchner Jahrbuch 13 (2013-2015)*. Berlin/ Boston: De Gruyter, 2016, S. 177-206.

Kessel, Martina:„Balance der Gefühle: Langeweile im 19. Jahrhundert". In:*Historische Anthropologie*, 1996, Vol. 4(No.2): S. 234-255.

Kessel, Martina: *Langeweile: zum Umgang mit Zeit und Gefühlen in Deutschland vom späten 18 bis zum frühen 20. Jahrhundert*. Göttingen: Wallstein-Verlag, 2001.

Kittsteiner, Heinz-Dieter/Lethen, Helmut:„Ich-Losigkeit, Entbürgerlichung und Zeiterfahrung. Über die Gleichgültigkeit zur Geschichte in Büchners Woyzeck". In: Gersch, Hubert/Mayer, Thomas Michael/Oesterle, Günter (Hg.): *Georg Büchner-Jahrbuch, Bd.* 3. Frankfurt a. Main: Europäische Verlagsanstalt, 1983, S. 240-269.

Kitzbichler, Martina:*Aufbegehren der Natur. Das Schicksal der vergesellschafteten Seele in Georg Büchners Werk*. Opladen: Westdeutscher Verlag GmbH, 1993.

Klinkert, Thomas/Neuhofer, Monika:*Literatur, Wissenschaft und Wissenschaft seit der Epochenschwelle um* 1800. Berlin/New York: Walter de Gruyter, 2008.

Koschorke, Albrecht: *Körperströme und Schriftverkehr: Mediologie des* 18. *Jahrhunderts*. München: Wilhelm Fink Verlag, 1999.

Kosenina, Alexander: *Literarische Anthropologie. Die Neuentdeckung des Menschen*. Berlin: Akademie Verlag, 2008.

Krapp, Helmut:*Der Dialog bei Georg Büchner*. Darmstadt: Gentner, 1958.

Krug, Wilhelm Traugott:*Allgemeines Handwörterbuch der philosophischen Wissenschaften, nebst ihrer Literatur und Geschichte, Bd.* I, 2. Aufl. Leipzig, 1832.

Kubik, Sabine: *Krankheit und Medizin im literarischen Werk Georg Büchners*. Stuttgart: Springer, 1991.

Kurzke, Hermann: *Georg Büchner. Geschichte eines Genies*. München: Beck, 2013.

Langner, Ute: *Zwischen Politik und Kunst*. Münster: Waxmann Verlag, 2002.

Lefebvre, Henri: *Kritik des Alltagslebens, Bd.* 1. Hg. von Dieter Prokop. München: Carl Hanser Verlag, 1974.

Lenz, Jakob Michael Reinhold: *Werke und Briefe in drei Bänden, Bd.* 2. Hg. von Sigrid Damm. München: Hanser, 1987.

Lenzen, Dieter:„Krankheit und Gesundheit". In: Christoph Wulf (Hg.): *Vom Menschen: Handbuch historische Anthropologie*. Weinheim und Basel: Beltz Verlag, 1997, S. 885-891.

Lichtenberg, Georg Christoph: *Schriften und Briefe. Band* 3.1: *Aufsätze, Entwürfe, Gedichte. Erklärung der Hogarthischen Kupferstiche.* Hg. von Wolfgang Promies. München: Hanser, 1972.

Lichtenberg, Georg Christoph: *Schriften und Briefe. Bd. I/* 1.3. Hg. von Wolfgang Promies. München: Hanser, 1980.

Luserke-Jaqui, Matthias (Hg.): *Schiller-Handbuch. Leben-Werk-Wirkung.* Stuttgart und Weimar: J. B. Metzler Verlag, 2001.

Ludwig, Peter: *Es gibt eine Revolution in der Wissenschaft. Naturwissenschaft und Dichtung bei Georg Büchner.* Röhrig: St. Ingbert, 1998.

Macho, Thomas: Zoologiken: „Tierpark, Zirkus und Freakshow". In: Gert Theile (Hg.): *Anthropometrie zur Vorgeschichte des Menschen nach Maß.* München: Wilhelm Fink Verlag, 2005, S. 155-178.

Marquard, Odo: „ Das Komische und die Philosophie ". In: *Gießener Universitätsblätter* 7 (1974), H. 2, S. 79-89.

Martens, Wolfgang: „ Georg Büchner. Leonce und Lena ". In: Hinck, Walter (Hg.): *Die deutsche Komödie.* Düsseldorf: Bagel, 1997, S. 145-159.

Martin, Ariane: „ Absolut komisch. König Peter und die Philosophie in Büchners *Leonce und Lena* ". In: Martin, Ariane/Stauffer, Isabelle (Hg.): *Georg Büchner und das* 19. *Jahrhundert.* Bielefeld: Aisthesis Verlag, 2012, S. 183-198.

Mattenklott, Gert: *Melancholie in der Dramatik des Sturm und Drang.* Stuttgart: J.B. Metzler, 1968.

Mayer, Hans: *Georg Büchner und seine Zeit.* Frankfurt a. Main: Suhrkamp, 1972.

Mayer, Hans: „Der unerklärbare Büchner (1987)". In: Dietmar Goltschnigg (Hg.): *Georg Büchner und die Moderne, Bd. 3, 1980-2002.* Berlin: Erich Schmidt Verlag, 2004, S. 331-335.

Mayer, Thomas Michael: *Georg Büchner.* Frankfurt a. Main: Insel-Verlag, 1987.

Mendelssohn, Moses: „Jerusalem oder über religiöse Macht und Judentum". In: Ders.: *Gesammelte Schriften. Jubiläumsausgabe. Band* 8: *Schriften zum*

Judentum, 2. Hg. von F. Bamberger u. a. Stuttgart: Fromman-Holzboog, 1983, S. 99-203.

Mergenthaler, Volker: *Sehen schreiben, Schreiben sehen*. Tübingen: Max Niemeyer Verlag, 2002.

Mettrie, Julien Offray de La: *L'homme machine. Die Maschine Mensch*. Übers. u. hg. v. Claudia Becker. Französisch-Deutsch. Hamburg: Felix Meiner Verlag, 1990.

Michael, Hoffmann/Kanning, Julian: *Georg Büchner. Epoche-Werk-Wirkung*. München: C. H. Beck, 2013.

Michels, Gerd: „Landschaft in Georg Büchners Lenz". In: Neymeyr, Barbara (Hg.): *Georg Büchner. Neue Wege der Forschung*. Darmstadt: WBG, 2013, S. 196-209.

Mischke, Joachim: *Die Spaltung der Person in Georg Büchners Dantons Tod*. Diss. Marburg, 1970.

Moritz, Karl Philipp: *Werke. Bd. 3: Erfahrung, Sprache, Denken*. Hg. v. Horst Günther. Frankfurt a. Main, 1981.

Moros, Zofia: *Nihilistische Gedankenexperimente in der deutschen Literatur von Jean Paul bis Georg Büchner*. Frankfurt a. Main: Peter Lang, 2007.

Müller, Heiner: „Die Wunde Woyzeck (1985)". In: Dietmar Goltschnigg (Hg.): *Georg Büchner und die Moderne. Texte, Analyse, Kommentar. Band 3, 1980-2002*. Berlin: Erich Schmidt Verlag, 2004, S. 314-315.

Müller-Sievers, Helmut: *Desorientierung. Anatomie und Dichtung bei Georg Büchner*. Göttingen: Wallstein Verlag, 2003.

Müller, Reimar: *Menschenbild und Humanismus der Antike*. Leipzig: Verlag Phillip Reclam, 1980.

Münch, Paul: *Tiere und Menschen. Geschichte und Aktualität eines prekären Verhältnisses*. Paderborn: Ferdinand Schöningh, 1998.

Neuhuber, Christian: „Woyzecks Weg zur Weltliteratur". In: Dedner, Burghard/Gröbel, Matthias/Vering, Eva-Maria (Hg.): *Georg Büchner Jahrbuch* 13 (2013-2015). Berlin/Boston: De Gruyter, 2016, S. 301-326.

Nielaba, Daniel Müller: *Die Nerven lesen: Zur Leit-Funktion von Georg Büchners Schreiben*. Würzburg: Kögnigshausen & Neumann, 2001.

Nishioka, Akane: *Die Suche nach dem Wirklichen Menschen: Zur Dekonstruktion des neuzeitlichen Subjekts in der Dichtung Georg Heyms*. Würzburg: Königshausen & Neumann, 2006.

Oesterle, Günter: „Das Komischwerden der Philosophie in der Poesie Literatur-, philosophie- und gesellschaftsgeschichtliche Konsequenzen der, voie physiologique' in Georg Büchners Woyzeck". In: Gersch, Hubert/Mayer, Thomas Michael/Oesterle, Günter (Hg.): *Georg Büchner-Jahrbuch, Bd*. 3. Frankfurt a. Main: Europäische Verlagsanstalt, 1983, S. 200-239.

Oesterle, Ingrid: „Zuckungen des Lebens: Zum Antiklassizismus von Georg Büchners Schmerz-, Schrei- und Todesästhetik". In: Henri Poschmann (Hg.): *Wege zu Georg Büchner. Berlin: Europäischer Verlag der Wissenschaften*, 1992, S. 61-84.

Olaru-Posiar, Simona: „Das Motiv des Wahnsinns in der deutschen Literatur-von Georg Büchner bis Patrick Süskind". In: *Journal of Romanian Literary Studies*, 2015, (No. 6): S. 1044-1052.

Patrick, Fortmann: „ Die Bildlichkeit der Revolution. Regime politischer Beobachtung bei Büchner ". In: Dedner, Burghard/Gröbel, Matthias/ Vering, Eva-Maria (Hg.): *Georg Büchner Jahrbuch* 13 (2013-2015). Berlin/Boston: Walter de Gruyter, 2016, S. 63-92.

Pelster, Theodor: *Sophokles: König Ödipus*. Stuttgart: Philipp Reclam, 2008.

Pethes, Nicolas: „ Viehdummes Individuum, unsterblichste Experimente. Elements of a Cultural History of Human Experimentation in Georg Büchner's Dramatic Case Study Woyzeck". In: *Monatshefte*. 2006, Vol. 98(No. 1), S. 68-82.

Planz, Gabriele: *Langeweile: ein Zeitgefühl in der deutschsprachigen Literatur der Jahrhundertwende*. Marburg: Tectum Verlag, 1996.

Poschmann, Henri: „Problem einer literarisch-historischen Ortsbestimmung Georg Büchners". In: Gersch, Hubert/Mayer, Thomas Michael/Oesterle/Günter (Hg.): *Georg Büchner-Jahrbuch, Band* 2. Frankfurt a.

Main: Europäische Verlagsanstalt, 1982, S. 133-142.

Reiser, Anton: *Ein psychologischer Roman*. Frankfurt a. M.: Insel-Verlag, 1984.

Reuchlein, Georg: *Das Problem der Zurechnungsfähigkeit bei E. T. A. Hoffmann und Georg Büchner*. Frankfurt a. Main/Berlin/New York: Peter Lang, 1985.

Reuchlein, Georg: *Bürgerliche Gesellschaft, Psychiatrie und Literatur. Zur Entwicklung der Wahnsinnsthematik in der deutschen Literatur des späten 18. und frühen 19. Jahrhunderts*. München: Wilhelm Fink Verlag, 1986.

Reuchlein, Georg: „, ··· als jage der Wahnsinn auf Rossen hinter ihm. 'Zur Geschichtlichkeit von Georg Büchners Modernität: Eine Archäologie der Darstellung seelischen Leidens im Lenz". In: Neymeyr, Barbara (Hg.): *Georg Büchner. Neue Wege der Forschung*. Darmstadt: WBG, 2013, S. 172-195.

Riedel, Wolfgang: *Die Anthropologie des jungen Schiller*. Würzburg: Königshausen & Neumann, 1985.

Riedel, Wolfgang: „Influxus physicus und Seelenstärke. Empirische Psychologie und moralische Erzählung in der deutschen Spätaufklärung und bei Jacob Friedrich Abel". In: Barkhoff, Jürgen/Sagarra, Eda (Hg.): *Anthropologie und Literatur um* 1800. München: Iudicium-Verlag, 1992, S. 24-52.

Riedel, Wolfgang: „Anthropologie und Literatur in der deutschen Spätaufklärung". Skizze einer Forschungslandschaft. In: *ISAL*, Sonderheft 6. Tübingen 1994, S. 93-158.

Riedel, Wolfgang: „Erster Psychologismus. Umbau des Seelenbegriffs in der deutschen Spätaufklärung". In: Garber, Jörn/Thoma, Heinz (Hg.): *Zwischen Empirisierung und Konstruktionsleistung: Anthropologie im 18. Jahrhundert*. Tübingen: Max Niemeyer, 2004, S. 1-18.

Ritter, Joachim (Hg.): *Historisches Wörterbuch der Philosophie*. Bd. 1. Basel: 1971.

Roth, Heinrich: *Pädagogische Anthropologie, Bd. Ⅱ, Entwicklung und*

Erziehung. Grundlagen einer Entwicklungspädagogik. Berlin: Schroedel, 1971.

Roth, Udo: *Georg Büchners naturwissenschaftliche Schriften*. Tübingen: Max Niemeyer Verlag, 2004.

Saltzwedel, Johannes: *Das Gesicht der Welt physiognomisches Denken in der Goethezeit*. München: Wilhelm Fink Verlag, 1993.

Scheiterbauer, Anna Katharina: *Die gestörte Funktionalität der Sinne im Werk Georg Büchner. Diplomarbeit*. Wien: Universität Wien, 2008.

Schiller, Friedrich: *Sämtliche Werke in 5 Bänden. Bd. V: Erzählungen und theoretische Schriften*. München: Hanser, 2004.

Schings, Hans-Jürgen: *Melancholie und Aufklärung*. Stuttgart: Metzler, 1977.

Schings, Hans-Jürgen (Hg.):*Der ganze Mensch: Anthropologie und Literatur im 18. Jahrhundert, DFG-Symposion 1992*. Stuttgart/Weimar: J.B. Metzler, 1994.

Schlegel, Friedrich:„Ueber das Studium der Griechischen Poesie (1795/1796)“. In: Walter Jaeschke (Hg.):*Früher Idealismus und Frühromantik. Der Streit um die Grundlagen der Ästhetik (1795-1805): Quellenband*. Hamburg: Felix Meiner Verlag, 1995, S. 23-96.

Schmaus, Marion:*Psychosomatik. Literarische, philosophische und medizinische Geschichten zur Entstehung eines Diskurses (1778-1936)*. Tübingen: Max Niemeyer Verlag, 2009.

Schmidt, Dietmar:*Die Physiognomie der Tiere. Von der Poetik der Fauna zur Kenntnis des Menschen*. München: Wilhelm Fink Verlag, 2011.

Schmidt, Dietmar: „‚Viehsionomik‘: Repräsentationsformen des Animalischen im 19. Jahrhundert“. In:*Historische Anthropologie*, 2003, Vol. 11 (No.1), S. 21-46.

Schmidt, Harald:*Melancholie und Landschaft. Die psychotische und ästhetische Struktur der Naturschilderungen in Georg Büchners Lenz*. Olpaden: Springer Fachmedien Wiesbaden, 1994.

Schmidt, Harald:„Schizophrenie oder Melancholie? Zur problematischen Differentialdiagnostik in Georg Büchners Lenz“. In: *ZdfPh* 117 (1998), S. 516-542.

Schmidt, Jochen: *Die Geschichte des Genie-Gedankens in der deutschen Literatur, Philosophie und Politik* 1750-1945, *Bd.* 1. Darmstadt: Wissenschaftliche Buchgesellschaft, 1988.

Schneider, Heltmut J.:„ Tragödie und Guillotine. , Dantons Tod ': Büchners Schnitt durch den klassischen Bühnenkörper". In: Dörr, Volker C./Schneider, Helmut J. (Hg.): *Die deutsche Tragödie. Neue Lektüren einer Gattung im europäischen Kontext.* Bielefeld: Aisthesis-Verlag, 2006, S. 127-156.

Schrimpf, Hans Joachim (Hg.): *Karl Phillipp Moritz.* Stuttgart: J. B. Metzler, 1980.

Schwarz, Christopher: *Langeweile und Identität. Eine Studie zur Entstehung und Krise des romantischen Selbstgefühls.* Heidelberg: Universitätsverlag C. Winter, 1993.

Seling-Dietz, Carolin:„ Büchners Lenz als Rekonstruktion eines Falls religöser Melancholie ". In: Dedner, Burgard/Mayer, Thomas Michael (Hg.): *Georg Büchner-Jahrbuch, Bd.* 9 *(1995-1999).* Tübingen: Max Niemeyer Verlag, 2000, S. 188-236.

Sevin, Dieter (Hg.): *Georg Büchner: Neue Perspektiven zur internationalen Rezeption.* Berlin: Erich Schmidt Verlag, 2007.

Silvia Bovenschen:„Kleidung". In: Christoph Wulf (Hg.): *Vom Menschen. Vom Menschen: Handbuch historische Anthropologie.* Weinheim und Basel: Beltz Verlag, 1997, S. 231-242.

Simmel, Georg: *Soziologische Ästhetik.* Wiesbaden: Verlag für Sozialwissenschaften, 2009.

Söring, Jürgen:„ Naturwerk-Kunstwerk-Machwerk: Maschinengang und Automatismus als poetologisches Prinzip". In: Ders. (Hg.): *Androiden. Zur Poetologie der Automaten.* 6 *Internationales Nürnberger Kolloquium* 1994. Frankfurt a. Main: Lang, 1997, S. 9-51.

Stiening, Gideon: *Literatur und Wissen im Werk Georg Büchners.* Berlin/ Boston: De Gruyter, 2019.

Stompe, Thomas/Ritter, Kristina/Friedmann, Alexander:„Die Gestaltungen des Wahnsinns bei William Shakespeare ". In: *Wiener Klinische*

Wochenschrift. 2006, Vol. 118(No. 15-16): S. 488-495.

Tester, Steven: "G. C. Lichtenberg on Self-Consciousness and Personal Identity". In: *Archiv für Geschichte der Philosophie*, 2013, 95(3): S. 336-359.

Thomas, Keith: *Man and the Natural World: A History of the Modern Sensibility*. New York: Pantheon, 1983.

Tunner, Erika: *Romantik-Eine lebenskräftige Krankheit: Ihre Literarischen Nachwirkungen in der Moderne*. Amsterdam: Atlanta, 1991.

Utz, Peter: *Das Auge und das Ohr im Text. Literarische Sinneswahrnehmung in der Goethezeit*. München: Wilhelm Fink Verlag, 1990.

Vietta, Silvio: *Die literarische Moderne. Eine problemgeschichtliche Darstellung der deutschsprachigen Literatur von Hölderlin bis Thomas Bernhard*. Stuttgart: J.B. Metzlersche Verlagsbuchhandlung, 1992.

Viëtor, Karl: *Georg Büchner: Politik, Dichtung, Wissenschaft*. Bern: Francke, 1949.

Volger, P.: „Disziplinärer Methodenkontext und Menschenbild". In: Gadamer, Hans-Georg (Hg.): *Neue Anthropologie, Bd. 1. Biologische Anthropologie*. München: Taschenbuch-Verlag, 1975, S. 3-21.

Voßkühler, Friedrich: *Subjekt und Selbstbewusstsein. Ein nicht mehr unzeitgemäßiges philosophisches Plädoyer für Vernunft und soziale Emanzipation*. Würzburg: Königshausen & Neumann, 2010.

Wagner, Martin Nikolaus: *Tierbilder im Werk Georg Büchners*. MA. Universität Wien, 2009.

Wallmann, Johannes: *Pietismus-Studien. Gesammelte Aufsätze* II. Tübingen: Mohr Siebeck, 2008.

Weier, Winfried: *Idee und Wirklichkeit. Philosophie deutscher Dichtung*. München: Paderborn, 2005.

Weigel, Sigrid (Hg.): Gesichter: kulturgeschichtliche Szenen aus der Arbeit am Bildnis des Menschen. München: Wilhelm Fink, 2013.

Wild, Markus: *Die anthropologische Differenz. Der Geist der Tiere in der frühen Neuzeit bei Montaigne, Descartes und Hume*. Berlin: Walter de Gruyter, 2006.

Wimmer, Gernot:„Aus der Weltsicht eines ‚Viehsionomen'. Georg Büchners Sezierung des Homo sapiens". In: Ders. (Hg.):*Georg Büchner und die Aufklärung*. Wien, Köln, Weimar: Böhlau Verlag, 2015, S. 141-172.

Wirth, Uwe (Hg.):*Komik. Ein interdisziplinäres Handbuch*. Stuttgart: Metzler, 2017.

Wolf, Christa:„Von Büchner spreche (1980)". In: Dietmar Goltschnigg (Hg.): *Georg Büchner und die Moderne, Bd. 2*. Berlin: Erich Schmidt Verlag, 2002, S. 506-512.

Zichy, Michael:„Menschenbild: Begriffsgeschichtliche Anmerkungen". In: *Archiv für Begriffsgeschichte*, Vol. 56 (2014), S. 7-30.

Zichy, Michael:*Menschenbilder*. Freiburg/München: Verlag Karl Alber, 2017.

Nachschlagwerke sowie Online-Materialien:

Bockelmann, Eske:„Wo ist die Moral, wo sind die Manschetten? Genie auf Kunsthessisch: Georg Büchners Schriften und Briefe". In: *Frankfurter Allgemeine Zeitung* vom 2.11.1999. Quelle: http://www.georg-buechner-online.de/FAZ99Bockelmann.pdf (Letzter Zugriff am 16.11.2018).

Oesterle, Günter/Bordgards, Roland/Dedner, Burghard u.a.:„Presseinformation: Georg Büchner-Proträt auf Gießener Dachboden entdeckt". Instituts Mathildenhöhe Darmstadt, 27. Mai 2013, S. 1-11. Quelle: https://geschwisterbuechner.de/wp-content/uploads/2013/05/Presseinformation_Porträt-von-Georg-Büchner-entdeckt_Mathildenhöhe-Darmstadt.pdf (Letzter Zugriff am 10.10.2018).

Bild. In: *Deutsches Wörterbuch von Jacob und Wilhelm Grimm. Bd. 2, Sp.* 10. Quelle: http://woerterbuchnetz.de/cgi-bin/WBNetz/wbgui_py?sigle=DWB&mode=Vernetzung&lemid=GB07111#XGB07111 (Letzter Zugriff am 10.11.2018).

Bild. In: Gerhard Köbler: Althochdeutsches Wörterbuch. Quelle: http://www.koeblergerhard.de/ahd/ahd_m.html (Letzter Zugriff am 10.11.2018).

Ding. In: *Deutsches Wörterbuch von Jacob und Wilhelm Grimm*. *Bd*. 2, Sp. 1161-1162. Quelle: http://woerterbuchnetz. de/cgi-bin/WBNetz/ wbgui_py? sigle = DWB&mode = Vernetzung&lemid = GD02497 ♯ XGD02497 (Letzter Zugriff am 15.2.2020).

erziehen. In: *Deutsches Wörterbuch von Jacob und Wilhelm Grimm*. *Bd*. 3, Sp. 1091-1093. http://woerterbuchnetz. de/cgi-bin/WBNetz/wbgui_py? sigle＝DWB&mode＝Vernetzung&lemid＝GE09326 ♯ XGE09326 (Letzter Zugriff am 10.11.2020).

中文文献

巴赫金. 巴赫金全集：第六卷[M]. 李兆林,夏忠宪,等译. 石家庄：河北教育出版社,1998.

包亚明. 现代性与空间的生产[M]. 上海：上海教育出版社,2003.

柏拉图.斐多篇[M]. 杨绛,译. 沈阳：辽宁出版社,2000.

勃兰兑斯. 十九世纪文学主流：第二册[M]. 刘半九,译. 北京：人民文学出版社,1981.

布莱恩·特纳. 身体与社会[M]. 马海良,赵国新,译. 沈阳：春风文艺出版社,2000.

常波.背离与继承：思想史视域下的毕希纳美学研究[D].北京：中国社会科学院大学,2021.

陈敏. 感知：上[J]. 德语人文研究,2017,5(2):31-37.

陈敏. 感知：下[J]. 德语人文研究,2018,6(2):31-39.

笛卡尔. 谈谈方法[M]. 王太庆,译. 北京：商务印书馆,2006.

笛卡尔. 第一哲学沉思集[M]. 庞景仁,译. 北京：商务印书馆,1986.

邓晓芒."面相学"和"头盖骨相学"在黑格尔《精神现象学》中的意义[J]. 现代哲学,2014(1):62-69.

格奥尔格·毕希纳. 毕希纳全集[M]. 李士勋,傅惟慈,译. 北京：人民出版社,2008.

歌德. 歌德文集：第一卷：浮士德[M]. 绿原,等,译. 北京：人民文学出版社,1999.

歌德. 歌德文集:第六卷:少年维特的烦恼 亲和力[M]. 杨武能,等译. 北京:人民文学出版社,1999.

谷裕. 德语修养小说研究[M]. 北京:北京大学出版社,2013.

冯至. 《冯至全集》:第七卷[M]. 韩耀成,等. 石家庄:河北教育出版社,1999.

冯至. 《冯至全集》:第八卷[M]. 韩耀成,等. 石家庄:河北教育出版社,1999.

伏尔泰. 老实人(英汉对照版)[M]. 徐向英,译. 北京:中国书籍出版社,2009.

弗洛伊德. 精神分析引论[M]. 高觉敷,译. 北京:商务印书馆,2009.

高砚平. 赫尔德论触觉:幽暗的美学[J]. 学术月刊. 2018,50(10):130-139.

汉斯·贝尔廷. 脸的历史[M]. 史竞舟,译. 北京:北京大学出版社,2017.

黑格尔. 精神现象学:上卷[M]. 贺麟,王玖兴,译. 北京:商务印书馆,1983.

黑格尔. 历史哲学[M]. 王造时,译. 上海:上海书店出版社,1999.

贾涵斐. 文学与知识:1800 年前后德语小说中人的构想[M]. 北京:北京师范大出版社,2019.

卡·马克思和弗·恩格斯. 马克思恩格斯全集:第 20 卷[M]. 中共中央马克思恩格斯列宁斯大林著作编译局,编译. 北京:人民出版社,1964.

卡·马克思和弗·恩格斯. 马克思恩格斯全集:第 23 卷[M]. 中共中央马克思恩格斯列宁斯大林著作编译局,编译. 北京:人民出版社,1979.

卡·马克思和弗·恩格斯. 马克思恩格斯选集:第 29 卷[M]. 中共中央马克思恩格斯列宁斯大林著作编译局,编译. 北京:人民出版社,1979.

卡·马克思和弗·恩格斯. 马克思恩格斯全集:第 42 卷[M]. 中共中央马克思恩格斯列宁斯大林著作编译局,编译. 北京:人民出版社,1979.

卡岑巴赫. 赫尔德传[M]. 任立,译. 北京:商务印书馆,1993.

康德. 彼岸星空:康德书信选[M]. 李秋零,译. 北京:经济日报出版社,2001.

康德. 康德著作全集:第 5 卷:实践理性批判 判断力批判[M]. 李秋零,主编. 北京:北京大学出版社,2007.

康德. 康德著作全集:第 6 卷:纯理性界限内的宗教 道德形而上学[M]. 李秋零,主编. 北京:北京大学出版社,2007.

康德. 康德著作全集:第 7 卷:科学之争 实用人类学[M]. 李秋零,主编. 北京:北京大学出版社,2008.

康德. 康德著作全集:第 8 卷:1781 年之后的论文[M]. 李秋零,主编. 北京:北京大学出版社,2008.

康德. 康德著作全集:第 9 卷:逻辑学 自然地理学 教育学[M]. 李秋零,主编. 北京：北京大学出版社,2010.

库慧君. 毕希纳在中国的"神性叙事"[M]. 北京：中国社会科学出版社,2016.

拉斯·史文德森. 无聊的哲学[M]. 范晶晶,译. 北京：北京大学出版社,2010.

莱布尼茨. 新系统及其说明[M]. 陈秀斋,译. 北京：商务印书馆,1999.

廖可兑. 西欧戏剧史：上册[M]. 北京：中国戏剧出版社,2007.

李琦. 浅析毕希纳的宿命论观：以《沃伊采克》为例[D]. 上海：上海外国语大学,2012.

李伟民. 智者和愚人的对应于耦合：评《诱人的傻瓜——莎剧中的职业小丑》[J]. 外国文学,2004(2):108-110.

刘冬瑶. 疾病的诗学化和文学的"病态化"：以本恩、卡夫卡、迪伦马特和贝恩哈德为例[D]. 北京：北京外国语大学,2016.

刘明厚. 沃伊采克：一个小人物的悲剧[J]. 戏剧学,2011(2):16-22.

刘小枫. 沉重的肉身：现代性伦理的叙事维语[M]. 北京：华夏出版社,2004.

尼克拉斯·卢曼. 作为激情的爱情[M]. 范劲,译. 上海：华东师范大学出版社,2019.

卢梭. 爱弥儿[M]. 李平沤,译. 北京：商务印书馆,1996.

卢梭. 论人类不平等的起源和基础[M]. 李常山,译. 北京：商务印书馆,1997.

洛克. 人类理智论：上卷[M]. 关文运,译. 北京：商务印书馆,1983.

马汉茂等主编. 德国汉学：历史、发展、人物与视角[M]. 李雪涛,等译. 郑州：大象出版社,2005.

马克思·舍勒. 人在宇宙中的位置[M]. 李博杰,译. 贵阳：贵州人民出版社,1990.

米夏埃尔·兰德曼. 哲学人类学[M]. 闫嘉,译,冯川,校. 贵阳：贵州人民出版社,1988.

莫里斯·梅洛-庞蒂. 知觉现象学[M]. 姜志辉,译. 北京：商务印书馆,2001.

尼采. 论道德的谱系[M]. 周红,译. 北京：三联书店,1992.

尼采. 权力意志：上卷[M]. 孙周兴,译. 北京：商务印书馆,2007.

倪胜. 早期德语文献戏剧的阐释和研究[M]. 上海：上海远东出版社,2015.

帕斯卡尔. 思想录[M]. 何兆武,译. 北京：商务印书馆,1995.

潘道正. 丑的象征：从古典到现代[M]. 桂林：广西师范大学出版社,2012.

乔纳森·克拉里. 观察者的技术[M]. 蔡佩君,译. 上海：华东师范大学出版社,2017.

色诺芬. 回忆苏格拉底[M]. 吴永泉,译. 北京:商务印书馆,1986.

索伦·奥碧·克尔凯郭尔. 克尔凯郭尔文集:6[M]. 京不特,译. 北京:中国社会科学出版社,2013.

陶家俊. 身份认同[J]. 外国文学,2004(2):37-45.

王炳钧. 威廉·豪夫的〈作为人的猴子〉中的空间秩序逻辑[J]. 外国文学,2013(1):15-20.

汪民安、陈永国. 身体转向[J]. 外国文学,2004(1):36-45.

王希. 论毕希纳中篇小说《棱茨》的现代性[J]. 名作欣赏(下旬刊),2013(6):90-92.

王维燊. 丹东形象的历史嬗变:从毕希纳、罗曼·罗兰、阿·托尔斯泰到巴金[J]. 福建师范大学学报(哲学社会科学版),1995(1):48-50.

吴卫民主编. 戏剧撷英录[M]. 昆明:云南大学出版社,2012.

夏尔·波德莱尔. 恶之花 巴黎的忧郁[M]. 钱春绮,译. 北京:人民文学出版社,1991.

夏尔·波德莱尔. 美学珍玩[M]. 郭宏安,译. 上海:上海译文出版社,2009.

席勒. 席勒美学文集[M]. 张玉能,编译. 北京:人民出版社,2011.

席勒. 美育书简(中德双语)[M]. 徐恒醇,译. 北京:社会科学文献出版社,2016.

雨果. 论文学[M]. 柳鸣九,译. 上海:上海译文出版,1980.

谢敏. 毕希纳的"身体观"和"现代主体性"思考[J]. 德语人文研究,2017(1):7-14.

余匡复. 德国文学史:上卷[M]. 上海:上海外语教育出版社,2013.

张舒. 毕希纳戏剧作品《沃伊采克》中人的动物化与降格[J]. 德语人文研究,2016,4(2):38-43.

赵蕾莲. 论克莱斯特戏剧的现代性[M]. 哈尔滨:黑龙江教育出版社,2013.